鼓掌绝尘

〔明〕金木散人 著

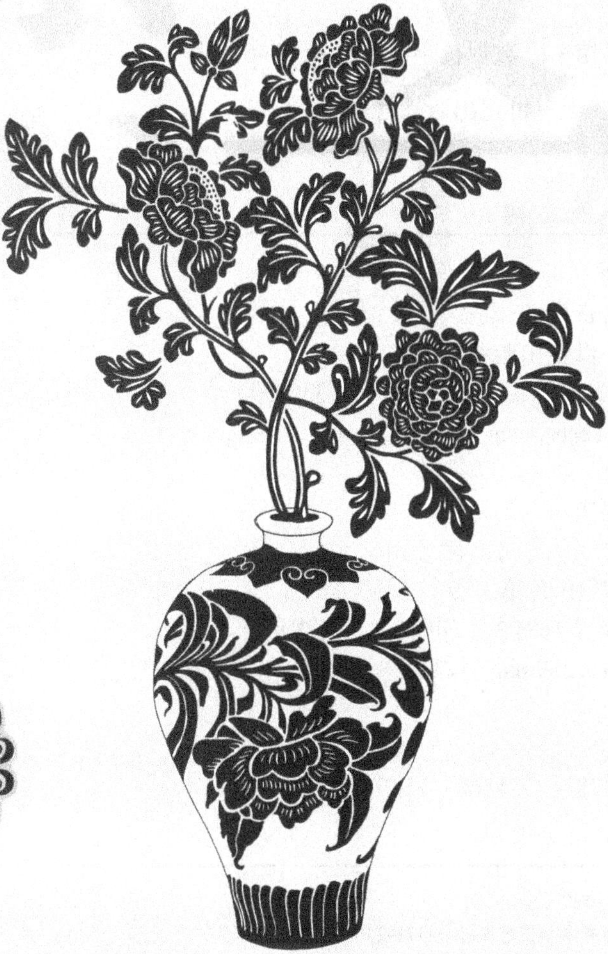

二十一世纪出版社集团
21st Century Publishing Group

图书在版编目(CIP)数据

鼓掌绝尘/(明)金木散人著.—南昌:二十一世纪出版社集团,2016.8(2025.7重印)
(经典书香.中国古典禁毁小说丛书)

ISBN 978-7-5568-2140-2

Ⅰ.①鼓… Ⅱ.①金… Ⅲ.①话本小说-小说集-中国-明代 Ⅳ.①I242.3

中国版本图书馆CIP数据核字(2016)第174670号

新浪微博:@二十一世纪出版社官方

鼓掌绝尘 金木散人/著

策　　划	余伯刚
责任编辑	敖登格日乐
出版发行	二十一世纪出版社集团
	(江西省南昌市子安路75号　330009)
	www.21cccc.com　cc21@163.net
出 版 人	张秋林
经　　销	新华书店
印　　刷	三河市明华印务有限公司
版　　次	2016年10月第1版
印　　次	2025年7月第3次印刷
开　　本	620mm×889mm　1/16
印　　张	28
字　　数	301千字
书　　号	ISBN 978-7-5568-2140-2
定　　价	68.00元

赣版权登字—04—2016—587

如发现印装质量问题,请寄本社图书发行公司调换 0791-86524997

前　　言

明代中叶以后，随着“心学”对程朱理学的冲击及资本主义萌芽的日渐滋长，一股进步的文化思潮开始涌动，价值观念也随之发生变化，明末中篇小说集《鼓掌绝尘》从不同角度揭示了社会生活的这种深刻变化。张扬自然本性、冲破封建礼教、挣脱家庭束缚、追求自主婚姻等等这些有悖传统价值尺度的观念，在小说中得到了充分展现，并给予热情的赞美与讴歌。

《鼓掌绝尘》，是明末较有影响力的一部拟话本小说，署名金木散人，作者的生平事迹不详。

全书分为风、花、雪、月四集，每集十回，合演一个故事。其中风、雪两集属于才子佳人小说，花、月两集属于人情世态小说。刊行以来数百年间，由于种种原因，小说没有得到广泛的传播和应有的重视。实际上，《鼓掌绝尘》在中国小说的演变过程中，有着特殊的历史地位和作用，它既是继《金瓶梅》之后对世情小说的新发展，又是古代白话小说由短篇向中篇过渡的重要一环，开创了中篇小说的新体制。尤其重要的是，《鼓掌绝尘》开创了明末清初才子佳人小说之风气，在创作思想、创作模式等方面对才子佳人小说产生了深远影响，对后世的世情小说、讽刺谴责小说也有一定的影响。

明清是中国封建社会的末世，这一时期君主专制达到了登峰造极的地步，而官场的腐朽与黑暗则到了难以救药的程度，那种兼济天下的儒家入仕理想，只能游离于现实之外。《鼓掌绝尘》对明朝末年封建官场进行了深刻揭露，既扫描了整个官场的腐败，也透露出部分清正官吏的无奈，从而昭示了明王朝最终覆灭的必然性。此外，它还具有较高的文学艺术价值，蕴含着丰厚的历史文化内涵，值得细细品读。

本次出版，对原书中一些错漏、笔误和疑难之处，分别做了校勘、修正，以便于读者阅读。由于时间仓促，水平有限，其中难免有疏漏之处，望专家、读者予以指正。

编　者

2016 年 5 月

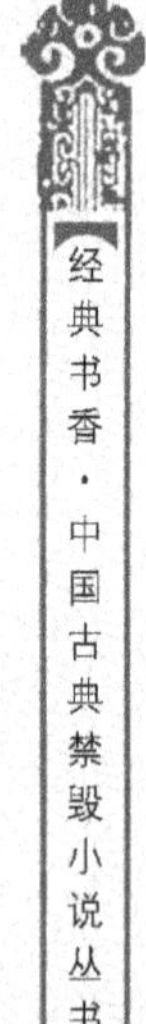

《鼓掌绝尘》题辞

方今一人当头，万民鼓掌，逆珰传首，叛焕划肠。乐哉，化日光天，无事听闲人说鬼；嗒矣，北窗南面，有时向知己征歌。歌何所云乎？世事短如春梦，人情薄似秋云。淡哉斯言！无过向此滚滚红尘中，叹翻掌之狂缘，笑轩渠之变态耳。好事家因于酒酣耳热之际，掀我之髯，按君之剑，弄笔墨而谱风流，写官商而翻情致。传觞啜茗之余，色飞流艳；倾耳醉目之下，魂动异情，无意撩人，有心嘲世。漫说三千粉黛，无过此一片骚酸；休言百二山河，总是他万般痴蠢。奸内奸而盗内盗，诈内诈而伪内伪兮，臣实于今一中之；酒上酒而色上色，财上财而气上气乎，君特未知其趣耳。

馋涎饿虎，油额花狐，嚼残红骨，而呼尽白脂，痴心汉耽为极乐国。南粪熏熏，北风泼泼，嗅干尿袋，而歧碎糟囊，知心哥躲在骷髅冢。钱神顶尖似绣花针，直钻空三十三天；醋瓶口大比洞庭湖，真浸透九十九地。管取精奇古怪，装成一世话吧下场头。何妨周吴郑王，借作千古风流俊俏眼。热如火，艳似花，他爱我，我爱他，不觉永走而铅飞；喉似管，眼如箕，尔为尔，我为我，就是张三而李四。掀翻面糊盆，洁洁净净，云在青天水在瓶；打破酸虀瓮，燥燥干，桃花能红李能白。看到心花开绽处，笔歌墨舞，世上如今半是君；想来泪血迸流时，玉悴香消，此曲只应天上有。开襟大笑，梁尘落尽砚他香；岸帻豪吟，尘尾敲残茶灶冷。吾为鼓掌，香韵金瓶之梅；君试拂尘，味共梁山之水。

崇祯辛未岁之元旦，闭户先生书于咫园之烹天馆

《鼓掌绝尘》叙

余主人龚君，延选经文诗画，嗣后房稿行世，因海内共赏选叙，索《鼓掌绝尘》小引一篇。

余素沉酣经史，咀嚼贤臣，风流荡宕，靡不爱焉。于花前月下之趣，摒而不录久矣。归鞭当速，马蹄厥疾，无暇览焉。主人取将竣之帙于手中，一展卷皆天地间花柳也。花红柳绿，飘拂牵游，即老成端重之儒，无不快睹而欣焉。乃知老成端重，其貌尤假，风花雪月，其情最真也。

人心一天地。春夏秋冬，天地之时也，则首春，非春不足以宰发育收藏之妙；喜怒哀乐，人心之情，则鼎喜，非喜无以胚悲愤欢畅之根。天地和调，则万物昭苏，人心悦恺，则四体睟盎。风光艳丽，不独千古同情，天地人心所不可死之性理也。夫小道可观，职此故耳。况《秋波传》、《诗媒记》、《红梅》、《桃花》，梨园盛传，幽香喷人，字内融融，兹帙可媲而美焉者。倘谓淫邪贼正，视为污蠹之物，桑间濮上，宣尼父何不一笔削去之，其中盖有说焉。不惟淫欲炽而情态丑，足堤千秋之邪窦，即合卺野而白发贞，亦足愧万古之负心。嗣有穴隙钻而龙门跃，阳台为飞腾之基矣；逾墙从而六翮凌，超越成鹏持之遥矣。或一念幽情，开箕裘冠冕，片时佳会，结绝代芳声，舍此一途而不赏者谁？此余草书慕孙娘之舞，遐文欣苏小之歌也耶。

兹吴君纂其篇，开帙则满幅香浮，掩卷而余香勾引，入手不能释者什九，遂名之《鼓掌绝尘》云。虽然，经目者以之适情则可，以之留情则不可。

赤城临海逸叟题

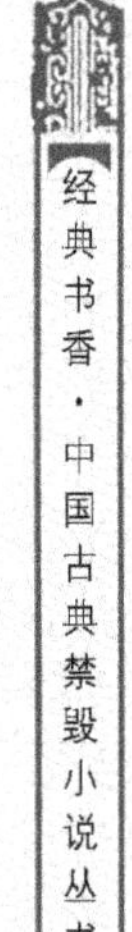

《鼓掌绝尘》分集题辞

鼓掌绝尘风集序

风来水面，宛绣瀫之盈眸；风度谷心，恍笙簧之聒耳。二十四番花信，妃子开颜，一百八日寒思，幽人破驾。顾安得猛士，慰我雄威；且喜共佳人，同吾把酒。兰膏桂馥，偏从此处过来香；柳暗榆阴，不意如何吹出冷。秋风瑟瑟，肠断佳人为玉箫；晓风离离，只恐夜深花睡去。那知风起水涌，蓝桥倒淹影里之情郎；何意风送歌声，阳台畔，想画中之爱宠。流酸溅齿，狮子吼出杨梅乾；虚溺沾唇，猱儿惊坠芙蓉帐。风伯多情首肯，风流不坠斯编。是为鼓掌风集。

鼓掌绝尘花集序

花当春暖，醉陌上之流莺；花遇秋深，飘月中之飞兔。香梦沉沉未晓，银烛高烧；芳魂寂寂无言，绛纱低护。顾封家众妹，偏惜惺惺；若阆苑群仙，独怜楚楚。隋宫汉囿，逞不了富贵娇姿；金谷梁园，谁并若芳菲丽质。花浓酒酽，莫（冒犬）伤多酒入唇；莺老花残，且看欲尽花经眼。试问花飞水面，我将乘桃浪快击三千；且喜花压帽檐，吾欲驾鲸波雄飞九万。贪之不满，无如生死伴花眠；惜而蚤起，秖为流连作花癖。花神不必叹声，花前共观兹录。是为鼓掌花集。

鼓掌绝尘雪集序

雪意催诗，清瘦桥边驴子；雪情付酒，肥蒸帐底羔儿。林下美人徐来，暗香袭我，山中高士政卧，清气逼人。顾党家垆畔，腹负将军；而谢氏闺中，絮飞儿女。随风夜半，到窗纸动数声清；暎日晓来，射牖帘通何处洁？雪斜梅整，光摇梅海炫生花；雪暮诗成，冻合玉楼寒起栗。宁知雪魂非男，嫁向孤山之疏影横斜；定交雪友成双，好伴逋仙之暗香浮动。争春不已，红英欺我树搓牙，阁笔多时，绿萼让他香扑鼻。雪儿故自可人，雪案且须开卷。是为鼓掌雪集。

鼓掌绝尘月集序

月明似昼，女郎结珮游仙；月满如围，侠客携撙访友。大地山河微影，共到清虚，九天风露无声，坐来碧落。顾霓裳曲奏，羽衣翩翩，乃灵药悔偷，姮娥夜夜。尘心未断，伫看雾气湿瑶台，俗缘尚牵，且敛霞踪临洛浦。月满杯中，今人不见古时月，杯空月落，今月曾经照古人。看取月光如水，照年年不了捣素流黄，何期月驭如飞，送人人无数鬓丝眉锁。春复秋兮，为问我此生此夜圆还缺也，那管他明月明年。月娥不惜金罇，月夜且终残帙。是为鼓掌月集。

佳会绝句

情似胶漆味正好，风吹纸窗忌人俏。
两人绸缪不可言，又恐丫环高声叫。

欲吐深情兴转浓，匆匆钝了舌边锋。
梦想魂灵飞不迭，一世光风在眼中。

秋波对着不瞑眸，红桃含吞鱼上钩。
形骸化作一块儿，灵犀融结上眉头。

不知此景是何景，惊跃壁间银釭影。
欢了方觉从前苦，愁极今宵梦未醒。

临海逸叟醉笔

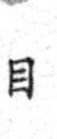

目　　录

鼓掌绝尘风集

鼓掌绝尘花集

鼓掌绝尘雪集

鼓掌绝尘月集

《鼓掌绝尘》风集

第　一　回

小儿童题咏梅花观　老道士指引风皇山

词：

香脸初匀，黛眉巧画宫妆浅。风流天付与精神，全在秋波转。早是萦心可惯，那更堪频频顾盼。几回得见，见了还休，争如不见。　　烛影摇红，夜来筵散春宵短。当时谁解两情传？对面天涯远。无奈云稀雨断，凭栏下东风吹眼。海棠开后，燕子来时，黄昏庭院。

这一首词，名唤《烛影摇红》，说道世间男女姻缘，却是强求不得的。虽然偶尔奇逢，俱由天意，岂在人谋。但看眼前多少佳人才子，两相瞥见之时，彼此垂盼，未免俱各钟情，非以吟哦自借，即以眉目暗传。既而两情期许，缔结私盟，不知倩①了多少蝶使蜂媒，挨了几个黄昏白昼。故常有意想不到的，而反得之邂逅②。又或有垂成③不就的，而反得之无心。及至联姻二姓，伉俪百年，一段奇异姻缘，不假人为，实由天意。所以古人两句

---

① 倩——请；央求。

② 邂逅（xièhòu）——不期而遇。

③ 垂成——事情将近成功。

说得好："姻缘本是前生定，曾向蟠桃会里来。"正说"姻缘"二字，大非偶然矣。

如今听说巴陵城中，有一个小小儿童，却不识他姓名。在怀抱时就丧了母，其父因遭地方有变，把他抛撇在城外梅花圃里，竟自弃家远窜。后来亏了那一个管圃的苍头①，收在身边，把他待如亲子，渐渐长大。到了七岁，此儿天资迥异，识见非凡，晓得自己原有亲生父母，不肯冒姓外氏，遂自指梅为姓，指花为名，乃取名为梅萼②。

那圃旁有一座道院，名为梅花观，并适才那所梅花圃，却是巴陵城中一个杜灼翰林所建，思量解组③归来，做个林下④优游之所。观中有个道士，姓许名淳，号为叔清，尽通文墨，大有道行，原与杜翰林至交。

这许叔清见梅萼幼年聪慧，出口成章，大加骇异，时常对管圃的苍头道："此儿日后必登台鼎⑤之位，汝当具别眼视之。"苍头因此愈加优待，凡百事务，都依着他的性子。那许叔清每见一面，便相嘉奖，遂留他在观中习些书史。

这梅萼虽是有些儿童气质，见了书史，便欣欣然日夕乐与圣贤对面。一夜，徐步西廊，适见月光惨淡，遂援笔偶题一律于壁上道：

疏钟隐隐送残霞，烟锁楼台十二家。

---

① 苍头——家奴。

② 梅萼——指梅花，萼指环列在花的最外面一轮的叶状薄片，一般呈绿色，现指人名。

③ 解组——犹解绶。

④ 林下——幽僻之境，引申指退隐或退隐之处。

⑤ 台鼎——古称三公为台鼎。

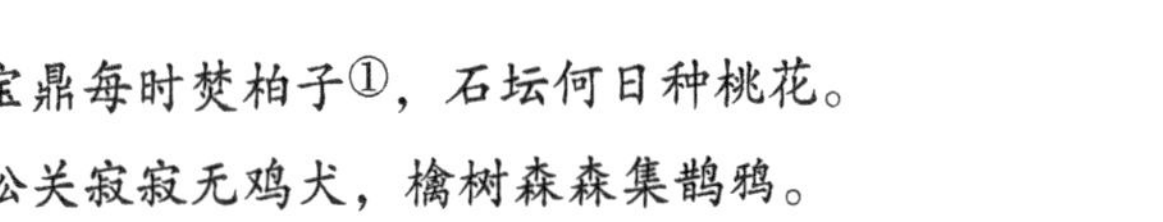

宝鼎每时焚柏子①，石坛何日种桃花。

松关寂寂无鸡犬，榆树森森集鹊鸦。

月到建章②凉似水，蕊珠宫③内放光华。

越旬日，杜翰林因到圃中看梅，便过观中与许叔清坐谈半晌，遂起身行至西廊，见壁上所题诗句，顿然称羡。又见后边写着“七岁顽童梅萼题”，愈加惊异，叹赏不已，便问许叔清道：“这梅萼系是谁氏儿童，而今安在，可令他来一见吗?”许叔清道：“杜君，此儿因两岁上不知谁人把他撇在梅花圃里，倒亏了那一个管圃的老苍头收养到今。杜君若亟欲一见，待我着人唤来就是。”杜翰林十分喜悦，只因自己无子，便有留心于他了。

许叔清便把梅萼唤到跟前，杜翰林仔细觑了两眼，高声称赞道：“好一个小儿！目秀眉清，口方耳大，风姿俊雅，气度幽闲。将来不在我下，决非尘埃中人也。”便问道：“汝既善于吟咏，就把阶前这落梅为题，面试一首何如?”梅萼不敢推却，便恭身站在厅前，遂朗吟一绝云：

不逐群芳斗丽华，凌寒独自雪中夸。

留将一味堪调鼎，先向春前见落花。

杜翰林听罢，心中惊异，便对许叔清道：“我看此儿年纪虽小，志气不凡，天生如此捷才，真是世间一神童也。”许叔清见他满心欢喜，便欲把梅萼引进，遂说道：“今日若非杜君对面，此儿岂肯轻易一吟。若只吟一首，恐不足以尽其才思，必当再

---

① 柏子——柏子香。

② 建章——汉宫名。亦泛指宫阙。

③ 蕊珠宫——道教所称神仙居所。旧时传科举放榜于道教所称最高天大罗天蕊珠宫，视得第为登仙，称进士榜为“蕊榜”。

吟，何如？”梅萼道：“公相是天朝贵客，小童乳臭未干，焉敢擅向大人跟前再撰只字。”杜翰林与许叔清同笑道：“不必过谦，仍以原题再咏。”梅萼再不敢辞，低头想了一想，又口占一绝云：

玉奴素性爱清奇，一片冰心谨自持。

唯恐蝶蜂交乱谑，肯将铅粉剩残枝。

杜翰林拍掌大笑道：“许道长，此儿不可藐觑①。开口成诗，一字不容笔削。即李、杜诸君，无出其右②。岂非天才也？”许叔清道：“杜君所言极是。只因淹滞泥途，恐燕山剑老，沧海珠沉，哪得个出头日子。”杜翰林暗想道：“我想此儿有此大才，异日必当大用。今我又无子嗣，他既无父母，便着他到我府中，延师教诲，长大成人，倘得书香一脉，也好接我蝉联，真不枉识英雄的一双慧眼。”便对梅萼道：“我欲留你到我府中读书，你意下如何？”梅萼道：“梅萼一介顽童，无知小蠢，得蒙公相垂怜，诚恐福薄，不足以副③厚望。”

杜翰林便着人去唤那管圃的苍头来吩咐：“你明日可到我府中领赏，白米五石，白银五两，以酬数年抚养之劳。”苍头虽是口中勉强应承，心里实难割舍，只得掩泪汪汪，相看流涕，叩谢而去。

杜翰林把梅萼带到府中，遂与夫人商议。那夫人原是识相的，一见梅萼，便大喜道：“此儿相貌非凡，他日当大过人者。吾家喜得有子矣。”遂劝杜翰林替他改名杜萼，纳为己子。即便浑身罗绮，呼奴使婢，一旦富贵，非复昔日之梅萼矣。随又延师

① 觑（qù）——窥伺、细看。此处用为“视”。

② 无出其右——无人能战胜或超过。

③ 副（fù）——符合、相称。

讲读，且杜萼毕竟是个成器的人，在杜翰林府中，整整读了三年，十岁时，果然垂龆入泮①。杜夫人满心欢喜，爱如珍宝，胜似亲生。一日，与杜翰林商量，就要替他求亲。杜翰林止住道："夫人，吾家只他一子，小小游庠②，岂无门当户对的宦家作配。依我意思，只教他潜心经史，万一早登甲第，求亲未迟。"杜夫人见翰林公说得有理，不敢执拗，只得依从。

又过了几年，忽一日，来到梅花圃中看梅，便寻昔日那个老苍头。俱回说，两年前已身故了。杜萼听罢，暗自掩泪道："我想，自襁褓时失了父母，若非此人收留在身，抚养几载，何能到得今日。古人云，为人不可忘本。"

便又问道："那苍头的棺木，如今却埋在哪里？"那人回答道："就过圃后三里高土堆中。"杜萼就着人去买一副小三牲，酒一樽，香烛纸马，随即走到高土堆前，殷勤祭奠，以报数年抚养之恩。

祭奠已毕，只见一个道童③，向圃后远远走来，道："杜相公，我们梅花观许师父相请。"杜萼问道："你许师父就是许叔清老师吗？"道童道："恰就是当初留相公在观里读书的。"杜萼道："这正是许叔清老师了，我与他阔别多年，未能一会，正欲即来奉拜。"就同道童竟到梅花观里。

许叔清连忙迎迓道："杜公子，一别数年，阶前落梅又经几

---

① 垂龆（tiáo）入泮（pàn）——年龄小而进入学堂。龆，未成年男子下垂的头发；泮，学宫前半月形水池，代称学校。

② 游庠（xiáng）——学生。庠，古代学校之名。此痒生为府、州、县学的学生。

③ 道童——为修道者执役的童子。亦作"道僮"。

番矣。犹幸今日得赐光临，何胜欣跃。万望再赐留题，庶使老朽茅塞一开，真足大快三生也。”杜萼笑道：“向年造次落梅之咏，提起令人羞涩，至今安敢再向尊前乱道?”许叔清道：“杜公子说哪里话，昔年所咏落梅，今日重来相对，如见故人，正宜题咏。我当薄治小酌，盘桓片时，万勿责人轻亵①。”即便吩咐道童，整治酒肴，两人尽兴畅饮，欲为竟日之欢。

饮至半酣，杜萼道：“老师，今岁观中梅花，比往年开得如何?”许叔清道：“今年虽是开得十分茂盛，却被去冬几番大雪都压坏了。杜公子若肯尽兴方归，即当携樽梅下，畅饮一回，意下如何?”杜萼欣然起身，携手同行。着道童先去取了锁钥，把园门开了，然后再撤酒席。

二人慢慢踱到园中，果见那些梅花，都被冬雪损了大半。道童就把酒肴摆列在一株老梅树下，两人席地而坐，畅饮了一会。忽见那老梅梢上，扑地坠下一块东西，仔细一看，却是腊里积下的一团雪块。许叔清笑道：“杜公子岂不闻古诗云：‘有梅无雪不精神，有雪无诗俗了人。’今既有梅有雪，安可不赋一诗，以辜负此佳景乎？谨当敬以巨觞，便以雪梅为题，乞赐佳咏。老朽虽然不敏，且当依韵一和。”便满斟一巨觞②，送与杜萼。杜萼也不推辞，接过手来，一饮而尽，遂口占一绝云：

老梅偏向雪中开，有雪还从枝上来。

今日此中寻乐地，好将佳醴③泛金杯。

许叔清拍掌大笑道：“妙，妙！数载不聆佳咏，有幸今日复

---

① 轻亵（xiè）——犹轻慢。

② 觞（shāng）——古代盛酒器。

③ 醴（lǐ）——甜酒。

赐教言，真令老朽一旦心目豁然矣。”杜萼道：“但恐鄙俚之语①，有污清耳，献笑，献笑。”就把巨觞依旧满斟一杯，送与许叔清道：“敢求老师一和。”许叔清连忙把手接过酒来，遂谦逊道：“公子若要饮酒，决不敢辞。说起作诗，但是老朽腹中无物，安敢胡言乱道？实难从命。”杜萼道：“老师说哪里话，适才见许，安可固谦？”

许叔清也不再辞，把酒饮一口，想一想，连饮了三四口，想了三四想，遂说道：“有了，有了。只是杜撰，不堪听的，恐班门弄斧，益增惭愧耳。”杜萼道：“老师精通道教，自然出口珠玑，何太谦乃尔。请教，请教。”许叔清拿起巨觞，都的一口饮尽，便朗和云：

雪里梅花雪里开，还留溶雪坠将来。

惭予性拙无才思，强赋俚词送酒杯。

杜萼称赞道：“妙得紧，妙得紧。若非老师匠心九转，焉得珠玉琳琅？”许叔清大笑一声道：“惶愧，惶愧。”

说不了②，那道童折了一枝半开半绽的梅花走来。杜萼接在手中，嗅了一嗅，果然清香扑鼻，便问道：“敢问老师，缘何这一枝梅花，与梢头所开的颜色大不相似，却是怎么缘故？”许叔清道：“杜公子，你却不知道，这梅花原有五种，也有颜色不同的，也有花瓣各样的，也有香味浓淡的，也有开花迟早的，也有结子不结子的。方才折来的，与梢头的原是两种，所以这颜色、花瓣各不相同。”

杜萼道：“敢问老师，梅花既有五种，必有五样名色，何不

---

① 鄙俚之语——粗野之语、庸俗之语。

② 说不了——话还没有说完。

请讲一讲。”许叔清道：“公子，你果然不晓得那五种的名色，我试讲与你听。”杜萼道：“我实不晓得，正要请教老师。”许叔清道：“五种的名色：一种赤金梅，一种绿萼梅，一种青霞叠梅，一种层梅，一种仙山玉洞梅。”

杜萼道：“敢问老师，梅花虽分五种，还是哪一种为佳?”许叔清道：“种种都美，若论清香多韵，还要数那绿萼梅了。”杜萼便又把手中梅花向鼻边嗅了几嗅，道：“老师，果然是这一种香得有韵。”

许叔清笑道：“杜公子今日幸得到这梅花观，适才又承教了梅花诗，便向这梅花园内畅饮一番梅花酒，也是对景怡情，大家称赏，岂非快事。”杜萼大笑道：“老师见教，极是有理。就把折来这一枝梅花侑①酒，何如?”许叔清道：“妙，妙。”就唤道童把壶中冷酒去换一壶热些的来。

那道童见他两人说得有兴，笑得不了，连忙去掇了一个小小火炉，放在那梅树旁边，加上炭，迎着风，一霎时把酒烫得翻滚起来。

许叔清便将热酒斟上一觞，送与杜萼，道：“杜公子，当此良辰，诗酒之兴正浓，固宜痛饮千觞，博一大醉。只是杯盘狼藉，别无一肴以供佳客，如之奈何?”杜萼道：“老师何出此言，我自幼感承青眼②，原非一日相知，今日复蒙过爱，兼以厚扰，不胜愧赧。嗣此倘得寸进，决不相忘。”许叔清道：“我与公子父子交往，全仗垂青，今日之酌，不过当茶而已，安足挂齿，敢问

① 侑——在筵席旁助兴，劝人吃喝。

② 青眼——表示对人的喜爱或重视、尊重。跟“白眼”相对。

公子，今岁藏修①，还在何处？”

杜萼道：“正欲相恳此事。敢问老师这里，有甚幽静书房，借我一间，暂栖旬月，不识可有吗？”许叔清道：“杜公子，我这观中，你岂不知，并无一间幽静空房可读得书的。你若肯离得家，出得外，奋志攻书，我指引你一个好所在，甚是精洁，必中你的意思。”杜萼道：“请问老师，还在何处？”

许叔清道：“此去渡过西水滩，一直进五六里路，有一座凤皇山，山中有一座清霞观，甚是宽绰，前前后后约有数十间精致书房。观中有一个道士，姓李名乾，原是我最契的相知。一应薪水②蔬菜之类，甚得其便。杜公子回去与令尊翁计议停妥，待老夫先写封书去与他，要他把书房收拾齐整，然后拣个好日再去，如何？”杜萼道：“既有这个所在，况又老师指引，家尊自然允诺的了。”

正说间，只见夕阳西下，杜萼便起身作别。许叔清道：“本当再谈半晌，怎奈天寒日晡，不敢相留。”便携手送出观门。

杜萼遂辞谢而去，回家就与父亲商量清霞观读书一事。杜翰林满心欢喜，便允道：“萼儿既然立志读书，异日必得簪缨③继世。明日是个出行日子，何不买舟竟往凤皇山？先去拜望了那清霞观中道长，然后回来收拾书箱，再去未迟。”

杜萼谨遵严命，随即着人到梅花观里约了许叔清，次日买舟一同来到凤皇山。两人逍遥徐步，四下徘徊观看。果然好一座高山，只见：

---

① 藏修——亦作“藏脩”。指专心学习。

② 薪水——柴碳、饮水，代指吃喝饮食。

③ 簪缨——古代官吏的冠饰。后遂借以指高官显宦。

奇峰巍耸，秀石横堆。山冈上全没些兔迹狐踪，草丛中唯见些野花残雪。云影天光，描不出四围图画；鸟啼莺唤，送将来一派弦歌。这正是：山深路僻无人到，意静心闲好读书。

杜萼看了一会道："老师，果然好一座山。正是眼前仙境，令人到此，尘念尽皆消释矣。"许叔清便站住，在高冈上，又四下指点道："杜官人，你看此山，形如立凤，前后来龙，两相回护，正荫①在我巴陵，所以城中那些读书的，科科不脱，甲第俱从这一派真龙荫来。"

杜萼道："原来如此。敢问老师，这里去到清霞观还有多少路？"许叔清道："杜官人，你看远远的密树林中，那一层高高的楼阁，便是清霞观了。"

两人说说笑笑，缓步行来，早到清霞观里。道童连忙通报，那李道士随即出来迎迓，引入中堂。

三人揖罢，李道士问许叔清道："师兄，此位相公何处，高姓大名？"许叔清道："道兄，这是城中杜翰林的公子。"李道士道："原来就是杜老爷的公子，失敬了。"便又仔细觑了两眼，暗对许叔清道："师兄，我记得杜相公未垂髫的时节，曾在哪里相会过。"许叔清笑道："道兄，你果然还记得起。数年前，曾在我观中西廊板壁上，题那'疏钟隐隐送残霞'的诗句，你见是七岁顽童，便请来相见的，就是这位公子。"

李道士欠身道："久慕相公诗名，渴欲一晤，今幸光临，实出望外。敢乞留题一首，以志清霞，不识肯赐教否？"杜萼笑道："今到宝山，固宜留咏，但恐当场献丑，有玷上院清真。"李道士

① 荫——庇荫。封建时代子孙因先世有功劳而得到封赏或免罪。

道："杜相公何乃太谦。"便唤道童取了一幅罗纹笺，磨了一砚青麟髓①。杜荨竟也没甚推辞，蘸着笔，遂信手挥下一律，云：

百尺楼台接太清，琉璃千载倍光明。
真经诵处天花坠，法鼓鸣时鬼魅惊。
世界红尘应不到，胸襟俗念岂能生？
森森桧柏长如此，历尽人间几变更。

杜荨写罢，许叔清与李道士连忙接了，展开仔细从头念了一遍。李道士高声喝彩道："妙极，妙极！杜相公，只恨小道无缘，相见之晚，不得早聆大教。几时落得清诲一番，真胜读书十年矣。"许叔清道："道兄，这有何难，杜相公今岁正欲寻个清静所在藏修，你观中既有空房，何不收拾一两间，与杜相公做个书室，就可早晚求教，却不是两便。"李道士道："杜相公若肯光降，我这里书房尽多，莫说是一两间，便是十数间也有，亦当打扫相迎。"杜荨道："老师既肯见纳，足感盛情，谢金依数奉上。"李道士道："书房左则空的，敢论房金，只待相公高中，另眼相看足矣。"许叔清笑道："今日也要房金，明日也要清目，两件都不可少。"三人大笑一场。

李道士先唤道童把前后书房门尽皆开了，然后起身，引了他二人，连看三四间，果然精致异常。李道士道："杜相公，这几间看得如何？"杜荨道："这几间虽然精雅，只是逼近中堂，早晚钟磬之声不绝耳畔，如之奈何？"

李道士道："杜相公讲得有理。这轩后还有一间小小斗室，原是小道早晚间在内做真实工夫的。杜相公若不见弃，请进一

① 青麟髓——古墨名，为墨中极品。

看，庶几或可容膝。”杜萼道：“既是老师净居，岂敢斗胆便为书室。”李道士道：“这也不是这等说，只是相公不嫌蜗窄 ，稍可安身，就此相让，不必踌躇。”杜萼道：“既然如此，也借赏鉴一赏鉴。”李道士便向袖中汗巾里，取出一个小钥匙，把房门开了。

许叔清与杜萼进去看时，果然比那几间更幽雅，更精致。李道士道：“杜相公，这间看得书吗？”杜萼道：“恰好做一间书房，未必老师果肯相假。”道士道：“一言既出，驷马难追。但凭杜相公随时收拾行李到来就是。”

杜萼便躬身致谢，即欲起身作别，李道士一把扯住道：“难得杜相公光降，请再在此盘桓①片时，用了午饭，待小道亲送到那凤皇山上，还有一事相烦。”许叔清道：“杜相公，既是道兄相留，便在此过了午，慢慢起身进城，到家里尚早。”杜萼道：“但不知老师有何见谕？”李道士道：“再无别事相恳，小道两月前在那凤皇山高峰上，新构②得一椽茅屋，要求杜相公赐一对联，匾额上赐题两字，以为小道光彩。”杜萼满口应承。

不多时，那道童走进房来，道：“请相公与二位师父后轩午饭。”大家同走起身。李道士依旧把房门锁了，三人同到后轩。午饭完毕，李道士吩咐道童，打点纸笔，随取山泉煮茗，快到凤皇山来。道童答应一声，转身便去打点。

三人慢慢踱出观门，只见松凤盈耳，鸟韵撩人。杜萼称赞道：“果然好一座清霞观，此非老师道行高真，何能享此清虚乐境。”李道士道：“惶恐，惶恐。”

须臾之间，就到了凤皇山下。杜萼道：“这峰峦崄峻，请二

---

① 盘桓（huán）——徘徊，逗留，此为逗留。

② 构——造。

位老师先行，待我缓缓随后，附葛攀藤，摄衣而上就是。”许叔清笑道：“道兄，杜相公自来不曾登此山路，想是足倦行不上了。我们同向这石崖上坐一坐儿，待相公养一养力再走。”李道士道：“这里冷风四面逼来，怎么坐得？杜相公，你再强行几步。那前头密松林里，就是小道新构的茅屋了。”

杜萼仔细射了一眼，果然不上半里之路，只得又站起身来，与许叔清挽手同行。慢慢地左观右望，后视前瞻，说一回，笑一回，霎时间便到了那密松林内，真个有间小小幽轩，四下净几明窗，花阑石凳，中间挂着一幅单条古画，供着一个清致瓶花。杜萼极口喝彩道：“果然好一所幽轩。苟非老师，胡能致此极乐？”李道士笑道：“不过寄蜉蝣①于天地耳，何劳相公过奖。”

正说话间，那道童一只手擎了笔砚，一只手提了茶壶，连忙送来。许叔清在旁着实帮衬，便把笔砚摆列齐整。李道士就捧了一杯茶，送与杜萼，道：“请杜相公见教一联。”杜萼连忙接过茶，道：“二位老师在此，岂敢斗胆。”许叔清道：“日色过午，杜相公不必谦辞，到信笔挥洒一联，便可起身回去。”杜萼就举起笔来，向许叔清、李道士拱手道：“二位老师，献丑了。”两个欠身道：“不敢。”你看杜萼也不用思想，把笔蘸墨直写道：

千峰万峰云鸟没，十洲芳草参差。

五月六月松风寒，三岛碧桃上下。

李道士大喜道：“妙，妙，妙！莫说题这对联，便是这两行大字，就替小道增了多少光辉。”杜萼道：“老师休得取笑。”李道士道：“杜相公，有心相恳，一发把这匾额上再赐两字。”杜萼

---

① 蜉蝣（fúyóu）——小飞虫。

便又提起笔来，向那匾额上大书三字云：

悟真轩

李道士道："杜相公，这三个字愈加题得有趣。"许叔清笑道："道兄，这有何难，少不得杜相公明日到观中看书的时节，慢慢酬谢罢了。"李道士道："师兄，今日就陪杜相公依旧转到观中，盘桓一夜，明早起身，却不是好？"杜萼道："今日家尊在家等候，不敢久留。不过两三日内，复来趋教矣。"李道士道："杜相公请还转敝观去，清茶再奉一杯如何？"杜萼道："多谢厚情，恐再耽搁，却进城不及了。"李道士便相送下山，三人致谢而别，各自分手回去不提。

不知杜萼回家见了父亲，有何计议？几时才得到馆？且听下回分解。

第　二　回

杨柳岸奇逢丽女　玉凫舟巧和新诗

诗：

少年欲遂青云志，黄卷青灯用及时。
辞父研穷①贤圣理，偕朋砥砺②古今疑。
滩头邻舫逢殊色，月下同情③赋丽词。
不意相思心绪乱，何尝一日展愁眉。

说这杜萼别了李乾道士，离了凤皇山，同着许叔清，依旧返棹归来。到得梅花观前，此时还有半竿日色，许叔清便要留进观里待茶，杜萼再三辞谢。只得送到城门首，然后作别，分路回去。

这杜萼回到府中，恰好翰林又早出门，到一士夫家去饮酒未回。他就见了夫人，把清霞观幽雅并山中景致、李道士相待殷勤、让房的话，一一说知。那夫人大喜道："萼儿，既有这样一个好所在，又遇这般一个好道士，此是天赐汝的好机会，何愁读书不成。只是一件，想汝自幼不曾行路惯的，今朝行了这一日，身子决然有些劳倦，可早早吃些晚饭，先去睡罢。待你爹爹回来，我与他商议就是。"

---

① 研穷——深入研究。
② 砥砺——磨炼，锻炼。
③ 同情——同心，一心。

你道世间哪有这样贤惠的夫人？况且杜开先又不是他亲生的儿子，论将起来，何必如此十分爱护？人却不晓得内中一个委曲，这杜萼却常有着实倾心的所在，正是俗语云“两好合一好”的缘故。

你看这杜萼，遂躬身应诺，夫人便唤丫环整治晚饭，与他吃了，早去安寝。次日清晨起来，梳洗完备，连忙走到堂前，与翰林相见。

翰林问道：“萼儿，我昨晚回来得夜深了，不曾见你。却是汝母对我说得几句，不曾唤你问个详细。你去看那清霞观，果然还好读书吗？”杜萼道：“启上爹爹，那清霞观果是个好去处，四围俱是凤皇山高峰环绕，并没一个人家，寂静异常，正是个读书的美地。”

翰林道：“那观中可还有空闲的书房吗？”杜萼道：“书房虽有几间，可意者绝少，孩儿多承那观中李老师一片好情，情愿肯把自己一间幽雅净室，让与孩儿看书。”翰林道：“萼儿，果是那李道士真心肯让便好，不可去占据他的，日后恐招别人谈论。况且读书人讨了出家人便宜，叫做佛面上刮金，后来再不能有个发达日子。这是指望读书里做事业的人所最忌的。”杜萼道：“爹爹有所不知，孩儿一到观中，原来李老师向年与孩儿曾在梅花观中会过，未曾坐下，就取出纸笔来，便要留题。那许叔清在旁再三撺掇，勉强吟了一首。李老师看了，老大称羡，后来便指引孩儿，连看了几间书房，见孩儿心下都不遂意，所以就肯欣然把净房相让，实非强要他的。”

翰林点头笑道：“萼儿，原来如此。却把什么为题？”杜萼道：“孩儿就把清霞观题几句。”翰林道：“题得如何？”杜萼便把

前题清霞观诗句，从头至尾念了一遍。翰林道：“萼儿这首诗，足称老健，不落寻常套中①，大似法家的格局。固虽题得好，如今出家人，也有几个通得的，况又结交甚广，善于诗赋者尽多。以后若到观中，再不可信手轻吟。倘遇识者，从中看出破绽来，到惹人议论，不如缄默为妙。戒之，戒之！”杜萼躬身道：“谨遵爹爹严训。”

翰林道：“萼儿，我有一事与你商量。昨晚在康司牧府中饮酒，席上说起你往清霞观读书一事，他第二个公子满心要与你同去，你道如何?”杜萼笑逐颜开道：“爹爹，孩儿曾闻古人有云：‘择一贤师，不如得一良友。’既康公子果肯同去，早晚讲习间互相砥砺，不怕学业无成矣。”翰林道：“同去虽好，你不知道那康公子为人，顽性极重，专务虚名。倘与他同去，明日倒妨你的工夫。”杜萼道：“爹爹所言极是。只是各人自求个精微田地便了。”翰林道：“萼儿，既然如此，今日便可着人去约了康公子，明早打点书囊，一齐便与他同去罢了。”

杜萼道：“爹爹，此去清霞观，足有三十余里，恐日逐饮食之类，不堪担送，还要唤一个家童随去，早晚服侍便好。”翰林道：“萼儿讲甚有理，这件事倒是要紧的。终不然馆中没人服侍，可是个久长之计。但是家中这几个小厮，只好跟随出入，哪里晓得支持饮食。我想起来，倒是那管门的聋子，他自幼在我书房中服侍，一应事务，却还理会得来。明日何不就着他同去?”

杜萼道：“爹爹，既然服侍有人，孩儿久住在家，诚恐荒芜学业。适才已看历日，明日日辰不利，今日就着人去约了康公

① 不落寻常套中——不落俗套。不因袭陈旧的格式。

子，于十一日一同进馆罢了。”这翰林见杜萼择定十一日起身进馆，便欣然应允。

杜萼又说道：“爹爹，孩儿还有一言启上。如今与康公子同馆，相与尚久，彼此不便称呼，望爹爹与孩儿取一个表字。”翰林道：“萼儿，我蓄意多时，又是你讲起，我却省得①。昨晚饮酒回来，一觉睡去，忽梦与你同玩花园，只见百花俱未开放，唯有梅花独盛。你问道：‘爹爹，这梅花年年开在百花之前，却有甚说?’我回道：‘萼儿，可晓得梅占百花魁之语吗?’如今我想起来，那梅花正应着你幼时的名姓，今日就取做杜开先便了。”

杜萼便深深唱喏，应声而退，一壁厢就着人去约康公子，一壁厢②就唤那个管门的聋子，吩咐着他打点书箱铺盖并供给灯油之类，先往清霞观去。

到了十一日，那康公子带领家童，挑了行李，叫下船只，早向西水滩头等候。等了一会，看看日色将晡③，哪里见个杜开先来。殊不知他到梅花观中，却被许叔清留住饯饮。

康公子等了许多时候，等得十分焦躁。忽见前头杨柳岸边泊着一只小小画船，里面有几个精致女子，穿红着绿，都在那里品竹弹丝④，未免又打动他少年耍性，便纵起身来，站在船顶上，觑了好几时，就问梢子道：“你可晓得前面那只画船是哪一家的?”

这梢子一时回复不来，也走到船头上看了一看，道：“康相

---

① 省得——亦作“省的”。记得，知道。

② 一壁厢……一壁厢——一边……一边。

③ 晡——申时，即下午三点至五点。

④ 丝——琴的代称。

公，你适间问的，可是那泊在杨柳岸边的吗?”康公子点头道：“正是，正是。”梢子道：“那只船唤名玉凫舟，就是城中韩相国老爷家的。”

康公子道：“那船中饮酒的是什么人?”梢子道：“康相公，这上面坐的正是韩相国老爷，今日在凤皇山祭祖回来，因此泊船在这里游耍。”康公子道：“那几个女子，却是那里送将他承应的乐工?”梢子笑道：“康相公，你还不知，这是相国老爷去年新选的梨园女子，一班共有十人，演得戏，会得歌，会得舞，一个个风流俊丽，旖旎娉婷，标致异常哩!”

康公子摇头道：“这老头儿好快活，好受用。梢子，你说得这样标致，又打动了我康相公往常间的风流逸兴。趁杜相公此时还未到来，你快把船儿撑近那边几步，待我饱看一会儿去。”梢子便提起竹篙，慢慢地一篙一篙撑向前去，与画船相近，也傍在杨柳岸边。

康公子不好船窗大开，只得半开半掩，着实瞧了半晌。原来那几个女子，都朝着韩相国站的，只看得背后，哪里看得明白。他却一霎时心猿难系，意马难拴，魂灵儿俱吊在那几个女子身上，拼着个色胆如天，故意把那一扇船窗呀的推将开去。那几个女子听见这边一声响亮，个个都回转头来，康公子又乘机轻轻嗽了一声。

恰好那内中有一个女子，手拨着琵琶，却是韩相国日常间最欢喜得宠的，唤做韩蕙姿。他听得间壁船中嗽了一声，便觉有心，连忙回睛偷看。原来天色昏黄，两边船里俱未上灯。这边看到那边，两下都是黑洞洞的，哪里看得明白？就把手中琵琶，弹了一曲《昭君怨》词儿。你看这康公子，坐在这边船中，听得间壁船里弹着词儿，就如掉了魂的一般，只是凝眸俯首，倚栏静听了一会。

曲未罢，只听得岸上远远有人厉声问道："前面可是康相公的船么?"这康公子晓得是杜开先来，恰才"嘿嘿"长叹一声，走到船头上，应问道："来者莫非是杜相公吗?"杜蕚道："小弟正是杜开先。"

原来杜开先在梅花观中饮了半晌，不觉醉眼模糊。又遇天色昏暮，哪里看得些儿仔细?虽是听得康公子应声，也不知船泊在哪一边。康公子道："杜兄，请上这边船来。"杜开先正待要走，忽听得那边船中笙歌盈耳，只道是康公子船里作乐，便叫道："康兄，读书人如此作乐，不亦过奢了吗?"康公子道："杜兄请噤声，有话上船来见教。"杜开先便扶住竹篙，一脚跳上船去。

康公子见他有些醉意，恐怕失足坠落水中，遂一把扶住，迎到船里，连忙作揖。杜开先问道："康兄，适才敢是什么人在舟中作乐?"康公子道："杜兄，你却错听了。奏乐的不是小弟船中，却是间壁那画船里面。"杜开先道："这是小弟耳欠聪了。那只画船是哪一家的?"康公子道："杜兄，那只船名为玉凫舟，是城中韩相国家的。今日相国安排酒筵，在内有两个奏乐的女子，生得天姿绝世，国色倾城，小弟却从来不曾见的。适才等候杜兄不到，也是无意中偶然瞥见，略得偷瞧几眼儿。"

杜开先道："康兄，既有这样一个好机会，何不携带小弟看一看。"康公子道："杜兄还且从容，我想那韩相国今夜决然赶不进城，料来我们也到清霞观去不及了。今夜就把船泊在这里，少刻待到东山月上，悄悄地把船儿撑将拢去，连了他的船，再把窗门四下开了，我和你玩月为名，那时饱看一回，却不是好。"杜

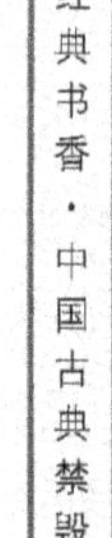

开先道：“康兄见教，其实有理。只恨小弟无缘，来得太迟了些。”康公子跌足笑道：“小弟来得早的，也不见有缘在这里。”

杜开先道：“康兄，只是一件，我和你静坐舟中，如何消遣得这般良夜?”康公子道：“这有何难。小弟带得有两瓶三白，几味蔬菜。杜兄不嫌，就取出来，慢慢畅饮一杯，却不是好。”杜开先拍手笑道：“这也说不得，今夜决然要陪康兄了。”康公子便唤家童，向后面船梢里拿过酒肴来。

你看这梢子到也知趣，便来问道：“二位相公，既有酒肴，安可闷酌，把我的船再撑过去些，何如?”杜开先道：“说得妙，说得妙。我且问你，那只船上的梢子，你可认得他吗?”梢子道：“杜相公，这些撑船的，总是我的弟兄们，每日早晨聚会滩头，大家都是唱喏的，如何有个不认得的？杜相公敢是有甚吩咐?”杜开先道：“我却没甚说话，只恐你不认得的，把船拢将过去，他便倚着官势，难为着你。既是同伙的，拢去不妨。”

梢子便去提起竹篙，一篙撑到那只画船边傍着。康公子就跳起身来，把两扇窗子扑地推开。抬头一看，只见皓月当空，刚在垂杨顶上，便对杜开先道：“小弟久仰杜兄诗才，渴欲求教，今日幸会舟中，何不就把明月为题，见教一首?”杜开先笑道：“恐拙句遗哂大方①。”康公子道：“言重，言重。”杜开先便倚着栏杆，对着月光，朗吟一绝云：

中天皎月未曾盈，偏向人间照不平。
此际莫嫌微欠缺，应须指日倍光明。

康公子道：“承教，承教。杜兄，小弟往常在书房中独坐无

① 遗哂（shěn）大方——同遗笑大方。指让内行见笑。

聊的时节，也常好胡诌几句，只是吟来全没一毫诗气。朋友中有春秋①我的，都道是笑经。”杜开先道：“康兄不必太谦，决然是妙的。小弟正要请教。”康公子道：“小弟赋性愚直，凡遇同袍②之中，再没一些谦逊，是不是常要乱道一番，其实不怕人笑。杜兄果不见笑，我就把原题也和一首。若不合题，烦劳改正，切不可容隐在心，背地笑人草包也。”杜开先道：“不敢，不敢。”

康公子道：“杜兄，又有一说。小弟吟将出来，虽不成诗，也要带几分酒兴，诗肠自然陡发。若是不饮些酒，便心忙意乱，一字也诌不出来。杜兄且从容多饮一杯，小弟先告罪了，就干了这一瓶罢。”杜开先道：“这一瓶酒，哪里就得尽兴，还把这几瓶酒一饮而尽方妙。”康公子摇头道：“这个使不得，小弟酒量有限，一瓶足矣。若多饮至醉，一字也读不出了。”

杜开先道：“小弟忝③在初交，不知尊量深浅，只是慢慢饮干这一杯，奉陪康兄这一瓶罢。”康公子把两只手捧起酒瓶，不上几口，呷得瓶中罄尽，便道：“杜兄，小弟献丑了。”杜开先道：“不敢。”康公子把酒瓶往船窗外一丢，只见水面上才乆④一响，然后放开喉咙，大嗽一声，朗吟云：

谁将这面新磨镜，缘何挂在个中间？

康公子恰才吟得这两句，又向口中咿唔了一会，把腰伸一伸，扑的一跤跌倒，便呼呼地竟睡熟在船板上。杜开先把手推一

---

① 春秋——指褒贬。《春秋》用字，意寓褒贬，因借其意。

② 同袍——指极有交情的友人。语出《诗·秦风·无衣》：“岂曰无衣，与子同袍。”

③ 忝——辱，有愧于，常用作谦辞。

④ 才乆——象声词。

推道："康兄，难道只吟这两句吗？"这康公子哪里做声得出。杜开先道："康兄，你想是饮了这瓶急酒，把诗肠都打断了。"康公子又不答应。

杜开先见他真个睡熟，便着他家童先把杯盘收拾去了，就向船中把铺陈展开，扶他和衣睡着。杜开先便靠着栏杆，两只眼睛不住地向那边船里瞧个不了。

原来那只船中另有一个女子，就是恰才拨琵琶的韩蕙姿嫡亲妹子，唤名韩玉姿，仪容态度，与姐姐韩蕙姿一般。总是那眼尖利的，见了他姐妹二人，一时辨别不出，若是那眼钝的，毕竟认不出哪一个是蕙姿，哪一个是玉姿。这韩玉姿年纪只得一十六岁，凡技艺中，到比姐姐还伶俐几分，虽然坠迹朱门①，选伎征歌②，随行逐队③，每至闲暇工夫，便去习些文翰④，所以那诗词歌赋，十分深奥者固不能通晓，倘若文理浅近，意思不甚含蓄的，便解得来。

原来适才杜开先所咏诗句，虽然把月为题，却是寓意于间壁船中那几个女子身上。这韩玉姿听见他诗中意思，别有一种深情，知他定是个人中豪杰，口里虽不说出，心下觉有几分顾盼之意。直待到了二更时分，方才伺候得韩相国睡着。恰好那些女子承直⑤了一日，个个神疲意倦，巴不得一觉安眠，等得相国睡倒，各自就寝不提。

这韩玉姿见众姐妹们睡得悄静，忽闻得间壁船中长叹一声，

---

① 朱门——旧时指贵族豪富人家。

② 征歌——征招歌伎。

③ 随行逐队——谓随众而行。

④ 文翰——文章；文辞。

⑤ 承直——当值，侍奉。

他便轻轻赚将出来，乘着这月光惨淡，把窗儿推开半扇，假以看月为名，伸出纤纤玉手，扣舷而歌云：

隔画船兮如渺茫，对明月兮几断肠。

伤情满眼兮泪汪汪，相思不见兮在何方。

原来这杜开先坐等多时，不觉睡魔障眼，正低头靠在那交椅上。蓦听得那边船里打着这个歌儿，猛然醒悟，连忙站起身来，把眼睛睁了几眼，哪里看得明白，便又把手来揉了几揉，方才见那边船窗里，却是一个少年女子：

碧水双盈，玉搔半軃①。翠点峨痕，分就双眉石黛；云堆蝉鬓，写来两颊胭脂。无语独徘徊，仿佛仙姝三岛内；凭栏闲伫立，分明西子五湖中。伤情处，几句幽歌，堪对孤舟传寂寞；断肠时，一联巧合，全凭明月寄相思。

杜开先看了，暗自喝彩道："果然好一个标致女子！料他年纪多只在盈盈②左右，可惜把这青春断送在歌行队里。倘天见怜，假借一阵好风，把他吹到我这船中，杂效一宵鸾凤，也不枉了女貌郎才。"说不了，便要走来推醒康公子，唤他起来一看。心中又忖道："我想他是个酒醉的人，倘或走将起来，大呼小喊，把那韩相国老头儿惊醒了，莫说我空坐了这半夜工夫，连那女子适才那几句歌儿，都做了一场虚话。我如今趁此四下无人，那女子还未进去，不免将几句情诗，便暗暗挑逗她。倘她果然有心到我杜开先身上，决然自有回报。只是我便做得个操琴的司马，她却不能得如私奔文君。也罢，待我做个无意而吟，看她怎么回我。"

你看那杜开先便叹了一声，斜倚栏杆，紧紧把韩玉姿觑定，

---

① 軃（duǒ）——亦作"亸"。下垂。

② 盈盈——十五岁。三五而盈（《礼记·礼运》）。

遂低低吟道：

画舫同依岸，关情两处看。

无缘通片语，通叹倚栏杆。

韩玉姿听罢，暗自道："这分明是一首情诗，字字钟情，言言属意，敢是那个书生有意为我而吟？这果然是对面关情，无计可通一语。我若不酬和几句，何以慰彼情怀？"因和云：

草木知春意，谁人不解情。

心中无别念，只虑此舟行。

杜开先听他所和诗中，竟有十分好意，便把两只手双双扑在栏杆上面。正待要道姓通名，说几句知心话儿，叵耐韩相国那老头儿忒不着趣，刚一觉睡醒转来，厉声叫道："女侍们都睡着了吗？快起来烹茶伺候。"这韩玉姿吓得魂不附体，香汗淋漓，只恐事情败露，没奈何把杜开先觑了几眼，轻轻掩上窗儿，转身进去不提。

杜开先见韩玉姿闭窗进去，暗自道："原来我杜开先如此缘悭分浅，正欲与那女子接谈几句，问个姓名，不想又被那老头这叫声搅散。我想她既有心，决不把我奚落。但是侯门似海，音问难通。自今以后，不知何时再有相会的日子？罢，罢，今夜且待我和衣睡，到天明早早起来，看她上岸的时节，还有心回顾我这船中否？"说罢，便把窗儿轻轻掩上，就坐倒和衣睡在康公子旁边。你看这杜开先，熬了这几个更次，精神着实怠倦，才睡得到，一觉睡去，直到东方日上。

原来这康公子虽然睡着，此事也是经心①的，故那杜开先与韩玉姿隔船酬和，都被他听在耳中。次日，老早先走起来，却好

① 经心——留意，留心。

杜开先还未睡醒，只见那岸上闹哄哄的，簇拥着几乘女轿，恰正是来接那几个女子的。他便急忙梳洗齐整，穿了艳服，站在船头上看了一会。

不多时，先走出一个女子来，却是昨日拨琵琶唱《昭君怨》词儿的韩蕙姿。他便回转头来，见康公子站在船头上，便把秋波频觑几眼，方才动身上轿。又走出一个韩玉姿来，看见康公子，只道就是夜来吟诗的那个书生，不住睛看了又看，想她心中觉有几分疑惑。

这康公子见后去的这一个，与前去的那一个面貌一般，暗自猜疑道："好古怪，世间面庞相似者虽多，哪里有这样生得一般。便是嫡亲姐妹，也没有这等相像。连我竟认不出哪一个是昨日拨琵琶唱《昭君怨》的。"

你看这康公子，便走入船中，把杜开先推了一推，向耳边低低叫道："杜兄，快些醒起来，那韩相国的玉凫舟已开去了。"这杜开先还在梦中，听见了这一句，连忙带着睡魔，一骨碌爬将起来，道："康兄何不早叫一声？"康公子笑道："杜兄且莫着忙，船便不曾开去，只是那几个女子先起身去了。"杜开先惊问道："康兄，果然去了？"康公子又笑道："杜兄，小弟仔细想来，只是辜负了昨夜那首诗儿。"

杜开先见他说话有心，便支吾道："康兄，这有何难，再作后面两句续上去罢。"康公子笑道："杜兄，俗语说得好，'既来雕栏下，都是赏花人。'如今你的心事却瞒不得我，我的心事也瞒不得你。只要明日有些好处，大家挈带一挈带，不可学那些掩耳盗铃就是。"杜开先晓得被他识破，却便不敢隐瞒，就把夜来情景一一备说。

康公子道："杜兄，既有这样一个好机会，切不可错过。我们快早开船，且到清霞观去，少不得十五日元宵灯夜，我和你进城看灯，慢慢画一好计策，再去访他便了。"杜开先道："康兄言之有理。"便叫梢子开船。

不多时，望见凤皇山。康公子道："闻杜兄到处题咏，今见凤皇山，安可缺典?"杜开先知康公子来煞不得的，况诗兴勃发，也不推辞，也不谦逊，便朗吟云：

凤皇山是凤皇形，草木纷然似羽翎。
两翼拍开飞不起，一身俯伏睡难醒。
清霞已接真龙脉，巴邑多钟列宿星。
云雾腾腾笼瑞气，无穷秀丽起山灵。

吟毕，康公子赞美道："杜兄，昨夜与丽人酬和，意兴甚豪。今日凤皇山之吟，豪兴尚在。故言言逼古①，非人所及也。"杜开先道："一时应酬，惶愧，惶愧。"

说话之间，不觉船已到岸。凑巧李道士在外接着，邀进观中，因问道："杜相公，此位相公不曾会面，请问尊姓。"杜开先道："这位相公姓康，名泰，字汝平，乃城中康司牧老爷第二位公子。今来与我同学，幸乞见留。"李道士道："书房尽多，任凭选择，小道岂敢推托!"杜开先着家童安顿行李不提。

毕竟不知他两人有甚妙计得访韩玉姿？且听下回分解。

---

① 逼古——谓后代人所写文章逼似古人。

第　三　回

两书生乘戏访娇姿　两姐妹观诗送纨扇

诗：

悲欢离合总由天，不必求谋听自然。
顺理行来魂梦稳，随缘做去世情圆。
坐怀柳下心无欠①，闭户鲁男操亦坚。
年少莫教血气使，当思色戒古人言。

说这杜开先与康汝平，虽是来到清霞观里，一心只把那玉凫舟系在心上，一个想的是那韩蕙姿，一个想的是那韩玉姿，竟把读书两字丢在一边。

你看这杜开先，虽然做得个诗魔，还又带了几分色鬼，从到清霞观中，并无吟哦诵读之声，恰有如痴如醉之态，没一刻不把那女子和的几句诗儿，口中念了又念，心中想了又想，竟没一个了期。康汝平见他十分着意，便假意把几句说话劝慰道："杜兄，我与你是男子汉，襟怀海样，度量廓如②，喜怒哀乐，发皆中节③。你可晓得那妇人家水性杨花，漂流无准，何曾有一点真心

---

① 坐怀柳下心无欠——即"坐怀不乱"。形容男子在两性关系上品德高尚。《荀子·大略》载，柳下惠怕一个女子受冷，就用衣服把她裹在怀里。由于他为人正派，没有人怀疑他有淫乱行为。柳下惠，春秋时鲁国大夫展禽，曾被封食邑柳下。

② 廓如——澄清貌。

③ 中节——合乎礼义法度。

实意向人。今日遇着这一个，便把身子倒在这一个人身上。明日见了那一个，就把身子又倒在那一个人身上。你仔细想一想着，世间女子可还有几个如得卓文君的？我和你如今得这幽静所在，正要把尘念撇开，精心奋发，两个做些窗下工夫，习些正经事业，怎么到把这儿女私情牵肠挂肚？”两个唧唧哝哝，无休无歇。

杜开先道：“康兄，小弟岂不晓得，只是那个女子，既肯以诗酬和，虽不十分着意在小弟身上，想来实有几分意思。怎得浑身插翅，飞到韩府与他再会一面，也不枉了那夜杨柳岸边相会一番。”康汝平大笑道：“杜兄，美色人人好，这也难怪你。我适才说那几句，虽只是强勉相劝，又何尝不想着那几个女子来？每日间硬着心肠，挨过日子，实不比杜兄心心念念得紧。”杜开先道：“康兄，明日已是元宵佳节，我想，韩相国府中，必然张灯排宴，庆赏元宵，那些女子定在筵前承应。我和你便假看灯为由，倘天从人愿，遇着那些女子，也未见得。”

康汝平道：“杜兄，世间凑巧的事往往有之，偏生我们终不然这等烦难。只是明日灯夜，这府中来往人多，我和你虽得见那女子，那女子哪里便认得我们，可不枉费了一番心机。小弟有个计较①，我这巴陵城中，年年灯夜，大作兴的是跳舞那大头和尚，不免将计就计，明日午后进城去，做五分银子不着，弄下一副大头和尚，待到上灯时候，央他几个人，敲锣的，敲鼓的。上灯时候，我和你换了些旧衣服儿，混在那人丛里，一齐簇拥到那韩相国府中去。料他那一班女子，都近前来瞧看，我两人各把眼睛放些乖巧出来，认得是哪一个，然后挨向前去，乘机取便，只把两

---

① 计较——办法、主意。

三个要紧字儿暗暗打动她，自然解意，想起前情，决然有一个分晓。倘然天就良缘，佳期可必。杜兄，你道我这一个计较，也行得通吗？”

杜开先道：“康兄，你这个计较，其实妙得紧，便是诸葛军师再世，也是想不到的。小弟还有一句请教，那乱纷纷多人的时节，还把两三个什么字儿，可打动得她？”康汝平笑道：“杜兄，你是个极聪明的人，那没头的文字，都要做将出来，难道这两三个字儿，便是这等想不起了？”

杜开先顿然醒悟，笑了一声，道：“康兄，承教了。”便转身走了几步，低头想了一想，暗自道：“我杜开先果然也叫得一个聪明的人，难道除了那两三个字儿，就再想不出一个好计较？我记得柬匣中前日带得一把纨扇在此，不免就把他舟中酬和诗句，将来写在上面，明日带到韩相国府中，倘得个空闲机会，就可乘便相投，却不是好。”思想停妥，连忙撇了康汝平，走进书房，开了柬匣，就把纨扇取将出来，提起霜毫①，果然把那一首酬和的诗儿写上道：

草木知春意，谁人不解情。

心中无别念，只虑此身行。

正要把笔放下，又想得起道：“呀，我杜开先险些儿又没了主意。终不然只把这一首诗儿写在上面，纵然那女子见了，到底不知我的姓名，却不是两下里转相耽误。待我就向旁边写了名字，那女子若果有心，后来必致访着我的踪迹。”这杜开先又提起笔来，果向那诗的后边，又添上五个字：“巴陵杜蕚题。”写完

---

① 霜毫——指毛笔。

又念一遍，大叹一声道："纨扇，我杜开先明日若仗得你做一个引进的良媒，久后倘得再与你有个会面的日子，决不学那负心薄幸之徒，一旦就将你奚落。"

说不了，只见那书房门呀的推将进来。杜开先疑是康汝平走到，恐他看见不当稳便，连忙笼在衣袖中。转身看时，恰是那服侍的聋子，点了一支安息香，走进房来。

杜开先笑道："你这聋子，果然会得承值书房。明日待我回去府中，与老爷、夫人说，另眼看顾你几分。"聋子回头笑道："大相公，小人自幼在书房中服侍老爷，煮茶做饭，扫地烧香，并无一毫疏失。多蒙老爷另加只眼，果与别的看待不同。只是明日大相公高中了，就把老爷看顾小人做了样子，抬举做得管家头目罢了。"杜开先道："这也容易。只怕你明日多了年纪，耳又聋，眼又瞶①，却怎么好？"聋子道："大相公，小人也是这样想。若还到得那个时节，就坐在书房里，照管些事儿，吃几年安乐茶饭，也尽够了。"

杜开先道："且到这个时节，自然不亏负你。我还有句话与你说。明日是元宵佳节，城中遍挂花灯，我欲与康相公同去看玩一番，你明日可早早打点午饭伺候。"聋子道："大相公，这个却不劝你去。那闹元宵夜，人家女眷专要出去看灯。你们读书人倚着后生性子，故意走去，挨挨挤挤，闯出些祸来，明日老爷得知，却不说大相公，倒罪在我小人身上。"

杜开先道："聋子，我听你这几句话儿，着实讲得有理。谅来我与康相公两个，具是守分的人，决不去那边惹祸。明日便进

① 瞶（guì）——此作"瞎"。

城去，也不回府中，只在大街左右看玩片时，少不得依旧出城，到梅花观中歇了，后日早早便好转来。只是你在书房中，夜来灯火谨慎几分，强如把我相公挂在心上。”聋子道：“大相公，小人虽是方才说那几句闲话，一半为着大相公，一半却为着小人自己。明日去不去，凭你主意。只要凡事小心，早去早来，省得小人放心不下，明日又赶进城来。”杜开先道：“你快去打点晚饭，再不要絮烦了。”

聋子转身竟走，不多时，便把晚饭拿出来。杜开先就同康汝平便把酒来吃了几钟，然后吃饭吃茶，又坐一会，各人进房收拾安寝不提。

次日，两人早早吃了午饭。杜开先吩咐聋子，小心看管书房。康汝平带了家童，一齐起身。离了清霞观，过了凤皇山，行了三四里，哪里得个便船？你看他两个，原是贵公子，从来娇养，出门不是船，就是轿马，哪里有行路的时节？这日有事关心，又恐迟了，就如追风逐电一般。有诗为证：

心中无限私情事，两足谁怜跋涉劳。

不趁此时施巧计，焉能海底获金鳌。

看看行了半个日子，还到不得西水滩头。这正是：心急步偏迟。直到天色将晚，方才到得梅花观中。

许叔清忙出迎迓，见了康汝平，便对杜开先道：“老朽前日却听不明白杜相公说，原来同馆的就是康二相公，好难得。”康汝平欠身道：“不敢。”

许叔清笑道：“二位相公，今日匆匆回来，敢是要进城看灯吗？”杜开先也笑道：“不瞒老师，原是这个意思。”许叔清道：“二位相公，既要看灯，何不早来些？”杜开先道：“起初原不曾有此意，吃午饭后，两人一时高兴，说起就来，又没有船，只得步行，所以这时才到。老师在此，实不相瞒说，我两人都不回家去了，且在这里闲坐片时，待等上灯时候，换些旧衣服穿了，慢慢踱进城去看一看，不过略尽意兴，即便转来，就要老师处借宿一宵，明早就到清霞观去。”

许叔清满口应允道：“这个自然领教。今日元宵佳节，二位在此，却不曾打点得些什么好酒肴，老朽甚不过意。也罢，二位相公若不见罪，还有野菜一味，淡酒一壶，慢慢畅饮一回，然后进城。不识尊意如何?”杜开先与康汝平齐答道：“我二人到此，借宿足矣，又要叨扰老师，甚是不通得紧的。”许叔清道：“相与之中，理上当得的，说哪里话。”就吩咐道童，整治酒饭款待。

你看这杜开先把这件事牢牢在心记着，就对康汝平道：“康兄，我与你今日之来，单单只为得这件事，到这里好几时，却把那件事情反忘怀了。”康汝平会意道：“杜兄，正是那件要紧的东西，这时节却打点不及。古人说得好，‘有缘哪怕隔重山’。只要有缘，自有凑巧的所在。但是那两三个字儿，到底要打叠得停当。”

正说得高兴，那许叔清走来问道：“二位相公，还是吃了酒去看灯，还是只吃饭，看过灯来吃酒?”杜开先道：“康兄，想是这时城中火炮喧阗①，花灯必然张挂齐整，若吃了酒饭去，恐怕迟了，我们不如看了转来。”康汝平道：“讲得有理。”便起身换了衣服。许叔清道：“二位相公既然先去看灯，老朽却得罪了。今日乃三官②大帝降生之辰，晚间还要做些功课，却不得奉陪，

① 喧阗——喧闹，热闹。

② 三官——亦称“三元”。道教所奉的神。即，天官、地官、水官。传说天官赐福，地官赦罪，水官解厄。

只在这里殷勤恭候终究便了。”杜开先道：“这个不敢劳动老师，只留康相公家这位尊价①在此等候一会就是。”

两人别了许叔清，遂起身走进城来。恰可皓月东升，正是上灯时候，但见那：

焰腾腾一路辉煌，光皎皎满天星斗。六街喧闹，争看火树银花；万井②笙歌，尽祝民安国泰。叠叠层层，彩结的鳌山十二；来来往往，闲步的珠履三千。这正是：金吾不禁，玉漏停催③，谁家见月能闲坐，何处闻灯不看来？

两人看了一会，渐渐走到十字街头。只见簇拥着两行的人，拉下两个宽大场子，一边正在那里跳着大头和尚度柳翠，一边却在那里舞着狮子滚绣球，筛锣击鼓，好不热闹。两人看得有兴，各自站在一边。

不多时，那后面一条小巷里，又拥出一伙人来。杜开先回头看时，恰又是一起跳大头和尚的。忽听得中间有两个人说道：“我们先到韩府中去。”杜开先听了韩府二字，着实关心，便唤了康汝平，随着那个人一齐径到韩府中。

只见那大门上直至中堂，处处花灯遍挂，银烛辉煌，就如白昼。他两个便混在人队里，挨身直到堂前。正是韩相国庆元宵的家宴。上面凛凛然坐着一位，你道是谁？原来就是韩相国。左右两旁，还有几个恭恭敬敬坐着的，就是他的弟男子侄。笙歌鼎

---

① 尊价——尊介。旧时对他人之仆的客气称呼。

② 万井——古代以地方一里为一井，万井即一万平方里。代指千家万户。

③ 金吾不禁，玉漏停催。——金吾不禁，指掌管京城警卫的金吾禁止夜行，唯于正月十五开放夜禁，称“金吾不禁”；玉漏，停催，玉漏，指古代计时漏壶的美称。

沸，鼓乐齐鸣，流星满空，火爆震地。又是这一班跳大头和尚的，敲锣击鼓，满城人都来逢场作戏。杜开先与康汝平两人到此，一心一念，只为这两个女子身上，左顾右盼，前望后瞻，徘徊许久，并无踪迹。心中顿觉愁闷，暗想道："今日千筹万算，得到这里，也非容易。倘若不得些影响，怏怏空回，必然害起病来，如何是好？"

正思虑间，见那围屏后闪出两个女子来，一个就是韩蕙姿，一个就是韩玉姿。这康汝平不住睛偷觑几眼，端的认不出哪一个是前日拨琵琶的。杜开先痴痴呆呆，看了一会，暗自道："世间有这样一对女子，就是嫡亲姐妹，面庞也没有这等相像得紧，不知哪一个是前夜舟中酬和的？"你看，到把个杜开先疑疑惑惑起来。

原来那韩玉姿那夜隔船酬和的时节，便是有些月色，朦胧之间，两下里面貌都不曾看得仔细，所以怪不得这一个全不识认，也怪不得那一个心下猜疑。就是那韩蕙姿，前日瞥见康汝平的时节，天色尚未昏瞑，她却看得几分明白在眼睛里。蓦然间在人丛里见了，便觉兜上心来，连忙站出屏前，把秋波偷觑几番。

杜开先回转头来，见她有些情景，只道就是在舟中酬和的这一个，满心欢喜，便又近前几步，把袖中纨扇悄悄撇在韩蕙姿身边。有诗为证：

侯门深似海，不与外人通。
昔日留情密，今宵用计穷。
昆仑难再见，红绡岂重逢。
纨扇传消息，姻缘巧妙中。

回转身来，携了康汝平的手，向人队里看这些人跳的跳、舞的舞，站了好一会，方才与众人同散出门。此时将及半夜，灯阑人静，两个说说笑笑，徐步踱出城来，竟到梅花观中。许叔清还在这里等候，见杜开先与康汝平走到，忙唤道童摆出肴馔来，三人畅饮不提。

说那韩蕙姿见人散了，刚欲转身进去，只见屏前遗下一柄纨扇，便蹲身拾起，藏在袖中，连忙走进房里，正向灯下展开观看。恰好那妹子韩玉姿推门进房，看见姐姐手中执着一把纨扇，便迎着笑脸道："姐姐，好一把纨扇，却是哪里来的？"韩蕙姿道："妹子，你却不知道这把扇子，休轻觑了它，却来得有些凑巧。"

韩玉姿笑道："姐姐，我晓得了，这敢是老爷私自与你的吗？"韩蕙姿道："妹子，人人说你聪明，缘何这些也不甚聪明。若是别家的老爷，内中或有些私曲①。我家老爷待我姐妹二人，一般相似，并无厚薄。难道私自与得我，到没得与你不成？不是这等说。这柄纨扇，恰是适才多人之际，不知是哪一个掉下在围屏后边，偶然看见拾得的。"

韩玉姿笑道："你却有这样好造化，何不待妹子赠你几句诗儿？"韩蕙姿道："这个却好，只是上面已题着诗了。"玉姿道："姐姐，可借与妹子一看吗？"韩蕙姿便递将过来。

韩玉姿展开，把前诗看了一遍，只见诗后写着杜萼名姓，蓦然惊讶起来，心中想道："好奇怪，上面这一首诗，分明是前日在玉凫舟对那生酬和的，我想这一联诗句，并没人晓得，不知什么人将来写在这把纨扇上。看将起来，莫非那生就是杜萼，适才混入进来，探访我的消息，也未可知。"便对韩蕙姿道："姐姐，你可晓得这扇上诗句是什么人题的？"韩蕙姿道："我却不知是

① 私曲——偏私，不公正。

谁。”韩玉姿道：“这就是杜萼题的。”韩蕙姿想一想道：“妹子，杜萼莫非就是老爷时常口口声声慕他七岁能诗的吗？”韩玉姿道：“姐姐，我想决是此人。终不然我巴陵城中，还有一个杜萼不成？”

韩蕙姿道：“妹子，这有何难，我和你明日就拿了这把扇子，送与老爷一看，便知分晓。”韩玉姿道：“姐姐所言，甚是有理。只恐这时老爷睡了，若再早些，就同送去一看，却不是好。”韩蕙姿道：“妹子，他老人家眼目不甚便当，就是灯下，也十分不甚明白。只是明早去见他罢。”韩玉姿便不回答，遂与姐姐作别，归房安寝不提。

次日早晨起来，她姐妹两人执了纨扇，殷殷勤勤走到后堂，送上韩相国道：“启上老爷，昨晚在围屏前，不知什么人掉下一把纨扇，是我姐妹二人拾得。上面写有诗句，不敢隐匿，送上老爷观看。”

韩相国接在手中，仔细一看，道：“果然好一把扇子，看来决不是个寻常俗子掉下的。”遂展开，把那上面诗句从头念了一遍，便正色道：“哇①，好胡说！这扇上分明是一首情诗，句句来得跷蹊。你这两个妮子，敢到我跟前指东道西，如此大胆，却怎么说？”

吓得她姐妹二人心惊胆战，连忙跪倒，说道：“老爷，这样讲来，倒教我姐妹二人反洗不干净了。今日若是有了些什么不好勾当，难道肯向老爷跟前自招其祸？请老爷三思，狐疑便决。”韩相国便回嗔作喜道：“这也讲得有理。你两个可快站起来，这

① 哇（dōu）——叹词，用于打招呼或叹息，此处为呵斥。

果然是我一时之见，错怪你们了。”姐妹二人起身，站立两旁。

韩相国道：“玉姿，你可晓得扇上题诗的这个人吗？”韩玉姿道：“我是无知女子，况在老爷潭潭①府中，并不干预外事，哪里晓得扇上题诗这人。”韩相国道：“我方才说这把扇子，却不是寻常人掉下，你道是谁？乃是杜翰林老爷的公子，唤名杜萼。他七岁的时节，便出口成章，如今不过十六七岁。城中大小乡绅，没一个不羡慕他。我亦久闻其名，不见其人。目下就是袁少伯的生辰，正欲接他来题一幅长春四景的寿轴。今既得他这把纨扇，就如见面一般。你可收去，用白绫一方，好好包固，封锁在拜匣里。待我明日写一个请帖，就将他送到那杜府中去，权为聘请之礼。”

韩玉姿听说了这几句，正中机谋，便伸出纤纤玉指，接了过来。韩相国还待吩咐两句，只见那门上人进来禀道：“京中有下书人在外，候老爷相见。”韩相国便走起身出去不提。

却说这韩玉姿收了纨扇，别了姐姐，竟到自己房中，慢慢展开，仔细从头看个不了，遂叹一声道：“杜公子，杜公子，你既存心于我，却不知我在此间亦有心于你。毕竟自今以后，我和你不久就有见面的日子。只是教我全无一毫门路，可通消息，如何是好？我今有个道理在此，杜公子前日所吟诗句，我已明明牢记心头，不免将机就计，就写在这纨扇上，然后封固停当，待老爷明日着人送去，他见了时，必定欣然趋往。那时待我暗中偷觑，再把手语相传。若得天意全曲，成就了百年姻眷，岂非纨扇一段奇功。”

思想已决，正待展开，又想道：“且住。我那蕙姿姐姐，原

① 潭潭——深广貌。

是个奸心多虑的人，倘被她走来瞧破，正是知人知面不知心，倘有些风吹到老爷耳边，不特惹是招非，却不道一片火热心肠，化作一团冰炭矣。”连忙起身，拴了房门，再把文房四宝取将出来，低头想了一会。

你看这韩玉姿，果然是一个聪明女子，前日杜开先寄咏的诗句，又非笔授，不过信口传闻，缘何字字记得详细，便轻轻提起笔来，向那纨扇上续写道：

画舫同依岸，关情两处看。
无缘通一语，长叹倚阑干。

写毕，从头念了一遍，端然字字无差。便抽身取了一幅白绫，欲待包封，忽然又想起来，说道：“我想，杜公子为着我身上，费了一片深心，分明暗赘姓名在上。若我只把诗句写去，不下一款，教他悬空思念，依旧做了一场没头绪的相思。我也把名字写在后边，使他见了，便知道我留心于他的意思。”

又提起笔来，向后写道：“韩玉姿题”。写毕，就把白绫包固停当。有诗为证：

柳陌逢邂逅，朦胧月满舟。
面庞俱不认，情意各相投。
隔水通琴瑟，当窗互和酬。
有心求凤侣，无计下鱼钩。
旦夕忘经史，痴迷难自由。
三餐浑弃却，一念想风流。
纨扇留屏后，通名引路头。

天缘真辐辏①，烦恼可全收。

正要起身将来收拾在拜匣里，只听得房门外一声咳嗽。你看韩玉姿，霎时间玉晕生愁，仓皇无计，恐泄露机关，反招烦恼，便轻轻把房门开将出来一看，四下里并不见个人影，猛自惊讶道："这莫非是我老爷唤姐妹们来打听我的消息，且待走到厅前，看一看老爷下落就是。"便悄悄掩上门儿。正走到东廊下，蓦然想起那把纨扇不曾收拾得，连忙又转身来。进房一看，哪里见个踪迹，竟不知什么人拿去。

正在愁虑之间，只见韩蕙姿走近前来，迎着笑脸道："妹子，老爷着我来，取你那把纨扇去，仔细再看一看。"韩玉姿却回答不来，就将姐姐一把扯到房中。

毕竟不知她两个有甚说话？后来那纨扇的下落如何？且听下回分解。

① 辐辏（còu）——车辐凑集于毂（gǔ）上。比喻人或物集聚一处。毂，车轮中心插轴的圆孔。

第　四　回

作良媒一股凤头钗　传幽谜半幅花笺纸

诗：

情痴自爱凤双飞，汀冷难交鹭独窥。
背人不语鸳心闹，捉句宁期蝶梦迷。
涓涓眼底莺声巧，缕缕心头燕影迟。
何日还如鱼戏水，等闲并对鹤同栖？

你道适才在房门外咳嗽的是哪一个？恰就是个韩蕙姿。原来她在门外站立了好一会，这韩玉姿在房里自言自语，把那把纨扇看一会，想一会，都被她在门缝里，明明白白，瞧得仔细。见妹子走出房来，便闪在那花屏风后。玉姿虽是听见咳嗽之声，哪里提防就是姐姐韩蕙姿。

这蕙姿也正有心在那扇上，恰好乘她走出，悄悄钻进房中，将来匿在袖里，故意待她来时，要把些话儿挑逗她。见妹子无言回答，倒一把扯了进房，便道："妹子，莫要着忙，那把扇子是姐姐适才到你房中拿去送与老爷了。"

玉姿见姐姐说送与老爷，心中老大惊恐，便道："姐姐，怎么好？适才那把扇子，是我妹子乱题了几句在上，若是老爷看见，决要发起恼来，如何区处？"蕙姿道："这个何妨，老爷一向晓得你是个善于题咏的，见了决然喜欢，难道倒要着恼吗？"玉姿道："姐姐，你不知道，那首诗有些古怪，却是老爷看不得的。"

蕙姿点头道："原来如此。妹子，我和你不是别人，原是同胞姐妹。何不把诗中的意思明对我说，与我得知，倘或老爷问起时节，姐姐替你上前分理①几句也好。"玉姿只道真把了韩相国，事到其间，却也不敢隐瞒，只得便把那日玉凫舟，两下隔船吟和缘由，从头到尾一一实告。

蕙姿听妹子这一番话，正是错认陶潜②是阮郎③，只道是那晚把船窗推开偷觑的那康公子，却就是杜公子，便道："妹子，看将起来，那杜公子昨晚向人队里混迹到我府中了。见我姐妹二人，面庞一般相像，却也认不明白，因此把这纨扇暗投在围屏侧边，要我们知道他特来探访的意思。妹子，你休恁心慌，那纨扇却不曾送与老爷，还在姐姐衣袖里面。不是我故意要藏匿你的，适才门外听你自言自语，分明露出一段私情，正要把这把扇子为由，慢慢盘问你几句。如今不提防着我，先把真情从头实说，足见姐妹情深。难道我做姐姐的，到将假意待你不成。却也有几句心苗话④儿，就与你实说了罢。"

玉姿听说纨扇在姐姐身边，方才放下肚肠，把个笑脸堆将下来道："姐姐，便险些儿把我妹子来惊坏了。你既然有甚心事，向妹子说也不妨。"蕙姿遂把在那船中瞥见康公子，特地把琵琶拨唱一曲《昭君怨》打动他的话，明明尽说。玉姿听姐姐说罢，竟也懵懵懂懂起来，连她也把个康公子想做了杜公子，对着蕙姿道："姐姐，妹子想来，那晚杜公子在那边偷瞧姐姐的时节，分明也有了一点心

---

① 分理——分说，分辩。
② 陶潜——东晋大诗人陶渊明，字元亮。
③ 阮郎——西晋诗人阮咸。
④ 心苗话——心里话。

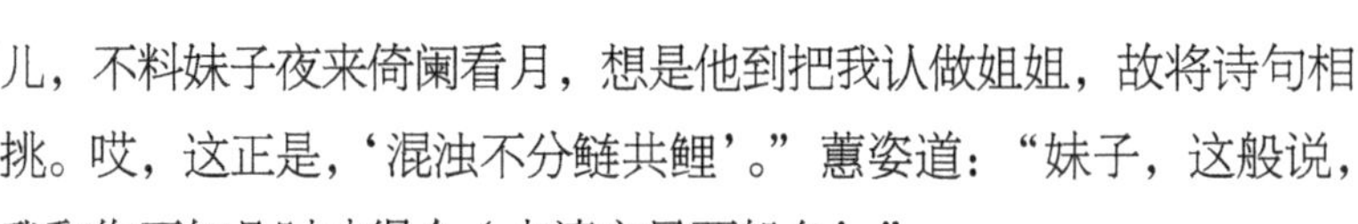

儿，不料妹子夜来倚阑看月，想是他到把我认做姐姐，故将诗句相挑。哎，这正是，‘混浊不分鲢共鲤’。”蕙姿道：“妹子，这般说，我和你不知几时才得个‘水清方见两般鱼’。”

玉姿回笑一声道：“姐姐，我如今姐妹二人的心事，除了天知地知，只有这把纨扇知得。从今以后，若是姐姐先有个出头日子，须用带挈[1]我妹子。倘或我妹子先有个出头日子，决不忍把姐姐奚落就是。”

蕙姿道：“但有一说，这把扇子设使老爷明日送去的时节，拆开一看，见了上面又写着一首诗儿，可不做将出来，怎么了得?”玉姿呆了一会，道：“姐姐讲得有理，妹子只顾向前做去，倒不曾想着这一着。也罢，我如今既已如此，用个拼做出来的计较，把这扇子另将一幅上好白花绫整整齐齐封裹停当，再把一方锦匣儿，好好盛了。待到明日老爷送去之时，他见收拾得十分齐整，哪里疑心到这个田地。况且他又是个算小的人，要爱惜那幅白绫，料不拆开来看。倘蒙天意成全，能够与杜公子一见，他是个伶俐书生，点头知尾，自能触悟，决然乘机趋谒，那时节，两下里便也得个清白。”蕙姿笑道：“妹子，既然如此，我和你各人赌一个造化，撞一个天缘便了。”玉姿也笑了一笑，便起身各自回房不提。有诗为证：

疑信相参不可评，全凭见面始分明。

今朝两下休心热，自有天缘出至情。

说这杜开先，自从元宵灯夜，与康汝平混入韩相国府中，瞥见蕙姿，错投纨扇之后，依旧回到清霞观里。诗书没兴，坐卧不

① 挈（qiè）——携带。

宁，心下半喜半愁，情悰错乱。你道他喜的是哪一件？却是得了一个真实消息。愁的是哪一件？却是他姐妹二人一般面貌，毕竟不知哪一个是画船中酬和的，又不知那把纨扇落在谁人手里。

这康汝平虽然晓得他想念的意思，哪里知道暗投纨扇一事，不时把些话儿询问。杜开先再不露出一些影响，整日在书房中愁闷不开，神魂若失，痴痴呆呆，懵懵懂懂，就如睡梦未醒的一般。那聋子见了这般模样，再想他不着什么头脑，老大惊异。

原来这聋子耳内虽是听人说话不明，心中其实有些乖巧，背地里不时把康汝平去探问口讯。康汝平却又不好明对他说为着这件事儿，只得把些别样说话支吾答应。

聋子哪里肯信，一日，对着杜开先道："大相公，我想你离家到馆，还不满个把月日子，就是这样一个光景。在这里，若也多坐几时，便不知怎么一副嘴脸。古人说得好，'不听老人言，必有凄惶泪。'那日元宵灯夜，我劝你不要进城，却不肯听，如今看将起来，都是那时节起的。你们后生家，尽着一时豪兴，游耍到夜静更深，敢是撞着邪祟在身上了？若使明日老爷知道了这个风声，却不晓得大相公元宵夜的情由，只说小人在这里早晚茶饭上服侍不周。那时节，教我浑身是口，也难分辨。不如早早收拾，回到府中，禀过老爷，慢慢消遣几个日子，再到馆中，却不是好。"

杜开先便不回答，着实沉吟了一会，道："我的意思，倒也要回去消遣几日，只是这书房中，衣囊什物，没有人在此看管。"聋子道："大相公，你却说这样量小的话。古人说得好，'乘肥马，衣轻裘，与朋友共，敝之而无憾。'何不把这书房锁匙，托付康相公就是。"

杜开先道："聋子，你但只知其一，不知其二。那康相公也

是个没坐性的，见我不在这里，一发没了兴头，自然也要打点回去了。”聋子道：“这也极容易处的，待小人送大相公到了府中，再转来看管便了。”

你看这杜开先，不说起回去便罢，若说起回去，巴不得一步就走进城去。对着聋子道：“我有个道理，你去对康相公说，明日是太夫人的散寿，大相公今日要回府去一拜，只消停三两日就来。这书房中要康相公简点①一简点，看他怎么回答。”聋子转身便去对康汝平说。

这康汝平原晓得他只为那桩心病，不好相留，只得凭他回去，便道：“你相公既要回去，我就移到你相公房里去，权坐几日就是。”聋子就来与杜开先说知。杜开先就着他速去收拾几件衣服，做一毡包提着，连忙起身，竟到康汝平房中作别。康汝平遂携手送出观门，却把没要紧的话儿，低低附耳说了几句。杜开先微微笑了一笑，两人拱手而去。

这正是杜开先凑巧的所在，方才到得府中，恰正午后光景。只见一个后生，手捧一方拜匣，也随后走将进来。聋子回头看见，问道：“大哥，是哪里来的?”后生道：“我是韩相国老爷差来，聘请你杜爷公子的。”杜开先听说韩相国三字，便觉关心，又听说个聘请杜公子，就站住仪门首，问道：“可有柬帖吗?”后生把他仔细看了两眼，见他相貌不凡，心中便道：“此莫非就是杜公子?”便向拜匣里先取出一个柬帖来，连忙送与杜开先。

杜开先接了过来，展开一看，上写着：“通家眷生韩文顿首拜”，“副启一通”。杜开先就当面把书拆开一看，上写道：

---

① 简点——检查，料理。

贤契①清年美质，硕抱宏才。声名重若斗山，望誉灿如云汉。咸谓谪仙复生，尽道陈思②再世。真巴陵之麟凤，廊庙③之栋梁也，敬羡，敬羡。不佞④潦倒龙钟，清虚不来，渣秽日积。欲领玄提，尚悭良遇。寿意一幅，借重金言。原题纨扇为聘，慨赐贲临⑤。老朽林泉，可胜荣藉。

看到后面，只见有着“纨扇”二字，心中着实惊讶，暗想道：“难道那把扇子却被老头儿看破了？”

那后生便把锦匣儿送将过来。杜开先一只手接了锦匣，一只手执了书柬，笑吟吟地对着后生道：“既承韩老爷宠召，自当趋往。但刻下不及回书，敢烦转致一声，待明早晋谒，觌面⑥称谢便了。”后生方才晓得这个就是杜公子，愈加小心几分，满口答应不及。杜开先着聋子拿三钱一个赏封送他，称谢而去。有诗为证：

曾将纨扇留屏后，今日仍赍⑦作聘来。

无限相思应有限，羡他来去是良媒。

杜开先见那后生去了，也等不得走进中堂，端然站在仪门边，把那锦匣揭将开来。只见里面又是一幅白绫，封裹得绵绵密密，原来还是韩玉姿的手迹。恰好适才韩相国着人送来的时节，果然无心究竟到这个田地上去，因此便不拆开细看，随即糊涂送到这里。这都是他两个的天缘辐辏，恰正送来，刚刚遇着杜开先

---

① 贤契（qì）——对弟子或朋友子侄辈的敬称。
② 陈思——指陈思王曹植。
③ 廊庙——指朝廷。
④ 不佞——用作谦称。
⑤ 贲（bì）临——客套语。光临。
⑥ 觌（dí）面——相见。
⑦ 赍（jī）——以物送人。

回来，亲自收下。

这杜开先虽见书上写着个“纨扇”二字，哪里晓得扇上又添了一首诗儿。便又把白绫揭开，果是那元宵夜掷在围屏边的这把扇子。再扯开一看，上面又增了一首诗儿，恰正是他那日在这边船里寄咏的，诗后又写着“韩玉姿”三字。点头暗想道：“原来画船中与我酬和的，就是这韩玉姿了。只是一件，如何那书帖上写着是韩相国的名字，这纨扇上又写着韩玉姿的名字？此事仔细想来，好不明白。莫非倒是那老头儿知了些什么消息，请我去倒有些好意思不成？”

你看他慢慢地一会想，一会走，来到中堂。恰正见翰林与夫人对面坐着，不知说着些什么话儿。看见杜开先走到，满心欢喜，虽是一个月不相见，就如隔了几年乍会的一般。连忙站起身来，迎着笑脸道：“萼儿，你回来了，一向在馆中可好吗？”杜开先道：“深承爹妈悬念，只是暌违膝下，冷落斑衣，晨昏失于定省①，不孝莫大。”杜翰林道：“萼儿，你岂不晓得事亲敬长之道，哪一件不从书里出来。今既与圣贤对面，就和整日在父母身边一般。我且问你，那康公子也同回了吗？”杜开先答应道：“康公子还在清霞观中。孩儿今日此回，一来探望爹妈，二来却有一事与爹妈商议。”

夫人便道：“萼儿，敢是你在清霞观中早晚不得像意②，又待变更一个所在吗？”杜开先道：“孩儿在那边清雅绝伦，正是读书所在，无甚不便。但为昨日韩相国差人特地到清霞观中，投下请书礼帖，欲令孩儿明日到他府中题咏几幅寿意。所以回来特请命

---

① 定省（xǐng）——“昏定晨省”的略语。指子女早晚向父母问安。

② 不得像意——不得意。

于爹爹，决一个可否，还是去的是？不去的是？”杜翰林道：“尃儿，那韩相国是当朝宰辅，硕德重臣，又是巴陵城中第一个贵显的乡绅。就是他人，巴不能够催谋求事，亲近于他，何况慕你诗名，特来迎请，安可拂其美意。今日就当早早趋谒才是。”

夫人道：“尃儿，既有请书，何不顺便带回，与爹爹一看，方是道理。”杜开先便向袖中先将书帖取出，送上翰林道：“孩儿已带在此。”翰林接将过来，从头一看，欣然大笑道：“夫人，那老头儿就将孩儿原题的纨扇送将转来，岂不是一个大丈夫的见识吗？”

夫人道：“却是怎么样一把纨扇？”杜开先便又向袖子里拿将出来。翰林展开，把前后两首诗儿仔细一看，道：“尃儿，这扇上两首诗儿，缘何都不像你的笔迹，又不像你的口气？”杜开先乘机应道：“孩儿也为这件事，因此踌躇未决，进退两难。”杜翰林道：“尃儿说哪里话。作诗原是你的长技，难道如扇上这样句儿，愁什么做不出来？但有一说，明日谒见的时节，决不可把这纨扇带着，倘言语中间偶然提起，只是谦虚应对为妙。”

杜开先道：“还有一句，请问爹爹，明日若见了韩相国，教孩儿怎么称呼？”翰林想了一想，道：“尃儿，韩相国虽然是个大僚，论我门楣，也不相上下。况且共居巴陵一邑，兼属同寅①，总不过分一个伯侄辈儿就是。”杜开先躬身答应一声。那夫人就走过来，一把携身手转进去，随唤厨下整治茶饭不题。有诗为证：

少小多才动上人，他年拟作国家宾。

① 同寅（yín）——旧称同一处做官的人。

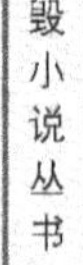

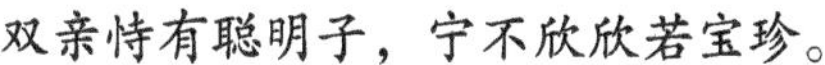
双亲恃有聪明子，宁不欣欣若宝珍。

次日，杜开先带了家童，竟到韩相国府中。把门人通报，那韩相国闻说杜公子来到，十分之喜，急令家童开了中门，匆匆倒履[①]出来迎迓。引至大厅上，叙礼已毕，连忙拂椅分宾主而坐。

两巡茶罢，韩相国道：“公子如此妙龄，诗才独步，岂非巴陵一邑秀气所钟。老夫久仰鸿名，每劳蝶想，恨不能早接一谈。今承光降，何胜跃如。”杜开先欠身答道：“老伯乃天朝台鼎[②]，小侄是市井草茅，深感垂青宠召，敢不覆辙趋承。”韩相国道：“老夫今日相迎，却有一事借重。不日内乃少伯袁君寿诞，老夫备有寿意一幅，敢求赐题，作一个长春四景。料足下倜傥人豪，决不我拒，故敢造次斗胆耳。”杜开先道：“老伯在上，非是小侄固辞，诚恐俚言鄙语，有类齐东[③]，岂无见笑于大方乎?”韩相国道：“老夫前闻梅花观之题，今复见纨扇之咏，深知足下奇才。今日见辞，莫非嫌老夫不是个中人，不肯轻易的意思?”杜开先道：“却是小侄得罪了。”韩相国便吩咐韩府管家耳房茶饭，遂唤女侍们取了锁匙，先去开了记室房门，然后把杜公子引进。

原来那韩蕙姿与韩玉姿姐妹两人，听说个杜公子到了，巴不得一看，撇下肚肠，因此俱已留心，早早都站在那厅后帘子里，正待看个仔细。恰好杜开先正慢将进去，去回头一看，只见那帘内站着的，端然是元宵夜瞥见这两个女子。你看他，两只脚虽与韩相国同走，那一片心儿早已到这两个女子身上，又恐韩相国看出些儿破绽，没奈何只得假意儿低头正色，徐步一同来到记室。

---

① 倒（dào）履——古人居家席地而坐，因急于迎客而穿倒了鞋子。
② 台鼎——古称三公为三鼎。
③ 齐东——指“齐东野人”。指道听途说。

韩相国先把寿轴取将出来，展开在一张八仙桌上，再把文房四宝摆列于右，对着杜开先道：“老夫有一言冒启。昨日有一敝同僚，始从京师回来，刻下暂别一会，前去拜望一拜望，少息就回。公子在此，权令女侍们出来，代老夫奉陪，万勿见罪，足征相爱重了。”

杜开先听说这几句，恰正合着机谋，只是不好欣然应允，便假意推却道：“老伯既有公冗①而去，小侄在此，诚恐不便，不如也暂辞回去，明日再来趋教如何？”韩相国笑道：“好一位真诚公子！敢是老夫欲令女侍出来代陪，虑恐男女之间、嫌疑之际吗？”杜开先躬身道：“正是小侄愚意。”韩相国又笑了一声，道：“贤契，不是这样讲。老夫与令尊翁久同僚采②，况属通家③今公子到此，就如一家人一般，这个何妨。”吩咐院子快唤蕙姿出来。

原来这蕙姿与玉姿姐妹两人还站在厅后，端然不动，都在那猜疑之际，突地里听说一声：“蕙姿姐，老爷唤你哩。”她两个再想不到是唤出去代陪杜公子，只道有些不妙的事，一个目定口呆，一个魂飞魄散，心头擤擤的跳个不了。

蕙姿道：“不好了！敢是纨扇上诗句杜公子对老爷说出来，故来唤我对证。”玉姿道：“姐姐，决不为着这件。我想那杜公子的心事，就是我们的心事，难道他便如此没见识吗？”蕙姿道：“妹子，你可想得出，还是为着什么来？”玉姿道：“敢是杜公子记着那《昭君怨》儿，故在老爷跟前，把几句巧言点缀，特地要你出去相见的意思。”蕙姿道：“妹子，那杜公子若是果有这片好

① 公冗——公务。冗，繁忙的事。
② 僚采——同僚。
③ 通家——世交。

意，肯把前事记在心头，决不把你前日送去纨扇上诗儿丢在一边了。古人云，‘丑媳妇免不得见公姑。’既然唤着我，好歹要去相见的，且走出去，便知分晓。”玉姿就转到自己房中，探听他出去还为什么缘故。

蕙姿也不及进房重施脂粉，再换衣衫，别了妹子，竟到记室里面。见了杜开先，连忙假装退避、不敢向前的光景。韩相国道：“这就是杜公子，快过来相见。”蕙姿便向前殷勤万福①，杜开先便深深回喏。蕙姿问相国道：“不知老爷唤蕙姿有何吩咐？”韩相国道：“我就要出门拜客，杜公子在此题这长春寿轴，着你出来权且代我相陪一会。”蕙姿也假意儿低低回答道：“老爷，这位杜公子从不曾相见的，羞人答答，教蕙姿在这里怎么好陪？”韩相国道：“说哪里话。这杜公子，我与他久属通家，谊同一室。不要害羞，在这里略陪一会儿，不多时我就转来了。”蕙姿道：“既然如此，老爷请行。蕙姿在此代陪就是。”韩相国便与杜开先作别，遂走出厅前，上轿出门不提。

这杜开先与韩蕙姿适才相国面前故意推托，都要别嫌疑的意思。见相国出去，巴不得各诉衷肠，备说心事。只是一件，两家都是今朝乍会的，一个便不好仓皇启齿，一个又不好急遽开言，眼睁睁对坐着，心儿里都一样蟹儿乱爬，眼儿里总一般偷睛频觑。

这杜开先毕竟还是个少小书生，包羞含愧，提着那管笔儿，假意沉吟，挨了半晌，方才把句话儿挑问道：“小生前在玉凫舟相会的，敢就是足下么？”蕙姿掩口道：“那元宵夜暗投纨扇的，

① 万福——指妇女相见所行的敬礼，行礼时一般口称“万福”。

莫非也就是公子吗?”杜开先笑吟吟地道:“正是小生。我想足下妙龄未笄①,丽质偏娇,恐久滞朱门,宁不一抱白头之叹。”蕙姿道:“公子岂不闻红颜薄命,自古有之。但此念眷眷在怀,奈何儿女私心,岂敢向公子尊前一言尽赘。”杜开先道:“足下的衷肠,自那日在玉凫舟中扣弦一歌,倚阑一和,小生便已悉知详细。缘何对面到无一言,敢是足下别有异志?”

这蕙姿却又不好说得那日船中酬和的是他妹子,只得顺口回答道:“妾本闺壶鸠拙②,下贱红裙,止堪侑酒持觞,难倩温衾共枕。既承公子始终留盼,情愿订以此生。但是匆匆之间,欲言难尽。妾有金凤钗一股,倘公子不弃轻微,敢求笑纳,使晨昏一见,如妾眷恋君旁矣。”

杜开先连忙双手接住,仔细看了道:“深感足下赐以凤钗,但小生愧无一丝转赠,如之奈何?也罢,就将这花笺上聊赋数言,少伸赠意,不识可否?”蕙姿笑道:“既承公子美情,望多赐几句也好。”杜开先便把那起稿的花笺取一张,整整齐齐裁了一半,提起笔来,写了一首道:

天凑良辰刻刻金,缘深双凤解和鸣。

奇葩欲吐芳心艳,遇此春风醉好音。

这蕙姿却是个不识字的,若是要杜开先再念一遍,可不露出那和新诗、写纨扇的破绽来,只得看了,口中假作咿唔,厉声称赞,便把花笺儿方方折了,藏在袖中。

两个正要再说些什么衷肠隐曲,只听得房门外有人走来,唤

---

① 笄(jī)——簪子。古代女子到了十五岁挽发插笄的年龄,即成年。

② 鸠(jiū)拙——引自《离经》:“鸠拙而安”,后用为自称性拙的谦词。

道："蕙姿可陪着杜公子吗？"他两个听叫了一声，知是相国拜客回了。杜开先慌忙坐倒，便装出那恭恭敬敬的模样。蕙姿起身不及开了房门。你看这老头儿，摇摇摆摆，踱将进去，见了杜开先，迎笑道："老夫失陪，多多有罪。请问公子的佳作，可曾有些头绪吗？"杜开先道："已杜撰多时，只候老伯到来，还求笔削①。"韩相国听说，便欣然大喜道："原来四首都完了。妙，妙。果然好一个捷才，就要请教。"原来这杜开先已是有稿子的了，便取过花笺，慢慢写上。韩相国便对蕙姿道："你可进去，吩咐快拿午饭来吃。"蕙姿应了一声，没奈何只得勉强进去。

毕竟不知这韩相国看了长春四景，心中欢喜如何？那蕙姿进去，见了妹子，又有什么说话？且听下回分解。

① 笔削——敬称，请人修改文章。

第　五　回

难遮掩识破巧机关　怎提防漏泄春消息

诗：

聪明儒雅秀衣郎，遂有才名重四方。
笔下生花还出类，胸中吐秀迥寻常。
风流尽可方陶谢①，潇洒犹能匹骆王②。
当道诸君咸折节，羡他出口便成章。

不多一会儿，杜开先把长春四景写将出来，送与韩相国。相国接来，看了一看，笑道："老夫年迈，近日来，两目有些微盲。这些稿儿，一时看来，不甚仔细。请公子口授一遍，待老夫拱听何如？"杜开先道："再容小侄另誊一个清稿，送上老伯细审就是。"相国摇手道："这也不敢过劳，到是求念一遍的好。只是四景的题目，先要请教一个明白。"

杜开先道："这四景，小侄就将四季应时开的花上发挥：春以碧桃为题，夏以菡萏③为题，秋以丹桂为题，冬以玉梅为题。但借其四时佳景以祝长春耳。"韩相国呵呵大笑道："妙得极，妙得极。若无四时佳景，将何以祝长春？好一篇大段道理，老夫虽然不敏，还求垂教。"杜开先便道："老伯在上，容小侄道来。"

---

① 谢——指南朝宋诗人谢灵运。
② 骆王——指唐诗人骆宾王、王昌龄。
③ 菡萏（hàndàn）——荷花。

第一首　春景，咏碧桃

本来原自出仙家，满树姻脂若晓霞。

可爱奇英能出众，迎风笑尽万千花。

第二首　夏景，咏菡萏

窈窕红妆出水新，周围绿叶谨随身。

香清色媚常如此，蝶乱蜂忙不敢亲。

第三首　秋景，咏丹桂

一枝丹桂老岩阿，历尽风霜总不磨。

自是月宫分迹后，算来千万亿年多。

第四首　冬景，咏玉梅

玉骨冰肌不染尘，孤芳独立愈精神。

论交耐久唯松竹，赢得奇香又绝伦。

韩相国道："好诗，好诗！首首包含寿意，联联映带长春。令人聆之，顿觉惊奇骇异，非公子捷才，焉能立就？老夫肉眼凡睛，不识荆山良璞，南国精金，诚为歉愧。"杜开先道："小侄姿凡质陋，不过窃古人之糟粕，勉承尊命，潦草塞白而已，何劳老伯过称。"韩相国道："太言重了。老夫虽然忝居乡邑，争奈年来衰朽，一应宾朋，懒于交接，所以令尊翁也不克时常领教。幸得今日与公子接谈半瞬，顿使聋瞶复开，不识某何修而得此也。"

言未了，那院子忙来禀道："请杜相公与老爷前厅午饭。"韩相国吩咐道："杜相公既在爱中，便脱洒些何妨，就撤到这里来罢。"院子便去收拾，携至房中。韩相国遂陪杜开先吃了午饭，再把桌儿拽到中间，对着杜开先道："老夫执砚侍旁，就请公子信手一挥。"杜开先欠身道："如此丑诗，须待名笔，方可遮饰一二。小侄年轻德薄，何能当此重任邪？"相国笑道："既承佳作，深荷美情。公子若非亲笔，不唯见弃老夫，抑亦见薄于袁君也。”

杜开先不敢再却，便把寿轴展开，将前四景一一写上。韩相国见了，厉声称赞道：“公子诗才竟与李、杜齐名，字法又与苏、黄并美。这正是翰林尊又得翰林子也，岂不可羡。”杜开先道：“老伯大讳，就待小侄一笔写下何如？”

韩相国笑道：“这是公子所题，如何到把老夫出名。决定要将公子尊讳写在上面。”杜开先道：“小侄年幼，恐冒突犯上，明日难免诸长者褒谈矣。”韩相国笑道：“公子说哪里话。不是老夫面誉，这巴陵郡中，除却公子，还有那个可与齐驱？请勿过谦，足征至爱。”杜开先道：“既然如此，小侄太斗胆了。”韩相国道：“不敢。”杜开先遂拈笔向后写了一行道：“通家眷晚生杜萼顿首拜题。”

韩相国道：“老夫见了公子尊讳①，却又省得起来，昨送来原题纨扇，可曾收下吗？”杜开先假问道：“小侄已收下了。正要请问老伯，那柄纨扇却是从哪里得来？”韩相国道：“那柄扇子敢是公子赠与哪位相知的。前元宵夜，想则是我府中看跳大头和尚，因此偶然掉下。不期到被恰才出来相陪公子的蕙姿偶然拾得，将来送与老夫。老夫因见上面写的却是尊讳，故就转送将来，收为聘物。”杜开先听说，方才晓得那扇上后写这首诗儿，却是相国不知道的，遂俯首沉思，便无回答。

韩相国又问：“公子芳龄秀异，独步奇才，真道是天挺人豪，但不知曾完娶否？”杜开先道：“不瞒老伯说，小侄婚事，尚未有期。”韩相国笑道：“公子莫非戏言？难道宦族人家，岂有不早完

---

① 尊讳——指所避讳的名字。讳，古人对尊者不敢直称其名，谓之避讳。

婚娶的吗？”杜开先道：“果然未有。”韩相国道：“敢是令尊翁别有什么异见？依老夫想起来，结亲只要门楣相等就好。闻得袁少伯有一小姐，年方及笄，也未议姻。不若待老夫执伐①，就招公子做一个坦腹嘉宾②。郎才女貌，其实相称。不识意下如何？”杜开先道：“少伯小姐，千金贵体。小侄一介寒儒，诚恐福薄缘悭，徒切射屏之念耳。”

韩相国道：“这都在老夫身上。还有一事，请问公子，今岁却在哪里藏修？”杜开先道：“小侄今年在凤皇山清霞观里。”韩相国道：“原来在那个所在。公子，你却不知那凤皇山的好处，原是一脉真龙，所以巴陵城中，每隔三四科便出鼎甲③，俱从那里风水荫来。只是一件，那个所在虽然幽静，争奈往来不便了些。公子不弃，老夫这后面有一所百花轩，就通在西街同春巷里，内中有花轩两座，尽可做得几间书房。意欲相留在此，使老夫早晚也可领教，不卜可否？”

杜开先道：“深承老伯见爱，敢不唯命是从。只因康公子今与小侄同在清霞观中肄业，却不好抛撇他，如之奈何？”韩相国道：“莫非是康司牧公的公子么？”杜开先道：“正是。”韩相国呵呵笑道：“公子，那康司牧公，向年与老夫同僚的时节，相交最契，至今尚然通家来往。既是他的令郎，这有何难，明日一同请来，与公子同在这里就是。”杜开先起身揖道：“小侄就此告辞回

---

① 执伐——做媒，说媒。

② 坦腹嘉宾——引东晋书法家王羲之东床做婿的典故，意为有真才实学，不必矫饰。

③ 鼎甲——科举制度中状元、榜眼、探花之总称。鼎有三足，一甲共三名，故称。

去，与家尊商议，容复台命便了。”韩相国一把留住道：“说哪里话。我有斗酒，藏之久矣。今得公子光临，正欲取将出来，慢慢畅饮一杯，叙谈少顷。何故亟于欲去，见却乃尔?”杜开先毕竟不肯久坐，再四谢辞。韩相国便不敢强留，只得起身送别出门。有诗为证：

相国怜才议款留，百花轩下可藏修。

倘能不负东君意，勤向窗前诵不休。

说这韩蕙姿，得了杜公子所赠的这半幅花笺，悄悄进房，展开摊在桌上，呆呆看个不了。原来花笺上写的，却是几句哑谜儿。这杜开先到底错了念头，把个蕙姿只管认做了玉姿，所以方才写那几句，分明要他解悟的意思。哪里晓得他不甚解悟得出的。坐了一会，免不得携了，依旧走到妹子房中。

玉姿见姐姐走到，连忙站起身来，把笑脸儿迎着，道：“姐姐，老爷方才唤你出去代陪那杜公子，他可曾提起昨日送去的那把纨扇吗?”蕙姿道：“妹子，不要说起。那杜公子虽是个年少书生，一发真诚笃实得紧。我姐姐陪了他半日，并无一言相问。到蒙他赠我半幅花笺在这里，上面题着几句诗儿，因此特地携来与妹子看看。”这蕙姿哪里省得上面这几句是谜儿，就随手递与妹子。

你看玉姿通得些文理，毕竟是个聪明的女子，接将过来，看了一看，便省得是一首诗谜，暗想道：“这敢是杜公子与他有什么私约了。不免再把一句话儿试他一试，看他怎么回我。”便对蕙姿道：“姐姐，这首诗上明明说你赠了他什么东西的意思。”蕙姿哪里知道妹子是试她的说话，点头笑道：“妹子，果然你好聪明。也不瞒你说，我已把那股金凤钗赠与杜公子了。”玉姿听说

了这一句，却便兜上心来，就把那笺上句儿，暗暗地看了几遍，牢记心头。

蕙姿怎知妹子先下了一个心腹，兀自道：“妹子，倘是老爷问起那股钗儿时节，怎么回答?”玉姿微笑道：“这有何难，就说是姐姐送与一个姐夫了。”蕙姿道：“妹子，女儿家不要说这样话。我和你姐妹们虽是取笑，若是老爷听见，眼见得前日那把纨扇是个执证了。”

玉姿道：“姐姐言之有理。却有一说，老爷是个多疑的人，设使偶然问起，你道将些什么话儿答应？如今倒把妹子这股与姐姐戴着，待妹子依旧取出那股旧的来戴了罢。”蕙姿连忙回笑道：“妹子既有这样好情，只把那股旧钗儿借与姐姐戴一戴就是。”玉姿道：“姐姐，你不知道。我妹子还好躲得一步懒儿，你却是老爷时刻少你不得，要在身边走动的。明日倘被看出些儿破绽，反为不美。”蕙姿道：“妹子所言极是。只是我姐姐戴了你的，于心有愧。”玉姿笑道：“姐姐说哪里话。我和你姐妹们，那一件事不好通融，日后姐姐若有些好处，须看这股钗儿分上，也替妹子通融些便了。”蕙姿也笑了一声。玉姿便向头上拔了那只凤钗，先与姐姐戴了，然后起身开了镜奁①，取出那股旧的，也就戴在自己头上。

你道玉姿如何就肯舍得与了姐姐？原来他已含蓄着一个见识。这蕙姿总然便有十分伶俐，聪明一时，再也思想不到。正待拿起镜子，看个钗儿端正，只见一个女侍忙来唤道：“蕙姿姐，老爷问你取那开后面百花轩的钥匙哩。”蕙姿连忙撇下镜子，也

① 奁（lián）——古代盛放梳妆用品的器具。

忘记收拾了那半幅花笺，回身便走。

玉姿见姐姐去了，微微笑道："姐姐，姐姐，你却会得提防着我，怎知又被我看破机关。想我前日的纨扇，分明有心走来藏过，你如今这幅花笺，我却无意要他，这是现成落在我的手中。如今也待我收拾过了，悄悄走到他房门首去，听他再讲些什么说话，可还记得这幅花笺儿起吗?"这玉姿就把花笺藏在镜奁里，遂将房门锁上，展着金莲，即便匆匆前去。有诗为证：

天理循环自古言，只因纨扇复花笺。
怎如两下成和局，各把胸襟放坦然。

说这杜开先，别了韩相国回来，见了翰林，便把题那长春四景、相国款待殷勤的话，先说一遍，然后再谈及百花轩一事。杜翰林欣然道："萼儿，既是韩相国有这片美情，实是难得。却有两件，那清霞观中李道士，承他让房好意，如何可拂了他；那康公子初与你同窗，如何就好撇他?"杜开先道："那康公子，孩儿也曾与韩相国谈及，相国欣然应允，说他原是同僚之子，至今尚然通家往来，却也无甚见嫌，明日就请他与孩儿同做一处。再者，那清霞观中李道士那里，待孩儿打点些谢仪①，亲自送去辞谢了他就是。"

杜翰林道："这个讲得极是。萼儿，那韩相国这样老先生，交结了他，大有利益。我与你讲，康公子是个没正经的人，倘到那里，早晚间言语笑谈，务要收敛几分。大家要尽个规矩，不比清霞观中，可像得自己放荡也。"杜开先道："这却不须爹爹叮嘱，孩儿自然小心在意。"

---

① 谢仪——谢礼。

翰林道："萼儿，你还是几时往清霞观去收拾回来？"杜开先道："孩儿读书之兴甚浓，岂可迟延日子。明日就要到清霞观去，辞了李道士，顺便邀了康公子，一同回来。略待两三日，他那里洒扫停当，便好打点齐去。"翰林道："既如此，你明日要行路，可早早进去安息会儿罢。"杜开先便应声进去，见了夫人，又备细计议一番。那夫人也老大欢喜。

次日，带了聋子，径到凤皇山清霞观里。那康汝平听得杜开先到了，连忙出来相见，道："杜兄，前日何所见而去，今日何所闻而来？往返匆匆，其意安在？"杜开先就把韩相国请题长春寿轴，相借百花轩，要请他同去的话从头备说。

康汝平大喜道："杜兄，这个机会，我和你却是求之不得的。如今那老头儿既有这条门路，正好挨身进去，慢慢的觑个动静。那时不怕那两个女子，不落在我们手里了。"杜开先道："康兄，虽如此说，这件事又是造次不得的。明日倘被相国知觉些影响，我们体面上不好看，还不打紧，可不断送了那两个女子？只可到那里做些闲暇工夫，不着觅味闻香，从天吩咐而已。"康汝平笑道："杜兄，这些都是闲话。到了那里，你看，决不要用一些工夫，自然得之唾手。我和你就此把书箱收拾起来，再去与李道士作别一声，趁早便好进城则个。"两人当下把书囊收拾齐整。

原来那李道士得知他二人要去，连忙走来相问道："二位相公到此，至今未及两个月日。小道正欲慢慢求教一二，倏尔又整行装，令人虔留莫及。其中不识何意？"杜开先就把韩相国迎到百花轩一节，对他明说，然后取出谢仪礼物，当面酬送。

那李道士看了，却像一个要收又不要收的光景，只得推却道："多承二位相公盛赐，小道谨领了这两柄金扇，其余礼物，并这银子，一些也不敢再受。”杜开先笑道：“莫非老师嫌薄了些吗?”李道士道：“啊呀，杜相公是这样说，难道毕竟要小道收下的意思吗?”杜开先便揿①在他袖里。这李道士其实着得，便把手来按住，连忙向他二人深深唱了几个大喏，道：“二位相公，小道袖里虽是勉强收下，心里却不过意。若早吩咐一声，便好整治一味儿，与二位饯别一饯别才是。”康汝平笑道：“少不得日后还要来探望老师，那时再领情罢。”李道士道：“如此，二位相公倘得稍闲，千万同来走走。”

正说之间，那聋子共康家小厮，每人担了一肩行李，走将出来道：“大相公，我们行李担重，趁早还有便船，好搭了去。”杜开先与康汝平两个，遂向李道士揖别。那李道士叫了几声“亵慢”，亲自送出观门。

他两个别了李道士，一路上谈谈笑笑，不多时早到渡边。就下了便船，趁着风，约摸一个时辰，又到西水渡头。上得岸来，还有丈把日色，慢慢走进城中，向大街路口，各人别去。

过得两三个日子，韩相国差人向杜、康两家再三迎接。杜开先便去邀了康汝平，拣了好日，一同径到韩相国百花轩去。相国见他两个肯来，满心欢喜，就令开了后门，一应来往，俱从同春巷里出入。

真个光阴捻指，他两人到了个半把月，虽为读书而来，却不曾把书读着一句，终日行思坐想，役梦劳魂，心心念念，各人想着一个，并不得一些影响。

那康汝平，也是个色上做工夫的主顾。到是住远，还好撇得

① 揿（qìn）——用手按。

下这条肚肠。你说就在这里，止隔得两重墙壁，只落得眼巴巴望着，意悬悬想着，怎能够一个花朵般的走到跟前，哪里熬得过？几番灯下与杜开先商量，要做些钻穴窬①墙的光景。杜开先每每苦止住他。这也是泥人劝土人的说话。

你道这杜开先可是没有这点念头的吗？心里还比康汝平想得殷切。到底他还乖巧，口儿里再不说出，心儿里却嫌着两副乌珠怎么下得手。

原来这蕙姿与玉姿姐妹两个，也没一日不想在那百花轩里。那个意儿，各自打点已久。只是夜夜朝朝，同行共伴，你又提防着我，我又提防着你，所以也把个日子延挨过了。

一日，韩相国突然患起痰火症来，着她姐妹二人在房早晚服侍。这也是相国爱惜她们的意思，恐怕忒甚辛苦坏了，把日间上半日派与蕙姿，下半日派与玉姿，夜来也是日间一样派法。她姐妹二人不惮艰辛，紧紧在房中服侍了五六个昼夜。不想她两个各早怀了一片私心，都要趁着这个空闲机会，悄悄地开了内门，到百花轩里完一完心事。

一夜，蕙姿伺候到了二更时分，乘着相国睡得安稳，思想得下半夜才是妹子承值，这时必然在房中稳睡一觉。轻轻提了灯，赚出房门，呼的一口，把灯吹灭了，就放在门外椅子上面。原来这却是她一个计较，恐怕相国醒来，唤着不在跟前，好把点灯推托的意思。你看她随着些朦胧月影，蹑着脚踪，走过了东廊，转弯抹角，摸壁扶墙，一步一步，走了好一会，方才到得内门首。这内门外，恰就是百花轩。原来康汝平的书房，紧贴在同春巷一

① 窬（yú）——从墙上翻过去。

带；杜开先的书房，就贴着这内门左右。这也是杜开先当日来的时节，把这间书房先埋下一个主意。

蕙姿走到门边，把手向栓上摸了一摸，只见上下封锁的好不牢靠。侧耳听了一霎，又不见一些声音。欲待把门掇将下来，却没这些气力。欲待轻轻咳嗽一声，通个暗号，又怕前后有人听见。正站在那里，左思右想，要寻一条门路。只听得前面又有一个脚步走响，这蕙姿猛可的吓出一身冷汗，不知是人是鬼，竟把一团春兴，弄得来瓦解冰消。拼着胆问一声道："这时分，什么人走动哩?"哪来的竟不回答，没奈何走近前来，把她摸了一把。

毕竟不知认出是哪一个？两下里见了，怎生说话？且听下回分解。

第　六　回

缔良盟私越百花轩　改乔妆夜奔巴陵道

诗：

风流才子谁能匹，窈窕佳人绝代姿。
百岁良缘真大数，一时奇遇岂人为。
知音毕竟奔司马①，执拂何妨叩药师。
鱼水相投情意美，女妆男扮别嫌疑。

那正走来的，你道是什么人？原来就是玉姿。这玉姿也正乘着这一个更次的空便，只道姐姐还在相国房中伺候，因此走来，思量悄悄撬开内门，到那百花轩去，与杜公子谈一谈心曲的意况。只道瞒了姐姐，自家以为得计，哪里提防着姐姐到先在内门首了。她起初时黑洞洞的，月影又照不到，灯光又带不来，却不晓得姐姐在此已久，后来听见问了这一声，方知就是姐姐。不是她故意不肯答应，其实吓呆了。

蕙姿见不则声，再想不到是她妹子，上前摸了一把，这遭免不得两下里要讨个清白出来，还躲闪在哪里去。终究玉姿是个伶俐女子，勉强应一声道："呀！莫非是我蕙姿姐姐吗？"蕙姿听了这一句，心下着实一咯噔，哪里晓得妹子也端为着这件而来，不期劈面撞着。只道她知觉了些响动，故意暗暗走来瞧破，没奈何

① 司马——西汉词赋家司马相如。这里指卓文君与司马相如相恋的故事。

答道："我道是谁，原来是玉姿妹子。这半夜三更来此何干？"玉姿笑道："姐姐，你便问得我，是我也问得你一句，况这半夜三更，你却到此何干？"

蕙姿想得妹子是个聪明的主儿，如何瞒得她过，就把心事对她明说。这玉姿却比不得姐姐一般老实，如何肯把肺腑的话说与她得知，便顺着嘴儿道："你妹子就是个活神仙，晓得姐姐有些缘故，特来要你挈带一挈带。"蕙姿道："妹子，隔墙须有耳，窗外岂无人。倘被别人听见，可不泄露了风声？"玉姿道："姐姐，这样时候，我家里人，哪个不沉沉睡熟？要听见的，不过是墙外的杜公子。便再讲得响些，或者闻得你的声音，想起那日赠他凤头钗的光景，把这扇门儿弄将开来，延纳你过去，也不见得。"

蕙姿道："妹子，没甚要紧，我和你嫡亲姐妹，却是一心一意。那些姐妹们都是各人一条肚肠，哪个不要在老爷面前逞嘴的？若是吹了一些风声在老爷耳朵里去，那时我和你可不奚落在人后了？"玉姿道："姐姐，说便是这样说，你却是一场好事，我妹子悄悄地走来，难道你心里岂没一些怪着我的？这时候已有三更光景，倘老爷睡醒转来，唤着要茶要水，妹子先要去伺候，你再在这里寻一个门路儿罢。"

蕙姿道："妹子说哪里话，我的初意，走将来不过先要探个动静，然后觑个顺便机会。若说那钻穴相窥，窬墙相从，费这一番担惊受怕的手脚，去干那件事儿，我姐姐决不做的。如今就与你同转去则个。"玉姿道："姐姐果然便同去了，明日追悔起来，切莫怨着我妹子呢。"蕙姿便不回答，扶了妹子，黑天墨地，两个扭啊扭的走将转来。有诗为证：

怨女双双弟与兄，春心飘荡各私行。

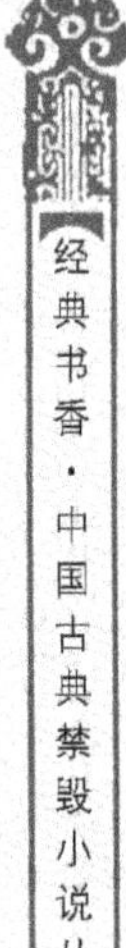

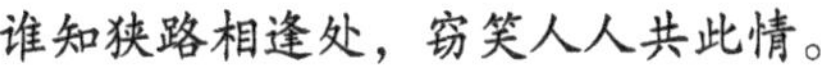
谁知狭路相逢处，窃笑人人共此情。

正走到东廊下，忽听得相国在房中大呼小唤，他两个都有了虚心病儿，吓得手苏脚软，上前不好，退后不好。看来蕙姿到比玉姿又胆小些，靠在那廊下栏杆上，簌簌地抖做一团，口内低低对着玉姿道："妹子，适才我已把老爷房中的灯吹灭了，做你不着，到你房里看看，有灯快快点一个来。"玉姿也慌了，道："姐姐，这正是：羊肉未到口，先惹一身膻。若是老爷问起，如今还把些什么话儿答应他好？"蕙姿道："只说被风吹灭了灯，到你房中点灯就是。"玉姿道："说得有理。"慌忙走到自己房里，拿了一盏灯来，递与姐姐。

蕙姿一只手提了灯，一只手遮了风，同着妹子，径到相国房门外，把原先椅上的那盏灯来点着了，再推门进去。原来那相国是个有年纪的人，叫上几声，端然呼呼睡去，她两个的惊恐方才撇下。

蕙姿便走到床边，揭起帐子，低低道："老爷，蕙姿来了，敢是要吃些龙眼汤吗？"相国醒来道："你这妮子，却在哪里去，这一会才来？"蕙姿道："适才风吹灭了灯，因此到玉姿那里点灯来。"相国道："我晚来蒙眬就睡着了，不曾问得你，把前后的门可曾都上了锁吗？"蕙姿答道："都是拴锁停当的。"相国道："如此恰好。别处还不打紧，那后面的内门，紧贴着那同春巷里，况且如今又把百花轩开了，早晚更要谨慎提防。你可明日去再与我加一道栓儿。"蕙姿应道："晓得。"

相国道："那灯后站的是哪一个？"蕙姿道："就是玉姿。"相国笑了一声，道："好一个痴妮子，怎么倒站在那灯后呢？"玉姿便走近前来，道："玉姿在此伺候老爷。"相国道："实是难为了你们姐妹两个，尽尽在我房中服侍这五六个昼夜。那些妮子们，只好在家吃饭，如何学得你两个。但有一说，我却一时也少你两个不得，虽是别的走到我跟前，决不能够中意。”玉姿便道：“如今老爷患了这些贵恙，我姐妹二人巴不得将身代替，哪里还辞得什么辛苦哩！”相国道：“我却没有些什么好处到你两个。也罢，待我病起来，每人做一套时样大袖称意的衣服与你们便了。”蕙姿与玉姿道：“多谢老爷。”

相国道：“蕙姿，黄昏那一服药，却是你的手尾①，我直要到五更时候才吃。你可打点个铺盖，就在这榻儿上与你妹子同睡了罢。”蕙姿应了一声，便去取了一床绣被，一条绒毯，向榻儿上铺下，就与妹子一处睡了。有诗为证：

绣衾笼罩两鸳鸯，一片纯阴不发阳。

可叹良宵春寂寂，空余云雨梦襄王②。

原来韩相国一连病了这几日，那杜开先与康汝平，每日清晨过来问候一次。这相国病体渐渐好来，一日唤蕙姿姐妹道：“我近日病起无聊，好生坐卧不过。玉姿，你到那文具里取了钥匙与我开了内门。蕙姿过来，慢慢扶我闲走几步。待我到百花轩去，一来谢一谢杜公子和康公子，二来与他们闲讲片时，消遣病怀则个。”玉姿便也有心，连忙取了钥匙，先去开了内门。

你看这老头儿，扶了蕙姿，就像个土地挽观音一般，前一步，后一步，慢慢地走到内门边，吩咐道：“你们且把门儿掩着在这里，等一会儿便了。”不想这玉姿已有了那点念头，先走来

① 手尾——犹瓜葛，比喻互有牵连。

② “襄王”句——指战国时楚襄王游高唐，梦见巫山神女的传说故事。高唐，战国时楚国台馆名，在云梦泽中。

开门的时节，把个百花轩路数，看得停停当当①在眼睛里。原来这蕙姿是前番一次被妹子撞破，把这个念头到早已收拾起了。

韩相国走到百花轩里，轻轻叫一声：“康、杜二公子可在吗?”杜开先正在那里面打盹，听叫这一声，猛然惊醒，再想不出是韩相国的声音，连忙出来相见，道：“原来是老伯，小侄多获罪了。敢是老伯贵恙可痊愈了吗?”相国道：“多承贤契记念，这几日来略好了些。只是胸膈饱闷，饮食尚不能进。”杜开先道：“吉人自有天相，定然慢慢愈来。”相国笑道：“好说，好说。贤契，康公子缘何不见?”杜开先道：“汝平兄昨日已回去了，只在明日就来。”

相国道：“毕竟他欠有坐性。贤契，老夫病中无聊难遣，巴不得走来聚谈半晌，把闷怀消释消释。不识贤契从到这里，不知做了多少妙作，幸借出来，与老夫赏鉴一番。”杜开先欠身道：“小侄深蒙老伯推爱，自到此只有两个月余，争奈有些闲事在怀，所以竟没一毫心绪想到那吟咏上去，因此竟无一篇送上求教。”相国便笑道：“既然一首也没有，老夫已知道了，后生家的心事，敢只是犯了“酒”底下那一个字儿了②?”杜开先满脸通红，道：“小侄向来全无此念。”相国道：“这个便好。若有了这个念头，可不耽误终身大事。”杜开先道：“金石之言。”

两个又把闲言闲语说了一会，只是韩相国初病起来，坐谈了这些时候，身子有些倦意，便起身别了杜开先，慢慢走来，推门进去。

恰好他姐妹两人端然在那里伺候。那玉姿毕竟是有心的，把

---

① 停停当当——妥妥帖帖，妥妥当当。

② “酒”底下那一个字儿——即“色”，酒色财气。

韩相国与杜开先一问一答的说话，逐句句听得明白。相国吩咐道："蕙姿好生扶我进房去略睡一睡，玉姿随后把内门锁好了来。"玉姿答应一声，见相国扶了姐姐先去，乘着这个凑巧，恰才又听得说是康公子不在，思量迟一会儿，依旧走来开门，到百花轩去见一见杜公子的意思，就把锁儿半开半锁在那里。

你道那老头儿那里提防着他，连那蕙姿也想不得这个田地。玉姿依旧把个匙钥送与相国，就紧紧站在房中，伺候到了黄昏，恰好是姐姐承值的时分。蕙姿正走将来，玉姿低低对着蕙姿道："姐姐，我妹子今夜有些不耐烦，早去睡一觉儿，待到三更时分，再来换你。千万莫要等老爷睡着，又做出前番的勾当呢！"蕙姿微笑一声，却无回答。原来世上好说那话儿的女人，偏要硬着嘴，却也不止玉姿一个。

这玉姿叮嘱了姐姐，走出房门，悄悄地竟去把内门开了，依着日间看的路径，便到了百花轩里。只见纸窗儿上一个破隙，还有灯光射将出来，她晓得杜开先还未曾睡，把两个指头轻轻向门上弹了一弹。

杜开先哪里知道是这个活冤家到来，又不敢便把门开，低低问一声道："是哪一个？"玉姿掩口道："妾便是韩玉姿。"杜开先记得起道："莫非是前日承赠凤头钗的这位小娘子吗？"玉姿道："然也。"

杜开先欣然便把两扇房门呀的扯开，躬身迎揖道："呀，果然是这位小娘子。前承赠以凤钗，尚未致谢，罪甚，罪甚。"玉姿道："公子但记得那股凤钗，可忘了那把纨扇吗？"杜开先又揖道："屡荷美情，提起令人羞涩。今承小娘子大驾贲临，亦将有以益吾意乎？"玉姿笑道："妾此来非有益于公子，却有损于公

子也。”

杜开先是个聪明的人，听了这个“损”字，便兜上心来，笑道：“小娘子，适才所言那个‘损’字，觉有万千含蓄，还请细解一解。”玉姿道：“那两句是妾口头说话，并无深长意思，公子何必究竟如此。”

杜开先道：“这也罢了。难得小娘子今宵眷意而来，小生有一句不堪听的说话，不识小娘子能见纳否？”玉姿道：“公子，这夜静更阑，庭虚人悄，知尔者是这一盏孤灯，知我者是这半帘明月。若有所谕，但说何妨。”杜开先笑道：“小生自当日杨柳岸边，向月明之下，隔船吟咏，至今无不心悬口诵。既而遗纨扇，赠花笺，万种相思，一言莫尽。小娘子若肯见怜小生在这里独守梅花孤帐，今夜便效一个菡萏连枝，意下如何？”

玉姿假意儿道：“公子，我只道你是个志诚君子，哪里晓得你倒是个专在色上做工夫的。妾今夜此来，难道希图苟合？不过念公子与老爷通家情上，故来探访。今公子突出此言，使妾赧颜无地矣。”杜开先听他说话，觉有些深味，就顺口回答道：“小娘子既做得那谨守闺箴的李淑英，小生也做得个坐怀不乱的柳下惠。况且你主人翁待我一片美情，倘若被他知觉些儿消息，明日不唯见嫌小生，抑亦见弃于小娘子也。不若此时幸喜无人知觉，请自早回，大家免耽些惊恐。”

玉姿笑道：“杜公子，你虽是个聪明男子，妾亦是个伶俐女流，适才那几句说话，我已明明参透。你敢道我不允所事，故把此言相措，妾待允了何如？”杜开先深揖道：“小娘子若允了，小生屁也不敢再放一个。”

玉姿道：“允便允了，只是一件，妾从来未曾深谙个中滋味，如之奈何？”杜开先道：“这句却是饰词，难道小娘子终日眷恋相国身旁，那老骚头肯丢开手吗？这个中滋味，小娘子自然谙练的。”玉姿低声道：“他是个老人家，血气衰颓，哪里做得正经。”杜开先轻轻搂住道：“小娘子休得害怕，难得这样良宵，不要错过了工夫。小生也非鲁莽之辈，就在这罗帐里做一个款款温温的手段，请小娘子试一试看。”

玉姿又做苦挣道：“杜公子，我恰才见你忒甚要紧，故说那几句安慰的话儿。难道我当真便肯顺从你？岂不闻强奸人家女子，律有明条？”杜开先偎着脸儿笑道：“敢问小娘子，夤夜①到我书房，所为何事？”玉姿也笑道：“杜公子，你这俐齿伶牙，叫我哪里抵对得过。”杜开先道：“小娘子说话虽是抵对小生不过，小生又有抵对小娘子不过的所在。”

玉姿道：“公子轻讲些嘛，倘被你家服侍的小厮们听见，可不做将出来？”杜开先道：“不瞒小娘子说，我这里再没有第二个家童，只有一个服侍的聋子，你便向他耳边鸣金击鼓，也是不甚听得明白，况他这时已睡熟了。我们且把闲话丢开，早图一霎儿欢乐也好。”

玉姿道：“公子，你却是这样等不得。譬如妾今夜不来，将如之何？”杜开先迎笑道：“小娘子若是今夜不来，少不得小生梦儿里相会的时节，也不肯放过。”玉姿道：“公子，你难道毕竟放我不过吗？”杜开先道：“小生心里倒也干休得了，只是这件东西如何便肯干休？”玉姿掩着嘴道：“亏你读书人讲这样村话②。”有诗为证：

---

① 夤（yín）夜——深夜。

② 村话——粗话，多指骂人的脏话。

少年性高尽风流，恁意装村不怕羞。

昔日相思今日了，随他推托肯干休。

原来两个调了这一会，都是巴不能够到手的。杜开先便把她拦腰一把抱住，竟撳倒在床棚上，将一只手就去替她解下裩①来。

玉姿虽然不甚推托，但是幼小年纪，不曾苟且惯的，心中耽了无数惊恐，脸上免不得有些娇羞模样，又挣起来道：“公子，这灯光射来，不像模样，去吹灭了罢。”杜开先道：“小娘子，你可晓得，那《西厢记》上说得好，‘灯儿下共交鸳颈’，若吹灭了灯，一些兴趣都没了。”玉姿便不则声。

杜开先依旧把她撳倒，将手先到腿边探了一探，缓缓地把她两股扳将起来。人却不晓得，这玉姿虽是在韩相国身边，那老人家年纪衰迈，还济得些什么事来，不曾到得辕门，就先要纳款了。所以玉姿总然说是破过瓜的，还是黄花女子一般，几曾经历着一场苦战。

这杜开先思想多了日子，巴不得到了手，讨一个风流快乐，哪里还管你的死活，尽着力又送了一送，恰好正抵着了花心。

原来玉姿承受了这一回，就如服仙丹，饮玉液的一般，遍体酥麻，昏昏沉沉，竟睡熟了去。杜开先便不敢惊动她，替她依旧放下了衣服，免不得自家也有些困倦起来，站起身把灯熄了，就和衣睡做一头。

两个看看睡到四更时分，那杜开先又打点发作起来，把玉姿悄悄推醒，附着耳说了几句软款的话儿。玉姿正待也说几句，忽听得耳边厢咚咚打了四鼓，猛可的记得起相国房中承值一事，顿

① 裩（kūn）——古称裤子。

然惊讶道："公子不好了，这遭却做出来了！"

杜开先摸头不着，也吃了一惊道："呀，小娘子何出此言？"玉姿便把姐妹二人轮流值夜的话，与他说了一遍。杜开先道："这却怎么好？若是做将出来，岂不是小生带累了小娘子，明日有些僝愁①，教我如何痛惜得了？"

两个连忙爬起身来，坐在床上。玉姿想了一想，夜间来的时节，偏生姐姐面前说了几句硬话，倘然回去，被姐姐知了些儿形迹，可不没了嘴脸，便与杜公子计较②道："公子，如今怎生是好？"

杜开先道："小生有一个计策，你若是这时转将回去，决然要露了风声。那老儿不是个好惹的主顾，这遭把家法正将起来，你这一个娇怯怯的身躯，可禁受得起？那时你却拷打不过，毕竟一死，小生为你割舍不过，到底也是一死。可不是断送了两人性命？如今趁此夜阑之际，人不知，鬼不觉，待我收拾些使用银子，做了盘缠，你把我书架上的旧巾服儿换了，扮作男人模样，悄地和你奔出巴陵道上，到别处去权住几时，慢慢再想个道理便了。"

玉姿垂泪道："此计虽好，只是我有两件撇不下。一件是我房中那无数精致衣裳、金银首饰，怎么割舍得与别人拿去享用？二件是我姐姐朝夕同行同坐，过得甚是绸缪，怎样割舍抛撇了她？"说罢，泪如雨下。有诗为证：

衣饰妆奁能别置，一胞手足情难弃。
只因做事有差池，临去依依频洒泪。

① 僝（chán）愁——即僝僽（zhòu）。烦恼。
② 计较——合计。

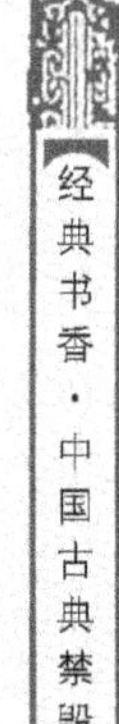

杜开先道："小娘子，到此地位，一个性命尚然难保，哪里还顾得那些衣裳首饰、姐妹恩情？趁早走的，是为上策。"这韩玉姿一时心下便浑起来，就依了杜开先的说话，把架上巾服取来，换得停停当当，就像个弱冠的一般。杜开先便去开了书箱，收拾了那些使用银子，约摸有二三十两，一些随身物件也不带去，单单两个空身，悄悄把百花轩开了，就出同春巷。两个也觉有些心惊胆战，乘着月色朦胧，径投大路而去。

毕竟不知后来他两个奔投何处？那韩相国知了消息，怎么一个结果？且听下回分解。

第　七　回

宽宏相国衣饰赏姬　地理先生店房认子

诗：

宦门少小读书生，娇养从来不出行。
色胆包天忘大义，痴心挟女纵私情。
怜才宰相胸襟阔，遇父英豪眼倍青。
始信吉人天必相，穷途也得遇通亨。

他两个出了同春巷，径投大路。行了好一会，看看到了城门，只听得那谯楼上咚咚的打了五更五点，但见那：

金鸡初唱，玉兔将沉。四下里梆柝频敲，都是些巡更丐子，满街衢行踪杂沓，无非那经纪牙人①。猛可的响一声，只道是相府知风捉护；悄地里听一下，却原来官营呐喊大操兵。

两个正混在人丛里，走到城门首，蓦听得这声呐震，吓得魂飞天外，魄散九霄，只道是韩相国知了风声，差人追来捉获。回头看时，又不见有人赶来。猛想一想，方记得起，三六九日官营里操兵练卒，却才放下肚肠。连忙出得城来，渐觉东方有些微微发白。你看这韩玉姿，哪里曾惯出闺门，管不得鞋弓袜小，没奈何两步挪来一步，不多时又到了西水滩头。

原来这西水滩下了船，笔直一条水路，直通得到长沙府去。

---

① 牙人——买卖双方之间，从中撮合以获取佣金的人。

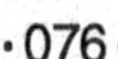

你道此时天尚未明的时节，船上人个个还未睡醒，哪里见个人来揽载。两人依着岸走了几步，只见就是日前泊那玉凫舟的杨柳岸边，有一只小小渔船在那里。这韩玉姿到了这个所在，觉他睹物伤情，杜开先也觉伤情睹物。他便凝睛一看，见那船舱里点着一盏小小灯笼，恰好那个渔人正爬起来，赶个早市，趁没有船只往来，待要下网打鱼的意思。

杜开先近前唤道："渔哥，你这只船可渡得我们吗?"渔人道："要渡到也渡得，只是渡了二位相公的时节，错过了这个早市，可不掉了一日生意。"杜开先道："你若肯渡我们，就包了你一日乘钱罢。"渔人笑道："既然如此，二位相公还是要往哪里去?"杜开先道："我们兄弟二人，要到前途去望一个亲戚的。"渔人道："却是什么地名?"杜开先道："那个地名，我倒忘记了。只是那些村居景致还想得起。你且撑到前头，若见了那个所在，我们上岸就是。"渔人笑道："相公又来说得好笑，若是撑了十日不见那个所在，难道还是包我一日的银子?"杜开先道："就与你十日的钱罢。"渔人道："只要讲得过，便做我不着。请下船来。"他两个就下了船，那渔人便不停留，登时把船撑去。

如今正是要紧的所在，其实没工夫把他去的光景再细说了。且把韩相国来略说几句与列位听着。

说这韩相国睡到天明，醒在床上，只道还是玉姿伺候，便叫一声道："玉姿，可睡醒了吗?"原来却是这蕙姿尽尽伺候了这一夜。她因为前番那次做来不顺利，所以再不敢走动，只道妹子果然不耐烦，便替她承值了这两个更次。听得相国唤了这一声，连忙答应道："老爷，玉姿昨晚身子有些不耐烦，着蕙姿代她服侍哩。"相国叹口气道："怪她不得，其实这几日辛苦得紧。多应是劳碌上加了些风寒，少刻待她起来，可唤她来，待我替她把一把脉看，趁早用几味药儿赶散了罢。”蕙姿应说：“晓得。”

说不了，只见一个女侍儿慌忙走来，把房门乱推，进来禀道：“老爷，不好了，昨夜内门被贼挖开了！”相国道：“有怎样事？内门既失了贼，决然从那百花轩后挖过来的。快着人去问杜相公，曾失了些物件吗？蕙姿，你可急忙去唤你妹子来，问她昨日那内门是怎么样拴锁的？”蕙姿应声便走。

不多时，院子①与蕙姿一齐走到，一个禀说百花轩不见了个杜公子。一个禀说内房里不见了个韩玉姿。相国听说，老大吃了一惊。到底做官的，毕竟聪明，心下早已明白。便起来坐在床上，叹口气道：“我也道这内门缘何得有贼来，原来是这妮子②与那小畜生做了手脚，连夜一同私奔去了。终不然服侍的家童也带了去？”吩咐院子：“快去唤他那服侍的人来见我。”院子答应一声，转身便去。

原来那个聋子正爬起来，寻不见了杜开先，心下好生气闷。听着相国唤他，不知什么势头，连忙走将过来。相国问道：“你家相公哪里去了？”这聋子原是个耳朵不听得人说话的，兜了这些不快乐，愈加听不着了，就把手向耳边指了一指，道：“老爷，小人是个聋子，说话听不明白，再求吩咐一声。”院子在旁道：“老爷问你相公哪里去了？”聋子道：“这个却不晓得。小人昨夜打铺在他床后，只听得晚来咿咿唔唔，做了半夜的诗，直到五更天气，方才住口。小人见他夜来辛苦了，趁早起来，打点些点心与他吃吃，只见房门大开，鬼影都不见了。”

---

① 院子——守门人。

② 妮子——女孩名。

相国道："可曾带些什么东西去吗?"聋子道："别样物件，小人尚未查点，只是一股凤头钗，是她日常间最心爱的，端然还在那里。"相国听说了凤钗，便觉有些疑惑，遂对他道："你快去拿来我看。"聋子回身，慌忙便去拿与相国。相国把凤钗一看，骂了一声道："好贱婢！分明这股凤钗是他日常间戴的，可见他两个不止做了一日的心腹。"

原来这股凤钗，却是前番蕙姿赠与杜开先的，哪里干着玉姿甚事。蕙姿在旁看见这钗儿，好生担着惊恐。相国便对聋子道："你家相公与我府中一个女婢同走去了。"聋子听了这句，吓得把舌头一伸，缩不进去，道："有这等事，怪见得这几日夜来睡在床上，不绝的号声叹气。"相国道："我府中没了个女婢还不打紧，你家老爷不见了个公子，明日可不要埋怨着我。你可早早回去，禀与你家老爷知道。"聋子答应一声，连忙回去报与杜翰林得知。

那翰林听罢，心中老大焦躁，便对夫人道："我那畜生，谁想做了这件没行止的事，难道这一世再也不要思量出头?他便去了也罢，终不然韩相国没了个女侍，明日肯干休罢了。"遂唤打轿到韩府去，商议寻访。

这正是：若要不知，除非莫为。霎时间巴陵城里，个个传说，杜翰林的公子拐带了韩相国的女侍，逃走去了。

杜翰林到了韩府，见了相国，两个把前事问答了一遍。杜翰林道："这还是老先生出一招帖，各处寻访一寻访的才是。"相国道："我那女侍，既做个打得上情郎的红拂①女，我学生也做个撇

---

① 红拂——相传为隋唐时的女侠，姓张，名出尘，是隋末权相杨素的侍妓。后世以红拂为妇女中能识英雄的典型人物。

得下爱宠的杨司空。便去了也不足惜。只是令郎差了主意，既把他看上了眼，何不就与学生明说，待我便相赠了何妨。如今学生出了招贴，外面人一来便要说我轻贤重色，二来只说我一个女侍拘管不到，被他走了，可不坏了家声？还是老先生出一个招贴，寻一寻令郎罢。”杜翰林道：“不瞒老先生说，我那小犬，原是螟蛉之子，若出了招贴，可不被外人谈论？这还要老先生商量一个计策便好。”

两家正在那里你推我逊，商量不定。恰好那康汝平得知了消息，劈头正走将来。相见已毕，便把前前后后问了一遍，韩相国也把前前后后回答了一遍。康汝平免不得要在相国面前说两句好看话儿，道：“今日杜兄去了，小侄方才敢说，他两个是当日新正时节，在西水滩头，杨柳岸边，两船相傍，向那黄昏月下，便以诗句酬和。那时就觉有些不尴不尬的光景，原不是一日的情由。如今他两个此去，又不带一些行李，便出了巴陵地界，到得前路，遇着关津，盘诘起来，毕竟送还原籍。但有一说，杜兄是个聪明人，决然不做这着迷的事，料来还在城中左右，隐迹在哪一家里。二位老伯，何不趁早着人密访，必然得个下落。”

韩相国道：“贤契所言，果然非谬。原来他两个，那时节便起了这个念头。”又想了一想，对着康汝平道：“原来贤契倒是一个好人，老夫却没了眼睛。也罢，我想人家女子，到了这般年纪，自然有了那点念头，如何留得她住？我今还有个蕙姿，是她嫡亲姐姐。算来妹子去了，那个妮子决然也不长久。老夫若是打发出去，与了别人，明日可不奚落了她。贤契若不见嫌，杜老先生在此，当面说过，就送与贤契，做个铺床叠被，何如？”康汝平听了，心里其实着得，却便不好应承，假意推托道：“这个小

侄怎么敢受，倘若杜兄明日依旧把她妹子带转来送还，那时又没了这一个，老伯岂不要追悔吗?”相国道：“贤契，一言既出，驷马难追。便是那妮子有个转来的日子，老夫自然就送与杜公子了。”

杜翰林道：“既是韩老先生有这个意思，贤契到不要推辞，省得拂了美情。”康汝平笑道：“只恐小侄没福，受用不起。既然如此，待小侄就此回去与家父商量便了。”康汝平遂作别起身。杜翰林见康汝平去了，也就辞了韩相国出门。相国送了进来，便唤蕙姿吩咐，把玉姿房中一应遗下的衣裳首饰，着几个女侍尽数搬将出来，当堂逐件点过，遂都交付与蕙姿。

原来这康汝平回去，就与父亲商议已定。韩相国便拣一个日子，果然把蕙姿送与他去。这回康汝平却是天上掉下来的造化，不要用一些气力，干干净净，得了个美妾。正是：蜒蚰①不动自然肥。却又有一说，当初原是他两个先看上眼，所以如今这个蕙姿毕竟终归于他。可见姻缘两字大非偶然矣。有诗为证：

邻舟陡遇意常痴，只恐相思无尽期。

且喜姻缘天作合，从空降下美娇姿。

前面康汝平得了韩蕙姿，两个新欢的光景，世间就是三岁孩童，也晓得是免不得的，却也不须小子细说。

且再说那杜开先，同了韩玉姿私奔出来，乘了渔船。恰好船又小，人又少，况趁着下水，有些顺风，不上三两个时辰，约行了一百多里。看看天色将晚，但见那：

烟树朦胧，云山惨淡。山冈上牧笛频吹，一个个骑牛回去；

---

① 蜒蚰（yányóu）——即蛞蝓（kuòyú），鼻涕虫。一种形似无壳蜗牛的爬行后留下白色条痕的软体虫。

石矶边渔歌齐唱，两双双罢钓归来。酒旗扬扬，还间着几盏天灯；黄犬哰哰①，却早见一方村镇。

那个镇头，你道叫做什么名字？就是双仙镇，长沙府管下的地方。这双仙镇原有一个古迹，当初那里有一座酒楼，极是热闹得紧，那汉钟离与吕洞宾不时幻迹到那楼上饮酒，饮罢便把诗来题在壁上。后来被世上人识破了诗句，晓得是个幻迹的仙人，从此他两个就不到这个所在，因此人便取名叫做双仙镇。

这杜开先与韩玉姿，在船中坐了一日，只当尽尽一日一夜，不曾沾着些儿汤水，怎奈心内带着彷徨，到也不觉得肚中饥饿。渐渐天色晚来，便记得起又不带得一些铺盖，免不得要到这个镇头上去，寻个旅店安歇一宵。便对渔人道：

"我们亲戚却正在这个镇上，可泊过去，待我们好上岸。这里有两钱多些银子，送你罢。"渔人接了，道："相公，早说这个双仙镇上，待我做两日撑来也好。"就把船泊将过去。

杜开先到了这个所在，方才撇下了些惊恐，慢慢扶着韩玉姿同上岸去。行不数步，恰就是一个旅店。连忙近前问道："此处可寄宿吗？"店主人出来答应道："二位到此，还是长歇的，短歇的？"杜开先道："怎么叫做长歇、短歇？"店主人道："长歇的，或在这里一年半载，要把楼上客房收拾起来，好与你们安顿行李。若是短歇的，不过在这里面小房内，便好暂住几个日子。"杜开先道："我们也不是长歇的，也不是短歇的。我兄弟二人，恰在前路探友回来，恐此时没有便船，权且借宿一宵，明早就去。若肯相留，现成铺盖便借一床，明日多多奉谢。"店主人笑

① 哰哰（láo）——鸟兽鸣叫。

道："二位相公，我们开客店的，虽有几床铺盖，只好答应来往客商，恐怕不中相公们意的。若是将就盖得，请进来就是。"

杜开先假意儿对着玉姿道："兄弟，这一夜儿哪里便不将就了。"两个径走进去。原来天色昏暗，哪个认得出她是个女扮男装、腰边没有那件东西的。这店主人见他两个斯文模样，不敢怠慢，就去开了小小一间幽雅轩子，引他二人进去住下，随即吩咐走动的，打点晚饭，点灯进房。有诗为证：

一夜恩情两意投，巴陵道上共同游。

茫茫道路无穷极，何日行踪始得休。

偏生他两个不该泄露，撞着这个店主人着趣得紧。不然，或者做将出来。杜开先也恐暗里被人瞧破，直待吃完晚饭，将次睡倒，灭灯时节，方才与韩玉姿去那巾服，两个睡做一头。这杜开先虽然有事在心，见了这个娇滴滴如花似玉的睡在身边，哪里熬得过。欲待轻轻动手，又恐韩玉姿心中有些不快活。况且两个又不曾睡过几夜，倘是被他回答几句，可不是一场没趣。只得按住这点火性，安安静静睡了一夜。

次早黎明起来，梳洗停当，谢了店主人，即便起身。恰好那个镇头，共来不满二三十个人家，其余都是偏僻地面。两个行来，将近半里多路。你道这韩玉姿夜来还好遮饰，这日间六眼不藏私，哪里掩饰得过？就是别的，或者一时看不出来，这双小小脚儿，可是瞒得人过的吗？趁着这四下无人，杜开先便把他巾服去了，打扮做个村中探亲的夫妇。有几个来往的见了，又估计他们是两个哥妹，又估计是一对夫妻。

看看走了三四里，韩玉姿有些腿酸脚软，轻轻对着杜开先道："公子，我想在家穿了自在，吃了自在，何等安逸，哪里晓得行路的这样苦楚。”杜开先安慰道：“小娘子，到此也莫怨嗟了，少不得有个安闲的日子。你看前面白茫的，敢是一条水路，我和你慢慢行去。若有便船，就乘了去罢。”两个又走了一会，才到那个滩头。恰好有一只便船泊在那里，就乘了。

渡去有三十余里，将近午牌时分，就到了长沙道上。依旧上了岸，正待落个店家，吃些午饭，只见那里有四五片饭店，中间一家门首，贴着一张大字云：

巴陵地理舒石芝寓此

杜开先见了，对着韩玉姿道：“娘子，巴陵却是我们的同乡，就到这个店里去，倘遇着乡人，大家略谈一谈，也是好的。”韩玉姿却不回答，两个便走进去。正坐得下，那小二先拿两杯茶来。杜开先问道：“你这店中的舒石芝先生，可在这里吗？”小二道：“官人，敢是要寻他看风水吗？他在灶前替我们吹火哩，待我去唤来。”小二转身就走。

舒石芝见说有人寻他，只道是生意上头，连忙走来相见。杜开先仔细看时，只见他：

头戴一顶铁墩样的方巾，拂不去尘蒙灰裹；身穿一件竹筒袖的衣服，旧得来摆脱褀拖。黑洞洞两条鼻孔，恰便是煤结紧的烟囱；赤腾腾一双眼睛，好一似火炼成的宝石。蹲身灶下，吓得那鼠窜猫奔；走到人前，挨着个腰躬颈缩。

杜开先见他这个形状，便问道：“老丈敢就是巴陵舒石芝先生吗？”舒石芝听问了这一声，连忙答应道：“小子正是。官人的声音，却也是我巴陵一般。”杜开先道：“我也就是巴陵。所谓亲

不亲，邻不邻，也是故乡人。我想老丈①的贵技，到是巴陵还行得通，缘何却在这里?”

舒石芝道：“不瞒官人说，俗语道得好，‘三岁没娘，说起话长。’小子十六七年前，在巴陵的时节，有一个宦族人家寻将去看一块风水，不期失了眼睛，把个大败之地，到做个大发的看了。不及半年，把他亲丁共断送了十二三口。后来费了多少唇舌，还不打紧，到被那些地方上人，死着一个的，也来寻着我，所以安身不牢。想来妻子又丧过了，便没有什么挂碍；那时单单只有个两岁的孩儿，遗在身边，没奈何硬了心肠，把他撇在城外梅花圃里，方才走得脱身。只得到这里来，将就混过日子。”

杜开先听他这一通，心下好生疑虑，道：“终不然这个就是我的父亲?”肚中虽是这等思量，口里却不好说出，只得再问道：“老丈，虽然那时把令郎撇下，至今还可想着吗?”舒石芝道：“官人，父子天性之恩，小子怎不想念？却有一说，我已闻得杜翰林把他收留，抚养身边，做儿子了。”杜开先道：“此去巴陵，路也不甚遥远，老丈何不回去访他一访?”舒石芝道：“小子若再回到巴陵，这几根骨头也讨不得个囫囵。”杜开先事到其间，不敢隐瞒，倒身下拜道：“老丈，你是我的父亲了!”舒石芝听说，心下一呆，连忙扯起道：“官人，不要没正经。难道你这样一个标致后生，没有个好爹娘生将出来，怎么倒错认了小子？若是兄弟叔侄，错认了还不打紧，一个父亲可是错认得的！快请起来。”杜开先便把两岁到今的话，备细说了一遍。舒石芝倒也有些肯信，道：“世间撞巧的事也有，难道有这样撞巧的！这个还要斟

① 老丈——尊称年老的男子。

酌。”小二在旁撺掇道：“老舒，你好没福，这样一个后生官人认你做老子，做梦也是不能够的。兀自装模作样，强如在那灶头吹灰煨火过这日子。他若肯认我小二做了父亲，我就端端坐在这里，随他拜到晚哩。”舒石芝道：“且住，我还记得起当初撇下孩儿的时节，心中割舍不得，将他左臂上咬了一口。如今你要把我认做父亲，只把左臂看来，可有那个伤痕吗？”杜开先就将左手胳膊掳将起来，当面一看，果然有个疤痕。这遭免不得是他的儿子，低头就拜。小二便把舒石芝揿在椅子上，只得受了两拜，道：“孩儿，若论我祖坟上的风水，该我这一房发一个好儿子出来。还有一说，今日虽是勉强受你这几拜，替你做了个父亲，若是明日又有个父亲来认，那时教我却难理会了。”

杜开先笑了一声，便向身上脱下那件海青，袖中取出那顶巾来，递与舒石芝替换。舒石芝问道：“孩儿，你敢是先晓得爹爹在此受这狼狈，特地带来与我的吗？”杜开先这遭想得是一家人，却便不敢隐瞒，把舒石芝扯到背后，轻轻对他把韩玉姿改换男装，私奔出来的话告诉一遍。

舒石芝正待细问几句，只见那小二在旁叫了一声道：“不要瞒我，正要和你说句话哩。”杜开先听了，便打了下一个跄蹬，连忙上前问他。

毕竟不知这小二说出些什么话来？且听下回分解。

第　八　回

泥塑周仓威灵传柬　情投朋友萍水相逢

诗：

人生行足若飞禽，南北东西着意深。
万叠关山无畏怯，千重湖海岂沉吟。
奔波只为争名利，逸乐焉能迷志心。
谁想相逢皆至契，不愁到处少知音。

看来世间做不得的是那逆理事情，你若做了些，自然心虚胆怯，别人不曾开着口，只恐怕他先晓得了，说出这家话来。

这杜开先见小二叫了这一声，只道他知了韩玉姿消息，心下懊悔不及，只得迎着笑道："小二哥，你有什么话说？"小二道："官人①，你们十七八年的父子，今日在我这店中重会，难道不是个千载奇逢？官人，你便送我几钱银子，买杯儿喜酒吃吃，何如？"杜开先见他不是那句话说，便满口应承道："这个自然相送。"

舒石芝道："孩儿，这位小娘子，便是我的媳妇了，何不请过来一见？"杜开先道："爹爹，媳妇初相见，只怕到有些害羞，先行个常礼，明日再慢慢拜罢。"转身对韩玉姿道："娘子，过来见了公公。"玉姿暗地道："官人②，你的父亲难道是这等一个模

① 官人——宋代以后对有一定地位男子的敬称。
② 官人——此处指妻子称呼丈夫。

样？教我好生不信。”杜开先笑道：“娘子，我都认了，终不然你就不认他？莫要害羞，过来只行个常礼。”韩玉姿掩嘴道：“官人，这个怎么教我相见？”杜开先低低道：“娘子，便是如今乡风，做亲三日，也免不得要与公公见面的。”韩玉姿遂不回答，只得上前勉强万福。

小二对舒石芝笑道：“你把些什么东西递手呢？”杜开先见他没要紧不住地说那许多诨话，便着他去打点三个人的午饭来。

舒石芝问道：“孩儿，我却有一句不曾问你，你如今取了什么名字？”杜开先欠身道：“孩儿自七岁时，不肯冒姓外氏，曾向那梅花圃中，遂指梅为姓，指花为名，取为梅萼。后来因杜翰林收留，便把梅字换了，改姓名为杜萼，取字开先。”舒石芝道：“好一个杜开先，今后我便以字相呼就是。”杜开先道：“爹爹，孩儿但有一说。向年却是没奈何认居外姓，今日既见亲父，合当仍归本姓，终不然还叫做杜萼？”舒石芝想一想道：“孩儿讲得有理。况且你如今又做了这件事，在这里正该易姓更名。依我说，别人只可移名，不可改姓。你今只可改姓，不可移名。表字端然是开先，只改姓为舒萼便了。”杜开先深揖而应。

舒石芝道：“孩儿，还有一事与你商量。想我当初在这里，只是一个孤身，而今有了你两个，难道在这里住得稳便？不若同到长沙府去，别赁一间房子，一来便是个久长家舍，二来免得把你学业荒芜。你道这个意思好吗？”舒开先道：“爹爹所言，正合孩儿愚见。但不知此去长沙府，还有多少路程？”舒石芝道：“不多，只有三十里路，两个时辰便可到得。”舒开先道：“既如此，孩儿还带得些盘缠在这里，我们今日就此起身去罢。”

原来舒石芝到这里多年，四处路径俱熟。舒开先便催午饭来吃了，当下取了些银子送店家，又把两钱银子谢小二。就在那地方上去买两副铺陈、箱笼之类，连忙叫下船只，收拾起身。那小二一把扯住舒石芝，笑道：“你去便去了，只是莫要忘记了我这灶君大王。你便把起初这套衣服留在这里，待我们装束起来，早晚也好亲近亲近。”舒石芝道：“小二哥，休要取笑。我还缺情在这里，明日有空闲时节，千万到府里来走走。”小二又笑了一笑，大家拱手而去。诗曰：

总是他乡客，谁知天性亲。

相逢浑似梦，家计得重新。

古人有两句说得好：至亲莫如父子，至爱莫如夫妻。这舒石芝与舒开先，约有十几年不曾见面的父子，哪里还记得面长面短，只是亲骨肉该得团圆，自然六合相凑。那韩玉姿虽是与他通了私情，刚才两夜，又有一夜却是算不得的，便肯同奔出来，一段光景，岂不是个恩爱。

如今且把闲话丢开。且说这舒开先到了长沙府，把身边的那些银子，都将来置了家伙什物。不要说别样，连那舒石芝的地理，烘然又行起来。

你道他如何又有这个时运？看来如今风俗，只重衣衫，不重人品。比如一个面貌可憎、语言无味的人，身上穿得几件华丽衣服，到人前去，莫要提起说话，便是放出屁来，个个都是敬重的。比如一个技艺出众、本事泼天的主儿，衣冠不甚齐楚，走到人前，说得乱坠天花，只当耳边风过。原来这舒石芝，今番竟与撑火的时节大不相似，衣服体面上比前番周全了许多，所以那里的人，见他初到，不知是怎么样一个地理先生，因此都要来把他眼睛试试。

舒开先见父亲依旧行了运，老大欢喜，只当得了韩玉姿，重会了亲生父，岂不是终身两件要紧的事都完毕了，安心乐意，把工夫尽尽用了一年。

不觉流光迅速，又早试期将近。舒石芝道：“孩儿，如今试期在迩，何不早早收拾行装，上京赴选。倘得取青紫如拾芥，不枉了少年刻苦一场。”舒开先道：“正欲与爹爹商议此事，孩儿却有两件难去。”舒石芝道：“孩儿所言差矣。岂不闻：男子汉志在四方。终不然恋着鸳帏凤枕，便不思量到那虎榜龙门上去吗?”舒开先揖道：“孩儿端不为着这个念头。第一件，爹爹在家，早晚服侍，虽托在玉娘一人，虑她是个弱质女流，未免无些疏失。第二件，孩儿恐到京中，没个相知熟识，明日倘有些荣枯，可不阻绝了音信?”

舒石芝想道：“这也讲得有理。孩儿，我想，你的日子虽多，我的年华有限。况且读书的，哪个不晓得三年最难得过。难道为着这两件事，就把试期错过了？想来我们虽是在这里住了年把，并不曾置得一毫产业，有什么抛闪不下？只要多用一番盘缠，大家就同进京去，别寻一个寓所，暂住几时，待你试期后看个分晓，再作计处。”舒开先道：“如此恰好。只恐爹爹的生意移到那里，人头上不晓得，恐一时有些迟钝。”舒石芝微笑道：“孩儿，俗语两句说得好：万事不由人计较，一生都是命安排。再莫虑着这一件。如今可选个吉日，早早进京要紧。”

舒开先道：“爹爹，孩儿想得试期已促，既带了家眷同行，一路上未免有些耽延。拣日不如撞日，便把行李收拾起来，就是明日起身也好。”舒石芝道：“孩儿，这也讲得有理。你可快进去与玉娘商量，趁早打叠齐备，我且走到各处相与人家，作别一声，倘又送得些路赆①，可不是落得的。”舒开先便转身与玉姿商

① 赆（jìn）——赠给人的路费或礼物。

议定了。当下打叠行装，还有些带不去的零碎家伙，都收拾起来，封锁在这屋下，托付左右邻居。次日巳牌，起身前去。

那一路上光景，无非是烟树云山，关河城郭，这也不须絮烦。且说他们不多几时就到京中。将近了科场时候，各省来赴试的举子，纷纷蚁集，哪个不思量鏖战棘闱①，出人头地。原来那里有个关真君祠，极其显应。每到大比之年，那些赴试的举子，没有一个不来祈梦，要问个功名利钝。这舒开先也是随乡入乡，三日前斋戒了，写了一张姓名、乡贯的投词，竟到神前，虔诚祷告。待到黄昏时候，就向案前倒身睡下。

这舒开先正睡到三更光景，只听得耳边厢明明的叫几声舒萼，忽然醒悟，带着睡魔，蒙眬一看，恰是一条黑魆魆的汉子，站在跟前。你道怎生模样？但见：

状貌狰狞，身躯粗夯。满面络腮胡，仅长一丈；一张乌墨脸，颇厚三分。说他是下水浒的黑旋风，腰下又不见两爿板斧；说他是结桃园的张翼德，手中端不是丈八蛇矛。细看来，只见他肩担着一把光莹莹的偃月钢刀，手执着一方红焰焰的销金柬帖。

舒开先猛地里吃了一惊。那黑汉道："某乃真君驾前侍刀大使周仓的便是。这个柬帖，是真君着某送来，特报汝的前程消息。"舒开先却省得日常间关真君部下原有一个执刀的周仓，便不害怕，连忙双手接了，展开一看，上面写着四句道：

碧玉池中开白莲，装严色相自天然。
生来骨格超凡俗，正是人间第一仙。

舒开先看了，省得是真君第二十二道签经也，便欲藏向袖

---

① 棘闱（jíwéi）——科举试院的别称，也叫棘院。棘，指棘院围墙所插棘枝，用以防止传递作弊。

中。周仓道："真君有谕：这柬帖上说话，只可默记心头，不令汝带去，使人知觉，泄露天机也。"舒开先便又一看，依旧双手送还。

蓦地里只听得钟鼓齐鸣，恰是本祠僧人起来诵早功课，方才惊醒，乃是南柯一梦。不多时，只见案前人踪杂沓，早又黎明时候。遂走起身，向真君驾前深深拜谢。转身看时，那右旁站的周仓，与梦中见的端然无二，又倒身拜了两拜。正待走出祠来，只听得后面有人叫道："杜开先兄，且慢慢去，小弟正要相见哩！"舒开先连忙回转头来，仔细一看。

你道这人是谁？原来就是康汝平。他也为应试来到这里。舒开先把腰弯不及的作了一个揖，蓦然想起前事，便觉满面羞惭。康汝平道："小弟与兄间别数载，不料此地又得重逢。若不见却，这祠外就是敝寓，同到那里少坐片时，叙年来间阔之情。意下如何？"舒开先道："小弟当时也是一时呆见，因此匆匆不得与兄叮咛 别。何幸今日又得相逢，正所谓'他乡遇故知'了。"康汝平笑道："杜兄，'洞房花烛夜'已被你早占了先去，如今只等'金榜题名时'要紧。"

两人携着手，一同走出祠门。果然上南四五家，就是他的寓所。康汝平引进中堂坐下，慢慢地把前事从头细问。舒开先难道向真人面前说得假话？只得把前前后后私奔出来一段情景，对他备细说了一遍。康汝平道："杜兄，你终不然割舍得把令尊老伯、令堂老夫人撇了，到这来吗？"

舒开先道："一言难尽。不瞒康兄说，那杜翰林原是小弟义父。小弟自襁褓时，家父因遭地方多事，把我撇在城外梅花圃

里，脱身远窜①。后来亏那管圃的，怜我是个无父母的孤儿，就留在身边。及至长成七岁，便送到杜翰林府中。那杜翰林见小弟幼年伶俐，大加欢悦，就抚养成人，作为亲子。这却是以前的话说。不想那年奔出韩府，来到长沙村酒店，蓦地里与家父一旦重逢。”康汝平笑道：“杜兄，这件是人生极快乐的，也算得是个‘久旱逢甘雨’了。但是一说，杜兄如今还该归了本姓才是。”舒开先道：“小弟原本舒姓，就是那年已改过了。”

康汝平道：“既然如此，小弟今后便不称那杜字了。敢问令尊老伯可还在长沙吗？”舒开先道：“家父也是同进京的。”康汝平道：“小弟一发不知，尚未奉拜，得罪，得罪。请问舒兄，那韩氏尊嫂可同到此吗？”舒开先道：“也在这里。”

说不了，只见那帘内闪出一个女人来，他便偷睃②几眼，却与玉姿一般模样，心下遂觉有些疑虑，便问道：“康兄的尊嫂可也同来在这里？”康汝平笑了一声道：“小弟正欲与兄讲这一场美事。”便走起身，坐在舒开先椅边，遂把韩相国相赠蕙姿的话说一遍。舒开先道：“有这样事，果然好一个宽宏大度的相国。此恩此德，何时能够报他？”

康汝平道：“舒兄请坐。待小弟进去，着蕙姿出来相见。”舒开先站起身道：“这个怎么敢劳。”康汝平笑道：“舒兄，这个何妨。我和你向年原是同窗朋友，如今又做了共派连襟，着难得的。却有一说，俗语道得好，姨娘见妹夫，胜如亲手足。”便起身进去，不多一会儿，就同了蕙姿出来。舒开先恭恭敬敬向前唱喏，那蕙姿连忙万福。有诗为证：

---

① 远窜——远逃。

② 睃（suō）——斜着眼睛看。

交情间阔已多年，帝里重逢复蔼然。

况是内家同一脉，亲情友道两相兼。

蕙姿见罢，依旧走进帘里坐下，轻轻地启着朱唇道：“适才闻说我玉娘舍妹也与官人同到这里。不卜可迎过来一见否？”舒开先道：“令妹时常念及，也恨不能再图一见。不料今日重会京中，姐妹团圆，岂非天数。康姨既欲与令妹相见，何不就屈到敝寓去，盘桓几日，却不是好。”康汝平道：“舒兄，他姐妹们年来不见，未免有些衷肠说话，恐令尊老伯在家，两下语言不便。还是迎尊嫂过来见一见吧。”

舒开先满口应承，遂起身揖别。回到寓所，见了韩玉姿，倒不提起祈梦缘由，竟把这些说话讲个不了。那玉姿见说蕙姿姐姐已随康公子同来，巴不得立时一见，把那年从奔出来之后，韩相国怎么一个光景，问讯明白。便叫一乘轿子，抬到姐姐那里。那蕙姿听见妹子来了，欢天喜地，把个笑脸堆将下来，连忙近前迎接。到了堂前，两姐妹相见礼毕。有诗为证：

忆昔私行话别难，今朝相见喜相看。

天将美事俱成就，不似侯门婢子般。

蕙姿便把妹子迎到后厅坐下，迎着笑脸道：“妹子，你还记得在相国房中的时节，讲那句‘又做出前番勾当’的说话呢？”玉姿红了脸道：“姐姐，难道瞒着你，那个时节只要事情做得机密，哪里还顾得嫡亲姐妹。望姐姐莫把前情提起罢了。”蕙姿道：“妹子，我姐姐只道与你一出朱门，此生恐不能相见，怎知今番却有个重逢日子。”

玉姿道：“敢问姐姐，那日我们私奔出来，不知老爷在你面前有甚说话？”蕙姿道：“再没有甚说话。只是那杜府的聋子，把那股凤头钗送与老爷，老爷看了，却不知清白，便道你们两个不止有了一日的念头。”玉姿道：“姐姐，老爷既知道了，后来曾着人缉访吗？”蕙姿道：“那时杜翰林就来商议，要老爷先出一张招贴，把你寻觅。老爷说道：‘我怎么好出招贴，他既做得打得上情郎的红拂妓，我便做得撇得下爱宠的杨司空。’杜翰林见说这两句，便道：‘杜官人是个螟蛉①之子。’两家都不思量寻访了。”

玉姿道：“姐姐，好一个汪洋度量的老爷。妹子虽是走了出来，哪一个日子不想着他。如今又不知他的身子安健否？”蕙姿道：“我为姐姐的，前月因要同进京来，特去拜辞他，问他身子安否若何，他回说：‘好便好了些，只是成一个老熟病，不能够脱体哩。’”玉姿道：“我不知哪一个日子能得去望他一望？”蕙姿道：“这有何难，只等你官人中了，便好同去见他一见。”玉姿道：“姐姐敢是讥诮着妹子了。这日子可是等得到的吗？”姐妹两个说了又笑，笑了又说。

看看天色傍晚，玉姿便要与姐姐作别起身。蕙姿一把扯住道：“妹子，只亏我和你打伙这十六七年，如今刚才来得半日，就要思量回去，难道再在这里住不得几个日子吗？”这蕙姿哪里肯放。玉姿见姐姐苦留不过，只得又住了一日，然后动身。

两家自此以后，做了个至亲来往。这蕙姿隔得五六日，便把妹子接来见面一遭。

这康汝平又向关真君祠里，租了两间空房，邀了舒开先，一同在内，杜门不出，整整讲习个把多月。这正是：心也坚，石也穿。他两个一向原是肯读书的，只是有了那点心情，牵肠挂肚，

---

① 螟蛉（mínglíng）——一种绿色小虫。常被蜾蠃（guǒluǒ）捕捉，在它们身体里产卵，卵孵化后就拿螟蛉做食物。古人误认为蜾蠃产子，喂养螟蛉为子，因此用以比喻义子。

所以把工夫都荒废了。如今心事已完，却才想那功名上去，是这一个月就胜了十年。

一日，徐步殿堂，只见案前有一个人在那里讨签。两个仔细看时，都觉有些认得，一时再也想不起他的姓名，又不好上前相问，只得站住，看了一会。那人讨完了签，回头见他二人，也觉相认，遂拱手问道："二位敢是巴陵康相公、杜相公吗？"舒开先与康汝平连忙答应道："正是。老丈颇有些面善，只是突然间忘记了尊姓大名。"那人道："二位相公果然就不认得了？正是贵人多忘事。老朽就是巴陵凤皇山清霞观的李乾道士。"两个方才省得，大笑一声道："原来是李老师，得罪了。"

你道这李道士为着甚事进京？平昔也有些志向的，却来干办道官出去的意思。这舒开先与康汝平隔得不上两三年，如何就不相认得？这也不是他们眼钝，只是李道士这几年里边，操心忒过，须鬓飞霜，脸皮结皱，颓搭了许多，因此略认些儿影响①。

三人唱喏罢，舒开先问道："老师为何也到京来？"李道士笑道："二位相公此来为名，老朽此来不过图些利而已矣。"康汝平道："老师为哪件利处？"李道士道："不瞒二位说，老朽去年收得个愚徒，倒也伶俐，便把观中事务托付与他。所以特进京来，思量干办一个道官回去，赚得几个银子，买些木料，把敝观重新修葺起来。一来省得祖业倾颓，二来再把圣像重整，三来老朽不枉在观中住持一世，待十方施主，后代法孙，也常把老朽动念一动念。"舒开先道："这就是名利两全了。"

李道士道："二位相公，难得相遇在这里。老朽还有一言动

① 影响——印象，轮廓。

问。”康汝平道：“殿后就是我们书房，老师请同进去，略坐一会，慢慢见教何如?”李道士道：“原来二位在这里藏修，妙得紧，妙得紧。”三人便同进去。但不知这李道士问起是哪一件事?且听下回分解。

第　九　回

老堪舆惊报状元郎　众乡绅喜建叔清院

诗：

鹏翮乘风奋九秋①，朱衣暗点占鳌头。
露桃先透三层浪，月桂高攀第一筹。
画壁已悬龙虎榜，锦标②还属鹳鸰洲。
东风十二珠帘面，争美看花得意流。

你道这李道士突然相遇，就有什么说话问得？恰正要问的是舒开先前年那段光景，便欣然随了他两个走到房里。未曾坐下，先问道："二位相公，敢是一同到京的吗？"康汝平道："一个在先，一个在后。"李道士道："老朽却想不到，若乘了二位的便船，一路上可不还省用些盘费。但有一说，二位相公一向同声相应，同气相求，足拟如兰之固，原何倒分在前后起身？"康汝平道："老师有所不知，我便在巴陵，舒兄一向在长沙，所以两处动身，到这里方才相会。"

这李道士只晓得舒开先前年那番勾当，却不晓得他到长沙来，又与父亲重会。听见康汝平叫了一声"舒兄"，心下便疑惑起来，道："康相公，怎么杜相公又改了姓？"康汝平又把他到长沙认父亲的话，仔细明说。李道士把头点道："这也是件奇事了。

① 九秋——指秋天。
② 锦标——泛指给竞赛优胜者的奖品。

老朽去年虽是听得梅花观里许师兄谈起，略知一二大概，今日才晓得个详细。”

舒开先道：“不知许老师近年来还清健否?”李道士叹口气道：“哎！许师兄已衰迈了。他不时还想念着舒相公，每与老朽会着，口中屡屡谈及。”舒开先道：“老师，可晓得杜翰林后来曾有什么话与许老师谈着吗?”

李道士道：“这倒不曾听见讲起。二位相公，老朽起身时节，说朝廷命下，钦取杜翰林老爷进京主试，可曾知道这个消息吗?”舒开先惊讶道：“老师，果有此事吗？我们倒不曾探听得。”康汝平道：“舒兄，这也容易。我们就同到报房去问一问，便见明白。”

李道士道：“老朽①敝寓，就在监前，回去恰好同路。”舒开先道：“因风吹火，用力不多。我们顺便到李老师寓所奉拜一拜，却不是好。”李道士道：“老朽还未及虔诚晋谒，怎么敢劳二位相公先顾。”康汝平笑道：“少不得要来奉拜的，只是便宜又走一次。”三人出了祠门，一问一答，径自同路而走。探听时，果然命下，大主考是巴陵杜灼。

恰好大开选场，你看纷纷举子，哪一个不思量姓名荣显，脱白挂绿。待得三场已毕，只见金榜高张，第一甲第一名是舒萼，湖广巴陵人。那些走报②的，巴不得抢个头报，指望要赚一块大大赏钱，乒乒乓乓③直打进寓所来。

原来那个地理先生，又是晓得卜课的，正在那里焚香点烛，

---

① 老朽——谦辞，指老年人的自称。

② 走报——差役。

③ 乒乒乓乓——乒乒乓乓的声音。

祷告天地，拿了一个课筒，讨一个单单拆拆。忽见那一伙走报的，打将进来，吓得手疏脚软，意乱心忙，把个课筒撇在地上，慌作一团。

这些走报的，哪里晓得这个就是太老爷，一齐扯拽道："他家相公已中了头名状元，不必你在这里捣鬼，快快请出，我们好接他亲人出来写赏钱哩。"舒石芝恰才吃了一惊，如今又听得孩儿中了状元，老大一喜，索性连个口都开不得了。没奈何，挣了半日，方才说得出，道："列位老哥，这舒莩就是小儿。"

看来如今世上的人，果然势利得紧，适才见他拿了个课筒，便要撵他出去，如今听说是他孩儿，个个便奉承道："原来就是舒太爷，小的们该死了。"你看众人磕头如捣蒜的一般。舒石芝道："列位莫要错报了。我小儿哪里有这样的福分，中得状元?"众人道："这个岂有错报之理。求太爷把赏钱写倒了。"

舒石芝大喜道："这却不消写得，若是小儿果然中了状元，决然重重相谢。"众人道："还要太爷写一写开。"舒石芝道："列位要写多了呢?"众人道："也不敢求多，只是五千两罢。"舒石芝把面色正了道："怎么要这许多，写五两罢。"众人一齐喧嚷道："太老爷，我们报一个状元，只要打发得五两赏赐，若是报一个进士，终不然一厘也不要了。也罢，只写三千。"舒石芝便有些封君①度量，也不与他说多说少，拿定主意，提起笔来，便写下五百两。

众人见是状元封君的亲笔，只要明日得个实数也尽够了，哪里再还计论。正待作谢出门，舒石芝又扯住问道："列位，可曾

---

① 封君——即"封翁"。此指封建时代子孙显贵，父祖辈因而受朝廷封典的人。

见那二三甲里，有几个是我湖广巴陵人？”众人道：“太老爷，共来三百五十名进士，哪里记得完全，只有三甲结末这一名，叫做康泰，也是湖广巴陵人。”舒石芝大骇道：“呀，果然康泰中在三甲末名。”众人道：“敢是太老爷的熟识吗？”舒石芝道：“这是我小儿自幼的同窗朋友。”众人笑道：“一个当头，一个结尾，是着实难得的。”一齐闹哄哄走出门去。

原来功名二字，果然暗如黑漆，却是猜料不来的。你若该得中来，自然那鬼神必有预兆，所以舒开先该中状元，那关真君便向梦中明明预报。可见梦寐之事，也不可不信。

诸进士当日一齐赴琼林宴①罢，次早清晨，俱来参谒大主试座师。原来这个座师就是杜灼翰林。他见第三甲末名是个康泰，便晓得是康司牧的公子。只是这头名状元舒萼，心中狐疑不决，正要见一见是怎么样一个人物。遂唤听事官，吩咐诸进士暂在叙宾厅请坐，先请一甲一名舒状元公堂相见。诸进士哪里晓得有个螺蛳脑里湾的缘故，都议论道：“决然先要叙一叙乡曲了。”

舒状元连忙进去，直到公堂上，行了师生之礼。杜翰林把舒状元觑了几眼，便有些认得，吩咐掩门，后堂留茶。原来舒状元虽然明知是他义父，巴不能够相认一认，就徐步到了后堂，分师生叙坐。杜翰林问道：“贤契青年，首登金榜，极是难得。老夫忝居同乡，正要慢慢请教。但不知贤契祖籍还在哪一府？”舒状元欠身道：“门生祖籍就是巴陵。谨有一言，不敢向恩师尊前擅自启齿。”杜翰林道：“老夫正要请教，贤契何妨细讲一讲。”

你道他两家难道果是不相认得吗？只因舒状元把杜姓改了，

---

① 琼林宴——宋代为新进士举行的一种宴会。琼林，宋代皇苑，在汴京（今开封）城西。

所以有这一番转折，却怪不得杜翰林怀着鬼胎。这舒状元又不好明认，便把幼年间事情备陈一遍。

杜翰林呵呵大笑道：“我道有些认得，原来贤契就是杜开先。”舒状元连忙跪下道：“门生原是杜萼。”杜翰林一把扯起，道：“快请起来。适才还是师生，免不得要行大礼。如今既是父子，倒不可不从些家常世情。舒状元便站起身来。

杜翰林道：“我当初只道你做了这件短见的事，此生恐不能够有个见面的日子。不想到得中了状元，可喜可羡。不知你缘何又改姓为舒？”舒状元就把到长沙遇着亲父的话，便说了几句。杜翰林道：“原来又遇尊翁，一发难得的了。我初然意思，指望认了状元回去，光耀门闾①。如今看来，却不能够了。”舒状元道：“为人岂可忘本，亲生的、恩养的总是一般。想舒萼昔年若非深恩抚养，久作沟渠敝瘠，今日焉能驷马高车②？这个决然便转巴陵，一则拜谢夫人孤儿赖抚之恩，二则拜谢相国穷寇勿追之德。”

杜翰林道：“言之有理。我闻得三甲末名的康泰，就是司牧君的公子，可是真吗？”舒状元道：“这正是汝平兄。”杜翰林道：“我也要另日接他进来一见，却还在嫌疑之际。少不得要在这里定一个衙门观政，还有日子，慢慢拜望他罢。如今只要寻一个便人，待我写一封书，报与夫人得知便了。”

舒开先道：“这也容易，凤皇山清霞观李老师，正在这里干

① 门闾（lǘ）——门庭。

② 驷（sì）马高车——显贵者的车乘，古代一车套四马，称为“一乘”。驷，四马。

办道官，专待榜后起身回去。待舒萼回到寓所，写一封书，浼①他捎到府中就是。”杜翰林道：“难得有这个便人，到要浼他早去。待我还要封书去韩相国要紧。”舒状元道：“既然如此，那李老师只在三五日内，就要动身了。”

杜翰林道：“你尊翁也同做一寓吗？”舒状元道：“家君也在这里。”杜翰林道：“这却不难，待我少刻与诸进士相见了毕，回衙就把书写停当，明日少不得奉拜尊翁，那时顺便带来就是。”商议定了，依旧出到公堂，便唤开门，请诸进士上堂相见。那诸进士哪里晓得其中就里，单单只有康汝平还知其故。他两个只当在后堂做了这半日的戏文。有诗为证：

易姓更名上紫宸②，宫袍柳色一时新。

今朝重谒春台面，方识当年沦落人。

说这李乾道士，带了两封书，一封是杜翰林送与韩相国的，一封是舒状元送与杜夫人的，不惮③奔驰，星夜回到巴陵。先到杜府投递。

那夫人听说京中有书寄来，只道是翰林寄回的家书，连忙着人把李道士留下，待要看了书上说话，再问几句口信的意思。将书看时，只见护封上是舒萼图书，拆开一看，方才晓得，新科状元舒萼就是当初收为义子的杜萼。老大欢喜，道：“谢天谢地，我只道他一去再也不能够个音信回来，怎知今日倒中了状元。只是他原名唤做杜萼，如何书上又写着舒萼？这个缘故，必然待他回来方才晓得。”随即着人出来问李道士道：“可知道我杜老爷几

① 浼（měi）——请，托。

② 紫宸（chén）——即宸居。帝王居处。

③ 惮（dàn）——怕，畏惧。

时回来的消息？”李道士回复道：“杜老爷只等复命就回来了。”杜夫人便吩咐整治酒肴款待。李道士再三推却，遂告辞起身。

杜夫人当下就与众族人计论，打点建造状元坊，竖旗杆，立匾额。那些族人都说道：“又不是我们杜门嫡派，明日外人得知，只这附他势耀，可不惹人笑话？”杜夫人见说，就心下想一想，只得又把这个念头付之冰炭了。

说这李道士离了杜府，带了杜翰林那封书，一直来到韩府。门上人先进，禀知相国，相国疑虑道：“我想那杜翰林，自当初他义子杜开先去后，至今数年，未曾一面。况且如今奉旨进京主试，料来与我没甚统属。可令那李道士进来相见一见，看他有甚话说？”李道士连忙进去，见了韩相国，便向袖中取出书来，双手送上韩相国。

相国接来，当面开拆，从头至尾，仔细看了一遍，忍不住大笑一声道：“有这样事，我道这巴陵从来不曾有个舒莩，不想就是那杜开先。古人道得好，尚可移名，不可改姓。他为何就把姓来改了？”

李道士道：“韩老爷可不知道，那舒状元自从出了府门之后，就奔在长沙道上，不期在茅店中，与亲父舒石芝偶然会着。两下说起前情，当就厮认，所以仍归本姓。”韩相国道：“原来如此。茅店中遇着亲父，金榜上占了状元，这两件难道不是天上掉将下来的大喜事吗？还要请问一声，他既改了舒莩，那时杜老爷如何复认得来？”

李道士道：“其时杜老爷的意思，也想道巴陵并没有这个舒莩，敢是疑虑到状元身上去。因此等到诸进士参谒之时，先请状元进见。两个就在后堂，把始末根由的说话，一问一答，备细谈

了半日，方才说得明白。后来众进士知了这些说话，没有一个不说道是一桩异事。”

韩相国问道：“你可晓得他父亲舒石芝后来曾与杜老爷相见吗?”李道士道：“怎不相见。状元头一日去参见，两下厮认了。第二日，杜老爷便来拜舒太爷。两位也整整说了半日。”韩相国道：“如今状元在京，曾与杜老爷一处作寓，还是两处作寓?”李道士道：“小道起身的时节，状元端与舒太爷同寓。只闻得说，末名康爷要在京听拨①观政，打点移来与状元同寓。却不知后来怎么了。”

韩相国道：“他两个原是同窗朋友，如今又是同榜，正该同寓。只是状元既遇着了亲父，从今以后，我这巴陵，未必有个再回转来的日子。”李道士道：“小道闻得状元说，只在目下打点回来，探望杜夫人，少不得要来参见老爷。”

说不了，只见门上人拿了一个帖子，进来禀道：“袁少伯老爷着人在外，来下请帖。”韩相国正接帖子到手，李道士正走起身，韩相国留住道：“待我打发了来人，还再在这里细谈一谈去。”李道士道：“不瞒老爷说，小道敬承杜老爷台命，特地赍书投上。诚恐稽迟，因此未敢回敝观去哩。”韩相国道：“既然如此，我却不敢久留。”遂起身送出仪门。有诗为证：

大志私行三两年，孤儿寡女虑难全。
谁知金榜能居首，不意鳌头已占先。
自此可遮前日丑，从今安计旧时愆②。
封书远寄传消息，试问多端月欲圆。

---

① 拨——治理。
② 愆（qiān）——过失。

说这李道士别了韩相国，出得城来，渐觉红轮西坠，思量要到凤皇山，却又回去不及。只得径到梅花观里，顺便望一望许叔清，就好借他观中宿歇一宵。正走进观门，见那东廊下站着一个后生道士，穿了一身孝服。李道士向前仔细认了一认，原来就是许叔清的徒孙。

那道士却也认得是李道士，连忙过来问道："老师，敢是凤皇山清霞观李老师吗？"李道士道："然也。我在京中回来，特地来访许叔清师兄，敢劳传说一声。"那道士道："老师想不知道，我家许师祖三月前偶得疯症，已身故了。"李道士大惊道："有这等事！他的灵柩如今还停在哪里？烦你引我去见一见。"那道士道："现停柩在后面客厅里，请老师进去就是。"李道士便叹一口气道："这正是：天有不测风云，人有旦夕祸福。"两个就一同来到客厅里，果见有许叔清灵柩停在中间。李道士就向柩前拜了几拜，十分悲咽。有诗为证：

生平同正道，今日隔幽明。

纵坠千行泪，焉知伤感情。

那道士道："老师，今日多应回观不及了，自到净室里安宿罢。"李道士道："我一向在京中，如今恰才回来，特地望望许师兄，不想他早已亡故，我尚欠情，怎敢搅扰。"那道士道："说哪里话。老师与我师祖，道义相交，意气相与，非止一日。我们晚辈正要另乞垂青，终不然师祖亡过，老师便把这条路断绝了不成。"李道士笑道："说得有理。明日少不得两家正要往来，就劳指引到净室借宿一宿。"

道犹未了，那道童搬出晚饭来。两人饭毕，那道士便向柩前拿了一支残烛，引了李道士到净室里。原来这净室却是许叔清在

时做卧房的。

李道士走进去，看见收拾得异样齐整，便问道：“这间净室，还是哪一位的？”那道士道：“这原是许师祖的卧房。”李道士道：“我谅来决是许师兄的净室了，果然他收拾得精致。尝闻他在生时节，专好吟诗作赋，待我把架上简一简，看有什么遗稿存下，拿些去做故迹也好。”那道士道：“老师有所不知，我家许师祖近来这几年渐觉老迈，那条吟诗作赋的肚肠不知丢在那边，只恐怕没有什么诗稿遗下哩。”李道士道：“虽然没甚遗下，也待我简一简看。”便把烛台拿将过来，向架上翻了一会，只见一部书里藏着一个柬帖，写着两行字道：

第一甲一名舒莩，湖广巴陵人。

第三甲末名康泰，湖广巴陵人。

李道士看了，老大吃一惊，道：“这分明是许师兄的笔迹。难道他三月前就晓得他两个是今科同榜的，好古怪！”殊不知许叔清在日，道行有成，知过去未来，所以预知二人未来之事。李道士知他有些道行，遂向巴陵城中各处乡绅极力称扬。众乡绅各捐赀①筑了一座宝塔，把他安厝②，便把梅花观改为叔清上院。

但舒状元京中几时到家？来叔清上院有何话说？且听下回分解。

---

① 赀（zī）——即“资”。

② 安厝（cuò）——安置。此为“安葬”。

第　十　回

夫共妇百年偕老　弟与兄一榜联登

诗：

诗书端不负男儿，一举成名天下知。
昔日流亡谁敢议，今朝显达尽称奇。
双妻逊长从来少，二子同登自古稀。
利遂名成心意满，归来安享福无涯。

说这舒状元，自写书与李道士寄来，不觉又是两个多月。一日，杜翰林于关真君祠内设席，请他与康进士二人。饮酒之间，舒状元与康进士陡然谈起当初祈梦一事。杜翰林问道："二位当日梦中，曾得些什么佳兆吗？"舒状元便把梦里缘由一一说知。杜翰林道："原来得了这样一个奇梦，岂不是关真君的灵感。"康进士道："舒兄，你当日既有此梦，何不与小弟一讲？"杜翰林道："贤契，天机不可漏泄，不说破的妙。"

舒状元道："康兄，你我蒙真君保佑，俱得成名。神明之德，不可不报。愚意正欲与兄商量，捐些赀费，要把圣像重装，殿宇重建，未审尊意如何？"康进士道："舒兄既有此意，小弟无不从命。"舒状元便唤庙祝①过来商量，估计人工木料并一应等项，须用千金。次日就各捐五百两。择日兴工，不满两月之期，把一所

---

① 庙祝——神庙里管理香火的人。

真君的祠宇焕然一新，真君圣像遍体装金。有诗为证：

圣像巍巍俨若生，颓垣败栋一时更。
真君托梦非灵显，焉得舒生发至诚。

不数日，巴陵有讣音至，说康司牧公身故。康进士闻讣，痛悼不已，杜翰林与舒状元再三宽慰，次日就要整顿行李，回家守制①。舒状元道："康兄既为令尊老年伯丧事，急于回去，但程途遥远，跋涉艰难，不可造次。若再消停得几日，杜老师有回家消息，大家乘了坐船，一齐回去，却不是好。"康进士强作笑颜道："父丧不可久滞他乡。若杜老师果然回去，便等两日，这也使得。"

说不了，只见杜翰林差人来说："昨日命下，钦赐驰驿还乡，只是三二日内起马。"康进士与舒状元大喜，各自吩咐家人，收拾行李，专候登程。

杜翰林吩咐打点两只座船，一只乘了舒状元、康进士、两家家眷，一只乘了自己并舒太爷，择日开船。朝行暮止，将及半月，就到巴陵。

那李道士得知他们回来，连忙同清霞观道士远出迎接。杜翰林问道："二位从哪里来？"李道士道："小道是凤皇山清霞观道士李乾，特来迎接杜老爷、舒老爷、康老爷的。"舒状元、康进士听说是李道士，就着人回复道："舟中不便接见，权留在梅花观里，明日面拜。"李道士便同了那道士回到叔清上院住下。

杜翰林与舒太爷的轿子在前，舒状元与康进士的轿子在后，进了城。康进士先别回去。舒太爷对杜翰林道："实不相瞒，学

① 守制——守丧。

生久离巴陵，已无家舍，须在此告别，好寻寓所安歇。”杜翰林道：“学生与老先生，正是通家至谊。我家尽有空闲房屋，任凭选择一所便是。”舒太爷道：“虽承美意，只恐在府上搅扰，不当稳便。”杜翰林笑道：“老先生觉有些腐气，这句话一发不像通家的了。”舒太爷也笑，一齐同到杜府中来。

那杜翰林许多亲戚，闻知翰林与状元同回，早已知会①，齐来庆贺。舒状元下轿，进到厅上，便请杜夫人出来拜见。杜夫人欢喜得紧，也不管舒太爷在那里，连忙出来相见。舒状元先请父亲过来拜揖。那杜夫人原不认得这会就是状元的亲父，乍会之间，又不好开口问得，勉强向前道个万福。然后过来，再与状元相见。

舒状元恭恭敬敬，把交椅移在当厅，再三请夫人坐了拜见。夫人坚执不允，舒状元便倒身下拜。杜夫人一把扯住道：“状元，这个如何使得？只行常礼罢。”舒状元道：“若非夫人自幼抚养，训诲成人，早作沟渠饿莩②，焉能得有今日。”杜夫人笑道：“若提起幼年间事，还不得倾心。若说今日，真是状元的手段，如何归在我身上。惶愧，惶愧。”舒状元只是拜将下去。

杜夫人扯他不住，却也受了几拜，便问道：“状元的夫人可同回来吗？”舒状元微笑道：“不瞒夫人说，未曾婚娶。”杜夫人道：“你那年却是有了夫人去的。”舒状元答应不来，但把脸儿红了又红。杜翰林道：　“夫人且慢进去。舒状元的宅眷随后便到了。”

杜夫人道：“我正要问这个舒字明白。状元原名杜萼，前番

---

① 知会——通知。此为互相转告。

② 饿莩（piǎo）——饿死的人。

写书回来，书上改了舒萼，今日老爷又称舒状元，却怎么说？”杜翰林道：“夫人有所不知，这位舒太爷，就是状元嫡亲令尊。”杜夫人惊讶道：“原来状元已有了亲父，因此方才的说话，都有些古怪。想将起来，我们端然①是个陌路人了。”舒状元道：“夫人何出此言？受恩深处，亲骨肉焉敢背忘。”杜夫人道：“状元还在那里地方，得与舒太爷相会？”舒状元便把长沙道上相会的事，细说一遍。

杜夫人正待再问几句，只见门上人进来禀道：“状元夫人到了。”杜夫人忙不及地起身出来，接了进去。相见礼毕，杜夫人笑道：“夫人一路来风霜辛苦，请进内房暂息。”韩夫人低低应了一声，挽手同进。有诗为证：

轻盈窈窕出天然，半是花枝半是仙。

试看低低相应处，娇羞真足使人怜②。

当下大排筵席，虽是替舒状元洗尘，又是与舒太爷会亲，大家畅饮酕醄③。将近二更时分，这舒状元却心满意足，越饮越醒，也不顾翰林与太爷在上，这个酒量不知从何而来。杜翰林见他饮得无休无歇，遂教随从的，把后面花厅铺设停当，烧香煮茗伺候。

舒太爷对状元道：“今日初来，明日倘有乡绅拜望，若中了酒④，不便接见，恐失体统，可早睡罢。”舒状元不敢有违父命，带了些酒意，站起身来，心里虽然明白，那脚下东倒西歪，好像

---

① 端然——果然，真的。

② 怜——此为“爱”，爱怜。

③ 酕醄（máotáo）——酒后大醉状。

④ 中了酒——醉酒。

写“之”字一般。杜翰林着人扶他进后花厅里去睡了。

原来日间那杜夫人却不晓得一个舒太爷同来，仓卒①之间，不曾打扫得房屋。杜翰林就陪舒太爷在书房里，权睡了一宵。

次日清晨，韩相国特来相拜。这舒状元果然中了酒，却也起来不得。说便这等说，或者还是当时心病，不好相见，落得把中酒来推托，也未可知。但是别人不见也罢，至如韩相国，却是不得不见的。没奈何，连忙起来梳洗，出去相见。

韩相国笑道：“状元少年登第，老夫亦与有光。今日看将起来，宁为色中鬼，莫作酒中仙。”舒状元是个聪明人，听说这两句，却有深味，便不敢回答，只得别支吾道：“舒萼不才，荷蒙天宠，皆赖老相国福庇②。今日谨当踵门③叩谢，不料反蒙先顾，罪不可言。”韩相国道：“还是老夫先来的是道理。”舒状元低着头道：“不敢。”

韩相国道：“老夫有句话儿要动问，险些忘怀了。闻得状元在长沙道重会了令尊，可是真吗?”舒状元就把从头至尾说完。韩相国道：“如今令尊老先生却在哪里?”舒状元道：“昨日也同到这里了。”韩相国道：“其实难得，可见有状元福分的人，屡屡撞着喜事。老夫在此，何不请令尊老先生出来一见。”舒状元便请太爷与相国相见。舒太爷道：“小儿向年得罪台端，重蒙海涵，老朽正欲同来叩谢，不期老相国先赐下顾，望乞原宥。”韩相国笑道：“窃玉偷香，乃读书人的分内事，何必挂齿。”

舒太爷背地对状元道：“既蒙相国恩宥，着你浑家出见何

---

① 仓卒（cù）——仓促。
② 福庇（bì）——护佑。
③ 踵（zhǒng）门——来到门上。

妨。”状元令夫人出见，夫人见了相国，倒身便跪。相国一把扶起道：“如今是状元夫人，怎么行这个礼？快请起来。”韩夫人红了脸，连忙起来，又道个万福，竟先进去。古诗为证：

今日何迁次①，新官与旧官。

笑啼俱不敢，方信做人难。

又诗为证：

昔为相国婢，今做状元妻。

相见惟羞涩，情由且不题。

韩相国道：“状元成亲已久，可曾得个令郎吗？”舒状元道：“端未曾有。”韩相国大笑道：“看来状元倒是有手段的，只因还欠会做人。老夫今日此来，一则奉拜杜老先生并贤桥梓②，二则却有句正经说话，要与状元商议。”舒状元道：“不识老相国有何见谕？”韩相国道：“金刺史公前者闻状元捷报至，便与老夫商量。他有一位小姐，年方及笄，欲浼老夫作伐，招赘状元。不须聘礼，一应妆奁，已曾备办得有，只待择个日子，便要成亲。不知状元尊意如何？”

舒状元听了这句，却又不好十分推辞，便道：“舒萼原有此念，只是现有一个在此，明日又娶了一个，诚恐旁人议论。”韩相国道：“状元意思，我已尽知。现有这个，况不是明媒正娶，哪里算得。还是依了老夫的好。”舒状元道：“容舒萼计议定了，

---

① 迁次——迁居。

② 桥梓（zǐ）——即“乔梓”。乔，高大的乔木；梓，矮小的乔木。儒家以为父权不可侵犯，似“乔”；儿子应卑躬屈节似“梓”（子）。后因称“乔梓”为“父子”。见《尚书大传·周传·梓材》。

再来回复老相国。”韩相国道：“此事不可急遽，先要内里讲得委曲，也省得老夫日后耳热。”相国就走起身作别，状元父子直送出大门，看上了轿，方才进来。

舒状元当下便与夫人商议，韩夫人原是十分贤惠的，见说此言，毫无难色，满口应承道：“这是终身大事，况我与你无非苟合姻缘，难受恩封之典。我情愿做了偏房，万勿以我为念，再有踌躇也。”舒状元只道故意回他，未肯全信，因此假作因循，连试几日。那夫人到底是这句说话，并无二意。舒状元虽然放心，但念平昔恩爱之情，一时间心中又觉不忍。会金刺史择日成亲，韩相国差人来说，事在必成，不由自己张主。

到了吉日良时，金刺史府中大开筵席，诸亲毕集，乡绅齐来，笙歌鼎沸，鼓乐喧阗，金莲花烛，迎状元归去。巴陵城中，有诗赞之云：

其一

年少书生衣锦回，一时声价重如雷。
金家喜得乘龙婿，毕竟文章拾得来。

其二

乌帽朱衣喜气新，一身占尽世间春。
今朝马上看佳婿，即是巴陵道上人。

舒状元此时也只是没奈何，就了新婚，撇了旧爱。成亲一月有余，哪一会不把韩夫人放在心上，眠思梦想，坐卧不宁，懊恼无极。几回要把衷肠事与金夫人说知，又恐金夫人未必如韩夫人贤惠，说了反为不美。总然瞒得眼前，焉能瞒得到底，是以延延挨挨，欲言半吐半吞，平日间郁郁不乐不悦。

金夫人见他如此，不知就里因由，或令置酒行乐，或令歌舞

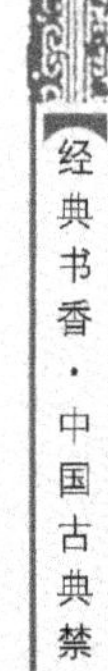

求欢，而闷怀依然如故矣。金夫人道：“君家状元及第，身居翰林，况有千金小姐为妻，罗绮千箱，仆从数百，可称富贵无不如意。何自苦乃尔，请试为我言之。”从此不时盘问，便巧言掩饰，终无了期。舒状元只得把心事一一对金夫人说。

谁想金夫人之贤惠，又与韩夫人一般。金夫人听见状元一说，便道：“状元既有夫人在彼，何不早说？就迎到这里，我情愿让他做大，甘心做小，同住一处，有何不可。”舒状元道：“我几番要对夫人说，诚恐夫人见嫌，所以犹豫到今。不料夫人有此含容，真三生之幸也。”金夫人道：“他那里等你不去，只道我有甚留难，倘若怨及于我，后边不好见面。再不可耽搁日子，待我便去告禀爹爹，明日就打发轿去，迎接回来，一同居住。在彼可无白首之吟，妾与状元可免旁人议论，岂不美哉！”

舒状元道：“夫人美意，我已尽知。只怕令尊乃端方正直之人，居官居乡，无不忌惮，恐说起这事，未必有此委曲。与其说之不见其妙，莫若不说为高也。语云：人无远虑，必有近忧。请夫人三思。”金夫人道：“我爹爹虽然执性，亦能推己及人，只要礼上行得去，极肯圆融。比如我兄妹数人，唯我最爱，凡有不顺意处，我爹爹无不委曲。今我与状元是百岁夫妻，终身大事。我自有一话对爹爹说，我爹爹必然应允。状元不必叮咛，更添烦恼。”

当下夫人就去对金刺史公说。刺史公沉吟半晌，因问道：“吾儿此言，从何而来？”金夫人道：“出自状元之口。”金刺史公道：“你爹爹一向闻状元原有夫人，恐怕我儿知之便不快活，故此不说。你今既要接他回来，岂不是一桩美事。倘若去接韩夫人，舒太爷也须同接到这里。”金夫人道：“孩儿正欲如此，世间哪有媳妇不事舅姑的道理。”当下先着人去说知。

次日，打发两乘轿，一乘去接舒太爷，差家人八名，一乘去接韩夫人，着丫环八人，一同去到杜府。

那韩夫人虽然贤惠，见状元久恋新婚，一向不去温存，心中未免有些焦躁。金府轿来相接，未知好歹若何，欲去又不好去，欲不去又不好不去。进退两难，全没一些主意，遂与杜夫人商量。

杜夫人道：“今日来接你，决无歹意。况状元与你恩爱无比，难道去了一两个月，就把前情忘了，将你奚落？金小姐虽然与状元结发，还未有一年半载。古道：先入门为大，他年纪尚小，未有胆气。你今放心前去，好便在那里，不好抽身便转。凡事都在我身上，不必沉吟。”韩夫人听了杜夫人这一片话，狐疑尽释，心花顿开，欢欢喜喜，遂去梳妆，穿了盛服，作别起身，来到金府。

原来舒太爷预先到了。韩夫人下轿，到了大厅上，先拜见金刺史公并刺史夫人，再见小姐。那小姐见了韩夫人，十分欢喜，满面堆下笑来，定要逊韩夫人作大。

韩夫人见金夫人谦下得紧，心下也有些不安起来，就对金夫人道：“小姐阀阅名门，千金贵体，冰人①作合。贱妾相门女婢，又与苟合私奔，自怜污贱，久不齿于人类，甘为侍妾，愿听使令，安敢大胆抗礼？”金夫人道：“夫人与状元，起于寒微，历尽

① 冰人——旧时指媒人。

艰辛，始有今日，所谓糟糠之妻，礼不下堂①。妾不过同享现成富贵而已。夫人居正，妾合为偏。”

两个夫人你让我，我让你，你说一番，我又说一番，牵上扯下，逊了半日。金刺史公见他两个逊得不了，满心欢喜，遂大笑道：“我常虑此事，不能调停。今见两人如此，吾无忧矣。”又向前对韩夫人道：“汝父母双亡，与吾女都嫁状元一人。吾女之父母，即汝之父母，汝合拜我为义父母，汝与吾女拜为姐妹，合以姐妹称呼，均为状元妻，不分嫡庶。此天下之常经，古今之通义也。”舒太爷道：“老亲家高见，名分从此定矣。”两个夫人遂不谦让，便同拜谢刺史公与舒太爷，然后与状元同拜。有诗为证：

自古蛾眉惟嫉妒，焉能逊长作偏房？

借问舒君有何法，刑于二妇至今香。

是夜金府大排筵席，畅饮一宵。次日，巴陵城中，人人称赞，个个播扬，都说是一桩奇事。康进士闻知，备了表里②，从新作贺。有诗赞云：

一凤跨双鸾，文身五彩备。

梧桐能共栖，和鸣天下瑞。

舒状元自有了这两个夫人，如鱼得水，过得十分恩爱。这两个夫人，虽不分大小，也不知尔为尔，我为我，就是一个。

---

① 糟糠之妻不下堂——《后汉书·宋弘传》载：汉光武帝刘秀的姐姐、寡居的湖阳公主看中宋弘，而宋弘答刘秀曰“臣闻贫贱之交不可忘，糟糠之妻不下堂”，坚不弃前妻，拒入皇赘。

② 表里——即“表礼”。旧时赏赐或送礼用的衣料。

到及一年光景，两个夫人都生了一个孩儿，长名珪[①]，次名璋[②]，十分聪俊。舒状元满心欢喜。五六岁来，智慧无比。舒状元遂无心仕进，有意教诲二子，矢志攻书。其母亦极力周支。一十八岁，兄弟同登甲科，俱授美职。父子三人，声闻显赫。

此老堪舆眼力绝到，为子孙之至计也欤！后人有诗赞云：

世有堪舆子，负人不可言。
然此舒姓者，应或种心田。
能得巴陵秀，生子杜开先。
早岁蒙家难，孤身幸瓦全。
读书文似锦，好色胆如天。
遇父巴陵道，求名第一仙。
座师即义父，同舟返故园。
多情韩相国，执伐结姻连。
双妻齐逊长，二子甲科联。

---

① 珪——古玉器名，长条形。古代贵族朝聘、祭祀、丧葬礼仪有官位的人所用的礼器。

② 璋——古玉器名，顶端为斜锐角形，与珪同为礼器。

《鼓掌绝尘》花集

第 十 一 回

哈公子施恩收石蟹　小郎君结契赠青骢①

词：

煮茗堪消清昼，谈棋可破闲愁。闭门高卧度春秋，撇去是非尘垢。　　遗得一经架上，绝胜万贯床头。儿孙富贵岂营求，总任天公分剖。

前一首词，名为《西江月》，专道世间多少财主富翁，有福不会享用，有钱不肯安逸，碌碌浮生，争名竞利的几句说话。但看眼前有等家业殷富的，偏生志愿不足，朝朝暮暮，没一刻撇下利心，恨不得世上钱财都要自己赚尽。情愿穿不肯穿好的，吃不肯吃好的，熬清守淡，做成老大人家，指望生出贤惠儿孙来受用，为长久之计。哪里知千筹万算，毕竟是会算不过命，突然间生下一个倾家荡产不长俊②的，郎不郎，秀不秀③，也不知斧头铁做。饶伊苦挣一生，败来只消顷刻。又有一等贫穷彻骨的，朝

① 骢（cōng）——青白色的马。今名菊花青马。也泛指马。

② 长俊——长进。

③ 郎不郎，秀不秀——即，指“良”；秀，即莠。

不保暮，度日如年，粗衣淡饭，只是听天由命，不求过分之福。哪里晓得生下一个儿子，知艰识苦，并力同心，不上几年，起了泼天的家业。俗语有云：“家欲兴，十个儿子一样心。家欲倾，一个儿子十条心。”总不如古人两句说得好：“儿孙自有儿孙福，莫替儿孙做马牛。”这也不须细说了。

听说汴京有一个人，姓娄名祝，表字万年。父亲在日，原任长沙太守，家资巨万，都是祖上的根基，却不是民间的膏血。后来分与他的，约有二三万金，余外田园房屋、衣饰金珠之类，不计其数。这娄祝因父亲过了世，得了这些家赀，仔细想了一想看，尽好享用过下半世，竟把那祖业都收拾起一边，倚着有钱有势，挥金就如撒土一般。那些亲戚族分中人，见他手头松，一个个都怀着势利心肠，巴不得要他看觑几分，哪个肯把言语劝阻。倒是地方上有几个老成长者，看他后生家不肯把金银爱惜，将来浪使浪用，倒替他气不过，把他取个绰号，叫做“哈哈公子”。

这哈哈公子做人极是和气，只是性格不常，或时喜这一件，或时喜那一件，因此捉摸不着。那些各处老在行的帮闲大老，闻风而来，只指望弄他一块，一时再摸他不着，没奈何，只得告辞去了，他身边只有一个人是最体心的，那人姓夏名方，沙村人氏。你看这夏方原何得体他的心？凭一副媚骨柔肠，要高就高，要低就低，百依百顺，并无些须逆他。所以哈哈公子把他做个心腹看承，有事便同商议，一时也离他不得。

这夏方与哈哈公子相处，未及一年，身边倒赚有三二百金。时值清明节届，对着公子道：“公子，小弟到府，将及一载，重承厚爱，情如骨肉，义若手足，不忍暂离。争奈儿女情牵，未免欲去一看，况且清明在尔，兼扫先茔。待欲告回几日，未审尊意如何？”哈哈公子道：“夏兄，我这里并无相得的，然相得者唯兄一人，论来不可一刻舍去。只是久别家乡，安可强留。只求速去速来，足见吾兄至爱，敢不如命。”夏方道：“这多在五七日间便返。只是一件，小弟去后，如有人勾引公子去做些风月事情，决要待小弟回来，挈带同去。”哈哈公子笑道：“夏兄，你晓得，有花方酌酒，无月不登楼。夏兄这样一个着趣的人儿不在面前，便是小弟走出门去，也是没兴的。”夏方回笑了一声，连忙进房收拾了铺陈，出来作别。哈哈公子便向衣袖中取出三两一包银子，递与夏方，送作回家盘费。就着一个家童，替他担了行李，送别出门。

看看到了清明日，只见天色晴和，这哈哈公子坐在家中，寂然没兴，便唤一个老苍头随了，便往郊外踏青。慢慢踱出城来，四顾一望，果然好个暮春光景。但见：

御林莺啭，小桃红遍，夹道柳摇金线。珍珠帘内，佳人上小楼前。只见金衣公子，福马郎君，绕地游来远。殷勤沽美酒，上小重山，拼醉花一觉眠。逍遥乐，排歌管，须知十二时光短，休负却杏花天。

《梁州序》

这哈哈公子游游衍衍①，出城十数里，看了几处花屿梅庄，过了几带断桥流水。看看走到一座山脚下，见一片荒芜地上，都是些尸骸枯骨。他看见了，霎时间毛骨悚然，不觉伤情起来，便对苍头道：“那前面积着尸骸的，是什么去处？”老苍头回道：“公子，那里是义冢地②。”哈哈公子道：“怎么有这许多尸骸暴

① 游游衍衍——恣意游逛。

② 义冢（zhǒng）地——公用坟地。冢，坟。

露在那里？”老苍头道：“公子有所不知，如今世上人，有家业有子孙的，百年之后，衣衾棺椁①，筑造坟台殡葬，春秋祭祀，永享不绝。若是异乡流落叫化乞儿死了，哪个肯来收殓。地方上人或写一张呈子，当官禀个明白，就把一条草荐，裹着尸骸，扛来丢在义冢地上。凭他狗拖猪咬，蝇集蚁攒，有谁怜悯。”

哈哈公子道：“苍头，我想古往今来，多少行恩阴骘②的，后来都在阴骘上得了好处。我待要把这些骸骨，都替他埋葬了，你道可好吗？”老苍头道：“公子今日这样享荣华，受富贵，都是祖宗积下阴德，又是前世修来因果，而今再做些好事，一来留些阴德与儿孙，二来修着自己后世。”哈哈公子道：“苍头，你这几句话儿，正合我意。岂不闻‘恻隐之心，人皆有之’，特患不能行耳。我在这山冈上略站一会，你即刻去唤几个土工来，与我埋葬这些尸骸罢。”苍头便去寻了几个土工，带了几把锄头、铁锹，一齐走来。这哈哈公子便打开银包，撮了两把，一块递与众土工，埋完了去买酒饭吃。那些土工见是娄公子，个个奉承，又见他先与了银子，愈加欢喜。一齐走到义冢地上，脱去衣服，尽着气力，锄的锄，锹的锹，拾的拾，埋的埋，霎时间把那些骸骨埋得干干净净，并无一些遗失。

哈哈公子便走下山岗，慢慢踱到义冢地上，仔细一看，只见那东南上一个土穴里，涌出一股碧波清的水泉来。他暗想道：“这穴里如何出这一股清泉？”便唤土工：“再与我依这个穴道，掘将下去几尺，看这股泉水从哪里来的。”众土工便又尽着力，掘下去约五六尺，只见方方一块青石，盖着一个小小石匣，四边

① 椁（guǒ）——棺外的套棺。

② 阴骘（zhì）——阴德。

都是清泉环绕。众土工看了，个个满心欢喜，只道掘着一个肥窖，大家都有些分，连忙把那块青石乱掇，哪里掀得起来。

众人惊讶道："呆子，我们这班都是穷人，想没有这些造化，得这主东西，因此都化作水。便是这块石头，能得几多重，难道我们便掇不起来，莫非是公子的福分?"哈哈公子道："你们掇不起，也待我试他一试。"便弯着腰，两手把那块石头轻轻掀动。众人背地道："古怪，毕竟天都没了眼睛，银子还要总成财主拿去?"哈哈公子掀将起来，只见那石匣内藏着一只小小石蟹，止留着一钳一脚。众人看了，无不骇异。

哈哈公子连那石匣拿在手中，仔细一看。原来那匣底上有两行细字，都被泥污瞒了，一时却看不出。他就把清泉洗将洁净，那两行小字明明白白现将出来，道是：

历土多年，一脚一钳。

留与娄祝，献上金銮。

哈哈公子看是凿他名氏，十分喜欢，便取出一条汗巾，好好包裹，藏在袖中。对着众土工道："你们且各散去，明早都到我衙里来领赏。"众人欣然一齐谢去。

哈哈公子欢天喜地，带了苍头，走下山来。看看日色过午，正待徐行缓步，消遣盘桓。只见远远一个少年，骑着一匹高头骏马，带了几个家童，直冲大路而来。他便站在路旁，定睛一看，见那少年：

一貌堂堂，双眸炯炯。头戴一顶紫金冠，珍镶宝嵌。身乘一骑青骢马，锦辔雕鞍。麂皮靴插几支狼牙箭，鱼鳞袋挂一张乌号弓。潇洒超群，不似寻常儿女辈；风流盖世，未知谁氏小郎君。

便问老苍头道："苍头，这个小郎君，你敢认得是哪一家

的？”老苍头回答道：“公子，我们这汴京城里，从来不曾见这个郎君。”

说不了，后面一个后生执着鞭，急忙忙飞奔赶来。老苍头一把扯住，问道：“大哥，借问一声，这马上郎君是哪一家的？”后生道：“你随我到那前面关帝庙前来与你说罢。”老苍头便同那个后生先走，哈哈公子随后而行。

走不半里，果见一座关帝庙。那郎君先下马进去，这后生就带住丝缰，系在垂杨之下，对着苍头道：“你这老人家，要问他做甚？”苍头道：“大哥，我们公子要动问一声。”后生道：“你家公子姓甚名谁？”苍头道：“我家公子姓娄。”后生道：“敢就是汴京城中娄太守的公子吗？”苍头笑道：“正是，正是。”后生笑道：“你公子却在哪里？”苍头把手指道：“那前面站的就是。”

后生连忙上前相见不及道：“公子，可认得小人吗？”哈哈公子道：“我恰不认得你。”后生道：“小人叫做杨龙，幼年间在老爷府中养马。只因酒后马坊中误失了火，把老爷所爱的那匹斑鸠马来烧死，老爷大怒，把小人着实打了一顿板子，赶将出来。公子还记得吗？”哈哈公子想了一会，道：“原来你就是养马的杨龙。正要问你一向在哪里？如今跟随这一位郎君是谁？”杨龙道：“小人自那年赶将出来，就奔投俞参将老爷府中看马。俞老爷见小人牧养小心，六七年前带了家小出征西虏，便唤了小人同去，如今前月里才得回来。这位郎君，就是参将老爷的公子。”

哈哈公子道：“怎么单骑出来？”杨龙道：“今日清明节，天色融和，公子禀了老爷出城游猎。”哈哈公子道：“我老爷在日，原与那俞参将老爷相交至厚。若是他公子，与我当以通家相称。你少刻待他出来，可替我禀一禀，与我相见一相见。”杨龙道：

“公子，这个使得，只是路途中相见不便。”哈哈公子道：“这也讲得有理。我就在前面魁星阁中等候便了。”杨龙欣然允去。

哈哈公子便唤了老苍头，来到魁星阁门首观望。不多时，只见那郎君走出关帝庙来，竟不是来时打扮，另换一件天蓝道袍，着了一双大红方舄①，正待上马。那杨龙把娄公子要相见的话，一一禀知。俞公子笑逐颜开，道：“我久闻娄公子高风，恨不一见。今日既遇途中，岂非一大幸也。快请过来。”杨龙道：“娄公子约在前面魁星阁中相会。”俞公子道：“既然如此，你可带马随我后来。”你看他，终究是官家儿女，性格从容，不慌不忙，自自在在的，走到魁星阁门首。

娄公子便出来迎进后殿，两人推逊揖罢，左右分坐。娄公子笑道：“久闻俞兄弓马熟娴，精通韬略②，真将门之胄，非等闲可与齐声也。敬羡，敬羡。小弟忝③在通家④，恨不能早觌⑤尊颜，领教门下，私心曷⑥胜瞻仰。今喜邂逅相逢，实是三生之幸。”俞公子道：“娄兄乃宦门贵品，绝世奇姿，珪璋伟器，廊庙宏材，他日当大魁天下。若小弟，不过蒲柳庸材，幺么贱品，感承不弃，终当执鞭堕镫而已。”

娄公子道：“小弟适才见兄所乘那匹宝马，魁梧高大，诚非厩中之物，还从何处得来?”俞公子道：“此马名为青骢，出自胡

---

① 舄（xì）——古代一种复底鞋。

② 韬（tāo）略——古代兵书《六韬》《三略》的简称。亦通称用兵的谋略。

③ 忝（tiǎn）——谦词。辱；有愧于。

④ 通家——指彼此世代交谊深厚，如同一家。

⑤ 觌（dí）——见；相见。

⑥ 曷（hé）——岂，何不。

种，乃是家父出征西虏带回，一日能行三百余里，登山如履平地，与凡马大相悬绝。娄兄若不弃嫌，小弟谨当并鞍相赠。”娄公子道：“戚蒙仁兄雅意，深荷与情。但夺人所爱，于心有欠。古人云：‘投我以木桃，报之以琼瑶①。’承赠良马，弟将何物可报邪?”

俞公子道：“娄兄说哪里话，岂不闻：烈士千金，不如季布②一诺。这些微赠，何在齿颊间。”便唤杨龙：“可将这匹青骢马，与娄相公管家带着。你快回去，厩中另带了那匹点子青来。”杨龙连忙把青骢交付老苍头，转身急奔回去。有诗为证：

表表丰仪美少年，青骢骑出万人看。

片言假借心相契，一诺千金倍爽然。

俞公子道：“娄兄，小弟却有一句不识进退的说话，难好启齿，未审肯容纳否?”娄公子道：“小弟与兄虽然乍会，实荷相知。如有见教，敢不唯命是从。”俞公子道：“小弟久仰盛名，如切山斗③，幸得今日萍水相逢，接谈半晌，大快生平。倘不责驽胎庸劣，与骐骥并驰，就此契结金兰④，以效当年管、鲍⑤，仁兄尊意何如?”娄公子道：“仁兄美言，正合愚意。但小弟鄙愚，恐不胜任，奈何?”

---

① 琼瑶——美玉。此句引自《诗·卫风·木瓜》。

② 季布——汉初楚地名侠，曾为项羽部将，数困刘邦。汉立，为刘邦捕后赦免，任河东守。因其以诚信为重，时人言“得黄金百斤，不如得季布一诺”。

③ 山斗——泰山、北斗的合称，犹言泰斗。比喻为世人所钦仰的人。

④ 金兰——友情契合；深交。后引申为结拜兄弟之词。

⑤ 管、鲍——春秋初期政治家管仲一生深得鲍叔牙无私辅佐相助，其友情被称为“管鲍之交”。

俞公子道："娄兄不须过谦。请先通讳字，再示年庚，足征雅爱。"娄公子道："小弟娄祝，字万年，壬子八月十五日子时建生①。"俞公子道："小弟俞祈，字千秋，乙卯五月初一日午时建生。"娄公子笑道："原来仁兄尊讳尊字，与弟意义相同，可见今日之会，非偶然矣。"两人便结为八拜之交。

正欲慢慢聚谈，不觉红轮西坠，那杨龙又带着点子青来，站在旁边伺候。俞公子道："天色将暝②，请仁兄乘了青骢，与小弟一同入城罢了。"娄公子道："果承厚意，只得尊命了。"俞公子道："大丈夫太山③一掷，等若鸿毛。宁吝一马，见鄙交情。"娄公子便不推托。二人各乘着马，那杨龙把青骢带在前头，点子随后，一齐进得城来。正是黄昏时候，二人马上作别，各自分路而去。有诗为证：

乍逢萍水间，彼此非轻薄。
况是旧通家，年貌皆相若。
八拜定金兰，终身重然诺。
宁存管鲍心，俯仰无愧怍。

说那夏方自回沙村，将及半月，恰才转来，与娄公子相见，便问道："公子，自小弟去后，曾往哪里去嬉耍吗。"公子道："并不曾往哪里嬉耍，只是数日前将五百两银子，买得两样便宜物件，拿出与兄估一估，不知识得否？"夏方摇头道："若有便宜的，只怕长枪手④先弄去了，未必轮得到公子。还是什么稀奇宝

① 建生——指诞生。
② 暝（míng）——暗；晚。
③ 太山——即泰山。
④ 长枪手——行家里手。

物，请借出来小弟一看。”

娄公子便唤老苍头，向后槽带出那匹青骢马出来。转身进去，拿出那石蟹，递与夏方。夏方接过手一看，忍不住笑了一笑，道：“公子，敢是如今世上的独脚宝①，这件东西是几多银子买得?”娄公子道：“这是一百两。”夏方大笑道：“这样一块石子，就是一百两，论将起来，我小弟竟值一万两了。”娄公子道：“夏兄，这怎么说?”夏方道：“小弟若在面前，决不劝公子使这样滥钱，可不是值了一万两。”娄公子道：“夏兄，还是你的眼睛识货，替小弟估看，果值几多银子?”夏方道：“公子，这一只脚若是一百两，那八足完全，可不就是八百两，我小弟便是一个铜钱也不要他。怪不得街坊上人叫你做哈哈公子，哪里有这样哈账的?”娄公子假意道：“夏兄，如今却怎么好?”夏方道：“公子，趁小弟在这里，忙唤那卖主退还就是。”

说不了，那老苍头把青骢带将出来。娄公子道：“夏兄，这一双石蟹和这骑青骢，总是一个买主的，你一发替我估计，若不值四百两银子，都退还他罢了。”夏方带过青骢，仔细一看，呵呵冷笑道：“可见公子倒都在脚上用了钱去。一只脚的一百两，四只脚的四百两，似小弟这样没脚踪②的，终不然不值一厘银子?”

公子大笑一声，便把清明日埋骸骨，得石蟹，遇郎君，赠青骢，尽行对他实说。夏方就改口道：“这样讲，莫说是五百两，总然五千两也值的。”娄公子道：“夏兄，便是五千两，也不轻售。此马出自胡种，一日能行三百余里，登高山如平地，与凡马

---

① 独脚宝——稀世珍宝。

② 脚踪——脚迹，行踪，踪迹。

不同，却莫轻觑了。”夏方便挽住缰绳，仔细看了一会，心中一转，便起了一个鬼胎，欣然喝彩道：“果然好匹青骢，莫说是别样，就是这副鞍辔，也值一块银子。决要早晚牧养得小心才好。”公子便唤苍头好好带进去。

夏方道：“世上原来有这样大度的人。请问公子，缘何便与俞公子倾盖成交①？”娄公子道：“我父亲在日，原与他父亲有旧，因此途中谈起，便意气相投，倾盖如故。”夏方道：“这正是英雄遇英雄，豪杰识豪杰，哪有不相投之理？”娄公子道：“我想俞公子大德高情，片言相合，不惜千金骢马，慨然相赠。安可直受之而不报，于心甚是歉然。正要与你商量，还寻些什么珍奇美物对得他过的，回赠与他方好。”

这夏方一心想着那匹青骢，便将计就计道：“公子，他是将门人家，有的是金，多的是银，少什么珊瑚、玛瑙、夜光珠、猫儿眼。古人说得好，欲结其人，不如先结其心。那俞公子既好游猎，依小弟说，我那沙村里有个郑玲珑，专造金银首饰，手段②无比。凭他人物鸟鱼，花卉酒器，活活动动，松松泛泛③，绝妙超群。公子何不去寻他来，把那上等赤金，着他制造一顶时样的盘螭束发金冠④，送去与那俞公子，可不酬了他赠马之情，却不是好。”娄公子欣然道：“这个极妙。只是金银制造的送将去，又恐看不入眼。”夏方道：“公子，这有何难。四围再得些八宝镶嵌

---

① 倾盖成交——倾盖，途中相遇，停车而谈，双方车盖一起倾斜。形容一见如故或偶然的接触。倾盖成交，指初次相逢或订交。

② 手段——本领、技巧。

③ 松松泛泛——轻松自在。

④ 盘螭（chī）束发金冠——饰有螭形花纹的金冠。螭，古传说中蛟龙一类的动物。

起来，便是进贡也拿得去了。”

娄公子道：“说得有理。只是一件，沙村到此，足有百里路程，恐那郑玲珑撇不下工夫，一时未肯便来，却怎么好?”夏方道：“公子，论起他的工夫，着实是值钱的。若是小弟去寻他，又说是公子这里，决然忙做忙，料来没甚推却。”娄公子道：“这便做你不着，今日却去不及了。明早相烦你去走一遭，寻了他来，小弟再做东相谢。”夏方道：“实不相瞒公子说，小弟连日走去走来，便是将息个把日，一步也还挪移不动。公子肯听愚见，趁今日尚未及午时，何不就把那骑青骢，借小弟乘了去，今晚便可到得，明日就好转来，省得耽搁日子。”

娄公子与夏方相处岁余，见他软妥温柔，甜言蜜语，一味假老实，故此相信。谁知他假小心，最大胆，是个骗马的贼智。连忙应允，便叫老苍头到后槽带出青骢，喂饱草料，备了鞍辔，带到门楼下。这夏方扳住雕鞍，打点跨将上去。那青骢便发起威来，两只后脚凭空乱跳，咆哮不已。

原来那马的性格，极要欺生，你若是个熟人，凭你骑过东，骑过西，依头顺脑。若是个陌生的骑，凭你要过东，他偏望西，你要上南，他偏落北，把你弄得七颠八倒。你看这夏方心中却是欢喜，哪里降得他下，连忙把一条皮鞭，递与娄公子。公子接了，走将过来，将他后腿上着实打了几鞭，那青骢便低头垂尾，再也不敢跳动。

娄公子紧紧扣住缰绳，夏方就把一只脚飞也跨将上去。娄公子道：“夏兄，这青骢行走如飞，人赶不及，不必着人跟随。你一路去，只要寻些草料把他吃。”夏方把头点了一点，接过鞭来，扑地一下，那青骢就如腾云一般，转眼不知去向。有诗为证：

度量宽宏信任人，何妨骢马代艰辛。

堪夸百里须臾到，四足腾云不惹尘。

娄公子看了，还自称赏不已。便吩咐老苍头，快去寻些新鲜草料，等候明日回来喂他要紧。老苍头答应一声，跟随公子进去。

毕竟不知那夏方乘了青骢，别了公子，几时才得回来？再听下回分解。

第十二回

乔识帮闲脱空骗马　风流侠士一诺千金

诗：

青骢本自出胡尘，赤兔胭脂亦等伦。
果是世间无价宝，终为天下有名驎。
轻财侠士原相赠，负义奸徒窃货人。
更有千金能一掷，三贤从此结雷陈①。

原来如今的帮闲主顾，个个都是色厉内荏，口是心非，门面上老大铺排，心窝里十分奸险。看见你有一件可意东西，便千谋百计，决要马骗到手，方才心愿满足。

且说这夏方乘了青骢，别了娄公子，不上两个时辰，竟到了沙村，心中忖道："我想这匹青骢，岂是寻常之马，便拿了千两黄金，踏破铁鞋，也没处买的。我想只怕不得到手，既到了手，难道怕不是我的。我那孩儿夏虎，倒有些见识，且带回去与他商量，早早寻个售主，卖他千数银子，到别处去做些勾当，强似帮闲一世。"一回走，一回想，看看走到自家门首，便把青骢带到那草地里桑树下系着，转身正待敲门。

原来那夏虎睡在床上，听得马铃声响，暗想道："古怪，我这沙村里面，算来几家人都没甚汤水，哪里得有个骑马出入的？

① 雷陈——东汉雷义与陈重的并称。二人为同郡人，友好情笃，后用"雷陈"比喻交谊深厚的朋友。

若是过路的，但我们偏僻去处，又无人到此。终不然难道是甚歹人，要来下顾我们这几间草屋不成?”连忙一骨碌跳起身，披了衣服，提着灯赶将出来。开门一看，见是自家老儿，又惊又喜道：“爹爹，怎么去而复返？那匹马是哪里来的?”夏方道：“孩儿，快快噤声，莫要大惊小怪。你且将灯去把那匹马仔细瞧一瞧看。”

夏虎急忙忙拿了一盏灯，走到青骢面前，欲待看个仔细，被他一脚踢来，翻筋倒跌去，灯儿不知撇在哪里，轻轻叫道：“爹爹，不好了。快进里面去，再点火来。”夏方便走进去，吹了半个更次，方才点得灯着，连忙走来，扶起夏虎，道：“孩儿，不妨事吗?”夏虎摇头道：“好厉害的畜生，不曾近着他身子，就弄去了一层皮。爹爹，亏你怎么样骑它回来。”

夏方道：“孩儿，你莫轻觑了他，我和你一生发迹，明日都要出脱他身上。”夏虎道：“爹爹，你说来都是那没搭撒[①]的话儿，这样一匹不识人的畜生，不过带去买得三五两银子，终不然就够我们一生发迹?”夏方道：“孩儿，你再走上前去看一看着。”夏虎被他踢怕了，便回道：“爹爹，什么要紧，若还又是一脚，踢去了几个牙齿，教我一世便破相了。”夏方道：“孩儿不妨，待我带住缰绳，把你看罢。”

夏虎恰才壮着胆，执了灯，仔细一看，把舌头伸了一伸，道：“爹爹，厉害得紧，我知你果然有这世发迹了。莫说这马好歹，看这副鞍辔，就值了千金。爹爹，我且问你，这马还是哪里带来的?”夏方道：“孩儿，此马号为青骢，出于胡地。我们中

① 没搭撒——北方方言，不着边。

国，再没有这样的形相。”

夏虎笑道：“原来如今带毛畜生都是有号的。爹爹，孩儿时尝听得人说，外国的马与我中国的不同，着实会得行走的。”夏方摇头道：“不要说起。这匹青骢，一日能行三四百里，追得风，蹑得电，登得山，涉得水，真是无价之宝。你爹爹用了一片心机，结识在娄公子身上，方才弄得到手。”

夏虎欢喜不及道：“爹爹，我和你只愁弄不到手，终不然到了我们沙村，难道肯放他转去？孩儿有个见识，这匹马，我们却用不着，不如明早起来，带到林二官人庄上去，连这副鞍辔，卖他几百两银子。拿来做些生意，强如看人的面皮。”夏方道：“孩儿说得有理。待我替他卸了鞍辔，且带他到间壁空房里去。过了今夜，明日再做道理。”

夏虎道：“爹爹，人无远虑，必有近忧。倘是娄公子明日着人来寻访，却不是画虎不成反类狗了。我们这里光棍人家，哪个不晓得锅灶儿摆在床面前的，有什么大家私抛闪不下。明日就把大门锁了，我们一齐到林二官人庄上权住几时，探他个下落，慢慢地再走出头来，便向别州外府去，做些勾当，快活了这一世，恰不是好。”夏方欢喜道：“孩儿，我说毕竟是你还有见识。”连忙便把鞍辔卸了，着夏虎提灯引路，他就带到间壁房里，又寻些草料喂了。父子二人，竟自上床安寝。有诗为证：

父子同谋为不善，忘情即是昧心人。

千金入手虽容易，行短①天教一世贫。

真个事不关心，关心者乱。这夏方是连日行路辛苦的，上床

---

① 行短——行为卑鄙。

便呼呼睡着。这夏虎哪里睡得着，翻来覆去，千思万量，只要算计卖得银子到手，所以竟夜不曾睡得一觉。到了五更天气，就把父亲推醒道："爹爹，趁早起来，做些饭吃，便好走路。若是到了天明，有人晓得我们消息，明日若还做将出来，不当稳便。"夏方睡中听见，连忙爬将起来，穿了衣服，便去吹火做饭吃了，依旧把鞍辔拴了停当，带在门首，便把大门关拢，锁得好好的。此时正是东方渐白，村里尚未有人起来。他父子二人，带了青骢，悄悄走出沙村，径往大路投奔林家庄上。

说那林二官人，名炯，字耀如，就是汴京林百万的儿子。年纪只有二十余岁，一表人才，甚有膂力①，少年豪侠，聪慧出群，四方豪杰，多慕其名。他喜的是骑马试剑，若有人带匹好马，拿把好剑，去买与他，只要他看得中意，要他一百就是一百，要他一千就是一千，再不与人量多量少。他门下却有二十多个庄客，个个都有些本事，不是开得一路好棍，便是打得一路好拳。因此汴京城里城外，尽皆闻名。

说这夏方、夏虎，带了青骢，走了十多里路，恰好正到林家庄上。但见：

八字墙开，石狮子分开左右；一层楼阁，瓦将军紧镇东南。黄土筑低墙，上覆两层茅草；碧波通小涧，内潜几尾游鱼。山雾蒙蒙，盼不见重重城郭；村庄寂寂，都是些小小人家。

他父子二人正走到庄门首，只见里面一个后生庄客，走将出来，问道："二位是哪里来的?"夏方连忙唱喏道："小可是沙村人氏，特来求见林二官人，望乞转达一声。"庄客便把青骢看了

---

① 膂（lǚ）力——体力，筋力。

两眼，道："二位敢是带这匹马来，要我二官人看个好歹吗？"夏方点头笑道："便是这般说。"庄客道："二位少待，我二官人昨晚中了酒，这时候还未起来。请在这里等候一会，待我进去通报。"夏方道："小可恭候终究回音。"那庄客便走进去。你看这夏虎点头播脑，暗暗地与父亲商量，开口价讨他多少，出门价便是多少。

说不了，庄客出来回话道："二官人在堂前要请相见。"夏方便同庄客进到堂前，对着林二官人深深唱喏。林二官人嘻嘻笑道："足下贵处哪里？有甚贵干到我小庄？幸乞见谕。"夏方道："小可住居沙村，闻得二官人广收良马，特带得一匹在外，敬来请教。"

二官人听说有一匹好马在外，十分之喜，便同夏方走将出来。见了夏虎，连忙拱手，问着夏方道："此位何人？"夏方道："此是小儿。"二官人笑道："原来是令郎，失敬了。适才未曾请教得高姓？"夏方正要说出姓来，被夏虎一把扯过，背地里说了几句。夏方遂改口回答道："小可姓秋，名万，小儿便唤做秋彪。"

二官人方把手拱一拱，就将手带过青骢，仔细看了一会。果然这青骢倒也识人，凭他带来带去，一些不敢跳动。二官人问道："足下这一匹马从何地得来？"夏方道："此马名为青骢，小可从外国带回。"二官人道："果然好一骑青骢马！我这中国，再无此种。只是前者城中俞参将家出征西虏，也带得一骑回来。半月前带在城外放青，我曾经眼看见，那颜色与这青骢一般相似。敢是外国多生此种？"夏方道："二官人，这也不同。只是这样颜色的，价钱高贵。"

二官人道："待我试骑一骑。若是去得平稳，我这里可用得着。"便挽住缰，扳着鞍，腾空跃上，一个屁头就跑了十多箭路。二官人连忙带转笼头，就如一道生烟一般，合一合眼，就转到庄门首。跳下鞍来，对夏方喝彩道："不瞒足下说，小庄上虽养得几匹快马，怎如这匹青骢，步又稳，走又快，当日关公赤兔胭脂，不是过也。如今请二位到堂前坐下，求一个实价。"就唤庄客："把青骢快带到槽上去喂些水料，休要饥渴了它。"那夏虎听说要讲价钱，晓得是好意思，巴不能够讨他一万两。

三人同进堂前坐下，二官人道："二位既然肯卖，我这里情愿肯买。君子不羞当面，到请一个老实价钱。"夏方笑道："自古道：'宝剑赠与烈士，红粉赠与佳人'。二官人既用得着，便是小可相赠也只有限，终不然俗语说得好，要一个马大的价。"

夏虎见父亲说这几句，只道是真话，便射了两眼道："二官人，既要我们讲价，如今还只讲青骢价钱，还把鞍辔同讲在内?"二官人笑道："自然一并讲价，难道再拿了这副，卖与别人不成?"夏虎道："我家父到不好开口。二官人在上，又不敢求多。依小子愚意，青骢只要一千两，鞍辔只要五百两，共一千五百两。此是实价。"

二官人把夏方看了一眼，道："论将起来，也不为多。还请二位略减些儿。"夏虎道："二官人，若要我家父开口，定是三千。这是小子一刀两段，斩钉截铁，一千五百原是实价。"二官人道："还与尊翁商议，再减去些。"夏方见他决意要买的光景，假意儿把夏虎看一眼，道："二官人这里不比别处，怎么样孜孜较量，就减三五两罢。"

二官人道："我既喜它，哪里争得三五两银子。"一口气走进里面去，叫小厮扛出一只皮箱，又拿出一个拜匣来，就向堂前装起天平，叮叮哨哨，把这一千五百银子，登时兑完，约有二百三四十锭。又取出文房四宝来，写了一纸卖契，一边交银，一边交货。

夏虎便解下腰边一条青布搭膊，拴了三百余两，夏方两只衣袖藏了二百多两，其余把一个布袱包裹起来，装在叉袋里，驮在肩膊上，就要起身作别。夏方背地道：“孩儿，你道还在二官人庄上权住几时，再好回去。”夏虎道：“爹爹，你又来没主意。方才可听得二官人说什么俞家，若在这里两日，万一有人探知我们消息，马又要送还，银子又要反璧，我们又没了体面。如今有了银子，还怕没处安身？古人说得好，三百六十相，走为上相①。”夏方把头点了一点，便不则声。转身正要与二官人作别，只见里面摆出午饭来，便留他父子吃了午饭，遂谢别起身。二官人道：“难得贤桥梓特到小庄，虽然简慢，便屈留在此，盘桓几日再去不妨。”他父子再三辞谢，只得送别出门。

说那娄公子，从夏方乘了青骢去后，等了六七日，还不见他转来，心中懊悔，好生牵挂，无一刻放心得下那骑青骢。便着人赶到沙村看他踪迹，哪里见个夏方？娄公子左思右想，自忖道：“难道有这样没人心的？我素以心腹待他，把他青骢乘去，料他决不有负，怎知去后再不转头？”又无踪迹，不见郑玲珑来，十分疑虑。只见门上人进来通报道：“外面有客求见。”娄公子把柬帖展开一看，只见上写着：

通家契弟俞祈顿首拜

① 相——此处用为“计”。

便回嗔作喜道："这是俞公子。"慌忙着人开了中门，自己整冠倒屣，出门迎迓。

进了中堂，推逊揖罢，左右列坐。献茶数巡，娄公子站起身来，重复奉揖道："向承仁兄过爱，慨赠青骢，佩德不忘，日前极欲叩谢，因小恙不果。今日又蒙大驾宠临，见爱特甚，何幸如之。"俞公子道："小弟辞别仁兄许久，尝有日隔三秋之叹。今日积诚奉叩，又承不拒，得浥①清光，实出望外。"娄公子笑道："日来天色融和，正好寻芳游猎。仁兄不知几时带挈小弟一往？"

俞公子道："小弟近因家君拘束读书，久无此举。将来禀过家君，倘或见允，便来相邀。请问仁兄，前者小弟所赠青骢，还可乘得吗？"娄公子支吾道："重承厚赐，连日小恙，未曾乘它出门。"俞公子道："此马性最猛烈，三日不乘，便发起威来，抵挡不住，兄却不知。快着人带出来，待小弟看他一看。"娄公子又支吾道："小弟恐他便要懒惰，着人带往城外放青去了。"

俞公子道："仁兄说着城外，小弟前日在途中偶遇林耀如兄所乘一匹马，与这青骢并无两样。那一副鞍辔，也这般相似。因此问起，他说是日前沙村里一个人带来卖与他的，连鞍辔共是二千余两。小弟想来，难道果然值这许多价钱？"娄公子听了，便回答不来，低头想了一会，没奈何开口道："原来有这样的事。小弟不敢相瞒说，承赐那匹青骢，数日前曾借一个敝友乘到沙村，至今未回。这样看来，也就是他带去，卖与那林兄，也不见得。只是几时待小弟去亲认一认，便见明白。"

俞公子道："这有何难，明日待小弟整治薄酌，于东郊外杏

① 浥（yì）——湿润。

花亭上，专请林耀如兄，与仁兄相会一面。他必定乘着青骢前来，那时便好仔细一认，真假立见。”娄公子道：“这还该小弟整酒，请仁兄相陪才是。”俞公子大笑一声，又把别事问答了几句，遂起身作别不提。

到了次日，俞公子果然整酒在杏花亭上，特请林二官人与娄公子。又去叫了两个粉头陪酒，一个名唤刘一仙，一个名唤秦素娥。她两个原是汴京城中数一数二的妓者，一个品得好紫箫，一个唱得好清曲。大凡士大夫人家，有着酒便来寻她两个官身。

三人逊坐停当，便把闲话说了一遍。酒至半阑，娄公子道：“小弟久闻她二位善于箫曲，何不请教一个？”刘一仙扭着身道：“奴家这几日咳嗽，喉音不济事哩。”秦素娥也推托道：“奴家多时呕血，一发不曾沾着箫管哩！”林二官人道：“二位如此推却，不屑见教，想是不是知音不与弹了。”俞公子道：“娄相公、林相公，风流潇洒，忒知音在这里。”

刘一仙道：“俞相公，如今的清客都吹着纸条儿，合了曲子，因此我们衏衏①家就不道品箫了。”娄公子道：“二位可晓得吹纸吗？”刘一仙道：“奴家略学些儿。”娄公子道：“便请教一个儿罢。”刘一仙遂向衫袖里拾出小小一块白纸条儿，这秦素娥就将一柄棋盘金的扇子，按着腔板，低低唱道：

春衣初换，春晴乍暖。听枝头春鸟缗蛮，又间着春莺宛啭。想青春有几？青春有几？惹得人春情缭乱，春心难按。这暮春天，只愁翻起伤春病，断送春闺人少年。

《桂枝香》

① 衏（háng）——行院。此指妓院。

林二官人拍手大笑道：“妙得紧，妙得紧！二位有此精技，正听谓出乎其类，拔乎其萃者也。”俞公子道：“二位仁兄，对此芳辰，聆此佳音，若不把金樽频倒，可不辜负了良时?”林二官人道：“娄兄，小弟忝在爱中，今日方才会饮，想来尊量似不下于沧海。”娄公子道：“林兄如此风流倜傥，多是小弟缘悭，不得早聆清诲。”俞公子道：“二位仁兄，今日虽然乍会，后日正要通家来往。敢劳他二位再唱一曲，慢慢畅饮几杯，以尽竟日之欢，却不是好?”刘一仙道：“只恐有污三位相公清耳。”娄公子道：“太谦逊了。”秦素娥又按着腔板儿唱道：

花开满眼，花飞满面。问长安花事犹饶，想洛阳花期将半。奈惜花早起，惜花早起，花神何晏①，竟不管花英零乱。这赏花天，只愁几阵催花雨，断送花枝在眼前。

《桂枝香》

娄公子喝彩道：“二位嘹亮清音，比前愈加入韵，足令听者忘倦。”秦素娥道：“三位相公，青云贵客。我姐妹二人，红尘贱婢，今日得侍左右，敢陈微技，只是出丑，且不见斥，过蒙见怜褒奖，何幸如之。”林二官人便斟两杯酒，道：“难得二位美情，请各饮一觞，权力酬敬。”两个连忙站起身来，齐接在手。正是：佳客赐，不敢辞。只得勉强立饮而尽，就斟了三巨觞，也去回敬。次第相送，装起轻盈体态，微微笑道：“我姐妹二人，重蒙赐觞，敢不奉敬。日前在勾栏中，有新编《闹五更》，其曲颇妙，尚未行遍人间，即当吹唱，奉敬三位相公酒。”三人一齐大笑道：“妙，妙，妙！二位既有新曲，正要见教。”秦素娥又按着腔板儿

① 晏（yàn）——迟晚。

唱道：

一更里，不来呵，痛断肠。不思量，也思量。眼儿前不见他，心儿里想。呀，空身倚似窗，空身倚似窗。你今不来，教我怎的当？你今不来呵，唔嗳喏，教我怎的当？

二更里，不来呵，泪点衾。纱窗外，月儿明。银盘照不见咱和你。呀，抬头侧耳听，听得打二更。枕儿旁边，缺少一个人。枕儿旁边呵，唔嗳喏，缺少一个人。

三更里，不来呵，泪点抛。纱窗外，月儿高。促织虫儿不住梭梭叫。呀，檐前铁马敲，檐前铁马敲，好一似陈抟，睡又睡不着。好一似陈抟呵，唔嗳喏，睡又睡不着。

四更里，不来呵，泪点滴。纱窗外，月儿西。花朵身子独自一个睡。呀，负心短行亏，负心短行亏，你在谁家，贪花恋酒杯。你在谁家呵，唔嗳喏，贪花恋酒杯。

五更里，来了呵，吃得醉醺醺。打着骂着，只是不则声。声声问他，只是不答应。呀，吓得脸儿红，吓着脸儿红。短倖乔才，笑杀一个人。短行乔才呵，唔嗳喏，笑杀一个人。

诉罢离情呵，奴为你，受尽了，许多熬煎气。那一日不念你千千遍？呀，焚香祷告天，焚香祷告天。几时得同床共枕眠？几时得同床呵，唔嗳喏，同床共枕眠？

《闹五更》

唱毕，这三个人齐声喝彩道："妙，妙，妙！二位歌喉宛转，几欲绕梁，愈出愈奇，顿使一座生辉，山灵增色。吾辈既有美酒，兼有妙人，大家吃到月转花梢，瓮干杯尽。"你斟我饮，你饮我斟，传杯弄盏，酣饮了许多时候。

看看红日沉西，明蟾①东起，刘一仙、秦素娥先自作别起身。林二官人就出席来，与俞公子称谢。这娄公子却是有心，问道："林兄还是马行，步行？"林二官人道："小弟已备得一匹青骢在此。"娄公子与俞公子作讶道："青骢乃世间良骥，苟非林兄，焉能享此奇货？何不借来赏鉴一赏鉴。"那林二官人即就唤从人带到亭前。两个仔细一看，那颜色与鞍缕果是不差。

俞公子问道："林兄，此马产于胡地，不知林兄从何处得来？"林二官人笑道："也是不意中得来，日前是沙村一个人带来卖与小弟的。"娄公子道："价共几何？"林二官人道："连鞍辔将及二千金了。"俞公子道："毕竟俗语说得好，一分行货一分钱。"

林二官人道："小弟前者曾见俞兄宅上有一良马，颜色不相上下，敢也是一般胡种吗？"俞公子道："便是这般说。那一匹亦名为青骢，数日前娄兄有一相知，也是借乘往沙村去，至今还未转来。"林二官人惊讶道："那人姓甚名谁？"娄公子道："名唤夏方。"林二官人想了一想，哈哈大笑道："是了，小弟前日交易的时节，那人说是姓秋，名万，敢就是此人改名卖与小弟的了。"娄公子道："俞兄，端的不差。你想，夏与秋一理，方与万相同，这再不消讲起。"娄公子道："终不然世间有这样的人！"俞公子道："娄兄，这也不止他一人。如今世上，脱空靴者②，多如此类。"

林二官人道："这也容易。既原是俞兄的家牧，况又涉着娄兄相知所借。今日正是：见鞍思马，睹物伤情。待小弟依旧返上就是。"俞公子道："岂有此理。自古道，他财莫想，他马莫骑。

---

① 蟾（chán）——传说月宫中有蟾蜍，因谓月亮为蟾宫。

② 脱空靴者——谓买空卖空、做空头生意的人。

那人既卖与林兄，怎么说得这句话？”林二官人道：“俞兄，岂不闻：车马轻裘，与朋友共，敝之而无憾。小弟今日担了满载黄金，也不能够结识二位仁兄。何敢惜一马之微，负二君之爱？”

娄公子道：“既然如此，小弟明日谨偿原价罢了。”林二官人笑道：“娄兄，说起偿还原价，这就把小弟轻觑了。”便唤从人，把青骢先带了送到俞相公府中去。俞公子道：“既承厚谊，待小弟明日偕了娄兄，踵门致谢罢了。”三人起身，一齐踱进城来，各自分路而散。

次早，俞公子仍旧把青骢送还，娄公子方才识得夏方是个骗马的神计。

毕竟不知那夏方卖了这些银子后来奔投何处？几时再得与娄公子相见？且听下回分解。

第十三回

耍西湖喜掷泥菩萨　转荆州怒打假神仙

诗：

只为当初一念差，东奔西走竟虚花。
时来件件都如意，运退心心只信邪。
千里寻亲重见面，一朝思故弃生涯。
方知世事虽前定，到底存欺不长家。

说那夏方，弄了这一千五百两银子，又自己私蓄得二三百两，总来约有二千之数。带了孩儿夏虎，竟离了沙村，撇下那两间茅屋，星夜趱①行，来到湖广荆州府，做个贩米客商。倒亏了夏虎有见识，有算计，不上一年内，把那二千两本钱，滚进滚出，翻来翻去，算来到趁了五六百两利钱。夏虎道："爹爹，真是孩儿有算计，不然，你在娄公子那里，一年可有这许多趁钱？如今爹爹做三五十两不着，就在这荆州府中替孩儿娶一房媳妇，明日生得个孙儿，一来好顶立香火，二来好受用家私。"夏方道："孩儿，我和你总是客身，或者再过一二年，多赚得些儿，依旧回到汴京去成家立业，然后婚娶也不为迟。"

夏虎便不回答，含忿在心，背地里叹道："嗳，有这等事，可见如今父子，都是这样薄情。我想那二千两本钱，不是我会算

---

① 趱（zǎn）——赶；加快。

计，几时便消乏了。古人说得好，撑破大家船，擂破大家鼓。比如他当初不弄得这一块本钱，我如今那能够去赚这些利钱，落得拿些爽荡一爽荡，也不枉为人一世。”原来那银子都在他掌管。夏方见是自己的孩儿，哪里提防他。终日出去大嫖大赌，饮酒游荡，把这些银子如草一般浪使浪费，着实去了一块。

半年光景，夏方把账目盘算，指望比前更胜。谁想前去后空，又不辑理生意，反将本钱倒缺了许多。口中虽不说出，心里疑着夏虎打了偏手，把本钱都藏匿过了。遂唤他问道：“孩儿，前番算账，本钱共有二千五百两，怎么又做了半年，倒消去了七八百，却是什么缘故？”夏虎道：“这个连孩儿也不知其中就里。当初是这样做生意，如此趁钱。如今也是这样做生意，又会折本。休怨着孩儿。古人云，时来风送滕王阁，运退雷轰荐福碑。彼一时也，此一时也。难道做生意必得定要趁钱的？”夏方叹口气道：“我明日和你把账揭算明白，分二三百两与你自做生意去。凭我在这里混过日子罢。”

夏虎见父亲吩咐，便不开口。次日，就把账来算过，分了三百两银子，即便别了父亲，就在荆州地面，买了上好秈米九百担，将来雇了船只，装到杭州湖墅。

原来杭州是浙江省下，天下大马头去处。那两京、各省客商都来兴贩，城中聚集各行做生意的，人烟凑集，如蜜蜂筒一般。城池也宽，人家也众，粮食俱靠四路发来。那些湖广的米发到这里，除了一路盘桓食用，也有加四五利钱。

夏虎将米发到湖墅，牙人便来迎接，把米样看了一看，果然粒粒真珠。不想浙江地面，时年荒险，米价腾贵，他的粮米又好，比众不同，不上两三日，把米船发脱得干干净净。夏虎通身一算，除起本钱，利钱差不多约有七八，暗自想道："我却赚了这桩银子，不知爹爹在那里趁钱折本如何？"

这夏虎虽是一时与父亲硬气，终究父子是天性之亲，本心发现，时刻想念，坐立不牢。一日，问主人家道："你这杭州，可有什么赚钱的生意做得吗？"主人家道："我杭州做生意的，高低不等。那有巨万本钱的，或做盐商，或做木客，或开当铺。此是第一等生意，本钱也大，趁钱也稳。其次，或贩罗缎，或开书坊，或锡箔①，或机坊，或香扇铺，或卖衣铺。本钱极少，恰要数千金。外行人不识其中诀窍，便要折本。其余细小生意，只因时年荒歉，人头奸巧，只可掤掤②拽拽，扯过日子，并没有一件做得的生意。"

夏虎笑道："既然些小生意没一件做得，难道没大本钱的呷西风过日子？"主人家道："客官，你却不知道，我这杭州人，其实奸狡，家中没一粒米下锅的，偏生挺着胸脯，会得装模作样，哪里晓得扯的都是空头门面。"夏虎道："这也亏他还扯得门面来，真是好汉。"

主人家道："客官，我这杭州城里人分着上中下三等。上等的，千方百计去弄了几件精致衣服，帮着宦家公子，终日恋酒迷花，便可赚他些儿回来，养家活口。"夏虎笑道："这就是骗马的手段了。"主人家道："那中等的，也去弄了几件好衣服，身边做了一包药色骰子③，都是些大面小面，连了几个相识，撞着个酒

① 锡箔（bó）——旧时祭丧作冥锭所用涂过金属粉的纸。
② 掤掤（bīng）——愿意为箭筒的盖子，此为"拉""扯"意。
③ 骰（tóu）子——即色（shǎi）子。

头，箝红捉绿，着实要他一块，大家烹分①，也好养家活口。”夏虎道：“那下等的，却怎么说？”主人家道：“下等的帮不得闲，捉不得酒，也去寻几件粗布衣服，向人丛中闻香听气，见人身边带有银两，不是剪了绺②，定然调了包，神出鬼没，弄丢儿去，也要养家活口。”夏虎道：“我正待要出门去走走，可不是险些儿遭人辣手？”主人家道：“这也不妨，只要自己小心谨慎就是。”

夏虎道：“我闻得古人云：上说天堂，下说苏杭。杭州有的是名山胜境，如可游览之处，望乞主翁指教一二。”主人家道：“这却说不尽许多佳景。客官既要游耍，我这里望南，一直进到武林门首，不必入城，西南城脚下，不上三里，便到钱塘门外，向西到了昭庆寺，却是一座西湖。这西湖，莫说是两京、十三省驰名，便是普天之下，哪处不晓得杭州有个西湖。其中名山胜境无数，古迹奇观甚多。客官若去走一走，也见西湖佳丽，所谓话不虚传也。我且讲与你听着：

问水亭，柳州亭，放鹤亭，望湖亭，围绕着东西流水；净慈寺，高丽寺，虎跑寺，大佛寺，相对着南北高峰。宝叔塔、雷峰塔，两边对面；灵鹫山，小孤山，一脉来龙。石屋烟霞，连着九溪十八洞；陆坟岳墓，环来十里六条桥。前前后后，数不来的名人古冢；大大小小，看不尽的郡牧生祠。端的是，平沙水月三千顷，画舫笙歌十二时。杭州虽是多名境，除却西湖总不如。”

夏虎道：“依主人翁说来，西湖之妙，不可胜言。我今来到杭州，若不去游玩一游玩，譬如有花不采空回去了。不如今日乘暇一游，日后也好向人前去夸谈设嘴。”主人家道：“客官，你独

---

① 烹分——分享。

② 剪了绺——谓喻窃财物。

自去游，诚恐人生路不熟，哪里是麻林，哪里是麦地，便是东西南北，也不能辨及。至游耍了半日，饥又饥，渴又渴，未免要到茶坊酒肆沽饮。我这里杭州最要欺生的，见你独自一个，声音各别，莫说是吃了他的酒饭，总然饮了他一杯水，也要平空长价，该用一分，决要二分，该要二分，决要四分，哪里与他缠得清？还是我与客官同去何如？”夏虎见说，满面堆下笑来，将主人家一把扯了便走。

两人慢慢地踱到武林门，转到钱塘门外。只见湖光山色，四顾氤氲。古诗为证：

林和靖诗：

山外青山楼外楼，西湖歌舞几时休？

暖风吹得游人醉，直把杭州作汴州。

苏东坡诗：

水光潋滟晴方好，山色空蒙雨亦奇。

欲把西湖比西子，淡妆浓抹也相宜。

夏虎喝彩道：“主人家，果然好一座西湖。思想我们做客商的，终日孜孜为利，上南落北，走东过西，经多少风波，历许多艰险，几时能够到得这里？我看这西湖风景，真天造地设，乃是神仙境界，非人间所有。今日到此，果生平之大幸也。”主人家道：“且喜今日晴明，百花竞秀，万卉争奇，笙歌盈耳，鼓乐喧天，一路正好游耍哩。”

两人说了又笑，笑了又说，游游衍衍，不觉过了十锦堂、西陵渡，看看到了岳王坟。只见石牌坊下，一张小桌上，摆列着花红紫绿的无数泥菩萨。夏虎道：“主人家，这敢是卖弄人样的？”主人家笑道：“客官，轻讲些。我这里人极是狡猾的，见你说了不在行①的言语，未免就要轻薄②了。我和你讲，这是和人掷色赌钱玩耍的。”夏虎惊问道：“原来这泥菩萨也会赌钱的。”主人家道：“不是这等说。假如你拿了一文钱递与他，他便把骰子拿与你，你掷一个么二三四五六，若一连掷得出，便输了一个泥人与你。你若掷不出，那一文钱就输与他。”夏虎喜欢道：“这个也是有趣的。赢也不多，输也不大。待我做几文钱不着，与他掷一掷，赢得几个泥人来玩耍玩耍。”便向腰边兜肚里，摸出一把铜钱，将十文递与那个赌泥人的，要一连掷他十掷。那人就把骰盆递来。

这夏虎毕竟是有时运的人，做的事务件件得利，把骰盆接过手来，一连掷了十个顺色。吓得那个赌泥人儿的，目瞪口呆，半晌不作声。夏虎又递二十文钱与他，拿起骰子，又是十数掷顺色。那人道：“从不曾有这等事，这副骨头今日作怪得极了。客人，你拣了些去罢。我这本钱原少，再经不起又是几个顺色了。”夏虎却满心欢喜，先把剩下铜钱仍旧收藏兜肚里，然后把那泥人儿逐个个拣选好的，恰是些：

牧羊苏武，洗马尉迟。庐州婆打花鼓，孟姜女送寒衣。东方朔偷桃子，张天师吃鬼迷。诸葛亮七擒孟获，屠岸贾三叱张维。张翼德桃园结义，王司徒月下投机，把一个黄香扇枕，换了那李白骑鱼。

夏虎道：“终不然是这样拿得去，我再与你些钱，把竹笼与我盛了去。”那人点头道：“我的竹笼，原是自己要用的，你若无家伙盛去，只得圆便你们。古云：和尚要钱经也卖。你若数出钱

① 不在行——即外行。
② 轻薄——轻视鄙薄；不尊重。

来，便把你去。”夏虎见他肯卖，就向兜肚里取出五十文钱，递与他。那人道：“再添五十文罢。”夏虎只要他心肯，也不与他论量，又把串头上三十来文一发把他。那人便把竹笼交付。

这夏虎将拣起的泥人儿都放在竹笼里面，欢天喜地，不想再往别处去，扯了主人家就要转身。主人家道：“客官，你湖广到这里，隔了几千里路程，实非容易。今日到这里，固是有兴而来，必须尽兴而返。若不肯再在行游，便到前面酒肆中饮几杯酒去，回去路上也兴头些儿。”夏虎再三推却。主人家道：“虚邀了。”两人便向原路回来。

次日，夏虎掀开竹笼，买几张油纸，把这些泥人儿爱好包裹，仍旧装在竹笼里边。随把行李收拾，拣定日子，便要作别起身。主人连忙整酒饯行，因问道：“客官此去，不知几时就有宝货来？我这里寻几个好主顾等候。”夏虎道：“我此去，路上虽不耽搁，行走恰要一个多月，方到荆州。那里买得货成，未免牵延日子，又要雇船装载起身，一来一往，极少也要四五个月日。”主人家道：“我这里今年粮食高贵，来的客人都是趁钱。客官，你只速来绝妙。”

夏虎道：“实不相瞒，小弟汴京人氏，原随家父同到荆州生理①，因与家父有些口过，因此把这买米的名色，出来消遣几时。如今隔了半年回去，万一家父回心转意，不舍我来，就不得到杭州了。”主人家道：“原来客官有令尊在堂，须知‘父母在，不远游’了。”夏虎便不回答，把酒吃了几杯，连忙打发行李，作别开船。有诗为证：

---

① 生理——做生意，买卖。

骨肉缘何太不仁，因些财帛便生嗔。

虽然两地寻生计，岂不回心想父亲？

朝行暮止，水宿风餐，将近个半月日，方才到得荆州，竟投旧寓。只见大门关锁，不知父亲踪迹。便向那东邻西舍，细细访问父亲行藏。忽见一老者道："你父亲三个月前遇着一个神仙，把那些本钱都收拾起带在身边，随他修仙访道去了。"夏虎只道这老者哄他的说话，哪里肯信，便嘻嘻笑道："老人家，世间哪有活神仙，终不然去访道，可是要带本钱走的？"老者道："你若不信，少不得三五日后，你父亲与那神仙回来，便知端的。"

夏虎想一想道："这个老人家，看他年高有德，决无谬言，难道哄我不成。且到下处去等待几日，父亲回来再作计较。"遂与老者作别，转身回到旧寓，把锁扭开，推门进去一看，果然不留一些东西，单单剩得一张条桌，一把交椅。暗想道："我只晓得修仙访道的要撇下了利名二字，方才去得。终不然拿了银子账目去学道学仙的。这决然是个什么歹人，他见我爹爹是个异乡孤客，看相上了那块银子，所以设计诓骗他了。且在此等待几日，看他来时怎么样一个神仙？"

这夏虎等了两日，并不见来，心中思想道："敢是爹爹知我回来消息，恐我劝阻，故意不来，也未可知。终不然我千山万水到得这里，不得见爹爹一面，又转身去了不成。天下决无此理，定然要等他来相见一相见，方才放得心下。只是我怎么把日子闷坐得过，且把前日杭州带来这些泥人儿，摆列在门首去，卖得几文钱，好做日逐盘费。"算计停当，就把那一张条桌掇到门首，拿那些泥人儿一一摆列齐齐整整。

一霎时，便走拢百十多人，你也来问多少钱一个，我也来问多少钱一个。夏虎见人问得多，思量决然出脱得去，便说价道：“每一个要一吊①钱。”你道一吊钱是多少？却是一千。众人道：“怎么要这许多？可着实减价，十去五六，方可买得。”夏虎道：“你们不知道，我在杭州带得到此，有四五千里程途，走了两个月日，用了许多盘费，费了无数心机。遇关津要路，若是盘诘不出，便是龙神佑护。若还盘诘出来，便做了贩卖人口，连性命也难保哩。”

众人道：“这样厉害的，可见不容易到得我们这里。也罢，一吊钱四个。”夏虎道：“列位果然要买，宁使少赚些儿，一吊钱两个罢。”众人一齐道：“三个决然要的。”夏虎想道：“只得三十文本钱，这等卖去，可有十多千钱，算来利钱有几百倍了。”便一口应承。众人见他肯卖，你也一千三个，我也一千三个，一会儿都卖完了。

夏虎欢天喜地，把那些钱都收藏进去。正是：时运好，看了石灰变做宝；时运穷，掘着黄金变做铜。你们且莫夸他会赚钱，哪里是他会赚钱，却是时也，运也，命也。夏虎把钱收进，回身出来掇那张条桌儿，抬头一看，恰好两个道人，一色打扮，慢慢行来。他便把桌儿放在门里，把身子站住门边。只见那两个：

戴一顶披两片的纯阳巾，佩一口现七星的钟离剑。穿一领布衲②子，横系丝绦；执一柄拂尘帚，长拖棕线。一双草履，思将世路磨平；半粒泥丸，假说人间济遍。堪嗔的，这一个歹心人，

① 吊——旧时钱币单位，一般是一千个制钱叫一吊。

② 衲（nà）——和尚穿的衣服。

布图要造金谷园①；可笑的，那一个守钱虏，思量要赴瑶池宴。

你道这两个道人是谁？一个就是夏方，那一个唤做沙亨尔。原是不入我们南方教的，恰是一个回子。向在巴陵居住，后来做出些歹事，摆站②来到长沙。又遇皇恩大赦，得放出来，便到荆州，弄些脱空③活计，混过日子。说他的手段，比骗马的更加十倍，专一作弄的是异乡孤客。见你身边有些银子，便捕排了那副套头，把一套黄道话儿，哄得人心灰肠冷，慢慢地踹将进去。哄诱得你怎么采真修养，怎么炼丹运气，怎么辟谷入道。那心邪的就听信了，撇下利名二字，抛闪妻子六亲，把那家私被他骗得精空，然后一去竟无踪迹，哪里管人死活。因此绰号叫做“走盘珠”。

这夏方也是聪明一世，懵懂一时，被他赚到簏芦圈里，听他花言巧语，便也意乱心迷。只道沙亨尔果然是个仙风道骨的真仙，随了他便可长生不死，果登仙品，凭他哄骗，把名利的心肠丢在一边。三个多月，身边二千两银子渐渐去了大半，哪里能够得一毫神仙影响。这也是夏方的造化，沙亨尔的晦气，恰好撞着夏虎回来。

夏虎见是父亲，连忙迎进大门，唱喏道：“爹爹，怎么是这样一个打扮？”夏方道：“孩儿，我想人生在世，役役④于名利场中，究竟皆空。况百年瞬息，难免无常。不如修真养性，脱离死

---

① 金谷园——晋朝石崇在今河南洛阳市东北金谷地方所建私家苑囿。后被毁。

② 摆站——古时处徒刑的人被发配到驿站中去充驿卒。

③ 脱空——落空；没有着落，弄虚作假。

④ 役役——劳苦不息貌。

苦。你爹爹如今已入仙流，只在这几时超升仙界哩。”夏虎道：“爹爹既入仙流，必传得些仙家秘术，何不把长生不老的方儿，传一个与孩儿？”夏方道：“这也要有三分仙气，方才传得。”夏虎道：“爹爹，你要做神仙的，那酒色财气四字，都不沾染了。如今可把那些本钱交与孩儿罢。”夏方道：“孩儿，我那些本钱，都是这位师父收拾去了。”

夏虎听了这句话，心中大不快活起来，便转身对着沙亨尔拱手道：“师父，你既不像韩湘子，又不像吕洞宾。请问还是哪一种神仙？”沙亨尔道：“我不是那八仙中流品。”夏虎道：“八仙乃神仙之祖。师父既非八仙流品，敢是野仙了？”沙亨尔道：“你一发说左了。”夏虎道：“师父，你既是神仙，毕竟不吃人间烟火食。”沙亨尔道：“我是幻迹的，怎么不食烟火？”

夏虎道：“神仙能知过去未来之事，敢问师父，我弟子前日在杭州转来，带有什么物件？”沙亨尔随口道：“不过是些土泥。”夏虎见他回是土泥，只道说着那些泥人，却有几分可信。向袖中摸出一分钱来，道：“师父晓得弟子手中什么东西？”沙亨尔原无一毫仙气，哪里猜得着，又随口乱说道：“是个空拳。”夏虎见他猜不着，就对父亲道：“爹爹，这神仙敢是假钞了。”沙亨尔见夏虎盘问得紧，恐怕漏泄机关，掉转屁股便走。

夏虎见他走了，一发道他是假的，连忙上前一把扭住。恰好沙亨尔身上一个兜肚掉将下来，夏虎把脚踏住，却是几锭银子。

你看这夏方，还信是真，向前劝解：“孩儿，莫要冲撞了神仙，明日却不好带挈你上天哩。”夏虎道：“爹爹，你听了这骗贼诳言，也说无根话了。你可把这兜肚拾起来看，里面还是什么东西？”夏方拾起一看，却是起初被他骗去的原封不动两包银子，心中也觉有十分疑虑。夏虎就把身上衣服逐件剥将下来搜简，只见他双手臂上，都刺着："掏摸"二字，便对父亲道："你看，好一个神仙，神仙原来会掏摸的。"

夏方这遭想一想，方才晓得是个假神仙，一霎时心头火迸，便把三个多月的工夫，尽撇在东洋大海，也省不得嗔，戒不得怒，父子两人把他扭到街心，着实打了一顿。那些纷纷来看的人，却不晓得其中缘故，都说道："两个神仙厮打，倒是一件新闻。"各处传遍。有诗为证：

仙不仙兮术不传，千金浪费属徒然。

于今恃有亲生子，留得青骢一半钱。

夏方在众人面前，把从前至后的事情，一一告诉。众人齐声道："这人原是个精光棍，混名叫做'走盘珠'，不知断送了多多少少人，哪里争得你一个，且饶了他去罢。"夏方道："饶便饶他，那些炼丹的银子，都要算还我去。"众人道："有多少银子？"夏方道："有上千余两。"众人将信将疑，三个多月，哪里炼得这许多？都劝解道："比如你令郎不来，那些都要被他弄完了，幸喜留得些还好。"夏方道："论起情上，决不该饶他的。承列位相劝，这人情卖与列位了。"

夏虎道："爹爹，你休要失了主意。这样人骨格生成的，我这里便饶了他，倘别处再做出歹事来，乘机陷害，一时哪里伸冤？不如今日要他伏头伏脚写一张伏状，才好饶他。"众人道："这也说得有理。"沙亨尔见他肯放，莫说一张，便十张也是心悦诚服的。夏虎便取出纸墨笔砚，沙亨尔不敢推辞，提笔便写道：

立伏辩人沙亨尔，原籍巴陵人，客居荆州府。向做空头事，绰号"走盘珠"。置身不义，恐沉盗跖之坑；假扮神仙，永谢时迁之业。借鹤发还童之术，乃为诓骗之良媒；托长生不老之名，竟作饱温之至计。倾一人于反掌，取千金若吹毛。讵①意空言无补，是假难真，不可弥缝，因而败露。倘非众位善调和，几至此身难幸免。如再犯，三尺难逃，并不涉夏家父子。谨辩。

某年月日　沙亨尔亲笔求释

写毕，读了一遍，双手递与夏方。转身磕头，谢了众人。又磕几个头，谢了夏方父子。爬起身来，不要性命，飞身便跑，不知落向。

夏方父子向众人相谢，走进房来，夏方对夏虎道：“孩儿，若不是你回来的时节，我爹爹决定弄得个仙不仙，俗不俗，进退两难，无些结果了。你一向在何处安身?”夏虎便把杭州转到荆州，贩粮食，货泥人，细说一番。夏方道：“孩儿，毕竟还是你时运凑巧，连我爹爹都带挈了。”

夏虎道：“爹爹，那些剩下的银子，如今在哪里?”夏方道：“孩儿，在这地窨子下。”夏虎便掀起一块地板，果然还有十多封银子，约有七八百金。便对父亲道：“爹爹，我和你在这里决难做人家，不如早早收拾了，回到汴京去罢。”夏方道：“孩儿，回去固好，倘是娄公子有相见之日，那场羞惭怎了?”夏虎道：“爹爹，娄公子是个宽宏大度的，况爹爹与他相知最厚，万一提起前情，就把炼丹的事儿告禀他知，定然罢了。”夏方勉强笑了一声。当下就此收拾行李，次早买下船只，父子同回汴京。

竟不知一路有甚跋涉？几时到家？娄公子怎么相待？且听下回分解。

---

① 讵（jù）——岂，表反问。

第十四回

察石佛惊分亲父子　掬湘江羞见旧东君

诗：

凡人莫信直中值，面是心非安可测？
昔日逢仙半落空，今朝见佛都捐贼。
谁怜父子各西东，自叹运时多蹇塞。
留得单身不了穷，包羞忍耻哀相识。

说他父子两人打了“走盘珠”，离了荆州府，乘着便船，趱行了个把月，还行不上五六百里路程。这也是风不顺的缘故。那夏虎是个好走动的人，如何在船里坐守得过？一日对父亲道：“爹爹，我和你离了荆州，来这许多时节，十分里不曾行得三分路，不知几时得到汴京？心内好生气闷。我们且把船泊到那滩头去，上了岸，寻一个热闹的市镇，散闷几日，再去不迟。”

夏方道：“孩儿，做客的人，出门由路，不比在家生性，莫要心焦。倘是上天见怜，借得一帆顺风，五七个日子就到汴京，也不见得。”夏虎摇头道：“爹爹，孩儿再坐两日，想必这条性命恐不能留转家乡了。”夏方道：“你后生心性，毕竟是个不安坐的，怎如得我老成人，藏风纳气，有几分坐性哩。叫船家把船泊到高岸边去，待我们上岸去看一看风景。”

船家道：“客官，你不知道。此处甚是龌龊，地名叫做赤松洼，周围三十余里水港，都是强人出没的。若要泊船，再去二十

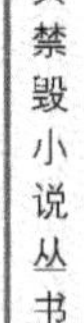

里，到了紫石滩头，便不妨事了。”夏虎道：“那紫石滩头，可有游耍的所在吗?”船家道：“赤松洼都是水港，岸上断头路，再没处走动。那里如得紫石滩头，通得大路的。上滩三里，有一座莲花寺，原是观音大士显圣的古迹。那殿宇年深月久，一向东摊西倒，并无一个发善心的。自今年三月间，生出一桩异事，因此各处乡官人家并善男信女，发心喜舍，从新修葺得齐齐整整，尽好游玩。”

夏虎道：“有甚古怪事情？何不与我仔细一讲，待我去看看，明日回去，也好向人前说个大话。”船家道：“客官，说起真个怪异，那座莲花寺从来断绝香火，今年三月间，在后殿土堆里，忽然掘出一尊石佛来，约有一丈多长，耳目口鼻皆有孔窍，平空会得说话。自言：‘佛教将兴，世尊降世，传教普度一切众生。吉凶祸福，千祈千应，万祷万灵。’以此这里的现任官府，仕宦乡绅，农工商贾，尽皆钦敬。客官，何不去问个平安利市，恰不是好。”

夏虎惊讶道：“有这等事！石佛也会得讲话，真是世上新闻，人间异事，只恐怕要天翻地覆了。”夏方道：“孩儿休得乱道。举头三尺有神明，而今世间多有这样奇事。俗语云，千闻不如一见。我们就上岸去看一看，便见分晓。”夏虎摇头道：“这个我也不信，只怕又是那神仙一起的。”

说话之间，不觉船儿又到紫石滩头了。船家把手指着道：“客官，那前面松林里，就是莲花寺。”你看夏虎，到底比父亲还牢靠些，把顺袋背在肩上，只将铺陈行李放在船舱里，与父亲上岸。趁着一条大路，行不上三里，便到莲花寺。只见那寺门修葺得齐整，有诗为证：

萧条村落寺，石佛诈神通。

举世信邪道，重新不日中。

父子两人走进寺门，看这四金刚光明尚未曾开，走到大雄宝殿，只见殿门紧闭。左首立一石碑，上镌着两行字道：

石尊者传示：

白昼不开言，多人休妄问。

果尔有诚心，直待黄昏尽。

不多时，那东廊下走出一个小和尚来，却也不多年纪。生得：

目秀眉清，唇红齿皓。一领缁①衣，拖三尺翩翩大袖；半爿僧帽，露几分秃秃光头。金刚子枉自持心，梁皇忏何曾见面。寄迹沙门，每恨阇黎②真妄误；托踪水月，聊供师父耍风流。

夏虎上前稽首道："师父，我们闻得上刹有一尊石佛，能说过去未来，吉凶休咎③。为此特发虔诚，前来祈祷，敢劳指引。"和尚道："二位客官，那石尊者就在正殿中间。只是一件，他在日里再不开言，恐怕闲杂人来乱了三宝门中清净。所以吩咐家师，日间把殿门牢牢锁闭。凡遇有人祈祷吉凶，直待黄昏才许开门引见。"

夏虎道："师父休得故意推辞，昼夜总是一般，哪里有个日间不开言，夜里反说话的？况且我们又是行商，慕名来此，不过问一问吉凶，就要赶路，如何耽搁得这一日一夜？敢乞到令师那里，委曲说一声，开了殿门，待我们进去祈祷一祈祷，自当重酬。"和尚摇手道："客官，你若不信，请看石碑上尊者传示。凡

---

① 缁（zī）——黑色。

② 阇（shé）黎——高僧，泛指僧人。

③ 休咎——祸福、善恶。

来达官长者，无不依从。才方见教，不敢奉命。这时节我家师父正在禅堂中参禅打坐，怎么好去惊动他？你若等待不得，下次再来求见罢。”

夏虎见这小和尚说了一番，自觉扫兴，心里毕竟要一见才去，便不做声，随了父亲，依旧走出山门。夏方道：“孩儿，我们行李俱在船中，莫要因小失大。倘有疏虞①，怎么了得，可快下船去罢。”夏虎道：“爹爹，比如在船里坐那几时，不知在寺里消遣一两日。若是放心不下，今夜你便到船中照管行李，只待孩儿见一见石尊者罢。”夏方点头道：“这也说得有理。且同下船去，吃了晚饭，再来不迟。”

夏虎道：“却有一句要紧话，先对爹爹说。夜间船中却要仔细，不可熟睡，那些银子决要小心照管。”夏方道：“孩儿，这事不消你说得，料来船家也没恁②般大胆。”夏虎道：“爹爹，俗话说得好，画虎画皮难画骨，知人知面不知心。那船家，你料他无此大胆，倘与那些强人通了乎，做将出来，便没摆布，着实要提防他。”夏方道：“你既要去，且自放心，有我在此，料不妨事。”

说不了，又早到紫石滩头。船家一边笑，一边招手道：“二位客官，这里好上船。”父子二人遂跳上船去。那船家就搬过晚饭来。夏虎道：“今日晚饭怎么这样早？”船家道：“空闲的工夫做熟在这里。二位客官耍了这半日，下船来决然肚饿了，也要饭吃，岂不是两得其便。”夏方笑道：“这也难得你好意思。”

船家便问道：“二位客官，可见了那石佛了吗？”夏虎应道：“我们进去，要求见那石佛，有一个小和尚说道，‘日间再不肯见

---

① 疏虞（shūyú）——疏忽。

② 恁（nèn）——这样。

人，直待黄昏时分方肯开言。’我想起来，却有些不争气①。”船家道：“我们也听见人说，并不亲到寺中，也不知他日里不肯见人说话。二位客官，今朝日里不曾见得石佛，终不然晚头还要去吗?”夏方道：“我却熬不过夜，不到寺里去了，只待我孩儿去见一见罢。仍旧把船泊在这里，过了夜，明日再行罢。”

他二人便吃了晚饭。夏虎把顺袋交与父亲，跳起身上了岸，慢慢走到寺中，正是黄昏时候。只见正殿门果然大开，灯烛辉煌，恰好也有几个别处人同祈祷的也在殿里。夏虎走进殿来，点起香烛，便向石佛面前，深深拜了几拜。起身，东看一会，西看一会，并不见有一些儿破绽，心中暗忖道：“这却有些古怪。终不然这样一个顽石凿成的，会说人间祸福，岂不是天翻地覆了。待我且问他几句，若说来傍些道理，这也是天生这件东西，发迹寺中那些和尚。若是一刬②乱话，决是这寺中和尚造出来的圈套，要哄骗地方上人的，我就弄他一个好耍子去。”

夏虎没奈何，就跪在地上，把那已过的事、未来的事，从头问了一番。原来那个石佛，果然会得说话，声音与人相似。只是一件，说来的都是些套头话，却也亏他十句里倒有四五句撞着。夏虎见说得还有些光景，连他也懵懂起来，就肯听信。便又低头拜了几拜，遂起身到廊下歇了一夜。

挨到蒙蒙天亮，思量起父亲一个坐在船里，这一夜未免没些挂念，况且行囊里又有物件，不知怎么样了。连忙走到紫石滩，四下一看，哪里见个船只？心中就晓得不停当了。连把父亲叫了几声，竟不见一些影响。你看他这回好不苦楚，一心只要寻着父

① 争气——不甘落后或示弱。

② 刬（chǎn）——平白无故。

亲下落，东奔西撞，叫得喉咙气咽，哪里有个父亲答应。心中暗想道："有这样事，难道果然落了那个船家的圈套？教我如今上天无路，入地无门，前不着村，后不着店，身边又无分文盘费，还是奔投哪里去？只得仍旧在滩头等到黄昏，再去见一见石尊者问个消息便好。"

你看他含着泪，对着滩，静静坐了一日，水米也不沾牙。恰正是人生路不熟，哪里去访个消息。只见那红日沉西，没奈何，吞声茹苦，又走到那石佛寺中，一心舍不下那父亲，巴不得见一见佛，问个存亡下落，便放了这一条肚肠。

这也毕竟是他还有些儿时运，不该落魄，又得绝处逢生。坐了一会，只见开了殿门，恰是那一夜只得他一人祷问。原来那道人开了殿门，便去打点香火。这夏虎走到石佛面前，焚香至诚祷告。只见那石佛口中扑的跳出两三个硕大的老鼠来，着实惊了一惊，心中便疑虑道："好奇怪，这石佛口中钻出老鼠来，毕竟是个肚里空的。"从上至下，自前至后，看了好几时，再看他破绽不出。

正要转身来到殿前，寻那香火道人出来问个详细，只见伽蓝座下，半开着一块地板，下面灯光隐隐，他一发疑心得紧，便把地板掀开，壮着胆，一步步衬将下去。只见那里面就如地窨子一般，高阔五六尺，仅可容得一个人身子。那旁边却有一条木梯，便一步一步走将上来。原来就是那石佛的肚里。况石佛原是一尊罗汉，历年已久，不知何年所置，佛身嶙峋，或云是铁铸就的，人亦莫辨其真。

你道那石佛果是会得说话的吗？却是这寺中一个慧光和尚，造下骗人的圈套。这石佛肚中又空又阔，掘通地道，藏身在内，假作佛言，报人祸福，讲经说法，谬称世尊垂教。不满三四个月，骗了无数钱粮，修了山门，重新殿宇，用度不过十分之二。

这和尚至此也该败露，正走入地穴来，刚刚上梯一步，抬头起来，先有个人站在上面，心中着实吃了一个大惊。这夏虎晓得有人在下面走上梯来，便是当头踢了一脚，那和尚原是不着意的，站脚不牢，一个筋斗翻将下去。夏虎见个光头，按不住心头火起，怒发指冠，将他一把扭住，踢了几脚，打了几拳，便骂道："你这贼秃驴，如今清平世界，宁静乾坤，造言生衅，左道妖术，假借三宝①，哄骗十方②，挥金如土，积谷成山；拐沙弥，宿娼妓，饮酒无分日夜，茹荤不论犬羊；设漫天之谎，享非常之福。天厌秽德，今宵败露，使我做个对头，你的这条狗性命，定教结断在手中哩！"

那和尚晓得祸机窃发，倒身跪在尘埃，战兢兢地哀告道："爷爷，看佛家分上，饶我性命！情愿把这蓄下的钱粮，都送与爷爷罢。"夏虎暗想道："我与他前世无冤，今世无仇，做什么冤家，虽是他哄骗十方，与我毫无干碍，不如将计就计，释放了他，且把他做安身去处，栖泊几时，看他待我好歹，再作道理。"便将手渐渐宽着，放他起来。

和尚掩泪道："爷爷，如肯饶我草命，情愿师徒两口都相让罢。"夏虎便把参见石佛缘由、被船家赚了、不见父亲、人财两失的话头，并要在寺中暂住，探听父亲消息。和尚满口应承。你看，就如父母一般，曲意奉承，便打扫清净空房一间，留他安身宿歇。有诗为证：

---

① 三宝——佛教语。指佛、法、僧。

② 十方——佛教谓东南西北及四维上下。

循环天理断无差，汤里得来水里失。
紫石滩头没父身，莲花寺内逢天日。
孤身流落意无聊，万里家乡归未必。
只可皈①依石世尊，同些秃子行邪术。

说那夏方，自在紫石滩头被船家劫去行李资囊，把他父子一朝拆散，并无分文在身，求归不得，求生不得，求死又不得。愁肠万结，泪雨千行，髼②头垢面，跣足披衣，东撞西撞，就如疯子一般。也是他不该落魄，偶遇着一个同乡客人，与他有些识认的，说起乡情，怜他苦楚，就此便船带回。一路上吃着他的，用着他的，到了汴京，只得空手到家。那些沙村里人，先前都晓得他骗了娄公子青骢马，弄得一块大银子走去，怎知到比前番弄得不尴不尬回来。邻比中有那好管闲事的，便去通报娄公子知道。原来那公子从他骗马去后，虽是林二官人端然送还，心中只是常常叹息道："如今世上的人，都是难相处的，我倒把一片好情相待，怎知他以怨报恩。"忽一日，听见有人来说，夏方依旧回到沙村，比旧日大不济事了。他便道："古云：一饮一酌，莫非前定。那非分之物，岂可强求得的？他带了这些银子去，不是被人拐骗，决是被贼劫掠。我想，他今日转来，若比当时更好，便不到我这里来了。倘若束手空回，不久必来见我，我看他还有什么面目。"

果然那夏方回来半个月日，一贫如洗，衣不周身，食不充口，并无亲族朋友哀怜借办。或有一二知识③，见他待娄公子这

① 皈（guī）——佛教名词。一作"归依"。
② 髼（péng）——头发很乱。
③ 知识——认识的人；朋友。

一事，也不敢亲近。他这样凄凉苦楚，怎挨得日子过？终日愁愁闷闷，一心还只想那娄公子处好安得身，只是当初那件事情，今朝这副嘴脸，怎么好与他相见？总然见了，那得他回心转意，依旧相留。左想了一会，右想了一会。正所谓：肚饥思量冷钵①粥，寒冷难忘盘络衣。没奈何，只得含着羞，忍着愧，装起老脸，慢慢地走到娄家厅前。

只见那娄公子正在厅上闲步，蓦然见了夏方，心中便有几分懊恼，也不俅不睬②，但低着头，东边踱到西边，西边踱到东边。夏方站了好一会，也不敢开言，只是恭恭敬敬，俯首而已。

娄公子是个仁厚的人，见他站了多时，倒不过意，况他不是旧时行径，假做不相认，道："足下高姓大名，屈降寒门，有何贵干？"夏方见他一问，心中大是追悔，却不好说出姓名，支吾答应道："小子原是沙村生长的，公子难道便不相认得了？"娄公子道："实非诈言，足下原不相认的。我想你沙村里有个夏方，向在我这里相与，自前年骗了我一匹青骢马去，卖了二千两银子，竟搬到别州外府，就做了天大人家在那里了。除了他一个，沙村并无与我厮认的。"

夏方见他说起旧事，便流泪说道："小子就是夏方。当初一时短见，做了这一桩没下梢的拙事，不料中途被劫，没奈何落魄还乡。望公子俯念昔日交情，恩宥往时深过，再展仁恩，曲全残喘。"娄公子道："足下万勿冒认夏方。那夏方，我晓得他是个烈男子，硬气头的人，便是落魄回来，古人云，'好马不吃回头草'，决不肯再到我家。"夏方见他只是不信，明知他故意做作，

---

① 钵（bō）——僧徒食器，钵多罗的略称。
② 俅睬——理睬。

只得把先年骗马乘去寻郑玲珑的事，一一明言。

那娄公子再不好刁难他，遂佯惊问道："你果然就是夏兄，那一千五百两而今安在？"夏方事到其间，只要娄公子回嗔作喜，便把荆州做米客，遇着假神仙，遭圈套，回来又撞着恶船家行劫的事，前后细说一番。娄公子道："夏兄，这样看起来，毕竟财短情长。空里来，巧里去，你一千五百两银子，尽皆消散，却不晓得那匹青骢端然仍为我有。正所谓：万事不由人计较，一生都是命安排。"

夏方道："公子曾记得去年施恩埋骨，今日再把小子看觑几分，死者不至暴露，生者不至饥寒，这就是眼前莫大阴德。"娄公子微笑道："我若想到那时节去，便记起一句话来，你道我的银子都用在脚上，一只脚一百两，四只脚四百两。如今想你一去不回，也不知有多少脚，果然是值一万两了。"夏方道："公子若把前事重提，真令小子置身无地矣。"

娄公子道："我且问你，今日此来，还是有何见教？"夏方道："小子只因得罪在前，今日正值此困苦，一死固不足惜，但蝼蚁尚且贪生，为人岂不爱命。望乞垂怜，不念旧恶，收录门下，固不望昔日之重用，虽执鞭坠镫，于愿足矣。"娄公子道："你此来，要我收留你的意思吗？我便要收留你，因去年又请得一位相知在这里，却怎么好？"夏方道："公子，这还是小子相处在前，得罪在后，必定要公子开半面之恩，庶使穷鱼有再生之望。"娄公子道："那一位相知虽在这里不久，却也相与有益，终日究古论今，谈文讲史，做些正经举业工夫，难道好撇他？你若要在我这里，似那当初的坐位，便不能够了。只好寻些抄写，与你过日子罢。"

夏方道："公子，小子相处多年，一向晓得我是动笔不得的。如今便做些功夫习学起来，怎么就得到家？望公子别寻些粗鲁的事儿与我做罢。"娄公子笑道："你当初只晓得一马值千金，今朝便晓得一字值千金了。且与你说，我如今不比往年，没要紧把日子虚度过去，日夕看些书史，做些文字，指望个簪缨继世的意思。你若肯陪我做个伴读，便与那位共相砥砺，日后也有些益处，意下如何？"夏方满口应承。

你看这娄公子，终究还念旧情，如今世上那里有这样的好人？便取出衣巾，与他从新替换，一壁厢吩咐打点午饭相待，一壁厢着人到书房里去，请出那一个相知来会面。有诗为证：

相逢即是旧时人，掩泪含羞非昔日。
只因做事有差迟，对面浑如不相识。
仁恩公子少垂怜，奚似当年作无益。
从今收拾大铺排，仅可求全籍衣食。

毕竟不知那个相知姓甚名谁？见了夏方，却有什么说话？且听下回分解。

第十五回

凤坡湖龙舟斗会　杏花亭狐怪迷人

诗：

龙舟斗会端阳节，风俗依然到处同。
起自当时沉屈子，相传此日闹龙宫。
波翻日下千层浪，水涌湖中百尺风。
锣鼓喧阗真快事，纷纷士女乐无穷。

你道这个相知姓甚名谁？原来姓陈名亥，却便是汴京城中人氏。为人一生朴实，不事虚文，不沽世誉，相处的人，只要和他见一面过，两三句话说，自然两下投机。这娄公子自请他在家，竟把当日好嬉耍的念头尽皆撇下，一心只是谈文论武，做几分正经事业。一日，与陈亥在书房里吃得午饭过，忽见书童走来相请，连忙走到堂前，见了夏方，唱了一喏，仔细看他两眼，甚觉褴褛形状，便扯过娄公子向背后，问道："这一位何人？"娄公子笑道："原是我的旧相知。"陈亥道："叫做什么名字？"娄公子道："就是沙村里住的夏方。"

陈亥想了一想，呵呵笑了一声，道："莫非就是公子时常谈及骗马去的这个人吗？"娄公子点头道："正是，正是。"亥道："公子，自古道：'君子不念旧恶。'他当先既做了那一桩歹事，今日复来相见，心中岂不自愧，也只是没奈何。你若提起前情，反无容人之量矣，倒要好好的将体面款待他才是。"娄公子道：

"多承指教，小弟自有分晓。"当下便又整治午饭出来，与他大家吃了，遂同到旧房里去，留他住下。

自此以后，三人依旧过得投机。只是那夏方毕竟是个诡诈的人，时常心里不服，思量得当年的时节，原在这个所在喝水成冰的，今日落在人后，却有些忿气不过。那陈亥本是个正直的人，虽然与他早晚相处，口儿里一样，心儿又是一样。论来不要怪他，总是自己为人有些不是处，这也不须说得。

说那汴京城外，有一座凤坡湖，开阔三十余里，四围俱是乡宦人家建造的庄所。那汴京原有一个规例，每年到端阳节届，那凤坡湖里大作龙舟胜会。这日正是端阳，林二官人着人来请娄公子出城去看龙舟。娄公子对陈亥、夏方二人道："今日林二官人相邀往凤坡湖去，二兄可同行一行么?"陈亥道："我们怎好同去？娄兄到请自便，待小弟与夏兄随后慢慢踱来看一看罢。"娄公子道："既然二兄不肯同行，怎么是好？也罢，待我着小厮携些酒肴，随了二兄往湖口去盘桓一会儿何如?"陈亥、夏方道："我们既相知在这里，你那里尽情得这许多。"娄公子一边笑，一边便吩咐小厮打点酒尊食罍①，随即别了陈亥、夏方二人，起身前去凤坡湖不题。

且说这陈亥、夏方两个，在家赏了午节，着小厮担了酒罍，慢慢走到凤坡湖。只见人踪杂沓，来往纷纷，都是看龙舟的。两个挨身到人队里站立，看了一会，远远见一只画船，里面笙歌鼎沸，从上流撑将下来。不多时，看看拢到岸边，一齐簇拥上前。只见船舱里摆列着三桌酒席，坐着三个齐整后生，两旁坐着两个

① 罍（léi）——古代器名。用以盛酒或水。

妓女相陪。

你道这三个后生是什么人？原来一个就是娄公子、一个是俞公子，一个是林二官人。那两个妓女，就是向年在杏花亭里陪酒的刘一仙、秦素娥。

那林二官人一向在娄公子处来往，却是认得陈亥的。这回却靠在栏杆上，向岸边一看，见陈亥站在人队里，连忙走到船头上来，把手乱招道："陈兄，陈兄，请下船来。"陈亥被他叫破了，便不好转身回避，竟把扇子展开，把脸儿遮着。夏方撺掇道："陈兄，你好没见识，别人见了酒席，巴不能够撞将去，你却是他相招，反做作起来。"陈亥道："哎，我向道你是个好人，却是贪图口腹的主儿。"说不了，林二官人跳上岸，一把将陈亥扯了便走。陈亥不敢推却，只得同下船来。

这夏方见了，好生着恼。却也怪他不得，林二官人他原只认得个陈亥，却不认得个夏方。夏方没了兴，连个龙舟也不看，唤了小厮，径折转身便走。一路里思想道："我与陈亥打伙这几时，两个俱心腹相待，并无一言抵触。原来他却人一般敬重我，贼一般提防我。适才我好好劝他去饮酒，他便出言说我不是个好人。如今我既出了不好的名头，连连修饰得来也不妙了。不免趁早去罢，省得在此被他疑忌。"心中计较已定，飞忙走将回来，径到书房里面，将陈亥的书囊衣袱，逐件件都收拾起来，做了一箱，不把一个人知觉，赚出门来，一道烟飞奔去了。诗曰：

公子宽宏度，端然念旧情。
千金宁使负，一义岂能轻。
礼貌还如昨，胸襟尚不平。
贪心犹未厌，窃盗且逃生。

说这陈亥，至晚同了娄公子回来，走到书房里，叫了好几声的夏兄，哪里见个夏方答应，心中便想道："我猜着了，敢是今日见我抛撇了他，因此睡在床上，故意不答应的？想来今日虽然是我不是，却是林二官人的好意，怎么拂得？但是他专好在这些小事上动气的，待我唤他起来，说几句尽情话罢。"轻轻走到床边，又叫了几声，并不见些影响。再把手向床帐里一摸，又摸不着。正疑虑间，那小厮点了一支烛走进房来。陈亥接过烛，转向床上一照，并没个夏方睡着。四下仔细再照，衣架上的几件衣服也不见了，书箱上的一个皮箱也不见了。慢慢细拣一拣，这件也没有，那件也没有，方才发起恼来，大叫道："罢，罢！连我也落他的圈套了。"

娄公子听得陈亥在书房叫喊不绝口，连忙走进书房里来询问。陈亥见了娄公子，一把扯住，一时气得紧，连个话也讲不出来。娄公子道："陈兄，为什么事恼得这个模样？"转身欲待要到床上去问那夏方，又不见个夏方的影响，便向陈亥道："夏兄哪里去了？陈兄，你敢是与他有些伤了和气吗？"陈亥道："不要说起，公子，世间有这样的歹人，乘我今日不在，竟把我的衣囊物件，一并都盗去了。"

娄公子也吃一惊道："有这样事？这样一个人，我只道他改过前非，怎么隔了这几年，那骗马的手段端然不改。待我快着人四路去把他追将转来，怕不吃我一场没趣。"陈亥道："他去了好些时节，不知上南落北，走了多少路程，还到哪里去追赶得着。这总是我运限不利，把这些财物送了他罢。"

娄公子道："若是没处追赶，我和你把失去的物件，一一查明，总开了几张失单，各处要津所在，粘贴一张，或有知风获住，就来报信，也未可知。”陈亥道：“说得有理。”当下查检，娄公子就取纸笔，逐件登写失单道：

立失单人陈亥，向有旧识人夏方，系沙村人氏，身长面短，微须，年约四十余岁。于本月初五日午后瞯①身出外，托熟擅进书房，窃去衣物银两，不知去向。倘有四方君子，连赃获住者，甘出谢银八两，知风报事者，甘出谢银四两，揭前来娄府支取。决不食言，信单是实。今将失去物件银两并列于后。计开：

花绸道袍一件

素罗道袍一件

油绿素绸道袍一件

生罗二匹

蓝花䌷裙一件

绿潞绸绵背褡一件

绸被一条

布夹被二件

素鬃巾一顶

金挖耳一只

羊脂玉簪一只（有锦匣）

碧玉圈二副（白绫包）

汉玉驼钮二方

奇楠坠一个

紫铜炉一座

青麟髓二斤（计八匣）

① 瞯（jiàn）——本意为探视。此为“抽”意。

流金小八仙一副

沉速香二斤

牙牌一副

牙梳一副（花梨匣）

纹银十五两

碎银四两

陈亥带着气，连夜向灯下，挨着手疏脚软，只得写了二十余张，便着人四处贴遍。一连缉访了个把多月，全然没些消息。

时值天炎，一日，娄公子同了陈亥齐出城去，到杏花亭上避暑。恰正走得出城，只见远远一人，骑了一匹快马，满身汗淋淋的飞奔前来。见了娄公子，翻身跳下马来，深深唱喏道："公子出城到哪里去?"娄公子道："足下高姓大名?似不曾会面的。"那人笑道："公子难道果然认不得了小可么?"娄公子道："委是不曾认得。"那人道："小可姓江名顺，三年前作荐夏兄到公子府上的，就是小可。"

娄公子想了一会，记得起，道："原来就是江兄。我正要问你一声，可晓得夏方的消息吗?"江顺道："小可自那年别后，就到延安府去做些生意，久不在家，朋情俱已疏失。方才今日回来，正欲到府上，一来奉拜公子，二来要问一问夏兄的下落。不期到得相遇途中，岂非巧会。"

娄公子道："原来江兄一向不在，不晓得夏方的行径，说将起来，一发不堪听的。"江顺笑道："公子，你道不堪听的却是哪一件?就与小可讲一讲何如?"娄公子道："途中不好说得，我们同到杏花亭去坐一坐，慢慢细讲。"便着家童替他牵了马，三人挽着手，步行到杏花亭上。

娄公子把江顺扯到槐阴树下石凳上并坐，将夏方从前骗马去，并后复转来，又盗了陈亥的衣物银两而去，备细说知。江顺顿足道："我向来敬重他，只道是个好人，却原来看他不出，是个恶生在里面的人。这都是小可得罪了。"娄公子道："他作歹事，于兄何涉？"江顺道："荐人不当，岂非小可之罪。"娄公子道："说哪里话。"遂唤家童进城整治酒肴出来，三人开怀畅饮。

不觉又是黄昏，只见亭前渐渐有些月色。陈亥起身便把四下窗儿尽开，霎时清风徐来，大家都说凉得有趣，俱不肯走起身。娄公子道："今晚我们就在这里歇了，不知二兄尊意如何？"江顺道："公子若肯在此，我们敢不奉陪。"娄公子道："妙得紧，妙得紧。"便唤那管亭子过来，打点三副藤棚铺陈，一直铺在亭子中间，正睡得倒。

又是二更时分，你看那月光渐到中天，娄公子翻来覆去，哪里睡得着。陈亥、江顺有些酒意，放倒头就打鼾声，俱睡熟了。娄公子独自爬将起来，大步踱出亭前，只见风清月朗，胜如白昼。猛地里凝眸一看，槐阴之下石凳上端端正正坐着一个美貌妇人，打扮得十分袅娜。但见他：

眉弯新月，脸映落霞。双眸碧水，已教下蔡①迷魂；半亸②乌云，足令高唐③赋梦。树底独徘徊，仿佛嫦娥离月殿；花前闲细数，依稀仙子下瑶台。

原来这娄公子是个好女色的人，一见了，心中便觉欲火难禁，就站住了脚，低头暗想道："这时已有二更光景，哪里来这

① 下蔡——贵族萃集之地或美人众多之所。

② 亸（duǒ）——同"亸"，下垂。

③ 高唐——为巫山的代称。借指男女幽会之所。

样一个标致妇人？敢是邻居人家过来乘凉的，岂不是天上掉下来的一段美姻缘？趁此夜阑人静，四顾寂寥，不免向前去问他一声，还是哪一家的女眷？”随即走近。

那妇人见了娄公子，便站起身，将衣袖掩着朱唇，瞻前顾后，假作害羞模样。娄公子迎着笑脸道：“动问小娘子，是哪家宅眷？这般时候，为何悄然独坐在此？”那妇人便作娇声细语回答道：“妾乃城西令狐氏之妇，因良人①远出，独自在家。晚来邻家有一老妪同妾出来玩月，不期偶然到这杏花亭里。”

娄公子道：“适与小娘子同来的那老妪，如今却在哪里？”妇人道：“他把妾来撇在此间，半晌不见，想是先回去了。”娄公子道：“小娘子，你却怎么认得回去？”那妇人道：“正是这样说，若得官人偕引送妾回家，誓当结草衔环，偿恩不小。”

娄公子听说了这一句，欢喜得个遍体酥麻，回答不及道：“送便送小娘子回去，只不知小娘子宅上在城西什么所在？”那妇人道：“出这亭子，沿城过西，靠小桥南首，李家庄隔壁第二家便是。”娄公子道：“我送你去，我送你去。”

两个携着手，悄悄地走出亭子外来。一路上低声密语，讲了无数心苗里的话儿，说得个娄公子春兴浓来，走一步不要一步。看看到了李家庄第二家，却见低低一扇竹篱门儿。正待推门进去，只见间壁果然有个老妪走将出来，见了娄公子，连忙把门推开，走将进去。那老妪故意卖个脱身，道：“官人请坐一坐，待老身去取茶来。”说罢，转身就走。

那妇人便把娄公子迎到旁边小小一间房里坐下，道：“妾从

---

① 良人——古时夫妻互称良人，多用于妻子称丈夫。

良人去后，云雨之情已旷多时，官人倘若不嫌寒贱，今宵愿荐半枕之欢，不识尊意如何?”娄公子道：“小娘子果有见爱之心，卑末岂无允从之意。只恐外人瞧破，画虎不成反类狗者也。”妇人道：“官人所言差矣。我家里上无公姑，中无伯叔，下无男女走动的，只有适才那个老妪，却又是不管闲事，专一帮衬人的。你莫说在这里一夜，在这里一年半载，也没有什么人得知。”

娄公子假意又推却道：“多承小娘子厚情，小生就如刘、阮入天台，真三生之幸也。但恐博得一宵恩爱，虽是千金难买，有玷小娘子清名，如之奈何?”妇人道：“这不足齿于官人，乃妾夫不能为妾全妇道，妾安能为夫全夫道也。”娄公子低低笑了一声。两人就向床上解衣松扣，握雨携云，千欢万喜，美满地交合了一番。

原来这娄公子已熬了半夜，又被这个妇人勾引得个颠颠倒倒，恰才两个做得事完，呼呼的一觉睡去，竟不知睡到什么时候才得苏醒。诗曰：

从来酒色不迷人，只为痴心忒认真。

耗散精神还自昧，几乎身子反沉沦。

说那陈亥、江顺二人，次早起来，不见了个娄公子，连忙四下寻觅，哪里得些消息。两个忖度不出，随即打发家童进城，到家里看个分晓，端然没些影子。须臾之间，娄府中来了一二十人，各处寻访。你道不见了个娄公子，这陈亥、江顺二人难道走得回去?痴痴的在杏花亭里等候消息，从早起等到午后，去寻的都说寻觅不着，决没处讨个真实信息。

江顺道：“好古怪，终不然平白的没了一个人。”陈亥道：“江兄，我想着了，这决是什么妖怪把他摄去了。”江顺道：“就是妖怪摄了他去，没处讨个下落，焉能摆布得他?”陈亥道：“不打紧，城中有一个打马前卦的刘铁口，最有灵应，不拘吉凶祸福、过去未来之事，问一卦，立时便见。明日我和你一同进城，趁早寻着他问一卦去。”江顺道：“陈兄，不要耽搁，大家秉①个虔诚，就同去讨一卦罢。”陈亥同江顺赶进城来。

此时已是午后光景，恰好那卖卦的刘铁口正在门前铺设门面，打点正要开谈。他两个急忙忙地走上前去，拱手道：“刘先生，买卦，买卦。”那刘铁口向认得这陈亥的，就把手来拱了一拱道：“陈相公问什么事，这等慌张?”陈亥道：“问下卦来，你便知道了。”

刘铁口便向地面上取了两片瓦起来，双手递与陈亥。陈亥接了，默默向天祷告一番。刘铁口依旧接将过来，口中咭咭聒聒念了一遍，扑的向地下一丢，看了一看，方才回答道：“陈相公，你敢是问寻人吗?”陈亥道：“正是。”刘铁口道：“这个人有些跷蹊在里面，却在西南方上，被些邪气缠住在那里。”

陈亥、江顺道：“刘先生可指引得我们到那西南上去，除得邪气，救得这个人吗?”刘铁口道：“说哪里话，小子只会卖卦，自不会这一行。二位若要救这个人，我同你去请那假天师来，包管救得。”陈亥、江顺道：“这一发好，烦先生说个住居姓名，我们便好就去。”刘铁口道：“有心不待忙。待我们收了门面，同你们去走一遭。”

毕竟不知三人同去请得那假天师来，怎么救得娄公子？且听下回分解。

---

① 秉——掌握，主持。

第十六回

假天师显术李家庄　走盘珠聚党杨公庙

诗：

重义轻财伟丈夫，济人恒济急时无。
凭他屡屡生奸计，在我时时立坦途。
赠马赠金情亦厚，全仁全义意尤都。
休言管鲍垂千古，孰谓于今无此徒。

原来这假天师姓贾，就是汴京人士。后生的时节，曾在龙虎山张真人那里学些法术，因耐不得性子，后来被真人依旧打发回来。没些生意过活，就盗取真人的名色，替那地方上人家专一除邪遣祟。凡是寻着他的，便有应验。所以那汴京人，个个晓得他的本事，便依他的姓上取个混名，叫做假天师。

说这刘铁口，同了陈亥、江顺来到他门首，只见一个小厮站在门前。刘铁口问道："你主人在家吗？"小厮回答道："早晨已曾到东桥头去，还未曾回来哩。"刘铁口道："这二位相公有一事，特来接你主人的，你可指引到里面去坐坐。我们工夫各自忙，就要回去赶个午市，不得奉陪了。"陈亥、江顺道："贵冗①可以先往，我二人见了天师，完了正事，少不得要来奉谢。"刘铁口道："言重，言重。"随即拱手而别。

① 贵冗——称人繁忙事多的敬语。

他两个等了好一会，天色将晚，方才得假天师回来。假天师见了两个，连忙唱喏，问道："二位相公何来?"陈亥道："我们承刘铁口先生荐来，特请先生去除邪的。"假天师笑道："除邪原是小子的本行，只是邪有几种，不知二位相公要除的是哪一种?请说个明白，然后待小子好打点法器同去。"陈亥道："连我们也不知是什么邪祟。只因昨晚与娄公子同在杏花亭上乘凉，竟不回家，三人同在那里睡了。及至天明，就不见了娄公子，随即四下寻觅，并无一些影响。特到刘先生那里，卜问一卦。他说，在西南上被那邪气缠住。因此特来相请。"

假天师道："迷得人去的，却是妖邪之类了，待我去看。"便唤小厮带了法器，随了陈亥、江顺，一直来到杏花亭上。只见众人连忙来说道："陈相公，公子寻着了。"陈亥、江顺道："却在哪里?"众人道："在前面李家庄间壁竹园里。"陈亥、江顺道："缘何不接了回来?"众人道："还睡不醒在那里。"江顺道："这决然着了妖怪。"众人道："李家庄上人说，那竹园里向来有两个狐狸，时常变做美妇，出来迷人。我家公子决是被他着迷了。"假天师道："我们一同到李家庄去。"

当下三人同到李家庄上，进了竹园，果见娄公子睡倒在地。陈亥上前，把他扶起，道："公子，怎么睡在这个所在?"娄公子把他看了两眼，口中念了几句神道话。众人扶他到李家庄上坐了，那庄上人便去取了些滚汤。坐了一会，娄公子方才苏醒，把夜来月下见那妇人，送他回来，两下迷恋的话头，说了一遍。陈亥、江顺道："这样说，果然是个妖怪了。"

那些庄上人道："我们这竹园里，一向原有两个狐狸，时常变作妇女模样，出来迷人。我这里庄上的人没一个不被她迷过。

多时要访个有法术的人来，计较他一番，并不曾见一个。因此至今还耽搁在这里。”陈亥道：“我们替你去请那个假天师，除了这两个精怪，如何?”众庄上人欢喜道：“我们常听得人说，有个什么假天师，会得拿妖捉怪。不知在哪里居住，可请得他来吗。”

陈亥、江顺指着假天师笑道：“这一位就是假天师。我们也闻得这个消息，特地请他来的。”庄上人道：“果然就是，这正是请也请他不来的。今日既到敝庄，难道干休罢了？决然要替我们把妖怪除一除去。”假天师满口应承道：“使得。”陈亥便叫轿子先送娄公子回去。

那些庄上人听他说个肯除妖怪，一齐问道：“天师，还是要用什么法器?”假天师道：“法器我们都带得有在这里。只要向东北方上搭起三尺高一座台来，再取洁净杨柳枝一束，净水一瓶。管取立时间便把那精怪拿到。”众庄上人道：“终不然是这样容易的。我们前者没要紧，到城里去请一个先生遣一遣，被他起发了无数东西，端的又遣不去。原来天师只要得杨枝净水，就可拿得妖怪，这等也是个真手段。”一齐欢欢喜喜走到竹园里来。

不多时，台已搭完。假天师走上台去，取出法器，一只手捻着玄武诀，一只手执着七星剑，口中念动真言咒语，向西南角上喷了一口法水。猛可的竹林里晰晰飒飒起了一阵阴风。众人吃惊道：“妖怪来了，妖怪来了!”假天师等待这阵风头过去，连把符烧了三道，又把咒来念了一遍，将剑向东北角上一指，只见半空中扑的甩下两条白雪雪的东西来。

众人赶上前去一看，却是死的两个玉面狐狸，有诗为证：

孽畜成精屡害人，李家庄上久为邻。

千般变幻妖娆态，百计装成窈窕身。

顷刻从教输意气，须臾必欲耗精神。

天师虽假法不假，似雪双亡现本真。

一齐把舌头乱伸，道："好法术，好法术。这两个妖精作怪多年，今日结果在这天师手里。且请天师到敝庄去，待我众人打点些薄礼相谢。"陈亥、江顺道："这是我们请来的，如何要你们众人相谢？"众庄上人道："二位相公，这是替我们一方人除害，怎么说这句话？"一面扯扯拽拽，只得又转到庄上去。

众人把酒肴整治将来，大家饮了一会。酒至将阑，又送出三两银子与假天师。假天师不好便收，陈亥、江顺也难好教他不要收，推逊多时，假天师只得笑纳了。三人遂作别起身，同进了城。假天师便要分路回去，陈亥、江顺再三留到娄府去，假天师坚执推辞，陈亥、江顺遂与分路。

两个恰正回到娄府，只见门楼外歇着两乘轿子，便去问管门的。却是俞公子与林二官人，因知昨夜事情，两下齐来探望。只得站在门楼外，等了一会，直待送客出来，方才进去。见了娄公子，便问道："公子可无事吗？"娄公子道："只是精神有些倦怠。"陈亥取笑道："这是昨夜忒风流过度了些。"娄公子道："可拿得些什么妖怪？"陈亥、江顺道："却是两个玉面狐狸。"

娄公子道："好，好，也替地方人除了害。如今假天师在哪里？"陈亥道："李家庄上谢他三两银子，先回去了。"娄公子道："这应该留他回来，我这里还要谢他。"陈亥道："我们同进城来，苦苦相留，他十分推却，只得任他去了。公子若有这个意思，明日着人送些礼去谢他便了。"娄公子道："言之有理。"便吩咐洒扫西廊下书房，与江顺宿歇，把他的马匹，带到后槽去喂草料。

次日，江顺起来，便要作别回去。娄公子哪里肯放，只得一连又住了十多个日子。一日，正在堂前与娄公子告别，忽见门上人进来，说道："外面有个报夏方信息的要见。"遂又站住了脚。娄公子便教快请进来。

那人进见娄公子，倒身便揖。娄公子问道："足下可晓得夏方的信息吗？"那人道："小子曾与他识认，半月前他被荆州一个流棍，叫做什么'走盘珠'的撞见，衣囊物件尽皆劫去。如今来又来不得，去又去不成，现住在杨公庙里。"娄公子道："我常闻得他说，荆州有个什么'走盘珠'，原是他的对头，今日敢是冤家相遇了。"

江顺道："杨公庙不知在哪个所在，此去有多少路程？"那人道："出西门去，离城约有五十里地面。"江顺道："待我去看一看来。"陈亥道："江兄，若果是夏方，决要同他转来。"江顺一边走，一边答应道："自然，自然。"走出大门，把马带将过来，一脚跨上，随手扬鞭，腾云而去。

不满两个时辰，就到杨公庙了，连忙下马，走进庙门一看，却是冷清清的古庙。四下墙垣壁落，尽皆坍塌。中间神像，也是东倒西歪。香烟并无一些，哪里见个人影。江顺暗忖道："这决不是那报信的人吊谎，莫非他知我来的消息，先避到哪里去了。"正待走转身来，只听得神柜内有呻吟之声。

江顺偷睛瞧了一瞧，却见一人睡在那里。江顺便问道："你就是夏方吗？"那人道："我就是夏方，你敢是'走盘珠'的羽翼吗？"江顺笑道："你果是夏方，可还认得我江顺否？"夏方道："江顺原是我相知朋友。他三年前已曾往延安府去，至今未回。难道你就是江兄？如何知我在此？"江顺道："你且出来，认我一认，便知端的。"

夏方便慢慢哼哼向神框里钻将出来。见了江顺，仔细一看，两眼汪汪，便说道："江兄，我今番落魄得紧了。这几年你晓得我的行径吗？"江顺道："我听人说将起来，都是你自取之祸。"夏方道："这句话是什么人讲的？"江顺道："是娄公子对我说的。"夏方道："他还说我些什么短处？"

江顺道："他说，两年前骑了他一匹青骢马去，卖了五千两银子。去了一向，端然弄得个没下梢回来，又亏他收留了你。两月前，突然间又拿了陈亥的许多衣物走了出来。当初是我不合把你荐将进去，只指望做个久长相处，今朝做得这样不尴不尬，教我体面何存？"夏方道："江兄，我也晓得别人家东西，欺心来的，到底不得受用。只是一时短见，谁想有这个日子。"江顺道："你如今懊悔也是迟了。却有一说，依他失单，开上许多物件，难道俱是没有的？"

夏方道："江兄，一言难尽。起初青骢马一事，不必言矣。如今我又承娄公子收留，并无半句说及前情，此莫大之恩，今生无可报答。只是陈亥同在书房，体面上却像相知，时常有些侮我之意。及至端阳，同往凤坡湖看斗龙舟，不想俞公子招他下船饮酒，他不肯去，我好好劝他，既承俞公子相招，决用领情的。他就怪我起来，出言无状。后其间，端被俞公子扯下船去了，只剩得我一个，带了小厮回来。心中其实忿他不过，便呆着主意，指望拿了那些东西到别州外府去，变卖些银子，做个资生之本。谁知冤家路窄，来到这杨公庙里，劈头撞着那荆州府一个回子的光棍，名唤沙亨尔，绰号走盘珠，与我有些夙忿，结合几个贼伴，把那些衣囊物件尽行打劫，刚刚留得这条穷性命，还不知死活何如。"

江顺道："看你这等一个模样，终不然在这冷庙中过得日子。如今待我依旧送你到娄公子府中，他那里还毕竟是养人之处。"夏方道："江兄所言，甚是有理。只因我做了这两件歹事，何颜再见江东父老？"江顺道："你既不肯转去，必须寻个长便才好。你的主意，还要到何处安身？"

夏方道："我在这里，决然安身不牢。不知仍旧到湖广紫石滩莲花寺去，寻我孩儿夏虎过几个日子罢。"江顺道："此去湖广，路程遥远，非一日二日可以到得。腰边并无分文，这等形状，如何去得？"夏方见江顺说了这番，流泪如雨，道："这也说不得。事到其间，情极无奈，哪顾得羞耻两字，一路上只是求乞便了。"

江顺道："我你都是衣冠中人，须要循乎天理，听其自然。宁可使那贫窘来迫我，安可自去逼贫窘，还说这样没志气的话儿。也罢，我也不好劝你回去，幸得我今日正要到一个所在，身边带得有三四两零碎盘缠银子，你可拿去。千万再不要在这里耽延，明早速速起身去。"夏方道："江兄既有这段美情，正是起死回生。我做兄弟的，无可补报。"江顺笑道："三四两银子，哪里不结识个人，况尔我原是旧相知，何必计论。"遂向袖中把银子摸将出来，双手递与夏方。

夏方接了，道："江兄，银子接了你的，只是我这个模样，不知几时才挨得到哪个所在。"

江顺暗想道："正是，倘到前途去，行走不便，万一有个不测，却怎么好？"又向夏方道："我乘着一匹马在此，一发送与你乘去罢。"夏方便欢天喜地道："难得江兄这等厚情，与我银子，又与我马，今生骑了江兄的马，来生决要做一马，偿还江兄恩债。”

江顺道：“朋友有通财之义，何须挂齿。天色已晚，我还要进城，你可随我到外面，把马交付与你，我好回去。”夏方随他走出庙门，看了那匹马，仔细相个不了。江顺道：“这马虽然比不得五千两的青骢，也将就走得几步，只是一路上草料要当心些。”夏方答应道：“这个是我自己事，晓得，晓得。”便把缰绳带在手中，两下拱手而别。诗曰：

不义得来不义失，栖迟冷庙生难必。

多亏银马并周全，千里寻儿获安逸。

说这娄公子与陈亥等到一更时分，还不见江顺回来。正在那里说他，只见门上人进来说道：“江相公回来了。”陈亥道：“同了什么人来?”门上人道：“只有江相公一个。”娄公子便着家里提灯出来引导。

江顺进到中堂，娄公子问道：“江兄回来了，可曾见得夏方吗?”江顺道：“不要说起，一发落托得紧在那里。”娄公子道：“怎么不与他同来?”江顺道：“小弟再三劝他，他再四推却。说道：‘纵然公子宽宏大度，有何嘴脸再去相见。’”陈亥道：“这样说，他还有些硬气。”娄公子道：“他既不肯转来，毕竟要到何处安身?”江顺道：“他说有个孩儿名唤夏虎，现在湖广道紫石滩莲花寺里。他的意思，如今要投奔那里去。”

娄公子道：“他又错了主意，我这里到湖广，也有无数路程，终不然赤手可以去得吗?”江顺道：“不瞒公子说，小弟见他十分狼狈，身边带得几两银子，尽数与他做了盘缠。”陈亥道：“世间有你这样的好人，见了这个贼朋友，还肯把银子结识他。”娄公子道：“恻隐之心，人皆有之。这也是江兄看旧相处面上。”

看看到了二鼓，江顺道："小弟行了这一日，身子有些困倦，意欲去睡。"娄公子道："先请稳便。"遂着家童吩咐管槽的把江相公的马好喂草料。家童回道："江相公并不曾骑马转来。"江顺道："实不相瞒，小弟的马，也与夏方去了。"陈亥道："莫非又被他骗去的？"江顺道："这是小弟怜他一路上行走不便，特地把他骑去的。"娄公子道："这个又是江兄。若是小弟，决然不肯。"江顺作别，先进书房睡了。娄公子与陈亥又在堂前坐一会，方才进去。

次日，江顺起来，便与娄公子作别起身。娄公子道："江兄，此行还是到哪里地方？"江顺道："小弟还要到延安府去走一遭。"娄公子道："几时再得相会？"江顺道："多只一年，少只半载，决有个聚首的日子。"

陈亥道："江兄的马与了夏方，把什么乘去？"娄公子道："正是。没了马，一路上怎好长行？快着家童去唤那管槽的，厩中有可长行的马，带一匹出来，送江相公去。"管槽的就带了一匹马出来。江顺道："小弟的马倒送了别人去，如今又要公子转赠，这就是受之不当了。"娄公子道："说哪里话。江兄从直乘了去，小弟就好放心。"江顺便倒身唱喏，深深致谢，遂作别出门。娄公子与陈亥，同送到门楼外。江顺就上了马，带住缰绳，又与娄公子说几句话，方才加鞭前去。诗曰：

良马将来赠故知，临行复得友相资。

为些善事天须佑，留与人间作样儿。

那娄公子自江顺别去，不觉流光如电，转眼又是半年光景。整日居恒无事，与陈亥在家，依先把那旧本头时常研究。

一日，乃是三月暮春天气，林二官人较猎西郊，先期已曾着人来，邀娄公子和俞公子同往。两个届期相约，各带几个随从家童，乘着骏马，备了弓矢，一齐簇拥出城，俱到魁星阁里相会。三人会齐了，遂各换了装束，一个个骑着高头骏马，拈弓搭箭，飞奔上山。

原来各家随从的童仆，十有七八都是晓得武艺，也有执着枪棍的，也有持着弹弓的，连呐三两声喊，各人脚下就如生云一般，奔上山去。那三匹骏马，果然一匹胜如一匹，便是平地上走，也没有这等便捷。看看走了个把时辰，那三匹马气呼呼的有些喘息起来，大家就在一带竹林里面停住。那些赶猎的人，见后面不来，一齐休歇。刚刚拿得几个獐麂①鹿兔之类，都寻到竹林里来，各自献功。俞公子道："今日我们三人齐来出猎，也算得是一场高兴。若拿不得一件奇异东西回去，可不空走了这一遭？"林二官人道："二位仁兄，果然有兴再往，且回到魁星阁里打了中火②，然后再耍一回何如？"大家欣然拨马回来。

不知再去拿得甚么奇异东西？且听下回分解。

---

① 麂（jǐ）——小型鹿类动物。

② 打中火——行路的人在途中吃午饭。

第 十 七 回

三少年会猎魁星阁　众猎户齐获火睛牛

诗：

猎较深山美少年，如飞龙马欲登天。

追风蹑电真稀罕，度岭穿云果捷便。

异兽获来中国贵，灵丹求去重臣痊。

人当福至心灵日，作事何愁不万全。

三人同会到魁星阁里，已是午后。林二官人吩咐随从的把这三匹马卸了鞍辔，都带到后面涧边吃了水，喂了料，又将息一会。三人午饭完毕，将近红日衔山的时候。人又抖擞精神，马又展增气力，一齐装束停当，扳鞍上马，竟不由原路去，各自奔一条小路。

三人分路，约摸去了一个时辰，林二官人与俞公子，在山嘴头劈面撞着。两家并不曾拿得一个野兽，都是空手归来。俞公子在马上问随从的道："这是什么所在？"众人道："过去前面三里多路，就是杨公庙了。"林二官人道："俞兄，天色渐晚，不知娄兄从哪一路来？"众人道："这个山嘴，这一条官路，娄公子少不得要往这官路转来。"林二官人道："要来，也只是这个时候。我们且带马下了山坡，寻个所在等他一等。"俞公子道："林兄言之有理。这正所谓：同行莫失伴。快趁早下山坡去。"两个齐下了马，携着手，慢慢踱将下来。

正走间，只听得后面山坳里马铃声响。俞公子道：“这敢是娄兄回来了？”不多时，那马已到面前。林二官人问道：“马上的敢是娄兄吗？”娄公子道：“正是小弟。”连忙跳将下来，问道：“二位仁兄，适才是分路去的，怎么如今一路回来？”林二官人道：“小弟与俞兄，也在这里撞着的。”娄公子道：“二位仁兄，可拿得些什么东西？”林二官人道：“一些也没有。”俞公子道：“娄兄可拿得些什么？”

娄公子道：“小弟却才与二位仁兄分路而去，不上行得三四里，经过一片黑松林，只见一伙猎户，执了器械，一个个吓得面皮乌青，飞也一般跑将出来。小弟问他什么缘故，众人道：‘这黑松林里有一个怪物，去不得。’小弟问他：‘是什么形状？’那些猎户说：‘生得状如水牛，身上颜色与斑毛大虫一般相似。’小弟便壮着胆，便叫几个猎户指点引进去一看，那个怪物果然眠在深草窝中，见人到了面前，连忙爬将起来，把身抖了一抖，张牙露爪，大吼一声，委是吓得人心惊胆裂。小弟就扯起弓来，扑地一箭射去，刚中了那怪物的眼睛，便熬不住疼痛，翻身向地上打了七八个滚。那些猎户各执器械，一齐乘势向前，尽着气力，把它打个半死。”

林二官人大喜道：“这个还是什么东西？娄兄既然打倒了，何不着几个人扛了回来，待小弟们看一看也好。”娄公子道：“小弟已着人捆缚抬来，就在后面。”说不了，只见五六个人气呼呼抬到了。林二官人道：“不可放松了索子，就抬到魁星阁去。”众人听见吩咐，一直抬了便走。

三人一齐上马加鞭，竟到魁星阁里。众人把那怪物将来放在甬道上。俞公子便教点起火来，向前仔细一看。那两只光碌碌的

火眼金睛，睁起如铜铃一般，真个吓得煞人。俞公子咬着牙根道："好厉害的东西，莫说别样，只看这两只眼睛，也要吓死人了。又是娄兄去，还捉得他来，若是小弟去，到反被他捉住了。"娄公子道："林兄出猎多遭，毕竟认得这个怪物，唤做什么名色？"

林二官人道："小弟虽然经识些过，并不曾见这件怪物。"娄公子道："如今更深了，我们且进城去，把这件东西着几个人在此看守。待到天明，再与二位仁兄出来，寻个空阔所在，抬去杀了也罢。"林二官人道："既然如此，我们今夜就在这里借宿了，省得明日又走一遭。"俞公子、娄公子一齐应道："如此甚好。"即便打发众猎户回去，又着几个家童把那个怪物管着。三人就在魁星阁里安歇。

原来这个东西，又不是精，又不是怪，南方并无此物，所以人都不识得，名唤火睛牛，出在西番。那个所在，专出海犀。海犀若与龙交，就生出这一种来。固虽形状生得狰狞，从来不会伤人。其性最热，皮可御寒。胆最贵，人得了系在身边，能驱诸邪，瘳①百病。说这汴京与西番国，不知千山万水，间隔多多少少路程，火睛牛焉能得够到此？只为当初汴京有个曹容参将，出征西番，闻得此兽好处，遂带了雌雄一对回来。哪里晓得雌的不受龙气，生出来的就是水牛。那雄的几年前已被人捉去了，只剩下这一个雌的，却又被娄公子拿了来。

说他三人正睡得倒，只听得火睛牛在外边叫了一夜，其声如雷。这壁厢吓得个娄公子、俞公子魄散魂飞，那壁厢吓得个林二

① 瘳（chōu）——病愈。

官人心惊胆战。这三位公子被他惊恐了几个更次，翻来覆去，合着眼便醒转来，何曾睡得一觉。巴到天明，一齐起来，跑到廊下，只见火睛牛生下两只小牛儿。只见身上毛生五彩，角有光炎，到底有些龙气，虽是牛形，实与凡牛迥别。三人看了，惊讶道："好古怪，怎么一个像大虫的东西，突地生出这两条牛来?"俞公子道："决是个怪物，快着人抬出去杀了，剖开膛来看看何如?"林二官人道："如今到要留着他。若是把他杀了，这两只小牛决然饿死，岂不是害了他三条性命。"

俞公子对娄公子道："这是林兄一点仁心，必要抚养得好。还是养他在哪里?"娄公子道："小弟马房甚多，待小弟着人抬他回去，养在马房中罢。"林二官人道："马房中如何养得他？小弟庄上，尽有牛栏。就待小弟带去，暂养几时。且把这两只小牛养大了，再作计较。"娄公子、俞公子道："既是林兄庄上好养，就烦林兄带去便了。"林二官人便着两个精壮的过来，把火睛牛抬了，又着一个把两个小牛儿担去了。三人遂上马，起身前去。诗曰：

一片仁慈性，垂怜此畜生。

堪嗟牧养者，不体物中情。

说那两条小牛，自林二官人带到庄上，养了三四个月，渐渐长大。一日，娄公子约了俞公子同到林家庄上，特看小牛儿。林二官人指引到牛栏边，同去看时，娄公子见了这两个小牛道："原来这些畜类容易长成，两三个月不见，就比前大不相同了。"

不意这畜生也通灵性，那两个见娄公子说了这几句，猛可的眼中流下泪来，三人不解其意。不多时，那火睛牛也把眼泪掉下。娄公子与俞公子惊疑道："这是什么缘故?"林二官人道：

“又是一桩奇事。小弟往常来到栏边，这个大怪物同这两个小牛儿，慌忙躲避。今日见了二位仁兄，缘何就此悲戚起来？教小弟一时间思忖不出。”娄公子道：“林兄，畜生也有灵性，知觉与人相同，只是口中讲不出几句话儿，心中何尝不明白。”林二官人笑道：“娄兄，你可晓得他因什么掉泪？”娄公子道：“我也解他不出。”

俞公子道：“这有何难。小弟家中有一老奴，唤名俞庆，善察兽形。着他来一看，便可晓得缘故。”娄公子道：“这里到城中，一往一来，有许多路。等得他来，眼泪可不流干了。”林二官人道：“这也不打紧，去来不过二十里，小弟有好马在这里，若是俞兄着位管家去，就带出来与他乘了，相烦走一遭。”俞公子笑道：“林兄若肯把好马出来，莫说家童肯去，便是小弟也肯去了。”

林二官人便吩咐带匹好马出来，俞公子就打发一个家童立刻回去。果然好匹快马，不消半个时辰就转来了。俞公子见家童来得速煞，无限欢喜。林二官人、娄公子一齐出去，站在庄门首，三人六只眼，巴巴的只望个俞庆到。哪里晓得等了一个时辰，那俞庆还不见来，心下好焦躁。

这三个聪明公子，也是有些一时懵懂，怎知一个是马来，一个是步行，自然不能够齐到，况且又是老年的人。正等得个气叹，欲意走进庄门，只见那俞庆一步一跌，走到面前。俞公子见俞庆到了，回嗔作喜，也不问些什么，遂引他到牛栏边。

俞庆见了，吃上一惊道：“林相公，缘何有此物？”林二官人道：“你可晓得，他叫做什么名字？”俞庆道：“此物名为火睛牛，出在西番国里，皮能御寒，胆可治百病，祛诸邪。当年只有我汴京曹容参将出征西番，曾带此种回来。”娄公子道：“原来有这一种形相。”俞庆道：“那西番国最多的是海犀，海犀与龙交了，就有此种。”

林二官人道：“你可相一相看，为何流涕不止？”俞庆仔细看了一会，叹口气道：“哎，可惜这样一个异兽，不会牧养他，早晚间寒寒暑暑，受了这场大病。”三人一齐道：“原来有病在身上了。如今哪里去寻个医牛的郎中来医治他？”俞庆道：“就寻得来，也医不好。多应只在早晚间有些不伶俐了。”林二官道：“早知道你晓得他是个值钱的东西，何不寻你看看，爱好抚养他，不见这个模样。”

娄公子道：“如今若要得他的皮，取他的胆，可是不能够了。”俞庆道：“得他皮，取他胆，正在这个临危之际，若是平白地好好的时节，要杀他，怎么舍得，倘待他死了去取，总是无用之物。公子们果然要他皮胆，不宜迟了。”林二官人道：“毕竟要在这个时节取的才好。也罢，我们既有了这一点刚狠狠的心肠，便顾不得他活泼泼的一条性命。只是没个人会动手的，如何是好？”俞庆笑道：“这有何难，只要取一把刀来，我俞庆也会得动手哩。”

林二官人便吩咐取了一把纯钢的尖刀来，递与俞庆。俞庆道：“三位相公可退一步。”三人便闪过一边。你看三四百斤的这样一个夯东西，一步也走不动，终不然一个人可处置得他出来。只得持了刀，翻身跳进牛栏里面。果然畜生也通人意，那两个小牛儿，见他手中拿着一把光闪闪的钢刀，一发把个眼泪掉个不了。俞庆硬着心肠，觑定火睛牛，提起刀来，望心窝里尽力一刺。可怜一个数十年的火睛牛，顷刻间便结果在俞庆的手里。

俞庆又去唤了几个人相帮，拖出栏来。竟不用一些气力，自自在在，开了膛，剜出肝肺，先把胆来取了，然后慢慢地再把皮剥将下来。林二官人便走近前，两个指头便拿起胆来，向鼻边嗅一嗅道："果然是件宝贝，拿到嘴边，自有一种异香扑鼻。"娄公子、俞公子一齐道："难道真个是香的，待我们也闻闻看。"两个也拿起来嗅一嗅，便笑逐颜开，指着俞庆道："你果然是个识宝的主儿，若不是你说，我们哪里晓得有这样的奇物。"

林二官人道："这火睛牛当初原是娄兄得来，今日这副胆和这张皮，还该依旧奉与娄兄去。"娄公子笑道："林兄差矣，若是这等说，毕竟要小弟算还草料银子的话头了。"林二官人道："也罢，小弟有一个愚见识，把胆做一处，皮做一处，两个小牛做一处，分作三股平分。拈了三个阄儿，与两位仁兄拈着为定，却不是好？"娄公子大喜道："林兄之言，甚合吾意。妙，妙。就烦林兄写阄。"

林二官人便去写了三个纸团，放在一只碗内，回身走来，递与他二人。三人各取一个。林二官人便等不得，连忙拆开一看，纸上写的却是个"皮"字。娄公子打开，却是个"胆"字。俞公子是"火牛"二字。三人依阄分定，都着家童取了。林二官人当下整酒款待，大家开怀畅饮，直到杯盘狼藉，娄公子、俞公子方才起身，作别进城。诗曰：

得自一人手，经分不可偏。
拈阄为定据，三子各安然。

说他三人，各分了一件，去后指望做个镇家之宝。谁知不上两三个月，俞公子家的两个小牛就先死了，林二官人的火睛牛皮被人盗去，刚刚只有娄公子还剩得个火睛牛胆在家，料来也毕竟要归着一个人手里。

且听说，还归着哪一个人？这个人，说将起来，名又高，位又尊，在一个之下，居万姓之上。你道是哪个？恰就是汴京云和村里一个大乡宦，姓韦，名宾，官居极品，兼修武弁，年纪未及耳顺①，倒染了一身老病，因此告假，暂回林下②。遍访天下名医，不得其效。

这也是韦丞相合当病好，娄公子该得出身所在。原来那陈亥，向年原是韦丞相府中的门客，韦丞相见他为人忠厚，作事周全，十分欢喜，临上京的时节，决要和他同去。那陈亥因有妻子在家，上无公姑，下无伯叔，放心不下，不知用了万千委曲，所以辞了出来，就寻在娄公子那里做个退步③。不料韦丞相去得无多日子，遂告病回家。

这也是陈亥不忘旧主之意，一日积诚特来拜望。这韦府门上人都是认得的，便进通报。韦丞相着人出来，直请到后边记室里相见，便把病缘细说了一遍，然后问道："陈先生，你可哪里访得有秘方吗？"陈亥低头想了一想，满口答应道："有，有。我那娄公子处有一件宝贝，唤做火睛牛胆。随你百般疑难的症候，把他磨几分服下，立时便好。"韦丞相道："岂不是真宝贝了。这个怎么容易借得他的来一用？"陈亥道："要借他的，其实不打紧。只要韦爷这里打点几样礼物送去，待陈亥在旁撺掇借来，有何难处。"

---

① 耳顺——孔子曰"六十而耳顺"。耳顺，听了别人的话能辨别真假。文中指年纪未到六十岁。

② 林下——幽僻之境，引申指退隐或退隐之处。

③ 退步——退路，后步。

韦丞相道："讲得有理。就是娄公子不允的时节，有陈先生在那边撺掇，料来也却不得面情，自然要借一借。只是要送些什么礼去才好？"陈亥道："谅那娄公子，也不争在这些礼物上，只凭韦爷寻几件出得手的送去便是。"韦丞相便吩咐书房中写下礼帖来，却是那四件礼物：

左军墨迹二幅　　　象牙八仙一副

真金川扇十柄　　　琥珀扇坠四枚

韦丞相把这四样礼物打点齐备，便着一个院子随了陈亥，特地送到娄公子府中。娄公子听说韦丞相有礼送来，不知为什么缘故，拿帖子一看，又不好收他的，又不好却他的，转身便与陈亥商量。陈亥道："娄兄，韦丞相的意思，都在小弟肚里，只要娄兄把礼儿收了，小弟才敢说。"娄公子道："陈兄若不说明，小弟毕竟不好收他的。"陈亥笑道："娄兄，这样说，决要说了才肯收吗？也罢，小弟就说了罢。"

毕竟不知陈亥说出些什么话来？这娄公子收了礼物，还有什么议论？再听下回分解。

第十八回

韦丞相东馆大开筵　盛总兵西厅小比射

诗：

世事茫茫难自料，一斟一酌是前缘。
火晴牛胆非容易，丞相痊安岂偶然。
东馆开筵因报德，西厅比射不妨贤。
封书远达开贤路，公道私情得两全。

这陈亥见娄公子决要他说个明白，方才肯收礼物，只得对他实说道："娄兄，如今韦丞相染了一身病症在家，遍访宇内名医，并无一效。小弟闻得娄兄家藏有那火睛牛胆，服之能愈百病，因此与韦丞相说了。特送这些礼物来，要借去试一试看。"娄公子道："陈兄，如此说，教我一发不好收了。况且这火睛牛胆可以谬百病，虽有此说，其实未曾试验。倘若不得其效，可不反误了韦太师的一身大事。"

陈亥道："娄兄，若是礼又不收，火睛牛胆又不借去，那韦丞相只道小弟言而无信了。依小弟愚见，还借他一借，包管在我身上送还。一则不拂他积诚恳借的意思，二则又全了小弟的体面。"娄公子道："兄既如此说，火睛牛胆我就与兄送去，礼物小弟一些也不好收。"陈亥道："不收礼物，拿了火睛牛胆去，俗语叫做'无钱课不灵'，就有效也无效了。"娄公子道："恭敬不如从命。我且权收了，再作计处。"遂到书房中取出火睛牛胆，即

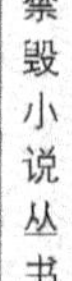

递与陈亥。陈亥收了，欢欢喜喜，连忙送去与韦丞相。

恰好韦丞相正在那里盼望，听说陈亥来了，便吩咐依旧请进记室中相见。陈亥见了韦丞相，把火睛牛胆双手送上。韦丞相打开包来一看，只闻得异香扑鼻，高声喝彩道："陈先生，果然是件妙品。莫说吃下肚去，就可瘳得病来，若闻了他，这一阵异香钻入七窍里去，身子就清爽了一大半，还愁什么病不好哩。"陈亥道："如今就取些水来磨了，试一试看。"

韦丞相道："陈先生，那娄公子这样的胆儿，不知有多少在家里？若是没有几个了，我把这个完完全全的磨动了，可不被他见怪吗？"陈亥道："娄公子既肯相借，就都用了何妨。只是尊恙好了，须别尽一个情就是。"韦丞相点头微笑道："陈先生，服将下去，老夫病体若得全瘳，决当大开东馆，广列绮筵，款娄公子为上宾，以酬恩债。"陈亥回笑道："韦爷，陈亥主荐的，明日只做个陪客罢。"

韦丞相呵呵大笑一番，随即吩咐院子，取了半钟清水，把那火睛牛胆略磨少许，服将下去，便倒身睡了一会。只听得肚里微微有些声响，韦丞相道："陈先生，这响声却是什么缘故？"陈亥道："有病症的人，服了妙药，自然腹中作响。若药力不到，安能如此？"韦丞相道："作响有何好处？"陈亥道："药性行到五脏，把久塞滞的肠胃一旦疏通了，故有此响。"韦丞相道："讲得是，讲得是。霎时间，我的胸膈却像有些宽泰了许多。"

陈亥道："娄公子虑不能见效，如今看起来，收功在这胆上了。但娄公子珍藏此胆，非韦爷大福，恐不能得。"韦丞相笑道："这是陈先生主荐之力。我着人收拾书房起来，就屈留在此，陪伴几日，看个好歹去罢。"陈亥道："这个，陈亥无不从命，只恐厚扰不当。"韦丞相道："陈先生，我和你原是旧宾主，怎么说出这句话来？"陈亥便不则声，只索在府中权住了四五个日子。

原来这韦丞相只要病好，竟不管火睛牛胆是一个宝贝，每日取清水磨来，连服三五次。不满数日之间，把这个火睛牛胆磨得一些也不剩，病症也十分痊愈了。韦丞相喜不自胜，声声感激娄公子美意，又亏陈亥主荐之功。诗曰：

老病恹恹①缠此身，延医无药效如神。

争知一味西牛胆，起死回生台阁人。

即命院子洒扫东馆，大开筵席，遂写了一个翌日请帖，就浼了陈亥，同了院子，竟到娄府中投下帖子。

娄公子问陈亥道："陈兄，前日多蒙韦丞相赐过厚礼，心中尚觉歉然。今日复蒙召饮，怎么是好？"陈亥道："娄兄，韦丞相此酒，原不为着别的而设。只因前日借了火睛牛胆去，只服得三四次，病症全然好了。所以特设此席，为酬厚情故也。"娄公子道："小弟欲回一个辞帖，若是这样说起来，倒不好却得丞相美意，必然要去走一遭。"

次日，韦丞相差人送了速帖，陈亥就同了娄公子到韦府中赴饮。门上人进去通报，那韦丞相与盛总兵同在滴水②下迎迓。

说这盛总兵，名铉，原是武进士出身，因先年西番倡乱，同那曹容参将出征，屡得大功，圣上喜他，遂加升左府都督，仍领总兵事，镇守西番。只为有了年纪，哪里当得边上这些风霜，哪里受得行伍中这些劳苦，所以辞官回来，把长子盛坤交代在那里镇守去了。这韦丞相幼时原与他是同窗朋友，肺腑相知，可称莫

---

① 恹（yān）恹——精神不振貌。

② 滴水——谓屋檐。

逆之交。虽然三二十年宦途间隔，况且音问尝通，不期一相一将都在林下，亲故不失，不是你来望我，就是我来探你，两个依旧时常往来。

这日，盛总兵闻得韦丞相病体好了，心中大喜，特来探望。谁知韦府中正在大开东馆，排列绮筵，请那娄公子。韦丞相见他来得凑巧，就将他留住，做个陪客。刚在厅上饮得一杯茶罢，忽听报娄公子来，同了韦丞相迎入中堂。行礼已毕，韦丞相又自己过来，向娄公子深深揖谢，兼谢陈亥。

四人坐下，先把世情略谈几句，韦丞相道："久仰贤契洪范①，今日始挹②清标③，正谓无缘，故尔相见之晚。"娄公子打个恭道："老太师乃天衢贵客，台阁重臣，晚生一介寒儒，垂蒙青眼，实三生有幸。"盛总兵道："贤契如此妙年，胸中豪气，必奋虹霓。目前坚志者，还是习文，还是习武?"娄公子欠身道："晚生从幼习儒，欲得一脉书香，接父祖箕裘④。何期学未成而志已隳⑤，愧莫甚也。尔来窗下倒习些孙吴兵法，只是未得良师开导，心如茅塞，如瞽目⑥夜行，不知南北东西之方向耳。"盛总兵道："据贤契此言，决在弃文就武。但当今之世，天下太平，偃⑦武修文，人人读书，以文相向，把武这一途轻如泥土。殊不知武

---

① 洪范——大法、楷模。

② 挹（yì）——此为“引见”意。

③ 清标——俊逸。

④ 箕裘（jīqiú）——古人以箕裘比喻父兄世业。箕，指柳条编制的器具，裘，指衣服。箕裘，指代编制、缝纫的手艺、农业。

⑤ 隳（huī）——毁坏。

⑥ 瞽（gǔ）目——盲人。

⑦ 偃（yǎn）——停止。

弁中腰金衣紫，就如探囊取物。只是一件，虽然说得容易，那两枝箭日常间要操演个精熟，临场之时自然得手应弦矣。”

娄公子道：“依晚生论来，到是弓矢易习，策论①更难。”盛总兵道：“策论乃文人之余事，弓矢略能加意，两件都不打紧。贤契既有此志，我舍下有一所西厅，原是老夫向年创造，教小儿试演弓马的所在。贤契倘不见嫌，明日可到舍下，待老夫奉陪试演何如?”娄公子道：“老先生若肯开导，此是求之不能的。待晚生少刻返舍，整备弓矢，明早就来拜候。”

说不了，那院子忙来禀道：“酒席已完备了，请老爷们到东馆去。”一齐就走起身，来到东馆。娄公子四下一看，暗自喝彩，果然好个所在。诗曰：

相府潭潭真富贵，雕墙峻宇太奢华。

假令后代无贤达，世界何曾属一家。

韦丞相取过杯箸②，先来送盛总兵，盛总兵不肯受道：“今日此酒原为公子而设。老夫无意闯来，得作陪宾足矣，何敢僭③坐。”韦丞相便又转送娄公子，娄公子又以年幼推辞。三人谦逊了一会，盛总兵没奈何坐了左席，娄公子坐了右席，韦丞相坐在下面。

酒至数巡，盛总兵问道：“闻得老先生贵恙，几欲趋望，又恐有妨起居，以此不敢轻造。今日闻得贵体痊安，不胜欣喜。但不知是什么医人医好的?”韦丞相道：“老夫性命其实亏了公子。”

---

① 策论——古代指议论当前政治问题、向朝廷献策的文章。

② 箸（zhù）——方言。筷子。

③ 僭（jiàn）——超越本分、本位。

盛总兵便问道：“老夫倒不知道，原来贤契精于医道，却也难得。”韦丞相便把借火睛牛胆的话说了一遍。

盛总兵道：“原来火睛牛胆有此大功，不知贤契此胆从何得来？”娄公子遂把昔日同俞公子出猎获来一事备说。盛总兵道：“此牛乃西番所产，我中国缘何得有此种？”娄公子道：“晚生曾闻说，昔日曹参将老先生出征西番，曾带有雌雄两种回来，这还是那时遗下的。”盛总兵道：“原来那火睛牛这样值钱的。老夫昔日在西番的时节，要千得万。若晓得他有宝在肚里，当初也带几只回来，卖些银子，比着如今闲空在家，也好做做盘缠。”韦丞相拍手大笑，大家又痛饮。

将次①酒阑，盛总兵道：“贤契果肯光降，老夫当扫径相迎。”韦丞相道：“老夫明早请了同来就是。”盛总兵道：“恰才贤契讲个俞公子，莫非就是俞参将的令郎吗？”娄公子道：“正是。”盛总兵道：“他令郎也是通些武事吗？”娄公子道：“若说俞公子才能，比晚生更加十陪②。”盛总兵道：“老夫竟不晓得。这正是：有其父，必有其子。真可羡也。老夫明早就着人去接他来，同到西厅，与贤契同演一演弓矢何如？”娄公子道：“他原与晚生同业，若得他来，一发有幸了。”韦丞相起身，取了巨觥，各人奉几杯。

天色将晚，娄公子便要告辞，盛总兵一把扯住道：“今日虽是老太师的酒，请老夫奉陪，况与贤契乍会，适才又讲了许多闲话，不曾奉敬得一杯酒，连个酒量也不曾请教得。若是要回府

① 将次——将要。

② 陪——当为“倍”之谬。

去，只将这个大觥奉劝十觥便了。”娄公子见长者赐，不敢辞，连忙恭恭敬敬饮了五六觥。原来娄公子酒量也是不甚好的，这五六觥是推却不得，因此勉强吃强酒。韦丞相见他饮了这许多，只道他酒量是怎么好的，也来敬五觥。娄公子又只得勉强饮了，遂冒着大醉，起身作别回来。盛总兵也随后散了。

说这盛总兵回家，次早起来，一壁厢着人去接那俞公子，一壁厢着人打扫西厅。先打了步数，竖起一个垛子来，只要等这两家公子一到，就好较射。等到巳牌，俞公子先到，两个就向西厅里坐下，说了一会。直至中饭后，还不见娄公子来。

原来那娄公子昨夜因酒至醉，睡到这时才走起身。盛总兵与俞公子正在那里等得不耐烦，忽见门上人进来禀道：“娄公子到了。”盛总兵遂同了俞公子，连忙出来迎将进去。三人揖罢，娄公子道：“俞兄几时到此？”俞公子道：“小弟在此等候多时了。请问娄兄何故来迟？”盛总兵道：“贤契敢是夜来中酒①吗？”娄公子道：“昨晚蒙承老先生与老太师盛情，实是沉醉而归。”

说话之间，连换了两杯茶。盛总兵道：“贤契可带得弓矢来吗？”娄公子道：“晚生已带在此。”盛总兵道：“二位贤契，请到西厅里去坐。”娄公子、俞公子便站起身来，三人同到西厅。

娄公子仔细一看，只见四下雕栏曲槛，异卉奇花，果然十分齐整。汴京城中，一个宰相，一个总兵，皆是新发人家，盖造的房子，何等雕巧。娄公子、俞公子住的旧宅，见了宁不骇异。

盛总兵只因约了两家公子较射，预先把垛子竖在那里了。娄

① 中酒——醉酒。

公子道："老先生还打多少步数？"盛总兵道："老夫打的是一百八十步。"俞公子道："可是太远了些吗？"盛总兵道："正是，贤契讲得有理。今日二位比射，还该打个糙数，快着院子把垛子移近了二十步。"

娄公子与俞公子各上了扎袖，持弓搭箭，拽个满弦，扑的放去，一齐刚刚都射中在垛子中心。盛总兵站在旁边，看了大喜，便高声喝彩道："射得好，射得好！不枉了天生一对。"两个又扯起弓来，连发了九矢，都有七八枝上垛。

盛总兵道："老夫倒不晓得，我汴京城中有这两个豪杰，岂不是天生成的？我想大材必有大用，老夫备有小酌，预为二位贤契庆了。"两个即便放下弓矢，除下扎袖，一齐欠身道："多蒙老先生指教，又兼叨扰，何以克当。"盛总兵道："二位贤契既抱如此才干，当今用武之秋，正大才展布之日，不宜株守穷桑，以至废时失事。"娄公子道："晚生与俞兄素有此志，一来怠惰偷安，二来未有机会，所以欲速不达。"

盛总兵道："这也不难。二位贤契既有此志，况兼文武全才，自然建功立业。老夫有一敝相知，见任吏部左侍郎，忠心为国，极肯荐贤。待老夫修一封荐书，他那里必然重用。不知二位尊意如何？"娄公子道："蒙老先生盛情，慨然荐举，即当策马西行，安敢延挨？倘得一官半职，感恩匪浅，只虑俞兄未必肯去。"俞公子道："娄兄，吾辈所学何事？今蒙老先生美情，况有足下同行，固所深愿，并不因循。"娄公子道："俞兄，难得者时也，易失者机会也。一言已定，明日小弟与仁兄积诚还到老先生处，相求荐书，三五日内收拾行囊，即便起身矣。"

正说间，门上人报道："韦丞相爷到了。"盛总兵连忙去换了公服，就同两家公子直到大门迎接进去。到厅上相见礼毕，韦丞相问道："可喜二位公子俱到此了。"娄公子道："晚生们来此已久，专候老先生台驾降临。"韦丞相道："老夫有一事耽延，然亦不敢爽约，便是晚做晚，决定要来走一遭。"

盛总兵道："太师公若早得一会，可不见一见二位的妙技。"韦丞相道："看了二位堂堂仪表，凛凛风姿，自然是个英雄豪杰，何须定要技艺上见价。"娄公子、俞公子道："晚生们再去取出弓矢来演一回，求老先生指教。"韦丞相笑道："这到不消得。若是策论，老夫还晓得几篇。那弓矢上的工夫，一些也不谙。到是这等谈一谈好。"

盛总兵道："老夫有一事，正要与太师公商量。他二位有此才技，只少个出身门路。恰好吏部左侍郎常明元与老夫有旧，意欲写一封书，荐他二位到那里去做些事业。太师公，你道可好吗?"韦丞相道："这绝好一个门路，只恐二位不肯就去。若是果然肯去，老夫有一个极相得的同寅，见在吏部右堂，名唤谭瑜，待老夫也写一封书，两边作荐，怕没有个重用。"盛总兵笑道："妙，妙。既有这样一个凑巧的机会，万分不可错过。老夫与太师公明日就此写书，二位须当决意起身前去。"娄公子、俞公子齐道："若得二位老先生荐书，自有泰山之托，决不枉奔走一遭。"

大家说得高兴。忽见院子向前禀道："酒肴已摆列在西厅上了。"盛总兵道："方才只有二位公子，便在西厅。如今太师爷在这里，那西厅上怎么坐得，快去移到大厅上来。"韦丞相道："总戎公可听我说，我与你从幼通家，益且齿嚼①相等，若为老夫移席，岂不是忒拘泥了。”盛总兵笑道：“既然太师公吩咐，敢不遵命，就到西厅去罢。”一齐起身，同到西厅，果然酒席摆列齐整。诗曰：

西厅今日绮筵开，将相交相送酒杯。

且喜荐贤书一纸，却教声价重如雷。

盛总兵取了杯箸，便送韦丞相的首席，韦丞相推辞道：“今日之设，原是总戎公为款待二位公子的，老夫不过是一个陪客，安敢占坐首席，还该奉让二位公子才是。”娄公子、俞公子道：“这个首席若不是老太师坐，总戎公又是主翁，难道晚生们敢有僭越之理？倒不如从直了罢。”韦丞相算来推辞不去，呵呵笑道：“老夫固可做主，亦可作宾，二位贤契既不肯坐，只得斗胆了”。”韦丞相入了首席，娄公子、俞公子坐在两旁，盛总兵居了下席。

盛总兵道：“二位贤契，请开怀宽饮一杯。老夫这一席酒就作饯行了。”韦丞相道：“二位贤契去得仓促，老夫不及奉饯，如何是好？”两个公子欠身道：“重承老太师错爱，又蒙总戎公美情，晚生们深自抱欠，惭愧万千，安敢再有叨扰。”盛总兵便去取了巨觞，合席送了几巡，慢慢共谈共饮。这回又比昨晚在韦府中更饮得夜深，直至三更才散。

次日，盛总兵与韦丞相各自写了荐书，差人送到娄府。两家约定了初三日吉时起身，先把行囊打叠停当，娄公子把家中事务尽托付与妻子，遂带了陈亥同行。那林二官人知他们进京消息，

---

① 齿嚼——喻年龄。

一二日前整酒饯行。到了初三日，韦丞相与盛总兵俱来相送出城，各馈赆仪①二十两。两家公子不敢推却，只得受了，感谢而去。

毕竟不知此去路上有何话说？几时显达回来？且听下回分解。

---

① 赆（jìn）仪——临别时赠给人的路费或礼物。

第 十 九 回

紫石滩夏方重诉苦　天官府陈亥错投书

诗：

可憎亏心短行人，他乡流落几年春。
安知狭路相逢日，尽露穷途献丑身。
大度犹能垂恻隐，残躯还可藉丰神。
皇天默佑真君子，荐牍讹投福倍臻。

说这两个公子，别了韦丞相与盛总兵，带了陈亥，一路上行了半个多月。恰好陈亥是个会帮闲的主儿，每经过好山好水，便同他两个开怀游衍。原来这两个公子一向是爱潇洒的，也算不得盘缠多寡，也计不得途路迢遥，一半虽为自己功名，一半落得游玩人间风景。三人在路，又行了好几日。一日，到了个地方，竟是三四十里僻路，看看行到天色将晚，并没个人家。却正是，人又心焦，马又力乏，巴不得寻个歇宿的所在。

两公子正在马上忧虑，恰遇一个老子，远远走来。陈亥下马，上前问道："哪里可以投宿？"那老子见马上这两个，不是寻常人品①，况又有许多行李，便道："要应试的相公吗？有个所在，去也不远。可从这条大路一直进去，三四里路，有座古刹，名叫莲花寺。先年那寺中有个石佛，会得讲话，人间吉凶祸福，

① 人品——人的仪表，模样。

无不灵验。后来汴京来了一个不遵释教的和尚，乱了法门①，那石佛从此便不灵感了。如今寺中有个当家和尚，名叫道清，吃一口长斋，心中极是慈悲，专行方便。凡遇来往客商，不拘借寓投宿，再没有推却的。还有落难穷途的，也没有不周全的。你相公要去寻宿，何不投奔他去。”随从的作谢了，转身便向娄公子说了情由。娄公子道：“既有这个所在，趁早快去，不可稽迟。”

大家策马扬鞭，进去不上三四里，果然见一座大丛林。娄公子在马上对着俞公子道：“俞兄，前面敢就是莲花寺了。”俞公子道：“娄兄，天色已晚，我和你到这所在，人生路不熟，就不是莲花寺，也要进去投宿了。”娄公子道：“俞兄之言，正合愚意。”一齐下马，走到山门首。抬头看时，只见朱红大匾额上写着四个金字道：“莲花禅院”。两个欢天喜地，将马并行李着随从的管了，径进山门。陈亥随在后面。

正走到大殿上，只见两个道人都在那里打扫丹墀。看见三人走到，连忙丢下箕帚，向前问道：“三位相公是哪里来的？”娄公子诈言道：“我们从汴京直到这里，闻你寺中有尊石佛，会得讲话，能知人间吉凶祸福。凡有问者，无不感应。因此特来求见，指示终身②。”道人应道：“不要说起。当初我们寺中，原有个石佛，会得讲话。人若虔诚来问，无不灵验。不料也是汴京来的，有一个夏虎，到此混扰一场，把个石佛弄得七颠八倒。如今一些也不灵验了。”

娄公子道：“我们远来，谁想空走一遭。”俞公子道：“这样时候，要到前路，恐去不及了，就在这里权借一宿罢。”两个道

① 法门——佛教语，指修行者入道的门径。

② 终身——毕生相关，今生今世。

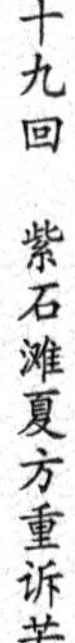

人道：“相公们若要在此宿歇，待小道进去报知住持师父，然后款留。”娄公子、俞公子道：“敢劳通报一声。”两个道人即忙进去。不多时，一齐出来，回答道：“我师父在方丈打坐，请相公们进去相见。”

三人就同进方丈里面。那和尚见这三个都是少年人物，又生得十分风采，不知是个什么来头，慌忙站起身来，深深见礼。遂逊了坐，把姓名、乡贯先问了一遍，然后道：“原来两位公子，失敬，失敬。”娄公子道：“我们今夜欲求上刹权借一宿，不识肯见容否？”和尚道：“只是小山荒凉，若相公们不弃，莫说是一夜，便在这里一年两年何妨。”娄公子笑道：“那个太搅扰了。”和尚道：“相公们多应还未曾用过晚饭。”吩咐道人快去打点晚斋出来。道人答应，就去整治晚斋。

不多时，两个道人将素斋摆于前，虽然极其丰盛，只是食不尽品。大家吃了一回，和尚又问道：“相公们可带几位随从的来？”娄公子道：“连马共有六七口。”和尚又吩咐道：“可再整一桌素斋出去，与相公们的管家吃了，就打发在西边客厅里睡罢。再到后园取些草料，把那马也喂一喂。”道人应了一声，转身就走。

和尚道：“相公们行路辛苦。请早安置些何如？”两位公子道：“如此极感厚情了。”和尚走起身，提了灯，便去取了钥匙，把间壁空房门开了，回头就对他两个道：“二位相公，荒山实无有齐整好房屋，只可将就住一住，万勿见责。”两个公子道：“好说，好说。”三人连忙进房，都各安寝。

说那娄公子，次早起来，开窗一看，只见粉壁上写着两行大大的草书，后又赘上五个字道：“汴京夏方题。”娄公子见后面写个夏方，心中便有些干碍①，遂把草书仔细认了一认，果然是夏方亲笔。从头看了一遍，却是四句诗儿，一句句都说自己时乖运蹇，父子中途拆散，后来又不得完聚的话头。诗曰：

只为时乖运不通，千金劫去客囊空。

却怜骨肉遭天堑，流落孤寒在路中。

汴京夏方题

娄公子看了，记忆在心。少顷，和尚请吃早斋，因问和尚道："敢问师父，我汴京有个夏方，一向说在紫石滩的莲花寺里居住。师父可晓得这个人吗？"和尚点头道："有一个夏方，原是相公贵处的人。他有个孩儿夏虎，上年在我寺中出家，不期去年因时疫亡过了。那夏方今岁走来，问起儿子，险些儿害了贫僧一场人命，到被他诈了几个银子。原来天理不容，出去不上做得两个月生意，折了精光。前日进来，又打点起衅，重复诈害，当被众僧们大发作了一场，驱逐出去。如今现在紫石滩头求乞。"

娄公子大吃一惊道："呀，求乞是他大落难的地步了。你们出家人慈悲为本，方寸②为门，虽然他不是③，还该看觑他一分。"和尚道："相公，不是我们出家人心狠，只是这人极是个奸险的，眼孔里着不得垃圾。便有座银山，经了他的眼睛，也要看相光了。"娄公子道："这个人在我汴京，手段原是有名的，只远他些罢了。"

当下众人吃完早饭，遂各收拾行李，便与和尚谢别。和尚

---

① 干碍——干连，牵连，妨碍。

② 方寸——方始一寸，极言矮小。

③ 不是——错误，过失。

道："难得二位贵人到我荒山，虽则简慢①，意欲相留在此光辉几时，怎么就要起马②？"娄公子与俞公子道："多蒙长老盛情，意欲在此盘桓数日，只是我们去心甚急，不可迟延。少不得日后转来，要从此处经过，再来探望长老就是。"遂递出一封谢礼，和尚再三不受，送到山门。

三人一起上马，依旧向昨晚原路上出来。行了五六里，只见那道上竖着一个石碑，上镌着三个大字道："紫石滩。"旁边有一座小小古庙，却是当境土地神祠。娄公子在马上仔细看去，忽见庙门首一个乞儿，吹着一堆稻柴火，煨着一个砂罐。这还是他的眼睛尖利，却似有些认得，心中暗想道："我方才听见那莲花寺的和尚说，是夏方在这紫石滩头求乞。我看那庙里的乞儿有些像夏方。若果是他，难道就狼狈到这个地步？"娄公子一面思量，一面疑惑，又行过几步，只得勒住了马，叫那乞儿上来。

恰好那乞儿果是夏方，他适才也有些认得是娄公子，只是料他不到这里，心下也自猜疑。听说唤他，连忙上前跪下道："求爷爷舍些。"俞公子道："娄兄，这乞儿好像汴京声音。"娄公子道："你是哪里人氏，缘何一个在这古庙中求乞？"乞儿道："爷爷，我姓夏名方，汴京人氏。因往他乡，不料中途被劫，没奈何流落在这里。"

这娄公子终究度量宽宏，见既是夏方，便不就提起当初一事，教他起来，问道："你既是汴京人，可认得我吗？"乞儿道："爷爷莫非是汴京娄公子么？"娄公子道："这样看来，你还有些眼力。"俞公子取笑道："娄兄，这乞儿敢是原有一脉的？"娄公

---

① 简慢——招呼不热情，失礼。

② 起马——启程，动身。

子把前情略和他说了几句。俞公子道：“这是行短天教一世贫了。”

娄公子道：“我只说你在外多时，必得成家立业，缘何到比前番愈加狼狈，这是怎么说？”夏方拭着泪道：“公子，当日是我一时见短，说也徒然。只是一件，想我夏方，不初虽然得罪于公子，但公子平日洪仁大度，须念旧交，垂怜苦情，再把夏方看觑几分。愿得执鞭坠镫，死亦瞑目。”

娄公子微笑道：“为人岂可有不通情的所在。只是你这个人，心肠忒歹，不可测料。倘若收留了，日后得些好处，又要把当初的手段将出来了。”俞公子道：“娄兄，此人既是旧相与，小弟讲个人情，就带他同进京去罢了。”陈亥道：“收他不打紧，只是我又晦气。”

娄公子道：“也罢，君子不念旧恶。我且收你在身边，却要改过前非才妙。”夏方道：“公子，夏方今日如此模样，感蒙收留，再有不是处，任凭发挥①就是。”娄公子道：“到发挥的时节，你却去远了。只要你学好，才可久相与。你且随我到前面市镇上去，买件衣服，与你换了，才好同去。”夏方拭泪道：“如此感恩不尽。”

娄公子遂上马。夏方便把煨的砂罐一下甩得粉碎，跟在马后飞走。果然到了市镇上，娄公子买了衣帽鞋袜，与他周身换尽，另雇牲口，与他骑了。真是一时富贵，不似乞食夏方矣。有诗为证：

昔作亏心汉，今为狼狈身。

---

① 发挥——发落。

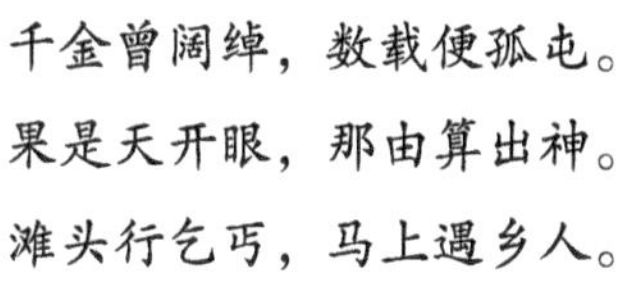

千金曾阔绰，数载便孤屯。
果是天开眼，那由算出神。
滩头行乞丐，马上遇乡人。
不念当初恶，还怜目下贫。
宽宏真长者，诲谕复谆谆。

娄公子带了夏方，与俞公子、陈亥四人同行。但陈亥见了夏方，心下十分不忿，只是夏方做了乞丐，把昔日的行为一些也没有了，低心小意，下气怡声，故此陈亥亦无芥蒂。路上又行了十多个日子，方才到得京城。但见：

瑞日屠苏，映照九重宫殿；祥云缥缈，罩笼万载金汤①。清风吹御柳，紫气蔼金门②。笙歌鼎沸，鼓乐齐鸣。文官济济列朝班，衣冠整肃，无非赤胆忠良；武将堂堂严队伍，剑戟森罗，尽是英雄豪杰。满城中，黎民乐业，称只太平天子；普天下，蛮貊③倾心，归顺有道君王。

娄公子与俞公子到了京中，便先去寻了下处，安顿了行囊马匹，然后两个商量到侍郎府中下书。

说这夏方，得蒙娄公子收留进京，虽然不如向年骑马去寻郑玲珑时阔绰，比着前番土地庙中煨砂罐的行径，又济楚了几分。也亏他还有人心，见娄公子不咎前非，一路上比前看待不相上下，巴不得寻条线缝，效些殷勤。听说要着人到侍郎府中下书，连忙开口道：“二位公子，把这件事照顾了夏方罢。”娄公子道：

---

① 金汤——“金城汤池”的省语。比喻防守巩固的城池。

② 金门——汉代宫门名。指代宦署之门。门旁有铜马，亦称金马门。朝中征召的人待诏于公车（官署），优秀者待召金马门。

③ 蛮貊（mò）——传说中大似驴、形似熊的一种野兽。

"你若肯去，只要下的得当。"夏方道："要做别事，恐不会的当。去下书，管取伶俐。"两个公子喜欢道："如此甚好。"

原来那陈亥一向是妒忌夏方的，见娄公子欢喜起来，要着他去下书，心中好生不快，便止住道："公子说哪里话。那吏部衙门不是当耍，可是容易去得的？你若去下书，嘴舌不利，便就是天大的来头，也只当鬼门上占卦。我看夏兄是个本分的人，说话也怕脸红，如何到吏部衙门去下得书？这还待我去罢。"娄公子见他说得厉害，取出书来，就着陈亥到吏部投递。

说那吏部左侍郎常明元、右侍郎谭瑜，正与大堂议事才散。陈亥拿书，却来得不凑巧些，走到大门上，那门上的官儿连忙走来，问道："你是哪里差来下书的？"这陈亥道："我是汴京韦太师那里差来的。"那官儿便把书来接在手里，也不问个明白，这陈亥也不说详细。那官儿拿了这两封书，连忙走进后堂。

陈亥暗自懊悔道："呀，适才到不曾与他讲得明白，一封是韦太师送与右侍郎谭爷，一封是盛总戎送与左侍郎常爷的，怎么到忘记对他说了？"正在没设法处。又见那官儿出来回报道："书已投送了。这时节，众位老爷都在后堂议事，还未开看，明日等回书罢。"陈亥却又不好问他递与哪一个了，只得答应出来，与夏方同回下处。

原来那两封书，被那掌门簿的官儿错递了。莫怪是他错递，总是陈亥错在先了。那吏部大堂接了这两封书，只道内中有什么机密事情，便不通知左右侍郎，拆开护封一看，那封简上，一个写着谭爷，一个写着常爷，暗想道："这两封书，原是送与左右堂的。如何那官儿到送来与我？决然是错递了。且待我悄悄拆开，看他里面是什么话头。"随即拆开封来，从头一看，却是一

封荐贤书札，并无半句别词，只得好好替他依旧封了。欲待不对左右堂说知，思量得远处来的书札，况又是两个大来头的人情，只得遂请左右侍郎上堂，把书递看。

那两个侍郎见是汴京韦丞相并盛总兵的书札，却也不避嫌疑，遂当堂拆开。看时，原来是封荐书。上面为着娄祝、俞祈两个，却又说是宦家子弟，就差官去请来相见。

二侍郎见他二人都一样青年，人品又生得齐整，满心欢喜。次日各写了一封书，差官向兵部大堂投下，把他两个荐去。

毕竟不知这书送去，娄祝、俞祈却有什么重用？且听下回分解。

第二十回

两同僚怒奏金銮殿　二总戎荣返汴京城

诗：

时人常道儒冠误，弃文就武亦荣身。
朝中佞倖①妨贤路，塞上忠良静虏尘。
宗社稳如磐石类，江山安比太山伦。
穷通得丧皆前定，半点何曾由得人。

说这兵部大堂姓贾名奎，原是汴京人氏。曾祖名章，素多异识，昔日先帝为太子的时节，取他为经筵讲官。先帝幼时，尝有婴儿气，见贾章与他说得来，便把西番进来的一只石蟹就赐了他。

你道这石蟹有甚好处？那西番进来，因为有些奇异，也当得一件宝贝。比如夏天，取了一杯滚热的酒，把这只石蟹放将下去，霎时间就冰冷了。及至冬天，取一杯冰窨的酒，把这只石蟹放将下去，霎时间又火热了。那西番原叫做温凉蟹。

贾章自从得了这只石蟹，不上两个月日就告病回家，回家又不上得两个月，就身病故了。临终时节，思量得这件东西，原是一个至宝，况又不是轻易得来的，乃当今圣上所赐，留与儿孙，恐儿孙未必能守，便吩咐造了一个小小石匣，细细暗镌了诗句，

① 佞倖——亦作佞幸，谓以善于谄谀得君主宠幸。

着人好好埋葬在自己棺木旁边。

这也是个大数。不期娄公子因先年义冢地上收葬枯骨，掘出了这石蟹，恰好镌的又是他的名字。不想这贾尚书于数日前曾见曾祖托梦与他，说有个娄祝，正是收石蟹的，不日来见，汝可重用。因此接了两位吏部侍郎的荐书，看见有个娄祝，并那俞祈，正应前日梦中之兆，即要请来相见。差人回去禀知，两个侍郎连忙说知他两个，即到兵部里去参谒贾尚书。

两个公子登时径去参见，直到大堂丹墀①下，执着脚色手本，倒身下跪。那贾尚书接上一看，就出位来，把两个公子一把扶起，道："哪一位是娄祝？"娄祝打一个恭，道："武生就是娄祝。"贾尚书仔细认了两眼，迎着笑脸道："好一个堂堂相貌，果是将器，非寻常武弁可比。"娄祝欠身道："不敢。"贾尚书道："二位果然都是汴京人吗？"两个公子一齐答道："俱是汴京。"贾尚书道："既是汴京，与本部是同乡了。请后堂奉茶，还有话讲。"两个公子又深深打了一恭，随了贾尚书，同到后堂坐下。

一巡茶罢，贾尚书道："二位既与本部同乡，可晓得本部的曾祖吗？"两个公子回答道："武生幼年晚辈，并不晓得。"贾尚书道："本部的曾祖，名唤贾章，职任翰林。当时仁祖在日，曾赐他一只温凉蟹。后来得病回家，临终时节，嘱咐家人，做造一个小石匣，埋在墓旁。这却是先年祖父的话说。谁想当今圣上时常问起本部这只石蟹。我想汴京自起先兵乱之后，连本部的祖茔已被蹂践坏了，知道那一块地上，可以掘得这只蟹出来？数日前思及此事，无踪无影，无计可施。不期夜间就得了一梦，曾祖对

① 丹墀（chí）——亦称"丹陛"。古时宫殿前以红色涂饰的石阶。

本部说道：‘这只石蟹，是汴京城中一个娄祝得在那里。’今见尊讳，可见神鬼之事，料不相欺。不知果有其事否？所以动问一声。”娄祝道：“这也是件奇事。武生于数年前，目击枯骸遍野，不忍见其暴露，雇人在义冢地上收埋。掘得一个小石匣，盛着一只石蟹。”

贾尚书大喜道：“果然是贤契收得。先曾祖之梦，信不诬矣。本部还要细问一声，那石匣旁可以什么标题吗？”娄祝满口回答道：“却镌着四句说话。”贾尚书道：“即求见教。”娄祝信口念道：

历土多年，一脚一钳。

留与娄祝，献上金銮。

贾尚书道：“果然是这几句。我先曾祖有先见之明，一斟一酌，莫非前定。敢问贤契，那只石蟹如今却在哪里？”娄祝道：“向年不意中得，虽见字句，亦不知其来历。但爱其细巧精妙，恐有伤损，一向珍藏书箱里面，所以带得在此。”贾尚书道：“果然带在这里，贤契就去取来一看。待本部明早献进圣上，就把二位保奏个大官，却不是好。”两个公子深深揖道：“若得如此，全仗老爷抬举，感恩匪浅。”即便告辞出来。

回到下处，娄公子便去取了石蟹，送与贾尚书。贾尚书收了，大喜，忙进后堂，就把酒来试验一番。原来这件宝贝，埋没多年，还是这般应验。

次日早朝，将石蟹献上。成帝见了，龙颜大喜，便问道：“贤卿向说此蟹杳无踪迹，今日却从何处搜寻得来？”贾尚书道：“臣启陛下，若要究竟得来根由，却是一桩奇事。”成帝道：“失久复得，原非容易。请道其故。”贾尚书把曾祖手里埋石蟹的话

说，并娄祝得石蟹的话说，从头到后备细奏了一遍。成帝道："那娄祝如今却在哪里?"贾尚书道："现在臣部内。"

成帝就命贾尚书出来传旨，把娄祝宣到金銮殿上，从前至尾问了个详细。贾尚书道："臣启陛下，这娄祝青年壮志，素有文武全才，原是汴京名士。臣特保奏此人可以重用。"成帝道："朕看娄祝相貌仪表不凡，贤卿保奏，正合朕意。传旨到吏部去，看有空缺衙门，着他暂时叙用。果有真才，破格升赏。"两个遂退班出朝。

吏部得了旨意，就推娄祝做了兵部职方司主事。贾尚书便把俞祈做了一个京营把总。这也不过是初任，试他一试才干的意思。两个一齐得了京职，择日上任。

不满半年，忽报西鞑作乱，统领大队人马，十分猖獗。守边将帅，虽有千军万马，无人敢当其锋。娄祝、俞祈闻此边情警急，就去奏请，提兵五万，出关征剿。成帝允奏，即召众文武入朝商议。那文武百官，也有回奏他两个去得的，也有回奏他两个去不得的。成帝方在犹疑不决，班中闪出一员官来。

你道这官是谁？却是当朝宰相，姓崔名竑①。此人奸险异常，阴谋不测，势压朝班，威倾京国。满朝文武，畏他权要，没一个不是奉承他的。厉声奏道："相臣崔竑启奏，娄祝、俞祈，婴孩年纪，乳臭未退，以侥幸得官，尚且不谙世故。倘令征讨，恐误国事。况书生难践戎马之场，望陛下万勿轻听，允臣所奏，敕②下该部，另选老成练达，用为将帅，方保无虞。"

说不了，兵部贾尚书向前奏道："臣启陛下，娄祝、俞祈虽

① 竑（hóng）——原意为"量度"。

② 敕（chì）——自上致下告诫命令之词。

然年幼，况是将门之子，武略过人，智谋出众。若令提兵出关，虏必望风而仆。”崔丞相见他力奏这两人，大怒道：“贾尚书，你但知保奏的人情，不念国家的干系。”贾尚书答道：“崔丞相，此言差矣。你曾见我听了几处人情？我偏要保奏他两个去。若成不得功来，我就与打个掌儿。”

崔丞相呵呵冷笑道：“这有何难。总是兵权在你手里，该点五万，就是十万，却怕些什么成不得功。”贾尚书道：“崔丞相，依你这般说，兵数固可虚张，难道粮数岂无查算？”崔丞相道：“你若要争气，自会得东那西掩，哪个查算得出？”贾尚书素性忠烈，听了这些邪言诳语，一时激得怒发指冠，也不管朝廷尊严，宰辅权势，就要思量摩拳擦掌起来。众文武连忙上前劝住，遂一齐退出午门。有诗为证：

奸佞胸中不可测，恃势妨贤常努力。
罔思国难切恫瘝①，唯顾私情争未息。
君皇在上恁喧哗，文武满朝都缄默。
若非忠直与相持，窃恐大权移此贼。

不多时，旨意下来，果然着他两人督兵五万，出关征剿。遂着兵部尚书贾奎督阵，户部主事张松运粮，火速启程，齐心退虏，不得延挨，以误国事。

四人得旨，领兵前行。粮草支应，十分充足。计日出关迎敌，一战就杀退了十万胡兵，斩首千级，获驼马数千匹，星夜奏凯，回朝献功。

四人面圣，成帝龙颜大喜，加贾尚书为太子太保，世袭锦衣

---

① 恫瘝（tōngguān）——病痛，疾苦。

千户。加主事张松为都御史。娄祝升左府都督，俞祈升后府都督，仍管总兵官事。即命大开功臣筵宴，与文武百官庆贺，各赐银二千两，彩缎二百匹。极具宠渥①，时人荣之。朝廷又念出关军士劳苦，即发内帑余银十万两犒赏。

贾尚书与娄、俞二总兵道："我辈蒙朝廷恩宠，官尊禄重。奈群小见忌，我老夫还不打紧，二位在此，恐人倾陷，必须暂退，以便保安禄位。兹为恒久之计，不知二位意下如何？"二总兵见他说得有理，遂欣然称谢。次日随即辞朝出京，不多日子，两个同回汴京。

你看那些汴京城里城外的人，见这两个公子做了总兵回来，也有喝彩的，也有议论的。喝彩的道是："难得这两个青年公子，都做了这般显职。"议论的道："他两个一向好的是风流玩耍，怎得一旦就到这个地位？这决是银子上弄来的。"纷纷议论不已。二总兵回得不上两三日，那些城中乡绅，没一个不来登门拜贺，只不见盛总兵到。仔细把礼簿一查，恰好正差人送礼来恭贺了。

次日，娄总兵相约了俞总兵，二个同到各家拜望。正到盛总兵府中。那盛总兵闻说他两个来拜，欢天喜地，勉强出来迎迓。

你道他为何又欢喜又勉强？原来半年前染了一场大病，遍请良医，久治不愈，想来这一日恰是他该得病退将来，连忙迎到堂前。三人先把寒温叙了几句，盛总兵道："老夫不料半年前偶患了一场大病，至今尚未痊可，所以不曾踵门拜贺，甚是得罪。"

娄总兵道："老先生既有贵恙，那火睛牛胆决然治得。只怕太师公处存得些，也未可知。老先生何不差人一问？"盛总兵道：

① 宠渥（wò）——皇帝的恩泽与宠爱。

“老夫也差了这个念头，到不曾想着太师公那里。待老夫就着人去问。”当下便整酒款留。娄总兵道：“晚生们承蒙厚情，老先生既要到太师公处问火睛牛胆，何不就请来同叙一叙？”盛总兵道：“讲得有理。”不多一会儿，便着人去请了太师公到。

四人分席坐下，盛总兵遂说借火睛牛胆一事。韦太师道：“连老夫也忘怀了，敢是还剩得些儿。少刻就着人送来。”娄总兵道：“晚生记得前年在府上饮酒相别的时节，不觉又是两年光景。”韦太师道：“曾记得二位当日布衣去，今日锦衣还。正所谓：彼一时，此一时也。”盛总兵道：“二位今日到了这个田地，不惟太师公与老夫增光，便是汴京城中，增了许多声价。”遂取了巨觞，浅斟慢劝，交相痛饮了一场，都觉有些酩酊。将及夜半光景，方才散去。

次日，韦太师取了火睛牛胆，着人送与总戎公。盛总兵接了，依法磨服。服得两次，其病恍然如失。有诗为证：

恹恹久病少良医，一命悬丝只自知。

恃有火睛牛胆力，残年还可复支持。

娄总兵与俞总兵到家五六日，却不见那林二官人来探望，两个便同到林家相访。只见门上人回复道：“我家二官人因为一桩没要紧人命官司，两个月前已曾到京中来见二位老爷了。”俞总兵道：“既然去了两月，如何我们相会不着？”娄总兵道：“想路上失过了。”两个见林二官人不在家，不能相见一面，快快空回。

娄总兵正回到府中，没多一会儿，见门上人进来禀道：“外面有个贾坤，要求见老爷。”娄总兵道：“怎么样一个贾坤？我从不识此人，且着他进来相见。”贾坤听说请见，连忙走将进来，见了娄总兵，深深喏了几个喏。娄总兵把他仔细认了几眼，虽若

有些厮认，一时间却记不起。即逊了坐，问道："我到与足下有些面善，不知从何处曾相会过？"贾坤道："老爷果然记不得了。那年在李家庄上，擒那两个狐狸精的，就是小子。"娄总兵道："可就是假天师吗？"贾坤打个恭道："正是。"

娄总兵道："足下光降，有甚见谕？"贾坤道："小子无甚说话。闻得老爷荣归，特来奉贺。"袖里拿出两把诗扇来。娄总兵遂起身，着夏方陪了，进去取五两银子出来送他。贾坤见送他银子，假意儿说了一篇推逊的话儿，毕竟又把手来接了，谢别出门。

娄总兵刚打发得假天师去，门上人又来禀道："林二相公到了"。"娄总兵连忙出来，迎到堂前。各叙寒温，两人对坐。林二官人道："仁兄几时荣还的？"娄总兵道："小弟到了五六日，只因俗事纷纭，才到府上叩拜，闻说仁兄负此极冤，已进京去，心中甚是想念。不期就得仁兄降临，真如梦中也。"

林二官人道："不要说起。小弟为这一桩人命事，被本府拿去，监禁了半年。两月前百计千方保得出来。因此打听得二位仁兄高迁总戎①之职，小弟星夜赶进京去，欲求一个分上。谁想二兄荣返，别无门路，又寡熟识，难以存身，没奈何，只得转身就回。今日得见仁兄，如见天日。"娄总兵道："既是仁兄受此不白之冤，小弟们安忍坐视。自当效纤芥②之力，为朋友申冤。"随即着人去请俞总兵来，一齐酌议。

俞总兵道："这个必须我们自到府中求解，方可完结。但有

① 总戎——统帅。亦作某种武职的别称。唐时称节度使为总戎。

② 纤芥——亦作"纤介"。细微。

一说，恐那做文官的眼孔①大，不把我们武官放在心上。”娄总兵笑道：“说哪里话，难道两个总兵比不得一个知府。我们去见，决有几分面情。”

三人计议已定，娄总兵叫整酒出来，开怀畅饮。饮到三四个更次，林二官人见有了他两个一力担当，也把十分的烦恼撇开了大半，这回才拿着个快活酒杯，饮到尽醉方休。

第二日，两个总兵齐见知府。那知府也还好讲话，见他两个青年总兵，又是世家，不敢十分轻慢，只得把这桩人情强勉听了，天大官司化作一团冰炭。

林二官人见官事毕，请他两个到庄上去盘桓几日。两总兵巴不得与他聚首一谈，随即同到庄上，设酒款待。正饮之间，林二官人问道：“二位仁兄，几时复命进京，何不拿带小弟同行?”娄总兵道：“仁兄见教，吾二人之所深愿。只恐仁兄丢不下家业，如之奈何?”林二官人道：“一言难尽。小弟为这场官事，家货罄尽，性命几乎不保，再有什么牵挂?”两总兵都把头点了一点，无甚话说，到把酒来饮了几杯。三人就在庄上一连盘桓十数日，各自回家。

这正是光阴迅速，两总兵回来约半年光景，那西夷复来入寇，边将莫敢当锋，其势危急。朝廷忧之。一日，只见特旨到来，道：“西戎复尔狂獗，仍着原剿总兵娄祝、俞祈督兵十万，火速启程。”两总兵恭承君命，不敢留停。就令林二官人为参军，陈亥为先锋，提兵出关征剿。

原来如今来的鞑子，比先更多数万。俞总兵当先出战，不上

① 眼孔——眼界。

数合，陷阵而亡。娄总兵见势头，恐误了国家大事，与林参军、陈亥带领将士，拼着性命，抵死上前，杀死胡儿头目数十员。众胡兵畏惧，一齐溃围而走。又努力向前追杀，片甲不留。娄总兵随即取了棺木，收了俞总兵的尸骸埋葬，然后班师回京。

朝廷嘉他功绩，升为定西侯，加封太子少保。仍赐蟒玉一袭，恩封三代，妻一品夫人，子世袭锦衣千户。俞总兵赠忠西侯，赐银三百两。仍令其家人出关扶柩归葬。林参军升为副总兵，陈亥先锋升为游击将军，二人俱着镇守潼关。

娄总兵自以青年武将，功高当世，宠冠廷臣，若不知机引退，难免斥辱。乃上疏，以为征戎辛苦，染病在身，乞给假还乡调理，痊可之日，赴关调用。朝廷再三慰留，疏数下，上乃赐驰驿还乡。因此汴京城中，人人钦服，遂有诗赞云：

贵贱皆前定，人生莫强求。
为奸天不佑，积德福长流。
夏氏可垂戒，娄生长者俦。
仁尸逢石蟹，出猎获西牛。
富贵须臾至，功勋倏忽收。
宠渥君恩极，名高士愿酬。
丈夫苟志满，引退复何忧。

《鼓掌绝尘》雪集

第二十一回

酒痴生醉后勘丝桐　梓童君[①]梦中传喜信

词：

人有弄巧成拙，事有转败为功。人生转眼叹飞蓬[②]，莫把韶华断送。　昔日画眉人去，当年引凤楼空。萋菲[③]荒草满吴宫，都是一场蝶梦[④]。

这几句《西江月》词，说那世间多少风流才子，窈窕佳人，乍会之时，彼此两相垂盼，虽令眉目传情，便不能语言订约。或借音律为引进之媒，或假诗词为挑逗之主。如张珙之于崔莺，以琴上默寄相思。如红绡之于崔庆，以手语暗传心事。及至两情相洽，缔结良缘，不知费了多少眠思梦想，经几何废寝忘餐。这也不须提起。

听说姑苏城中有一个书生，姓文名玉，表字荆卿，年方二十

---

① 梓童君——即梓童帝君。道教所奉主宰功名、禄位之神。

② 飞蓬——比喻行踪漂泊不定。

③ 萋菲——亦作“萋斐”，花纹错杂貌。

④ 蝶梦——喻迷离惝恍的梦境。

一岁，潇洒超群，聪明盖世。幼年间不幸椿萱①早丧，伉俪未谐。幸仗叔父文安员外抚养，教育成人。名虽嫡侄，义胜亲生。只是他一味少年气概，情耽飘荡，性嗜风流，爱的咏月吟风，喜的酣歌畅饮，遂自号为酒痴生。这文荆卿因好饮酒，每日在书房里把那书史文章看做等闲余事，竟将贪杯恋饮做成着实工夫。他叔父文安员外，见他日夕好饮，屡把良言再三相劝。只是生性执拗，哪里肯改过分毫。

一日，文安员外悄地唤安童问道："安童，我一向不曾问你，大官人近日来还是文兴高，端然是酒兴高？"安童回答道："员外不问起便罢，若问起来，大官人的文兴，安童委实不知。若说酒兴，近日来到比前番又胜了大半。"员外道："你怎知他酒兴倒胜似前番？"安童道："大官人时常对着安童说：'我有沧海之量，那些须十余瓮，不过兴可解我一时渴吻。若要尽兴痛饮一番，必须满斟百斗，方可遂怀。'因此安童晓得。"

员外听说，便叹气道："哎，罢了。这也是我文家不幸，生了这样一个不孝的畜生。我想古来多少贤人，皆因嗜酒而亡，何况这一个不肖畜生。我几回欲待面责他几句，只是一来看着兄嫂在生分上，二来又看我自幼抚养之情，只是隐忍无言。怎知那畜生竟不想个回头日子，怎么是好？就是有得些小家赀，明日决然败在他手里。安童过来，你今只是缓缓对他说，员外吩咐，今后若是大官人把酒撇得下几分，员外便无见嫌。若再仍前饮得无尽，明日决然无任好处，请他早早别寻一个着迹去处，免得在我

① 椿萱（xuān）——父母的代称。古称父为"椿庭"，称母为"萱堂"。

这里，久后损败门风，却不好看。”

安童不敢违命，应了一声，转身径到书房里去。只见文荆卿手中正携了一壶雪酒，桌上摆着一部《毛诗》①，在那里看一首，饮一巡，慢慢消遣哩。安童见了道：“大官人，我看你行也是酒，坐也是酒，几时得与他开交，似别人好饮的，或朝或暮，也有时度。谁似你自早至晚，昼夜十二个时辰，没一刻撇得下这件东西。为着你，安童适才险些儿被员外‘才丁’了。”

文荆卿惊问道：“怎么，员外到要打着你？”安童道：“员外说，大官人这样好饮，难道你也劝止不得一声？便吩咐我来，道你今后若是戒得饮酒，便无一毫言语。若仍前贪着杯，恋着饮，久后必无什么好处。请你自去寻一个着迹的所在，免得损坏他的门风。”文荆卿道：“安童，员外果有此话？”安童道：“终不然到是安童造言生衅，平地掉谎不成？大官人若不肯信，就同到员外跟前，逐句句对证个明白便了。”

文荆卿暗想道：“说得有理。终不然是他平地掉谎，这些说话决是有的。只一件，想我自幼相随叔父，至今二十载，蒙他待以亲生，日常间并无片言相抗，今日敢是我婶婶有甚闲言闲语。我想，男子汉身长六尺，四海为家。便是守株待兔，也了不得我终身事业。也罢，我今日便出了此门，别寻个着迹去处，有何不可。安童，你与我一壁厢快快收拾书囊齐备，一壁厢取笔砚过来，待我略书几句，以慰壮怀。”

---

① 《毛诗》——即由西汉初毛亨、毛苌（cháng）作传的我国第一部诗歌总集《诗经》。

安童问道："大官人，莫要太性急了，且说个明白。收拾了书囊，还是往哪里去？"文荆卿道："男子汉四海可以为家，难道倒虑我没有着迹的去处？不要闲说，快收拾起来就是。"

那安童只得去取了一管笔，研了一砚墨，双手递上。你看这文荆卿，执着笔，蘸着墨，低头一想，就向那粉壁上写了几行大字，云：

谁是聪明谁薄劣①，茫茫世事浑难识。人言糟粕误生平，我道生平误糟粕。　　　时未遇，受颠蹶②，泥涂岂是蛟龙穴？男儿壮志未消磨，肯向东陵种瓜瓞③！

《鹧鸪天》

写罢，便问安童："书囊收拾齐备了吗？"安童道："书囊虽已收拾齐备，大官人果然要去，这也还该到员外跟前作别一声，尽个道理。不然，明日外人知道，反要谈论着大官人。"文荆卿微笑道："安童，你可晓得古人云：识时务者为俊杰。我家员外既做不得那仗义施仁的三叔公，教我大官人倒怎做得那知恩报德的苏季子？你看这粉壁上几行大字，句句说得明白。从此以后，我大官人若不得驷马高车，决不入此门了。"

安童道："大官人不肯去见员外，也听你主意。只待安童去禀个明白，免得日后员外寻访大官人踪迹不着，到把安童名字告到官司，那时做个逃奴缉获将来，便是浑身有口，也难分剖。"文荆卿怒道："咗！你这一个花嘴④的小厮，谁许你去禀知员外。

---

① 薄劣——低劣，拙劣。有时用为谦词。

② 颠蹶——困顿挫折。

③ 瓜瓞（dié）——大瓜、小瓜。瓞，小瓜。

④ 花嘴——花言巧语的嘴。

快去把那书案上剩的那一瓮雪酒携来，待我饮个痛快的上马杯，少壮行色。”那安童不敢回说，亟亟便去开了酒瓮携来。

你看他接过手，真个就如长鲸吸百川一般，霎时间咕都都一气饮得个罄尽，对着安童道：“好笑，那员外忒没分晓，别的教我大官人还可终身省得过，若是这件，可是一时省得的吗？哎，酒，酒，我只要和你相处情长，今日却也管不得至亲恩重。安童，趁我酒兴正浓，你可担了书囊，早寻去路便了。”

这安童就把书囊一肩担上，文荆卿便轻轻掩上书房，出得门来，走一步，回头一看。噫，这也是。

难撇至亲恩义重，临行十步九回头。

说那文安员外，哪里晓得他侄儿悄自不辞而去。及至黄昏，看见月明如昼，缓步徐行，来到书房门首。只见人影寂寥，花荫满地，心中想道：“我每常行到此处，唯闻吟咏之声，今夜原何悄然寂静，竟不见一毫影响？敢是那不孝畜生，又是中了酒，早早先睡熟了？”便轻轻把书房门扣了几下，再把安童连叫了几声，哪里有人答应，低头又忖道：“终不然两个都醉熟了？”便悄悄推门进去，开了窗棂，四下一看，并不见个人影，只见那案头只剩得几卷残书，壁上留几行大字。

文安员外从头念了一遍，呵呵冷笑道：“好一个痴儿，好一个痴儿！我把良言再三激励，只指望你早早回头，做一个长俊的好人，怎知你今日竟自不别而去。想起二十年来抚养深恩，一旦付之流水，还亏他反把语句来讥诮我，道是‘人言糟粕误生平’，道可是回答我叔父的说话！罢，罢。这正是：

指望引君行正道，反把忠言当恶言。

哎，畜生，畜生。看你久后，若是还有个与我相会的日子，只怕你掬尽湘江水，难洗今朝一面羞。那时待我慢慢问他个详细，且自含忍不题便了。”

却说文荆卿带了安童，离了姑苏城，朝行暮止，宿水餐风，行了半月，早来到临安府中。文荆卿道：“安童，你看，好一个临安佳地，比我姑苏也不相上下。但不知道这里哪一处有好酒卖，可去询问一声，沽饮几杯，聊消渴吻①。”安童道：“大官人，你看前面扯着一竿旗儿，上写着几个大字，敢是卖酒处了。官人何不走近前去，解鞍沽饮，有何不可。”文荆卿道：“且住，我尝闻得人说，临安府中最多歹人，白昼就要劫人财物，你可把行李小心担着，随我后来。”

你看两人不多时来到酒家门首。文荆卿抬头一看，只见那酒肆中，果然摆列得齐整，门前贴着两首对联，上写道：

武士三杯，减却寒威寻虎穴。

文人一盏，助些春色跳龙门。

文荆卿道：“安童，你去问那店主人，有好酒卖，我官人便进去沽饮。若没有好酒，还往别家去。”安童便担着行李，走进店中询问。店主人回答道：“这临安府中，除了我家卖的好酒，哪里还有第二家？请相公进来尝一尝就是。”

文荆卿便进内对店主道：“店主人，不敢相瞒，我们是姑苏人，来此探访朋友，你这店中若有便房，就与我洒扫一间，还要在此权寓几时，待访着了就行。一应租银店账，并当重重算谢。”店主人连忙答应道：“有，有，后面亭子上有一间空闲书房，原是洒扫停当的，就在那里如何？”文荆卿笑道：“如此恰好。”店

① 渴吻——亦作“渴胎”，谓唇干思饮。

主人便去拿了锁匙，开了房门，着他把行李一一收拾进去。

文荆卿道：“店主人，你去把好酒多开几瓮来，待我试尝一尝。”店主人便去携了一瓮久窨好酒，送与文荆卿道：“相公，似这一号的，需要二百文钱一瓮。”文荆卿道：“只要酒好，我也不惜价多。就是二百文钱，任你算罢。”

看他接过尝了几口，便不肯放手，把那一瓮霎时饮得罄尽，又叫道：“店主人，再取一瓮来尝尝。”店主人吃惊道：“相公尝酒，便尝了一瓮，若是沽饮，须得几百十瓮，看来才够。这样的酒量，还比李白、刘伶高几倍哩。”只得又去取一瓮来。这文荆卿接过手，就如饮水一般，嘟嘟的又把一瓮饮尽。店主人看了，摇头道：“相公，我这小店中，窨得几十瓮酒，早晚还不够答应①相公了。”

你看这文荆卿，一连饮了两瓮，便有几分醉意，免不得手舞足蹈起来，吩咐安童道：“天色已晚，快叫店主人掌灯。你去锦囊中取出那一张桐琴来，待我试操一曲，以消良夜，却不是好。”安童便把桐琴取上。

这文荆卿把弦和了一会，正要试弹，只听得耳边厢笙歌嘹亮，便唤店主人问道：“这是哪一家奏乐？”店主人道：“相公，今夜是二月初五，这前街有个贾尚书家，与小姐纳赘，在那里开筵宴客。”

文荆卿叹口气道：“苍天，苍天。我文玉原何②如此福薄，你看他那里闹喧喧送归鸳帐，我这里静悄悄独坐空房，怎不见怜

---

① 答应——犹供应

② 原何——亦作“缘何”。

也。”说不了，便跳起身来，把桐琴扑的撇在地上，厉声大叫道：“桐琴，桐琴！仔细想来，都是你耽误了我！昔日司马相如看上文君，俱托在弦上寄传心事，后来私奔，缔结良缘，皆仗你一臂之力。你今日若肯成就我文生，效一个相如故事，允不允便回答一声嘛！”

这正是冷眼觑醉人，看他睁睁瞧定了那一张桐琴，痴痴的只管望他答应。你道这桐琴可是会得说话的？那文荆卿也是醉后颠狂，只情喊叫。连那店主人不知什么来由，只道是他失心疯的。这安童在旁看了，拍掌大笑道：“我官人终日道是酒痴生，果然被酒弄痴了。这一张桐琴，又没个眼睛口鼻，会回答些什么？”

那文荆卿叫了半晌，并不见桐琴回答，便叫安童取一条绳子来，将他绑在椅上，着实打他一百皮鞭，稍代不应之罪。安童忍着笑，便去解下一条缚行李的绳子，把那桐琴果然绑在椅上。

你看这文荆卿打一下，问一句，连打了四五十下，便问了他四五十句，不觉身子醉来，扑的把皮鞭撇在一边，倒在地上。安童见他睡倒，连忙扶到床上，任他呼呼睡去，依旧把桐琴解下，收贮在锦囊内，便去烹茶伺候不题。

却说文荆卿睡到二更时分，渐觉酒醒转来，矇眬合眼，梦见一人，面如傅粉，唇若涂朱，头戴唐巾，身穿绯①服，手执大红柬帖，口称预报佳音。文荆卿便向梦中整衣趋步，下阶迎迓。两人相见礼毕，左右叙坐。那人就把柬帖送上，荆卿展开一看，上写着四句诗云：

好音送出画楼前，一段良缘咫尺间。

---

① 绯（fēi）——大红色。

莫怪风波平地起，佳期准拟蝶穿帘。

右梓童君题

文荆卿看罢，躬身拜谢。只见那人将手向东南一指，化作一阵清风而去。

文荆卿猛然惊觉，乃是南柯一梦。便把梦中诗句，默默牢记心头，暗自忖道："莫非我指日间有甚喜兆，故梓童君梦中特来预报？"次日起来，便问店主人道："你这里可有文昌帝君的殿宇吗？"店主人道："这里此去上东南三里路，有一所文昌殿，却是本处王侍郎老爷新建的。那帝君甚是灵应。相公，你敢是要求来科的佳兆吗？"文荆卿道："我正要去讨一个吉兆。"吩咐安童："快买香烛，随我同去。"

说这文荆卿带了安童，一直向东南上，走过三里，果见一所殿宇，甚是齐整鲜明，便走进去。抬头一看，只见那文昌神像与梦中见的一般模样，就倒身拜了四拜。祈一签，乃是大吉，便问庙祝取过签诗来看，原来那签中诗句与梦中柬帖上诗句一字无讹。心中暗喜道："缘何签上诗句与梦中诗句一般？想夜来托梦的，敢就是这庙中的梓童帝君了。"即便倒身，又拜几拜，欣然徐步走出殿门。

只见远远的一座高楼巍耸，文荆卿唤安童道："那高楼耸处，决是此处乡宦人家的园所。今既来到此地，也该遍览一番。终不然，'相逢不饮空归去，洞口桃花也笑人'。"二人不多时就已走到，果是一座花园。文荆卿站在园门首，仔细瞧了一会，只见那：

绿树垂阴，柴门半掩，金铃小犬无声。雕栏十二①，曲栏玉阶横。满目奇葩异卉，绕地塘，秀石连屏。徘徊处，一声啼鸟，惹起故乡情。

《满庭芳》

文荆卿喝彩道：“人说临安佳丽地，果然名不虚传。只不知这所花园，是哪一个老先生家的？若得进去，尽兴一观，也是今生有幸。”

说着，只见里面走出一个园公，手执着一幅画像。文荆卿近前拱手道：“借问园公，这一所花园是哪一家的？”那园公只是嘻嘻微笑，把手乱指，再不回答。

安童背笑道：“大官人，这园公是一个哑子，只晓得做手势儿，不会讲话的。”文荆卿道：“园公，你敢是个哑子，讲不出话么？”园公连忙把头乱点，嘻嘻又笑。

文荆卿道：“我且问你，这手中拿的还是什么画图，借我展开一看何如？”园公便又点头，双手递上。文荆卿展开，仔细一看，却是六个美人的图像，上写着“姑苏高屿”四字。文荆卿看了，暗想道：“那高屿是我姑苏城中一个有名画师，既是他的手制，决非寻常画像。”便问园公道：“园公，你而今将这一幅画儿要拿到哪里去？”园公连忙伸出手，做了一个手势。

文荆卿笑道：“哦，原来是要拿去换酒吃的。也罢，园公，我与你商量。这一幅画儿，你便拿到酒肆中去，不过换得几埕②。我今送你一百文钱，卖与我罢。”园公欣然把头乱点。文荆卿便

---

① 十二——形容数量多或程度深。

② 埕（chéng）——酒瓮名。

着安童："将那适才买香烛剩下的百十文钱，都送与园公罢。"那园公接了，连忙谢去。

这文荆卿恐怕有人认得是一幅美人图，便将来递与安童，好好藏在怀中。两个依旧转回店里。

毕竟不知后来那文荆卿曾访得这花园是哪一家建下的？这美人图是什么人留下的？再听下回分解。

第二十二回

哑园公误卖美人图　老画师惊悟观音像

诗：

佳人命薄叹淹留①，飘泊浑如不系舟。
选伎征歌何日尽，随行逐队几时休？
深愁肯使随花落，长恨何如付水流。
情到不堪回首处，伤春未已又悲秋。

刚才这一座花园，却是李岩刺史所建，名为丽春园。园中有一座高楼，就名为丽春楼，原与那些歌妓们行乐的去处。

刺史公存日，一生豪侠，不惜千金，遍游名郡，多买舞女歌儿，共得六人。一个个尽是倾城艳色，绝世奇姿。

那第一个最美丽风月的，唤作梅蕊珠，扬州人氏，年纪可有十七八岁，生的描不成，画不就，琼容瑶面，玉骨冰肌，堪称金屋多娇，不减昭阳女子。说他文技中，则琴棋书画，诗赋词章，般般细谙；女工内，则剪水裁云，描鸾刺凤，件件精通。更兼吹弹歌舞，侑酒持，总为泛泛末技。

那五个又比他略次一分，也有闭月羞花之貌，沉鱼落雁之容。一个唤作张弱秋，一个唤作李湘卿，一个唤作刘小玉，一个唤作张欲仙，一个唤作韩小小，俱是苏杭名那选来的绝色。

---

① 淹留——长期逗留，羁留。

那刺史公得了这六个，已遂平生愿欲，精集良工，遍搜名山异木，向那内庭中建了六座院房，把这六个女子分为六院，又总建一座高楼，就令梅蕊珠在内，朝夕与那些群妓们弹丝品竹，教演乐工，遂取名为蕊珠楼。上列着一个匾额，题着四个大字云："六院琼姿"。便到姑苏去请了一个有名的画师，把这六院女子总画作一幅美人图像，悬于寝室，以便昼夜提防。

这刺史公纵欲酣娱，朝欢暮乐，仅仅止有一年，不料一旦而亡。那夫人杨氏，待开丧事毕，便与族人计议把那六院女子一个个择配良人，各宜家室，方免有空老朱门效白头之叹。遂将那一幅美人图，与女孩儿若兰小姐收贮闺中，留作先人遗迹。

说这若兰小姐，却是李刺史亲女，年方二八，尚未适人。生得恭容绝世，旖旎超群，精善女工，兼通文翰。刺史公在时，多少贵族豪门央媒求聘，因老夫人十分爱惜，只是不肯轻许，以此蹉跎至今。

这也是小姐婚姻将至，时值天气黫黰①，这小姐把那幅美人图取将出来，展开一看，只见颜色渐渐消褪。便唤侍婢琼娥，携到园中芙蓉轩上，晒些日色。不料黄昏，琼娥顿忘收拾，却被那哑园公次日洒扫花轩，收拾了去。连他也不知什么画像，仔细一看，认得是几个美人。只道是一幅神像，料来也是换得几埕酒吃的。遂拿出园门，恰好又遇文荆卿，将一百文钱买去。

过了数日，将及刺史公忌辰，老夫人对小姐道："孩儿，十三日是你爹爹忌辰，我已曾吩咐院子整备祭礼，向灵前拜奠一番，以尽你我孝敬之心。只是一件，你爹爹生前至喜欢的，是那

① 黫黰（mòzhěn）——暗黑。黫，尘埃；黰，黑。

六院中歌姬。今日人亡时异，却也不须提起。你只去捡出向日遗下的那一幅美人图来，明日并列在你爹爹灵前，与他阴魂再一快睹，便得瞑目九泉。”

我看这小姐，听母亲问起美人图，心中仔细一想，霎时间玉晕生红，纤眉颦翠，便思量得起前日晒在芙蓉轩上，还未收拾回来。只得朦胧答应了母亲，走进房中，悄悄唤琼娥问道：“前日那幅美人图，可曾收拾在哪里？”琼娥听问，却便闭口无言，回答不来，痴痴的两眼观天，想了一会，道：“琼娥自知有罪，前日因侍小姐绣那一首长幡，与老夫人到崇祥寺去还愿，匆匆的到了黄昏，却不曾记得收拾。待琼娥再去寻一寻看。”小姐道：“你可再去寻一会来，有没有万勿与老夫人知道。”

这琼娥应了一声，也管不得二步挪来两步，连忙走到芙蓉轩上，四下搜寻，那里见有什么美人图？只见那哑园公恰好手提一只酒罐，拿了几文钱，正待出园沽酒。琼娥近前一把扯住，问道：“管园的，这芙蓉轩上前日晒着一幅美人图，敢是你拾了去？”那园公心中已自明白，只做不知，把手乱摇。那琼娥看他手里拿着几个钱儿，觉也有些疑惑，便正色道：“这园中再没有闲人擅入，你敢是拿到哪里卖闻钱么？”园公又把手摇了几摇。

琼娥道：“你若是收得，我去与小姐说，做一件新布道袍与你，再与你百十文钱，买酒吃罢。不然，老夫人知了风声，拷打起来，连你都有份了。”这园公见琼娥追问得甚紧，面孔通红，身上扑簌簌惊颤起来，失手倒把一只酒罐打得粉碎，放声大哭。

琼娥恐怕老夫人知道，连忙转身来见小姐，道：“小姐，不好了。那幅美人图却被管园的拾去卖与人了。”小姐惊问道：“呀，有这样事。你怎么知道？”琼娥道：“琼娥恰才正到芙蓉轩上寻觅，只见那管园的手拿了几文钱，提着一只酒罐，正待走出园门，被琼娥连忙上前扯住，仔细盘问。他霎时间面孔通红，仓皇无计，失手到把酒罐打得粉碎，对着琼娥放声大哭。”

小姐道：“事有可疑，那管园的每尝时，若不是老夫人尝赐，哪里有赚钱处？这决是他拿去卖与什么人了。你快快去对他实说，这是老爷遗下的故迹，明日老夫人知道，追究起来，不是当耍，毕竟要还个着落。他若果是卖与人去，我这里就加一倍利钱买回了罢。”

琼娥道：“琼娥适才原要对他是这样说，他便哭得不住。但恐老夫人在房中听见，漏泄风声，却不稳当。只得转来，与小姐商量个计较。”小姐道：“这也说得有理。事到其间，教我也没什么计较①。既然如此，且隐放在心，不要出口。待明日老夫人十分要取出来，再作理会罢。”

只见十三日侵晨②，老夫人把祭礼打点齐备，唤琼娥去对小姐说：“今日是老爷忌辰，请小姐早早起来梳洗，与我同向灵前祭奠。你去先取那幅美人图来，我这里等候张挂。”琼娥勉强答应，急忙走到房中，来见小姐。

原来小姐也正为着这一件事，强睡在牙床上，不肯早起。琼娥慌了，道：“怎么好？老夫人在堂前，等着美人图张挂。这件事今番决难遮掩，免不得漏泄了。”小姐道：“自古道：‘千丈麻绳，终须有结。’毕竟是瞒不过的。待我起来，自到老夫人跟前讨个方便③去。”

---

① 计较——计策、主张。
② 侵晨——天快亮时，拂晓。
③ 方便——给予便利或帮助。

看这小姐，便揭开锦帐，穿上罗襦①，也不管蒙头垢面，鬓乱钗横，匆匆来到堂前，与母亲相见。老夫人看见小姐这个模样，便问道："孩儿，这时候鸡声唱午，日上三竿，女孩儿家方才睡起，可也忒怠惰了。况且今日是你爹爹忌辰，我已曾唤琼娥来对你说，早早起来梳妆。缘何这时还是桃腮凝宿粉，檀口带残脂，却怎么说？"

小姐道："禀母亲知道，孩儿特为美人图一事，来到母亲跟前讨个方便。"老夫人道："正是，怎么那幅美人图不带了出来？"小姐道："母亲，那幅美人图，孩儿因前几日天色壓黰，恐怕消减了颜色，携向芙蓉轩上，晒些日色。不想那日因要绣幡还愿，匆匆到晚，不曾收拾得回来。前日母亲问起，孩儿便着琼娥急去搜寻，竟也不知去向。"

老夫人惊道："有这等事，美人图竟寻不着了。这都是琼娥那贱婢失于检点，快着落在他身上寻来。若没有时，就是一顿板子。"小姐跪下道："母亲请霁雷霆之怒，容孩儿一言剖决。琼娥失于检点，罪所固宜，若论起来，还该着落在管那园的身上寻来。"

老夫人连忙扶起，回嗔作喜道："孩儿，你岂不知道，爹爹存日，不惜千金重费，广置六院琼姿。今日人亡事异，仅仅止存得一幅美人图像，留为遗迹。是你我用得着的，便万两黄金也不轻售。那用不着的，便是十数文钱还嫌价多。也罢，你且进去，慢慢梳妆，待我着院子去唤那管园的哑厮来，问个详细便了。"那小姐谨遵母训，走起身，前唤琼娥一同进房，服侍梳洗。

---

① 罗襦（rú）——裙袄。襦，短衣短袄。

说这院子，承老夫人之命，来到园中，唤那哑斯。只见那哑斯吃得醉醺醺，红头赤脸，倒在芙蓉轩上。院子道："管园的，老夫人唤你，有话吩咐。"那哑斯把手摇了两摇，又把眼睛合了一合，只是不肯爬起身来。院子道："你敢是吃醉了，要睡着么？"哑斯把头点了一点。

院子随口道："你不去也罢，只怕一个好机会失错过了。"那哑斯听了这一句，慌忙一骨碌跳起身来，就要同走。院子道："今日是老爷忌日，老夫人设下牲礼祭奠，敢是要与你些酒食。"这哑斯便欣欣然同院子来到堂前。

老夫人问道："管园的，你老大年纪，也不知些世事。那一幅美人图，是老爷遗下的故迹。你缘何悄悄窃去卖与别人，能值几何？我这里与你些钱儿，早去取赎回来，还赏你几罐酒吃。若是东遮西掩，明日访着踪迹，只怕你悔之无及。"哑斯听了，磕头就如捣蒜，再也不肯承认，把手向着琼娥频指。

老夫人喝道："胡说。这若是在小姐房中遗失去的，自然着在这贱婢身上寻还。既在芙容轩上失去，岂不要在你身上着落？况那园门扃①闭，便是鸡犬也走不进来，有谁擅入园中？这不问自明，是你窃去。"那哑斯一时心慌，便把手向天指一指，又向天拜了一拜，止不住泪如泉涌，就连磕了十数个头。

老夫人道："可知道天网恢恢，疏而不漏。且住，待我向老爷灵前祭奠过了，慢慢问你，少不得要个着落。"哑斯只站起身，伺候老夫人祭奠完毕。小姐道："管园的，这件事不是当耍的，你去取得回来，我与老夫人说，重重赏你。"那哑斯便向小姐跟

① 扃（jiōng）——门窗；门户。

前双膝跪下，放声大哭。

那小姐恰是有一点恻隐心的，见他如此模样，唯恐果是外人窃去，连累着他，只得替他向老夫人跟前讨个人情道："孩儿有句不知进退的说话，启上母亲，那幅美人图，这时陡然记得起，恰不是这哑厮窃去。"老夫人道："孩儿既在那芙蓉轩上失去，不是哑厮，却是谁来？"小姐道："孩儿想得，前日夜间风紧，敢是吹出在园外去了？"

老夫人便仔细想了一会儿，才有几分肯信，暗点头道："这或是被风吹到哪里，也不见得。唤这哑厮且站起来，我看小姐分上，饶过你这一遭。"那哑厮听说，真个是转祸为祥，就向老夫人、小姐跟前磕头叩谢，起来站立在旁。

老夫人道："今日若非小姐思想得到，莫说你是讲不出话的一个哑厮，便是浑身有口，也难分辩。只是一件，我看你这许多年纪，早晚洒扫园亭，灌植花木，也任不得那般勤苦。"吩咐院子："明日到南庄去，着一个后生的回来，换他去吃几年自在饭罢。"

院子回答道："老夫人，这管园的有一腊瘰兄弟，今年二十余岁，做事倒也伶俐，而今现在南庄上牧养牛羊。何不明日打发这管园的去，换他兄弟回来管园就是。"老夫人道："言之有理。你明早起来，一壁厢打发这哑厮往南庄去，换那牧童回来，一壁厢还去写几张招子①，把那美人图各处再寻一寻。"

说这院子，次早起来，遵着老夫人严论，把那哑厮发出门，随即写了几张招子，到处一贴。上云：

---

① 招子——招贴。

李府自不小心，于本月初十夜被风吹出美人图像一幅，上有“姑苏高屿”四字，不知遗落何处。倘有四方君子收获者，愿出谢银若干，知风报信者，谢银若干。决不食言，招子是实。

那院子把招子四路贴遍，并不见一毫消息。

老夫人见没处寻觅，终日快快不乐，抱闷在心。一日，若兰小姐慰解道：“母亲，孩儿尝闻古人有云：‘得马未为喜，失马未为扰’。只是一件，孩儿若是别样花卉，便能想象，向针指中刺绣得出。这一幅美人图像，孩儿便要刺绣将来，终难下手，却怎么好？”老夫人道：“孩儿说哪里话。那美人图，原是丹青画就，岂是针指绣成？”小姐道：“母亲，一发是容易的事。孩儿想，这世间难道只有这一个画美人图的丹青妙手，别没了第二个画师？便去再请一个有名的来，重画一幅就是。”

老夫人笑道：“孩儿言之有理。你却聪明了一世，我做娘的到懵懂在一时。”便唤院子来问道：“道临安府中哪里有出名的好画师么？”院子回答道：“老夫人在上，这本处没有出名画师。若要画些花卉鸟兽，便是这里转弯有几个画工，也将就用得。若要从前画那一幅美人图像，决要到姑苏去请那个当年老爷在日原画这美人图的老画师高屿到来，方才合适。”老夫人道：“我想，老爷初请他来画这美人图的时节，那高画师年已衰迈。至今又隔了几年，也难卜他存亡踪迹。”院子道：“那高画师两月前，贾尚书老爷曾特地请他来画了几幅寿轴，才回到姑苏不多几时。”

老夫人道：“既然如此，姑苏却有多少路程，须要几个日子，方才得到？”院子道：“此去姑苏约有一千余里。若要来往，须得一个月余。”老夫人道：“也罢。我就多与你些盘缠，今日便要你起身去走一遭。只是早去早回，免使我在家悬悬久望。”

说这院子，便去收拾行李，乘着便船，一路顺风，不上六七日，就到了姑苏城。遍处寻访，方才觅得高画师居处。

说这高屿画师，原是姑苏人氏，一生唯以丹青自贵，也算得是姑苏城中第一个名人。聘请的俱贵戚豪门，交往的尽乡绅仕宦。

这院子走到他家门首，只见一个后生执着柬帖，正待走进门去。院子上前道个问讯，后生道："老哥是哪里来的?"院子道："小可是临安府李刺史老爷家，特来相请高画师的。"后生道："来得恰好，我家画师正待这两日内要到临安贾尚书老爷府中贺寿。请到堂前少坐，待我进去说知。"院了便到堂前坐下。

这后生进去不多时，只见那老画师扶着一个小厮，慢慢地走将出来。院子连忙站起，仔细观看那老画师：

皓首飞星，苍髯点雪。戴一方乌角巾，提一条蛇头杖。越耳顺①未带龙钟②，近古稀少垂鹤发。潇洒襟怀，谁识寰中③隐逸；清奇品格，俨然方外④全真。

那老画师笑吟吟问道："足下是何处来的?"院子道："小可是临安李刺史老爷府中，特来相请。"老画师道："那李刺吏，莫非是数年前接我去画美人图的么?"院子连忙道："那正是我老爷。"

老画师道："你刺史老爷已亡过数年，足下还是奉何人台命，不惮千里而来，相召老夫?"院子道："小可正奉老夫人之命，敢

---

① 耳顺——代指耳顺之年，借指六十之数。

② 龙钟——衰老貌。

③ 寰中——宇内、天下。

④ 方外——世俗之外，神仙居住的地方。

迎老画师同到临安，重画那一幅美人图像。”老画师道：“原来如此。老夫日内正欲买棹①亲抵临安，到贾尚书府中贺寿。既是老夫人相召，顺便趋往就是。”吩咐家童快备茶饭款待。便留院子家下住了两日，再去买了船只，一齐同到临安。

老画师到李刺史家，便请老夫人相见。老夫人道：“老画师愈比当年精健了。”画师道：“老夫人在上，老夫记得昔年刺史老爷命画美人图的时节，至今又越数年，真同一瞬。今日不知老夫人相召，有什指教？”

老夫人道：“老画师请坐，今有一言咨启。当年先人存日，不惜千金，广置歌姬六院，便延老画师画作一幅图像。谁知先人倾逝之后，六院歌姬尽皆星散。但是仅仅遗下得那一幅美人图，留为故迹。不期月前偶然失去，竟无寻觅。这是先人故物，岂可一旦轻遗。老身想得，当年那一幅原是老画师手就，至今虽隔数载，料然老画师未得顿忘。因此特地遣仆远驰，迎到寒家，敢求佳笔。”

老画师听罢，沉吟半晌，方才回答道：“那幅美人图，虽是老夫向年画就，那时节有六院美人面貌现前。今日人亡岁久，教老夫一时落笔难成，这却如之奈何？也罢，老夫不敢推阻，只求老夫人吩咐洒扫一间幽静书房，待老夫慢慢用些细巧工夫，想想画一幅儿便了。”老夫人便唤院子收拾了一间书房，摆列下金笺玉砚，便把老画师延入。

原来这书房中原挂着一幅观音佛像，刺史公在日，早晚焚香供奉，祈祷甚灵。自刺史公亡后，一向没人奉祀，久绝香火。每

---

① 棹（zhào）——摇船用具。亦指船。

尝时，白昼里就向书房现出金身，这也是那观音大士欲显灵通。

这画师独坐空房，对着笺，蘸着笔，尽尽①想了一日。看看想到天晚，方才有些头绪。正待提起笔来，只见满房中霞光闪烁，瑞气纷腾，忽然现出一座金身，恰正是观音大士神像，左边善财，右边龙女，手执着杨柳净瓶，脚踏着莲花宝座。老画师见了，慌慌张张跪下叩首道："大士白昼现身，敢是触悟弟子一时迷性?"恰便低头就拜，只见一时间霞光散去。

老画师连忙站起，正待走到堂前，说与老夫人知道。忽见那桌上已列着一幅现成画像，便展开仔细一看，上有"姑苏高屿"四字。原来就是向日失去的那一幅美人图，却被观音大士摄取转来。

这老画师见了，满心欢喜，连忙拿了，急急走到堂前，送上老夫人，便把观音大士现出金身，一一备说。老夫人便请小姐出来，一同细看，果然是那一幅美人图像。老夫人喜道："这非是老画师入神摹想，怎得观音大士显此灵通?"随唤院子，当晚整备齐供，先向神前叩谢。

次日，安排酒肴，又取出白金十两，奉酬了老画师。这画师再三推逊不过，只得勉强收下，遂拜辞了老夫人，竟到贾尚书府中贺寿。后被贾尚书苦苦相留，又盘桓了十数日，方才回转姑苏。

毕竟不知那幅美人图被观音大士摄了回来，这文荆卿后来怎地得知消息？且听下回分解。

---

① 尽尽——全部；充分。

第二十三回

诉幽情两下传诗　偕伉俪一场欢梦

诗：

女貌才郎两正宜，从天吩咐好佳期。
拨雨撩云真乐事，吟风咏月是良媒。
襄王已悟阳台梦，巫女徒劳洛水悲。
锦帐一宵春意满，不须钻穴隙相窥。

说这文荆卿自得了那幅美人图，心中老大欢喜，就如珍宝一般爱惜，不忍轻弃，便收贮在那锦囊内。每至黄昏灯下，取将出来，展玩一番。只见那夜月光惨淡，花影纵横，唯闻一派鸟声断续，陡然惹起乡心，遂向灯前口占一绝云：

孤枕孤衾独奈何，几宵孤梦入姑苏。
醒来怕对孤灯照，闪得孤影分外孤。

吟毕，便唤安童道："我今夜兴味萧然，寂寥倍甚。你去对店主人说，把昨日窨下的新刍①提一瓮来，明日一并算账。"安童摇手道："官人，这遭教安童也难去对他说。我想，到他店里将及一月有余，租钱不要说起，便是酒也吃了他百十余瓮，哪曾有分文付他。明日算将起来，把安童作了酒账，也还是扯不直来。"

文荆卿道："哇！小厮出言无状，况我嫡亲叔父，尚且不能

① 新刍——当作"新酿"之谬。

禁得我饮酒。你样说，到要思量拘管我么?”安童道：“大官人，又错怪着我了。你莫说是吃他百十余瓮，就是吃他百千余瓮，也与安童有甚干涉？只虑一件，大官人那日来得忒甚匆忙，又不曾设处得些盘缠，只是囊箧①空虚，明日店主人把租钱酒账开算起来，终不然唱一个喏儿，随我们踱出门去。大官人，你便官模官样，他还让你斯文一脉。那时到与安童费唇费舌，可不是教我进退两难。”

文荆卿听他说罢，低头暗想一会，便微笑道：“小厮果然句句讲得有理，真个错怪了他。算来百十瓮酒，就得几十贯钱，若再积上几十瓮，明日哪得这若干钱来还他酒债。俗语云：相逢尽道谁家好，不饮由他酒价高。只是我酒痴生从来没个断酒之夜，今晚没奈何，试断一断罢。安童，我听你适才说那几句，甚有几分道理，倒把你错埋冤了。只一件，看这月白风清，迢迢良夜，教我旅况凄其，孤眠难觉，怎捱得那般滋味？你与我把窗儿半掩，放些月色进来，再把那幅美人图像取将出来，待我细细看玩一回，以消睡魔便了。”

安童道：“大官人，说便是这样说，酒还是断不得的。安童适才将就携得几杯在此。”文荆卿笑道：“安童，既是还有几杯酒儿，你何不早说？”安童道：“大官人开着口就是一瓮两瓮，教安童怎么好说。”文荆卿道：“你快去拿来，待我将就饮了，捱过今夜罢。”安童便去携了一把小小瓷壶，里面止有三四合酒，却正是昨日的新刍。

文荆卿接过手，掀起壶盖，把鼻孔嗅了两嗅，拍掌大笑道：

---

① 箧（qiè）——小箱子。

"这还是我酒痴生酒运未衰，毕竟绝处逢生。今夜这几合酒，就如几瓮一般，莫要浪费饮尽了。安童，快把美人图取来展开，权当一品肴馔，待我慢慢的畅饮一杯，有何不可。"安童连忙走向案上，提出锦囊，摸了半日，摸个不着。再将灯来，各处搜寻，哪里见有什么美人图。便来回答道："大官人，你今日也是美人图，明日也是美人图，这美人图今也不知去向了。"文荆卿道："胡说。我昨晚还取出来，向灯前展玩，难道今日就没了踪影？况这房中又没人来往，终不然被谁私窃了去？早早还向各处寻觅一番。"

安童道："大官人，我却想得起了，前者自从买回之后，只见到处尽贴招子，说是什么李府失去美人图一幅，收获者谢银若干，报信者谢银若干。想是官人昼夜展看，倒被这店主人弄去了，赚他的赏钱，也不见得。"文荆卿惊疑道："那招子果是你亲见来么？"安童道："终不然又是安童吊谎？明日就与大官人同去看个仔细就是。"

文荆卿道："且住，这就是店主人窃去了，还不可便去问他。只待明日依旧去站在那花园门首，伺候那个当日卖与我的哑园公出来，问个明白，然后再与他讲话，也未为迟。"安童道："大官人，这正是闭口深藏舌的，是个道理。"文荆卿便吩咐安重，掩上窗儿，早早收拾睡了，明早起来同去。安童领诺，是夜寝睡不题。

却说文荆卿次日同安重，来到花园门首。只见紫门半掩，静悄无人。两个等了半日，哪里见有哑园公出来？安童道："官人，我们站这好一会儿，并不曾见个人影，终不然那哑园公一日不出来，我们就等一日，一年不出来，我们就等一年？且待我走进去，打探一个消息。”文荆卿道：“安童讲得有理。若是进去，见了那园公，须悄悄唤他出来，待我问个详细。”

你看这安童，轻轻推开了那两扇园门，到做出大模大样，慢慢踱将进去。转过木香棚，又过蔷薇架。只见满园中都是奇花异卉，开得芳菲烂漫，一步走一步夸奖道：“好一座齐整的花园。便是蓬莱瑶岛，却也差不分毫。”渐渐的又走到芙蓉轩，抬头一看，见那高楼上站着两个女子，生得姿容绝世，正在那里展开一幅画儿，仔细看玩。

你道那两个女子是谁？原来一个就是李若兰小姐，一个是侍婢琼娥。那一幅画儿，原来就是观音大士摄回的美人图。这安童连忙闪避在那花荫下，远远定睛偷看。只见那侍婢把那幅画儿背将转来，却被安童认得，他恐楼上瞧见，不当稳便，轻轻的依着旧路，走将出来，对着荆卿道：“官人，古人说得好：莫信直中直，须防人不仁。那一幅美人图，果被那店主人窃去了。”

文荆卿道：“你可访着些信息？”安童道：“官人，安童走将进去，那园中的齐整都不要讲起，只见高楼上站着两个内家①，不过二八青春，生得如花似玉，百媚千娇，正在那里展开一幅画儿看玩。安童仔细偷瞧一会儿，原来就是那幅美人图。”

文荆卿听说，便喜滋滋问着安童道：“有这样事？你却认得真，果是那幅美人图？莫要错看了。”安童道：“而今待安童在这园门首等候。大官人，你悄悄进去瞧一瞧看。”这文荆卿适才听说有两个内家，便拴不住心猿意马，轻轻走将进去，恰好那小姐还未下楼。

① 内家——指良家妇女。

那小姐在楼上瞧见这文荆卿，人品少年，更加风流俊雅，心中便已十分可意。遂伸出纤纤玉手，轻轻把两扇窗儿半开半掩，仔细瞧了一会儿，蓦然惹起闺情。便说一句话儿，先赚了琼娥下楼，遂展娇喉，吟一绝云：

睡起无聊闷不开，春情缭乱倩谁排？

桃花欲向东君放，借问刘郎①何处来？

文荆卿听罢，暗自夸奖道："好一个着人的小姐。听他细语娇声，犹胜新莺巧啭；藻词秀韵，还过绝蕊初开。那诗中语句，分明默露春情，倒有几分见怜我文生的意思。不免也吟一首，回他则个。"遂吟云：

误入桃源津已迷，徘徊花外听莺声。

胡麻果作刘郎糁，好敕仙娥指路歧。

那小姐听罢，便叹了一声道："好一个风流才子，不知是哪一家的？听他，其音清，其词丽，非大有才识，何能以诗自媒。"言未了，只见琼娥忙来迎请道："小姐，老夫人等你去吃早膳。"这小姐正欲慢谈心曲，忽被琼娥走到，心下仓皇无计。没奈何，只得下楼进去。

说这文荆卿，闪在花荫下，站了一会儿，侧耳细听半日，不见那小姐做声。抬头一看，只见那楼窗已闭，人影悄然，便道："呀，原来那小姐已下楼去了，我还在此作甚？倘被人来瞧破，把甚言语抵对？只是一件，那小姐适才诗句分明为我而吟，只不知几时才得一场清话，这相思真害杀我也！"

你看他就如失了魂，掉了魄一般，曲着身，悄悄闪出花荫。

---

① 刘郎——指唐诗人刘禹锡。刘禹锡诗《再游玄都观》有"前度刘郎今又来"句。

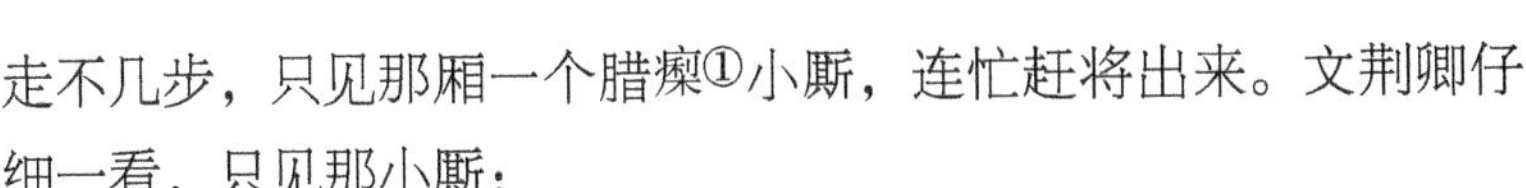

走不几步，只见那厢一个腊瘌①小厮，连忙赶将出来。文荆卿仔细一看，只见那小厮：

头如芋子，顶似梨花。一阵风飞来玉屑，三竿日现出银盔。几茎黄毛，挽不就青螺模样；一张花脸，生将来粉蝶妆成。闹烘烘逐不去脑后苍蝇，气呼呼撇不尽鼻中蚯蚓。这正是哑园公同胞的嫡派亲兄弟，新下南庄小牧童。

那牧童喝道："哇！你这偷花贼又来了么？"文荆卿连忙回答道："小生为寻那个管园的哑园公相见一面，岂为着偷花而来？"牧童笑揖道："区区②冲撞了。官人，你道那哑园公是谁？便是区区嫡亲哥子。他多时不在这里管园了。"文荆卿道："既不在此管园，他却往哪里去了？"牧童道："官人，说起话长。他前月在这园中遗失了一幅美人图。我家老夫人说他有了年纪，园中照管不到，把他打发到南庄去了。"

文荆卿笑道："小哥，还要问你个明白。那哑园公既然打发了去，后来那幅美人图可曾寻得着么？"牧童道："官人，说起一发好笑。我家老夫人自失去了美人图，终日忧忧闷闷，特着人到姑苏接了一个有名画师，正待从头画过。不想那观音菩萨出现，竟把那幅失去的美人图端然摄了转来。"文荆卿听说，痴呆半晌，道："有这样事？"心中便也多信少疑，正要仔细再问，忽听得里面大叫道："牧童，小姐等你折花来哩。"这牧童不及细说，回身便去。

文荆卿见牧童走去，匆匆步出园门。只见那安童正坐在园门槛上呼呼打着瞌睡。文荆卿悄悄将他唤醒，恐怕漏泄风声，再不

---

① 腊瘌（lì）——癞痢头。长黄藓的头。

② 区区——旧时谦词，我。

说出一句，两个竟自回转店里不题。

却说那牧童，便去折了几枝花儿，正待送与小姐，走到堂前，只见老夫人端然坐着。他便慌慌张张，上前叫了一声。老夫人道："牧童，我这几日身子有些不快，一向不曾检点，也不知那园中洒扫得如何？那些花卉，灌植得何如？"

牧童连忙跪下道："老夫人在上，牧童初到的时节，只见那园中：

墙垣坍塌，一堆堆破瓦残砖；花木凋零，一树树枯枝败叶。荼蘼院，牡丹亭，两边厢东西倒坏；歌舞楼，秋千架，四下里左右倾颓。阶砌上，无非那野草闲花；庭榭中，尽是些蛛丝鸟迹。"

老夫人道："这都是那哑厮在时，作事懒惰，以致如此。你且说今番何如？"牧童摇头道："今番比前番大不相似。那园中收拾得齐整，不须说起。只是那些花卉，就比前番也灌植得十分茂盛。但见那：

百花竞秀，万卉争妍。红紫斗芳菲，拴不住满园春色；妖娆争艳冶，扫不开遍地胭脂。几阵香风，频送下几番红雨；一群啼鸟，还间着一点流莺。觅蕊游蜂，两两飞来枝上；寻花浪蝶，双双簇列梢头。数不尽半开半放的花花蕊蕊，描不来又娇又嫩的紫紫红红。唯愿得老夫人心中欢喜日，恰正是小牧童眼下运通时。"

老夫人道："也罢。明日待我往院中一看，倘是那些花卉果然开得茂盛，这是你灌植有功。拣个好日，把那服侍小姐的丑姑儿赏与你做了老婆。"牧童听说，止不住嘻嘻便笑，低头叩谢道："牧童先谢赏了。"

老夫人道："且去，若果灌植得好，方才有赏。若是仍前荒废，连你哥子的旧账，一并算在你身上。"牧童道："不敢。"老

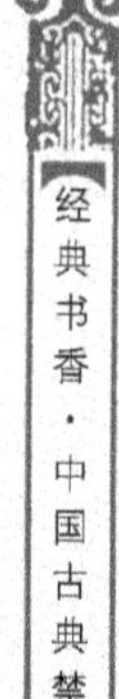

夫人道："你将花来放在这里，唤琼娥出来，送与小姐。你快到园中用心照理，恐有偷花的进来，侵损了不当稳便。"牧童便把那几枝花儿放在椅上，磕个头，起身走去不提。

再说那李若兰小姐，自在丽春楼上瞥见文荆卿之后，整日忘餐废寝，抱闷耽愁，何曾一刻撇得下那一点相思念头。老夫人见他如醉如痴，但是女孩儿家心事，又不好十分盘问。

那小姐看看捱过半月，忽一日起来，蓦然间隐几卧去。梦见独自闲步园中，只见那生复来花下，瞥见小姐，便整衣趋步，殷勤向前，深深拜揖。小姐虽认得是前番所见之生，一时满面娇羞，闪避无地，只得勉强回答一礼。

那生便笑吟吟道："小姐，小生自前日俄闻佳咏，恍从三岛[①]传来；今睹芳容，疑向五云[②]坠下。令人役梦劳魂，不知捱几朝夕。未卜小姐亦有怜予念否?"小姐低声回答道："君既钟情于妾，妾敢负念于君？但虽有附乔之意，恨无系足之因，如之奈何？君如不弃，且随妾到那厢玩玩花去。"

那生迎笑道："深蒙小姐垂爱，没世难忘。但名花虽好，总不如解语花。趁此园空人静，今日愿得与小姐一会阳台，铭心百岁。若是不饮空归，那洞口桃花，笑人村[③]煞也。"小姐道："妾便与君缔好，亦芝兰同味。但是闺中老母，户外狂狙，一玷清名，有招物议。"

那生道："小姐说哪里话。岂不闻柳梦梅与杜丽娘故事，

---

① 三岛——蓬莱、方丈、瀛洲。
② 五云——五色瑞云，多作吉祥的征兆。
③ 村——痴。

先以两意相期，后得于飞①百岁，至今留作美谈。况小生与小姐，皆未婚娶，今日若使事露，老夫人必当自为婉转成婚，岂不更妙。”小姐听说，半推半就，含怯含羞道：“这青天白日干这样事，倘是有人撞到，却不稳便。也罢，且随我到丽春楼上来。”

那生喜不自胜，遂与小姐携手登楼，便向椅上，与小姐松玉扣，解罗襦，两情正洽。那小姐却温玉生香，满怀春意。就向画楼中携云握雨，倒凤颠鸾。

待一番云雨事毕，那生欣欣的道：“小姐，今日此会，幸喜无人知觉，何不就把春兴试共一谈。”小姐掩口道：“起初时，我却如望雨娇花，着一点滋荣一点。”那生道：“我却如奔泉渴马，饮一分通泰一分。”小姐道：“后来时，我却如含一粒金丹，俗骨从半空化去。”那生道：“我恰如入九天洞府，仙风自雨胁生来。”小姐笑道：“君可谓得个中趣矣。”那生亦笑道：“彼此，彼此。”

小姐道：“我们且下楼去，向花前掇采些余香，以消清昼。”那生欣然携手下楼，慢慢行至曲栏杆外，见池内双凫戏水，那生遂将石子与小姐下赌打，偶然失足，堕落池中。

那小姐方才惊醒，口里连叫那生几声。矇眬开眼，只见琼娥捧着一盏茶儿，站在身边伺候，见小姐卧起，低低问道：“小姐缘何卧了这半晌，这一盏茶冷了又温，温了又冷，不知换过几次。”小姐道：“琼娥，我适才卧去，你听我说些什么来？”琼娥摇头回答道：“一句也没有听见小姐讲。”小姐道：“你再去把茶略温一温来我吃，吩咐那丑姑儿，快到园中与牧童说，只看那开

① 于飞——喻夫妻同行或恩爱和合。

得可爱的花儿，折两朵来与我，再来伺候梳妆。”琼娥听说，便轻轻走出房门。这小姐慢慢站起身来，恰才打点梳洗。

毕竟不知那丑姑走到园中，见了牧童，有甚说话？且听下回分解。

第二十四回

丑姑儿园内破花心　小牧童堂上遗春谱

诗：

可惜青年易白头，一番春尽一番秋。
鬼病难换青昼永，闲愁犹胜白云浮。
划损金钗心悄悄，敲残玉漏梦悠悠。
一点灵犀难自按，谩教花下数风流。

说这丑姑儿，原是在小姐房中服侍的一个使婢，年纪可有十七八岁，眼大眉粗，十分丑陋。小姐嫌腌臜[①]，凡一应精细事务，件件唤着琼娥，再不肯落他手里。只拣那粗夯用气力的，便唤着他做些。倒有一件，这丑姑人都看他不出，丑陋中带着几分丰趣，年年至三月天气，便有些恹恹春病，攒着眉，咬着指，就如东施效颦一般，便熬不过那般滋味。有诗为证：

几度伤春不自由，投桃无计枉孱[②]愁。
谁知传命宣花使，顷刻推门指路头。

琼娥正去唤他，走到房门首，只听得他在里面唧唧哝哝，自言自语，句句都是伤春的说话。琼娥听了，悄悄推进房门，掩着口，忍不住笑道："丑姑，小姐着我来吩咐你，到园中唤牧童折花哩。"丑姑道："姐姐，瞒你不得，小妹妹正花心动在这里，一

---

① 腌臜（ā' zā）——肮脏不洁。
② 孱——窘迫。

步也行走不动。做你不着，替我走一遭罢。”琼娥道：“呸，羞人答答的，丫头家，亏你说这样话。”丑姑摇头道：“姐姐，你莫要是这般说。我的心，就是你的心一般。而今三月天气，那猫狗也是动情的时节。怎说得这句自在话儿？”

琼娥道：“你快噤声，隔墙须有耳，窗外岂无人？只是你我两个讲讲，还不打紧。倘是老夫人听见，这着实一顿打，决不饶恕。”丑姑笑道：“姐姐说得有理，小妹子今后痛痒只自得知罢。”琼娥道：“不要闲说，小姐等着要花。我先去伺候梳妆，你快吩咐牧童来。”琼娥说罢，便转身先去小姐房中，服侍梳洗。

你看这丑姑，慢慢的拖着一双脚，带两只鞋片，一步步走到园中。四下一看，哪里见个牧童？便作娇声叫道：“管园的牧童哥，哪里去了？小姐等着花哩。”

原来这牧童恰正脱去衣服，赤着身，露着体，坐在那水边石上洗澡，听得唤他名字，暗自惊疑道：“哪里来这一个娇娇滴滴的声儿？”连忙带着水一骨碌站起身来，抬头仔细一看，又不见个人影，便厉声答应道：“牧童在这水池里洗澡哩。”那丑姑听说洗澡，却也是有心要看牧童身边那件东西，忙忙的走到池边，只见他那件东西劈空发起性来，真是十分厉害。

丑姑看了，假意儿掩着口道：“呸，小的家好不识羞，倘是老夫人、小姐劈头走到，只说我们思量干什么歹事。还不起来，快快拭了浴，折花与小姐去。”

你看这牧童，也等不得拭干身上，连忙披了衣裳，系了暖肚，笑嘻嘻上前就把丑姑搂住，做了一个嘴，道：“丑姑的心肝，我牧童为着你，险些儿害了一场老大的相思病。这也是今日天缘凑巧，来得恰好，就在这芳草坡上，大家去其衣，解其裩，耍一个快活去。”那丑姑扭着头道：“啐，不知死活的冤家。老夫人知道，不晓得你要偷婆娘，倒说我来拐小官。那时打得十生九死，怎么是好？”

这牧童只是一把扯定，哪里肯放，迎着笑脸道：“丑姑，你且听我说一个正经道理。那日老夫人曾有言在先，说是：‘牧童，那园中的花卉若是灌植得好，拣一个好日子，把那丑姑与你做了老婆。’只见前日老夫人与小姐踱到院中，看了这些红红绿绿、娇娇嫩嫩的花卉，果是开得茂盛，心中着实欢喜。又对我说：‘牧童，我看你小小年纪，到也中用，那丑姑今番决要与你做老婆了。只是看个官历上的好日成亲。’那时我便跪将下去说：‘牧童多谢老夫人抬举，只是年纪幼小，那件事儿不会得干，明日丑姑要退起婚来，便吃他勒掯①哩。’老夫人道：‘且去，我自有道理。’我答应道：‘是。’方才站起身来。这句句都是老夫人亲口说的，我两个免不得是一对花烛夫妻。只是孔夫子老官说得好，也有生而知之，也有学而知之。今日悄悄两个先偷一偷，学一个手段去。”

丑姑半推半就道：“这都是你的花嘴，老夫人决没有这样话。我妹子便是长了十六七岁，自不曾经过这件风霜。难道是娇娇嫩嫩的一点花心，倒被你这一个游蜂采了去不成？”牧童欢喜道：“你虽然是个黄花女子，我区区到也不敢相瞒，说实落是个黄花小官。今日黄花对黄花，大家耍一耍。”说不了，又做了一个嘴。丑姑假怒道：“啐，不知进退的东西。要说便说，做些什么嘴，调些什么情？看你这一副腊瘰嘴脸，就生得潘安一般标致，我也

① 勒掯（kèn）——强迫。

是不敢从命的。”牧童又笑道：“你若憎嫌我，便少做了几个嘴罢。”就将他一把扯倒。

这丑姑恰才口里虽是这样说，心里实是想着的。你看他假意儿左挣右挣，低低叫道：“牧童哥，我妹子也没奈何，今日着在你手里了。只是我来了好一会儿，若是小姐着人来唤我，瞧见了，便做将出来。还到那芙蓉轩后，地板厅上，耍一耍去。”

牧童依言，就走起身，紧紧扯住丑姑一只手，只恐怕她跑了。来到芙蓉轩后，这牧童先替她松衣解带，再自己脱了下身衣服，露出那件东西，更比方才洗澡的时节愈加坚硬。这丑姑看了，半惊半怯，惊的是，犹恐有人瞧见，吹风到老夫人、小姐耳朵里去。怯的是，长大这般年纪，自不曾尝过这件东西，甜酸苦辣，怎么样的滋味。低低叫道：“牧童哥，我妹子怕当不起哩。”

这牧童见他装出模样，愈加发兴，便叫道：“丑姑的心肝，我和你一场好事，不要耍得没兴。我前日下南庄来，曾废了几个钱，买得一本春意。将来瞌睡的时节，看一看，便高兴起来，哪里禁得过。一向带在身边，不曾看着。我今日拿将出来，和你照依那上面做个故事儿罢。”说不了，把一只手便向腰边囊肚里摸将出来。果是一本小小印现成的春意谱儿，上面都是些撒村①撒村的故事。丑姑斜着眼，看了一张道：“牧童哥，我妹子怎么比得这个惯经的？只是尽着兴，弄一会儿便罢。做些什么故事？”

牧童就依着他说，腾的跨将上去，用了些甜言蜜语，款款轻轻，扳将起来。

---

① 撒村——说粗鲁话。

两个正在兴酣之处，你又不割舍我起去，我又不肯放你起来，哪里还管什么有人瞧见，牧童便也顾不得捣破花心，尽力抽送。这丑姑恰才抵挡不住，扑簌簌泪珠垂下，口中咿咿唔唔，只甚叫喊起来。

不想那小姐梳洗了半晌，还等不得丑姑的花到，便着琼娥来到园中厮唤。哪里见什么丑姑？又把牧童叫了几声，也不见他答应。看看走到芙蓉轩后，只听得他两个咿咿唔唔声响。轻轻向壁缝里张了一张，只见他两个正情浓意蜜，一个就如饿虎吞羊，一个便如娇花着雨。又仔细听了一会，两个说的都是些有趣的话儿。有诗为证：

蜂忙蜂乱两情痴，啮①指相窥总不知。

如使假虞随灭虢，岂非愈出愈为奇。

这琼娥却熬不过，紧紧咬着袖口，站在芙蓉轩外，瞧一会儿，听一会儿。欲待进去叫他一声，恐扫他两人高兴。欲要待他事毕，又恐小姐亲自走来。左思右想，只得轻轻走到轩后，把两个指头向软门上弹了一弹，道："丑姑，你却受用得快活，那小姐等得心焦哩。"牧童听见，也管不得兴还未过，连忙爬起身来，扯上裤儿，拾了那一本春谱，低着头，竟往外面一走。

这琼娥便走进轩后，只见丑姑还睡倒在地板上。他便摇头笑道："你两个做得好事，却瞒我不得了。小姐着你来唤牧童采花，原来你到被牧童先采了花去。"这丑姑两脸羞惭，翻身爬将起来，也管不得冷汗淋身，猩红满地，便把裤儿系了，忍着羞，对着琼

① 啮（niè）——咬；咬合。

娥道："姐姐，我妹子今番活活的被他讨了这一场便宜。"琼娥带笑道："这件事，你两个都是讨便宜的，到是我来得不着趣了。"丑姑道："姐姐，今番却瞒不得你的，只是到小姐跟前，莫要提着罢。"

言未了，那牧童便去折了一把花来，尽是些玫瑰、木香、蔷薇之类，便采一朵开得娇艳的，嘻嘻迎着笑，便要与琼娥簪在头上。琼娥正色道："啐，不知死活的东西。别人把你戏耍，难道我与你戏耍的？"牧童便又将去簪在丑姑头上。丑姑假意道："呸，姐姐在面前，还要调什么情哩！"扑的把他一脚推倒。这牧童跌得就如倒栽葱一般。丑姑忙忙拿了那些花儿，竟与琼娥来见小姐。

那小姐见丑姑走到跟前，鬓蓬发乱，便问道："你这贱婢，什么时候着你去，这时节恰才走来，还在哪里打这半晌瞌睡？"那丑姑无言回答，两只眼睛就如火样，只是低着头，睁睁的看了琼娥。那琼娥又是忍不得要笑的，掩着口，挣得个面皮通红。

小姐愈觉疑心起来，指着丑姑道："这贱婢事有可疑，快快说是在哪里去这半晌便罢，不然说与老夫人知道，打得你活不活，死不死。"丑姑连忙跪下道："小姐，丑姑并不向哪里去，只问琼娥姐就是。"那小姐却是个多疑的人，见琼娥背地里笑得个不住口，便一眼又看住了他。这琼娥便跪下道："小姐，这与琼娥有甚干涉？只去唤牧童来问便了。"

丑姑晓得事情败露，见小姐盘问甚紧，只得实说道："恰才正到园中去唤牧童折花，那小厮胆大如天，把我拦腰一把抱住，说了无数丑话。亏着琼娥姐走来，方才死挣得脱。丑姑正要禀上小姐，只是开口又不好说。”小姐对着琼娥道：“原来你这两个贱婢，一路儿做了鬼，到在我跟前东遮西掩。日后弄了歹事出来，那老夫人岂不怪在我身上？到是我防守不严，损了闺门清白。先待我去对老夫人说个明白。”

琼娥道：“小姐，这都是丑姑做出来的，莫错罪在琼娥身上。”丑姑磕头道：“今日情愿打死在小姐跟前，决不愿到老夫人那里去。”小姐道：“想来这件事原与琼娥那丫头无涉，都是你这花嘴小贱婢做出来的，快随我到老夫人那里去。”

你看这丑姑哪里肯走，两只脚膝紧紧累在地上，苦苦哀告道：“只凭小姐打一个死罢。”小姐道：“咗，还要胡说！我怎么便打死你，送与老夫人亲自正一个家法去。”

这丑姑也是一身做事一身当，只得含着泪，一步一跪，随小姐走出堂前。只见老夫人正坐在堂上，她便连忙跪下。老夫人却不知什么分晓，笑吟吟对着小姐道：“敢是这丫头服侍不周，把我儿触犯么？”小姐道：“母亲，这贱婢做了一件不识羞耻的事儿，孩儿倒不好说起。”老夫人惊问道：“我儿，她干了什么事？”小姐便把从头至尾的话儿，一一细说。老夫人止不住一时焦躁，道：“有这样事。且起来站在这里，快着院子去唤牧童来，待我先问个明白。”那丑姑便起身站在小姐身边，心中如小鹿乱撞。

说这牧童，听见老夫人呼唤，只道有甚好意思到他，哪里晓得事情败露，急忙走到堂前，双膝跪下，还迎着嘻嘻笑脸。老夫人喝道：“咗，这小厮死在须臾，你可知罪么？”牧童恰才放下笑脸，道：“牧童没有甚罪。”老夫人道：“我且问你，那芙蓉轩的事儿，可是有的么？”牧童却不敢答应。老夫人就把丑姑揪住耳

朵，一齐跪着，便唤琼娥快进房去取家法来。

牧童慌了，道："老夫人在上，这不干牧童事，也不干丑姑事，原是老夫人一时错了主意。"老夫人大怒道："胡说，怎么到是我的主意错了？"牧童道："当日老夫人曾有言在先，原把这丑姑许我做老婆的。那日若不曾说过，今日牧童难道辄①敢先奸后娶不成？"老夫人喝道："这小厮还要在我跟前弄嘴！"提起板子，也不管浑身上下，把他两个着实乱打了一顿。小姐连忙上前劝住，扶了老夫人坐在椅上，道："母亲，他两个今日便打死了也不足惜，还要保全自家身体。"

你看这牧童爬起身来，手舞足蹈，正要强辩几句，不想袖里那本春谱撇将出来。老夫人便唤琼娥拿上来，看是什么书。这琼娥拾在手，翻来一看，见是一本春谱，又不好替他藏匿得过，只得送与老夫人。老夫人仔细一看，真个是火上添油，愈加焦躁，将来扯得碎纷纷的，提着板子，指定牧童道："你快些说，这本书儿是哪里来的便罢，若再支吾遮掩，你看这板子却不认得你，难道与你干休罢了？"

牧童支吾道："老夫人在上，听牧童一言分剖。这本书原是南庄上二相公买来醒瞌睡的。那日被牧童看见，悄悄匿了他的，藏在囊肚里，一向不记得起来，恰才洗澡，摸将出来。牧童正要扯毁了，恰遇老夫人呼唤，便收拾在袖中，原与牧童无干。老夫人要见明白，只着人到南庄去与二相公对证就是。"

老夫人道："胡说，你这样小厮，我这里还指望容得你么？若再容你几时，可不把我家声都损玷了？"吩咐院子，立时押他

① 辄（zhé）——车箱两旁可凭依处，故引申为倚恃妄作之意。

往南庄去。“须对二相公说，这样的小厮，家中留他不得，把那小心务实肯做工的换一个来，早晚园中使用。再唤琼娥，将这贱婢尽剥了她的衣裳，锁在后面空房内，明日寻一个媒婆，把他打发出门便了。”

你看这小姐果是个孝顺的女孩儿，见老夫人恼得不住，便迎着笑脸，扶了老夫人进房。那牧童、丑姑方才起去。毕竟不知后来牧童回到南庄，二相公有甚话说？且听下回分解。

第二十五回

闹街头媒婆争娶　捱鬼病小姐相思

诗：

瞥见英豪意已娱，几番云雨入南柯。
芳年肯向闺中老，绿鬓难教镜里过。
总有奇才能炼石，不如素志欲当垆。
咫尺天涯生隔断，断肠回首听啼乌。

你道这二相公是谁？就是李岩刺史嫡亲兄弟，唤名李岳。这李岳为人，性最贪狠，眼孔里着不得一些垃圾，假如有一件便宜的事，就千方百计决要算计着他。那刺史在日，吃了快活饭，一些闲事不理，专一倚恃官势。在外寻非生事，欺压良民。那些乡党闾里①中，大家小户，没一家不受他的亏，没一个不被他害。若说起“李二相公”四字，便是三岁孩童，也是心惊胆战的。

后来刺史闻得他在外生非闯祸，诈害良民，恐怕玷了自己官箴，心中大怒，把他当面大叱一场，遂立时打发到南庄去，交付些租田账目掌管。他便与哥哥斗气，硬了肚肠，从上南庄，便有两年竟不回来与哥哥相见。不料刺史逝后，想着家中只有一个嫂嫂和一个侄女，他便回心转意，每隔两月，回来探望一遭。这老夫人和小姐也不薄待他，决留下盘桓几日。

① 闾里——乡里。

说那院子①，押了牧童回到庄上，这李岳竟不知甚么来由，连忙询问道："这牧童是老夫人着他回去管园的，我闻他在家一应事务到也勤紧，怎么打发了他来?"院子道："二相公有所不知，这小小一个牧童，到生得大大一副胆。"李岳道："敢是这小厮做了些鼠窃狗偷的事情，触了老夫人怒性么?"

这院子欲把前前后后话说与李岳知道，见有几个做工的站在面前，不好明说，便回答道："老夫人只教小人对二相公说，这样的小厮，家中容他不得，还要换一个小心务实的回去园中使用。这牧童做的勾当，小人不好细说。少不得明日二相公回家，老夫人自然要一一备说。"

你看这李岳，千思万想，决然想不到牧童做出这场歹事，便对院子道；"也罢，我多时不曾回去探望老夫人和小姐，今日就同你走一遭，问个详细。"李岳便走进账房，把那些桌上未算完的零星账目，尽皆收拾明白。又唤了那些做工的，逐件吩咐一遍，仍着牧童替那哑厮牧养牛羊。便带了一个精细能办的工人，与院子同回家里。

你看那小姐，终究是个贤惠的女孩儿，到底会得做人。听说叔叔回来，便亲自到厨房里去，煮茶做饭，忙做一团。这李岳走进门，见了老夫人，便把打发牧童回庄的事，仔细询问。老夫人就从头至尾备说了一遍。这李岳听了，止不住一时焦躁，便含怒道："嫂嫂，这还是你欠了些，今日又是这个腊㿜小厮做将出来，倘是一个略俏俐几分的在家，岂不把闺门都玷辱了！明日不唯是，女儿亲事没了好人家，便是教我小叔也难做人。你那时就该

① 院子——旧时称仆役。

把他两个活活打死，方才正个家法。”

老夫人见他说这几句，心下着实叹服，便道：“叔叔，我彼时也要打死他两个，只虑你侄女儿不曾许聘，吹风到外面去，只说我闺门不谨，做出这件不清不白的事儿，便招外人谈议。我彼时已把他两个着实打了一顿。那牧童小厮既赶回庄上，难道这个贱婢，可还留得在家？而今寻一个媒婆，也不要他一厘银子，白白的把了人家去罢。”

这李岳听嫂嫂说是不要银子，便又惹起他那一点爱便宜的念头，低头想了一会儿，道：“嫂嫂，依小叔说，这还是侄女儿婚姻事大，就该把那贱婢登时赶去了罢。”老夫人道：“叔叔，我嫂嫂的主意，原是这样。倒是你侄女儿再三劝我说，慢慢的寻一个的当媒婆，配个一夫一妇，也是我们一点阴骘。”

李岳点头道：“嫂嫂，侄女儿这句话，着实有些见识。只是一件，近日来街坊上做媒的婆子，甚是厉害，没有一个不会脱空说谎，东边一番话，西边一番话，全靠着那一张嘴舌上赚些钱钞。假如一个极贫极苦的人家，说得那里有多少田园，那里有多少房屋，说得那金银珠玉车载斗量，还比石崇豪富。本是一个至丑至粗的女子，说得面庞怎么样标致，生性怎么样温柔，说得娉婷婷，娇娇滴滴，更如西子妖娆。是那耳朵软的，信了他巧语花言，尽被他误了万千大事。只要谎到手，先装满了自己的银包。哪里还管你什么阴骘。且待小叔亲到府城外去，寻那一个当日婶婶在时卖花走动的张秋嫂来商量，倒还做事忠厚。”

老夫人喜道：“如此恰好。只是这件事，一时便不能够驱遣那贱婢出门，还要叔叔在家几时，调停个下落才好。”李岳道：“嫂嫂，这也容易。庄上的事，隔两三日着院子去料理一遭就是。”老夫人道：“叔叔，事不宜迟，倘是那贱婢寻了些短见，反为不美，今日就要去与张秋嫂商量便好。”李岳满口应承。

说不了，那小姐殷殷勤勤打点了午饭出来，老夫人便陪李岳吃了午饭。你看这李岳，执了一盏茶，行一会儿，站一会儿，暗想道：“我一向是要讨别人便宜的，难道自家里的便宜事，到被别人做了去？且去寻着张秋嫂，打点几句赚他的话儿，落得拾他一块大大银子，有何不可？”计较停当，便与嫂嫂说了一声，慢慢摆出大门。

走不数步，恰好那张秋嫂同了一个卖花的吴婆，远远的一路说，一路笑，走到跟前。李岳站在路旁，厉声高叫道：“张妈妈，好忙得紧哩。”那张秋嫂听得有人唤他，慌忙回转头来。仔细一看，认得是李二相公，把个笑脸堆将下来，道：“二相公，几时娶一位二娘续弦，作成老身吃杯喜酒？”李岳道：“张妈妈，喜酒就在口头，只是先说得过，明日怎么样酬我，便作成你吃了罢。”

张秋嫂听是肯作成他，恐怕那吴婆在旁听得，连忙把他撇开，一把扯了李岳，走过几家门首，低低笑问道：“二相公，老身手头一向不甚从容，不会做人，在这里果有作成①得我的所在，待老身略赚些儿，就官路②当一个人情罢。”李岳道：“你唤那吴妈妈来，当面一同计议。”张秋嫂道：“二相公，你不知道，这吴妈妈前月里走到一个大族人家去说媒，见没人在面前，悄悄窃了他几件衣服，过了几日，被那个人家访将出来，着实吃了一场没趣。而今各处人家，晓得他手脚不好，走进门，人一般敬重，贼一般提防，那个还肯作成他？不瞒二相公说，老身做了多年花

① 作成——成全、照顾。
② 官路——泛指大道。

婆，靠人头上过了半世，哪里有一些破绽把人谈论一句。”

李岳道：“张妈妈，你们走千家，踏万户，若不存些老实，哪个还肯来照顾。也罢，我有一件事和你商量，只在两三日间就要回复。”张秋嫂笑道：“二相公，怎么这样急性的事？”李岳便低头悄悄对张秋嫂道：“张妈妈，我家老夫人身边有个使婢，原是老爷在时得宠的，只因昨日一句话儿触犯了老夫人，老夫人一时焦躁，特着人到南庄接我回来商量，要把他嫁与人去。只是一件，讨着他的着实一场富贵。身边都是老爷在日积攒下的金银首饰，足值二三百金。你去寻一个好人家，接他四五十金婚礼，你却着实赚他一块儿就是。”张秋嫂只道果然是真，想了一会儿，便欣欣回答道：“二相公，这也是老身时运凑巧，府中王监生一向断了弦，前日对老身说，要我替他寻一个填房。我明日同他家一个人来看一看，果是人物生得出众，早晚便好行礼，就是四五十金，也不为多。”

这李岳听张秋嫂说要着人来看了，方才行礼，心下又想了一想，便支吾答应道：“张妈妈，论将起来，是我们府中出来的，决比别的还有几分颜色。若是明日有个人来看，只是一说，那丫头自老爷亡后，情愿老守白头，心同匪石①，誓不适人。终日随侍小姐，在绣房里做些针指。我有一个计较，你明日同他人来，竟见老夫人，再不要提着我知道的，只说来求小姐的姻事，那丫头便随小姐出来相见，暗暗把他看在眼里就是。”张秋嫂笑道：“二相公说得有理。只要老夫人心肯，难道怕她执拗不成？”

李岳道：“张妈妈，又有一件，若是他家看得停当，早晚就

① 匪石——不同于石。比喻意志坚定，不可转移。匪，同“非”。

要行礼，也不必送到老夫人那里去，就送到妈妈宅上，待我悄悄转送与老夫人，不是又省得那个丫头疑虑，若要几时起身，再设一个计策，也赚到你家来打发他去就是。”张秋嫂道：“二相公做了主，老夫人受了礼，老身做了媒，有这样两个扳不动的大头脑儿，哪里还怕她不肯嫁。”

张秋嫂便与李岳作别，回身不见吴婆，只道他先自走去，哪里晓得他却闪在那人家避觑，后两个一问一答的话，都被她听得明明白白。见张秋嫂转弯去了，连忙赶上前来，叫道：“二相公，恰才商量的计较，撇不下老身哩。”李岳回头见是吴婆，只得又站住了脚。吴婆道：“二相公，你便挈带老身赚了这主钱儿，他说的是监生人家，我明日便寻个乡宦来对他。他说是五十两礼金，我这里便送一百两。二相公，你还是许哪一家？”

李岳听吴婆一说，岂不是便宜上又加便宜，就欢天喜地道：“吴妈妈这样说，定是许你了。只是这件事不可久迟，那张妈妈也是会赚钱的。若是他先要行礼，这个就不能奉命了。”吴婆道：“二相公，我明早便去同人来看，早间便行礼到我家，黄昏便要着人到我家上轿，这个何如？”李岳满口应承道：“这个一发使得。”便问吴妈妈住居何处，吴婆道：“老身就住在城头街上，进火巷里，第一间楼房内便是。”李岳道：“吴妈妈，我要回去与老夫人商议，你也不要错失了机会。”两人方才各自别去。

这李岳回见老夫人，把丑姑的话儿支吾说了几句，老夫人恰也听信。只见次日吴婆同了一个奶娘，竟来与老夫人、小姐相见，假以小姐姻事为由。你看这老夫人，又道这两个婆子果是来与女孩儿说亲的，这两个婆子又只道是老夫人晓得其中缘故的，哪里晓得是李岳的计策，使这两个婆子来看琼娥的？好笑两家都

坐在瞌睡里。

这奶娘不住眼，把琼娥上上下下仔细看了一会，见他生得几分颜色，便也喜欢，遂起身与吴婆别了夫人、小姐。恰才正走出门，过了十余家，只见张秋嫂又领着一个婆子，也正要进李府去。看见吴婆，止不住怒从心上起，恶向胆边生，便厉声骂道："你这老泼贱，要来抢我的主顾么？"吴婆也放下脸来，道："露天衣饮，可是只容你一个做的？"这张秋嫂恼得两只眼睛突将出来，扭了吴婆，劈头乱撞。

那两个婆子怎么劝解得住？你看这张秋嫂，扭了吴婆，撂倒在当街路上，一个爬起，一个扑倒，只要思量赚这一块大钱，也管不得出乖露丑。那街坊上来来往往的人，围做一团，见是女人厮打，不好上前相劝，只是眼巴巴看他两个滚来滚去，呵呵大笑。恰好又有几个卖花的婆子走来，连忙劝解得脱。两家站起身来，这张秋嫂便对那几个告诉一遍。那几个婆子总是一伙的人，又不好偏护着你，又不好偏护着他，便道："吴妈妈，什么要紧，连我们几个面上都不好看。而今依我们说，这头媒便让与吴妈妈做了，两家的媒钱，听一股与张妈妈罢了。"吴婆便也应承，方才各自散去。

这李岳次早来到吴婆家里，婆子便去通知那个乡宦人家，送了一百两礼金，又是四个冬夏彩缎，一一收下。有诗为证：

夙昔贪心尚未泯，而今设计复如神。

花婆若不轻相信，丑婢谁捐百两银。

正待出门，那张秋嫂知了风声，连忙走到，大家当面说了一番。李岳道："也罢，这原是我与你讲起的，待打发了过门，我重重谢你罢。"李岳得了那些银子回来，向老夫人面前说了一通诡话。这老夫人见自家叔叔，哪里疑心到这个田地，便凭他当夜将丑姑打发到吴婆门首上了轿，抬到那乡宦家去。众人仔细一看，见是三分不像人，七分不像鬼的模样，都说是调了包儿。便唤那原与吴婆去看的奶娘来一认，也说哪里是这样一副嘴脸。

原来那李岳得了那一块银子，四个彩缎，与嫂嫂作别一声，竟往南庄走去。这乡宦人家，待要告官争讼，见这边也是个宦家，只得忍着气，把那吴婆凌辱了一场，方才休息。

那张秋嫂，起初见吴婆做了媒去，虽是分得一股媒钱，还有几分不肯纳气。看了这场笑话，恰才想得到，原是李岳要赚那些银子的主意，到也喜喜欢欢，站在高崖上落得这些银子。那吴婆思量要去告诉老夫人知道，又恐老夫人着恼起来，反讨一场没趣，只得忍耐不题。

说那若兰小姐，自吴婆假托求亲之后，整日闷闷在怀，信以为实，一心想着园中瞥见的那个书生，恐到了人家去，怎能再见一面。每日间针线慵拈，茶汤懒吃，捱一刻胜如一夏，只落得梦里还真，醒来又假。有词为证：

徘徊无语倚南楼，目送归鸿泪转流。罗带缓，倩谁收？人情唯有相思切，乍去还来无尽头。争似水，只东流。

《花落寒窗》

这小姐终日装聋作哑，只要瞒得过会拘管的母亲，紧提防的侍婢，可怜一点芳心，倩谁诉说？不觉渐渐的容颜憔悴，瘦捐腰肢，把一个如花似玉的美貌，害得粉褪香消。你看他：

愁黛春山，泪红秋水。粉剩脂零，争似艳妆菡萏；钗横鬓亸，依然睡醒海棠。玉笋纤纤，金钏渐松西子臂；翠杨袅袅，湘裙乍褪小蛮腰。无语倚雕栏，眼底忽来乘凤侣；伤情临宝镜，身

旁若立画蛾人。绣棚上，还乘着刺不完的连理枝；花笺里，空遗下描不就的比翼鸟。魂梦颠连，无计遣开莺谷晓；精神恍惚，有谁传寄陇头春。正是：冤家魔病凭谁诉，儿女私心只我怜。有朝泣诉阎天子，骂煞多情忒少年。

老夫人晓得小姐病势沉重，便亲自探问道："我儿，我看你的病症，也不是一日起的，怎么琼娥这贱婢，不早说与我做娘的知道？快唤那贱婢过来。"琼娥慌忙跪下道："老夫人，小姐的症候，自当日有了美人图后，便染了几分在身上。到如今又经过多少日子，况且老夫人跟前，小姐还不肯实说，难道到肯与琼娥得知？"老夫人道："胡说！这都是你这贱婢，早晚茶饭上失于检点，以致小姐染成这般症候。且饶你这次，今后有一些疏失处，把那丑姑做个样子。"琼娥战战惊惊，恰才站起身来。

老夫人道："我儿，这个病势，没甚好处，快着院子到南庄去，接你叔叔回来，早早请一个医人看治。"小姐道："母亲，那些煎剂，孩儿自幼不曾服惯。郎中手，赛过杀人刀。饶我迟死些。"老夫人爱女之心甚切，便唤院子先到崇祥寺许了愿心，顺便往南庄迎接二相公回来计议，寻一个医人看治。

毕竟不知后来是哪一个医人治得小姐病好？还有什么说话？且听下回分解。

第二十六回

假医生藏机探病　瞽卜士开口禳星[①]

诗：

千里姻缘仗线牵，相思两地一般天。
鸾信那经云外报，梅花谁向陇头传。
还愁荏苒时将杜，只恐年华鬓渐潘。
此画俄逢应未晚，匆匆难尽笑啼缘。

说这李岳，闻知侄女儿得了病症，连忙赶将回来。又恐嫂嫂知了丑姑儿那件事情，走进门与老夫人相见了，便把几句官样话儿说在前头。原来老夫人虽是晓得些缘故，见女孩儿病重，哪里还有心情提起，便掩着泪道："叔叔，怎么好？你侄女儿霎时间染了这场笃病[②]，特接你回来作个主张，早早请一个医生看治。"

李岳埋怨道："嫂嫂，今日侄女儿这场病，千不是，万不是，都是你不是。"老夫人道："叔叔，怎么倒说我不是？"李岳道："当初哥哥在日，多少贵戚豪门央媒求聘，是你不肯应承，只道可留得在家养老送终的。不思量男大须婚，女人须嫁，到了这般年纪，还不许一个媒婆上门。女孩儿这句话，可是对得人说？岂不是你耽误了他的青春，不是你不是，还是谁不是？"老夫人听他句句说得有理，只得勉强赔笑道："叔叔，这是我嫂嫂当初一

---

① 禳（ráng）星——吉星。禳，祭祷消灾。
② 笃（dǔ）病——重病。

点爱惜女孩儿的心肠，哪里晓得今日染出这场病来？且和你到房中去看他一看。”

老夫人同了李岳，悄悄走到房门首，推门进去。只见琼娥正在那里煎茶，老夫人问道：“小姐还是睡熟的，醒着的？”琼娥回答道：“睡熟也是醒着的语言，醒着也是睡熟的光景。”两个便进房来，老夫人轻轻揭开罗帐，偎着小姐脸儿道：“我儿，叔叔来看你了。”那小姐凝着秋波，把李岳看了两眼，认得是叔叔，含着泪轻轻叫了一声，依旧合眼睡去。

李岳吃惊道：“嫂嫂，你看侄女儿，病势已有十分沉重，还不放在心上，终不然割舍得这样一个娇娇滴滴的女孩儿，就轻弃了？你就该早接一个医人来，先看他脉息如何，然后待我回来商量用药，才是正经道理。”老夫人含泪道：“叔叔，不是我嫂嫂不肯请医看治，是女儿吩咐说，吃不得煎剂，要待你回来商量，才好去接。因此耽迟在这里。”李岳道：“嫂嫂，只要医得病好，哪里依得他吃不惯煎剂的清平话①儿。如今还寻哪一个医人便好？”老夫人道：“只拣行时②的接一个来就是。”

李岳道：“嫂嫂，你不知道，那些街坊上的医生，甚是会得装模做样，半年三个月不曾发市的，也说一日忙到晚，走去寻着的，真个是赎他一帖贵药。这里转弯有个张医生，到还不甚装乔，专治女科病症，凭你没头绪的症候，经着他手，按了脉，一帖药，两三日内便得除根。”老夫人道：“如此恰好。”便着人去请了张医生来。

那医生把小姐看了脉息，再想不出是什么症候，连下了几服

---

① 清平话——犹言轻松话。

② 行时——时行。谓见重于当时。

药，那小姐病体愈加沉重。这老夫人，行也是哭，坐也是哭，那里割舍得过。有诗为证：

心病除非心药医，庸医谁破个中疑。

汤头误用人几毙，益甚堂前老母悲。

李岳道：“嫂嫂，待小叔亲到崇祥寺去，祈个吉凶。你可着人接那原乳侄女的奶娘来，早晚陪伴几日。”老夫人依言，送了叔叔出门，便着院子去接奶娘。

你道这奶娘是谁？就是文荆卿寄寓店主人的妻子。那院子走进店来，见了店主婆，先把小姐的病原，再将老夫人相接的话儿，从头说了一遍。店主婆吃了一惊，连店主人也大是不快。那店主婆满口应承：“就到府中来便了。”院子方才回去。

恰好那文荆卿正站在店房内，听他说了这几句，便也关心，遂问店主道：“恰才那个老苍头，是哪一家来的？”店主道：“是李刺史府中来的。”文荆卿道：“要接你店主婆去何干？”店主道：“而今小姐染病在床，老夫人要我老妻去相陪几日。”这文荆卿听说李小姐染病，心下着实打了一个咯噔，再也思想不到这店家缘何与李府相熟，便问道：“店主人，你家敢与李刺史有亲么？”店主笑答道：“不瞒相公说，他家小姐，自幼是我老妻看大的。亏了夫人欢喜，怜我夫妻两口没甚经营，便将五十两小锞银子，扶持我们在这里开这一爿酒店过活。那小姐到今还舍不得老妻，时常要来接去，陪伴几时。”

文荆卿见店主说了那一番，心中老大懊恨，虽是在他店中住了三四月，没一个日子不把那小姐挂在心头，哪里晓得有这一条门路？暗叹道：“早知灯是火，饭熟几多时。这毕竟还是我与那小姐缘悭分浅。”便又问店主道：“我且问你，那李小姐受过哪一

家的聘礼?”店主道：“相公，不要说起。那小姐自幼老夫人爱惜，就如心头气，掌上珍。李老爷在生时节，多少豪家子弟，贵族儿郎，央媒求聘，老夫人只是不肯应承。蹉跎到今，一十七岁，还不肯轻许人家。”

文荆卿便借口道：“依你说，那小姐今番这场病，都是日常间忧疑昏闷上起的。若去接了而今街坊上这些医人，不过下几味当归、川芎之类，只要先骗几分银子到手，慢慢的便起发买人参，合补药，只指望赚一块大钱，怎容易就得个起瘳的日子?我今有一个良方，原是先父向年遗下的，竟与医家大不相同，专治女人一切疑难怪病。何不对店主婆说，到李夫人面前，把我吹嘘一声。医好了小姐，不独我有效，连你们都有功了。”

店主满口回答道：“相公，你果有良方，我就对老妻说。”便起身去与店主婆商议。店主婆喜笑道：“相公，你果治得小姐病好，那时待老身与老夫人说，就招相公做个东床女婿何如?”文荆卿正色道：“若如此说，到是我有私意，不是要活人的本心了。”

店主婆笑了一声，出门竟到李府。见了老夫人，把文荆卿治病的话说上。老夫人喜逐颜开，道：“奶娘，既有这样一个异人，适才何不就同了他来?”店主婆道：“老夫人，却也不难，这个人原在我店中住下的，容老身转去，接了他来就是。”连忙便走，起身回到店中，拽了文荆卿，遂要同去。

文荆卿见来相接，恰正是中了机谋八九分，一心思量去见小姐，对着店主婆道：“那小姐难道是这样草草相见得的，待我整了衣冠才好同去。”匆匆走进房中，把衣冠整了一遍，着安童看守房门，遂同店主婆来到李府。

老夫人迎到堂前坐下，细说了女孩儿得病根由。文荆卿假意道：“老夫人，可晓得医书上的望、闻、问、切么？大凡医人治病，先要望其颜色枯润，闻其声音清浊，问其受病根源，然后切其脉息浮、沉、迟、數、滑、濇①下药，无不取效。”那老夫人听了这一篇正经道理，自然肯信。便托店主婆去打点茶饭，便与文荆卿同到小姐房中，轻轻半揭罗帐，偎着脸儿道：“我儿，又接得一位先生来看你了。”你看那文荆卿坐在帐外，两只眼睛向那帐中不住偷瞧。有诗为证：

曾记当初两下吟，今朝不比旧时春。

相思相见浑如梦，此时此际难为情。

这小姐睡在牙床上，也把秋波向外一转，霎时那里便认得是昔日楼前瞥见之生？却叹了一口气，轻轻向罗帐里把一只纤纤玉手伸将出来。文荆卿看了，甚是可爱，遂将两个指头按了一会脉息。思量欲把几句话儿挑逗小姐，又虑老夫人在旁，不当稳便。千思万想，恰才把一句说话赚老夫人道：“老夫人，这小姐满面邪气，却是鬼病相侵，若不经小可眼睛，险些儿十有八九将危之地。早早还向神前虔诚祷告，方保无虞。”

你看那女眷们，见说了这等话，最易听信的，那里晓得是计，便起身出房，向神前焚香祷告。有诗为证：

五瘟使欲散相思，只为床前人不离。

谁语祟神应速祷，从中点破几联诗。

说这文荆卿，已赚得老夫人去，正中机谋，还自前瞻后顾，又恐有人瞧破，恰才把几句言语挑逗小姐道：“小姐的病症，都

① 濇（sè）——同“涩”。

是那‘睡起无聊’，‘愁闷不开’的时节，又加‘春情缭乱’，‘没人排遣上’染成的。”那小姐听这几句，暗自惊疑道：“好奇怪，这两句是我昔日在丽春楼上，对那书生吟的诗句，怎么这先生竟将我心病看将出来?”便凝眸在帐里仔细睃了两眼，却有几分记得起。心中又想道：“这先生面貌，竟与那生庞儿相似，莫非就是那生，知得我病势沉重，乔作医人，进来探访，也未可知。不免且把昔日回我的诗句，挑他几个字儿，便知真假。”遂低低问道：“先生，那‘胡麻糁’可用得些儿么?”文荆卿道：“小姐，这还要问，‘东君欲放’就是一帖良药。”

小姐听他回答，又是前番诗句上的说话，方才知得，果是那生。一霎时，顿觉十分的病症就减了三四分。两下里眼睁睁，恰正是隔河牛女①，对面参商。有词为证：

玄霜②捣尽见云英，对面相看不尽情。借问蓝桥③隔几层?恨前生，悔不双双系赤绳。

《忆王孙》

他两个眉迎目送，正要说几句衷肠话儿，你看那老夫人忒不着趣，突的走进房来。文荆卿恰又正颜作色，低头假意思想。老夫人道：“先生，神前已祷告了，小女的脉息，可看着么?”文荆卿道：“小姐的脉息，来得甚是没头绪。老夫人既祷告了神前，这包在小可身上，医个痊愈。”

老夫人道：“先生，只怕小女没缘，如今还用哪几味药?”文荆卿道：“老夫人，这不是造次用药的病，待小可回寓，斟酌一

① 牛女——牛郎织女。
② 玄霜——神话中的一种仙药。
③ 蓝桥——常用作男女幽会之处。

个方来。”老夫人道：“先生，若不弃嫌，寒家尽有的是空闲书舍，就在这里权寓几时，待小女病痊，再作理会，意下何如？”文荆卿假意推托道：“这倒也使得，只恐托在内庭，晨昏起居不便。”老夫人笑道：“先生说哪里话。医得小女病痊，就是通家恩丈了，何过谦乃尔。”文荆卿满口应承。

说不了，只见那李岳正在崇祥寺回来，进房见了荆卿，低身唱喏罢，便问老夫人道：“嫂嫂，这位先生是那个指引来的？”老夫人道：“叔叔，这先生姓文，原在奶娘店房里住下的，因侄女儿病势危笃，特接他来看治。”李岳胡乱应了一声，又把荆卿看了两眼，对老夫人道：“这个先生甚是文雅，全没些医家行径。嫂嫂且问你，他看得侄女儿病势如何？”老夫人便照前把文荆卿说的病原，自己要留他的意思，都说与李岳知道。那李岳便不回答。

不多时，那奶娘来对老夫人道：“午饭已打点了。”老夫人就着琼娥在房伴了小姐，三人一齐同出房来，便唤李岳陪着荆卿后轩吃饭。

这老夫人与奶娘恰才走出堂前，只见一个没眼睛的星士，敲着报君知①，站在天井内。奶娘道：“老夫人，何不着他就把小姐八字排一排看？”老夫人点头道：“先生，我要你排一个八字，可晓得么？”星士听见唤他，正是财爻发动，回答不及道：“老夫人，推流年，看飞星，判祸福，断吉凶，都是我星家的本等。那里有不会排八字的？”

老夫人便着奶娘扶他到堂前坐下，道：“先生，壬子年，癸

① 报君知——旧时算命占卜的盲人手里所敲打的竹板、铁片或铜锣一类的东西。因使人闻知，故名。

丑月，壬子日，癸丑时。”星士记了八字，便向衣袖内摸了半日，拿出一个小小算盘，轮了一遍，道：“老夫人，依小子看起这个八字来，若是个男命，日后有衣紫腰金之贵；是个女命，必有凤冠霞帔之荣。”原来这几句却是星家的入门诀窍。老夫人道：“这就是小女的八字。要先生细推一推，看目下主甚吉凶？”恰是这句话，便兜上那星士的心来。

你看那星家，听得问着“吉凶”两字，他就晓得有些尴尬了，假意又把算盘轮了一会儿，道：“老夫人，莫怪小子实讲。这个八字里边，日后虽有一步好处，怎当这眼下勾陈①劫杀，丧门吊客，一齐缠扰，又加伤官作耗，邪鬼生灾，这一重关煞难过得紧在这里。依小子说，及早至诚禳解一禳解，破财作福，还可保得无虞。”

原来那些星士，若靠着推算流年八字，不过赚得分文道路，若是起发人家禳得一禳星，极少也有三五分送将出来，与夫铺星米、灯油，线索之类，约来共有七八分光景，称心满意。这是他赚钱的乖处。

老夫人听他一说，惊得面如土色，一念爱女之心，凭他发挥，便问道：“先生，若要禳解，这重关煞还过得么？”星士道：“老夫人，你晓得如今的神鬼，都是要些油水的。你若禳解了。包你一日好一日来。”老夫人道：“这也不难，就着院子买办牲礼，接一个阴阳先生来禳一禳罢。”星士摇手道：“老夫人说差了。那些阴阳生走到人家，再没有如我们这样至诚的。不过开口胡乱念得几句，就要思量送神瞻仰。殊不知那些神道，都要人喜

---

① 勾陈——即钩陈。星官名。

神欢，必须动一动响器才好。况且小子口中许出的，寻了别人，那神鬼反要生灾作祟。”老夫人道：“待买了三牲福事，今晚就借重先生禳解了罢。”

星士道：“老夫人，不是小子科派说，那些神道就如我们星家一样，都是看人家打发的。假如一个低三下四的人家，便是一盏汤，一碗饭，也送好了一个病人。你们这样乡宦人家，若不用一副猪羊，做一个半宗愿心，那神道总不放在眼里，便禳解了十遭，也是没效的。”店主婆撺掇道：“老夫人，俗语说得好，依得山人好，泥馒头也好烧纸。只要小姐病痊，就依这先生说罢。”老夫人道：“既然如此，先生今晚少不得要借重过来，命金一并相谢。”星士便作别出门。

老夫人一壁厢吩咐收拾厢房内，与文荆卿暂且住下，一壁厢遂与李岳商量禳解一事停当。霎时宰了猪羊，请了神马，匆匆的洒扫堂前，铺设起来，已是黄昏时候。只见那星士带了三四个后生，挑了一副箱子，竟到堂前摆列。一齐坐下，先吹打了一番，发过了符，接过了神。老夫人吩咐打点两桌晚饭，与众人吃罢。

你看那星士打起油腔，跪在神前，通告了一番。众人吹的吹，打的打又响落了一会儿。那些前文倒也不甚好听，还是后来《十供养》里，各人信口，把逐件件你念一个，我念一个，都是打觑人的，却还念得好。道是：

这副骨牌，好像如今的脱空人，转背之时没处寻。一朝撞到格子眼，打得像个折脚雁鹅形。

这把剪刀，好像如今的生青毛，口快舌尖两面刀。有朝撞着生磨手，磨得个光不光来糙不糙。

这把筝子，好像如今做篾的人，见了金银就小心。有朝头重

断了线，翻身跳出定盘星。

这个银锭，好像如今做光棍的人，面上装就假丝文。用不着时两头，一加斧凿便头疼。

这只玉蟹，好像如今串戏的人，装成八脚逞为尊。两只眼睛高突起，烧茶烧水就横行。

这朵纸花儿，好像如今的老骚头，装出馨香惹蝶偷。脚骨一条铜丝颤，专要在葱草上逞风流。

这只气通簪儿，好像如今的乔富翁，外面装成里面空。有朝一日没了法，挠破头皮问他通不通。

这面镜子，好像如今说谎的人，无形无影没正经。一朝对着真人面，这张丑脸见了眼睁睁。

这个算盘，好像如今经纪的人，厘毫丝忽甚分明。有时脱了钱和钞，高高搁起没人寻。

这枚金针，好像如今老小官，眼儿还要别人穿。一朝生了沿缸痔，挂线寻衣难上难。

众人把那《十供养》逐件念罢，便起身吹打送神。你看，一个就去并了神前油米，一个便去收了马下三牲①。老夫人便吩咐打点酒饭，与众人吃罢，遂着李岳总送出谢银一封，递与那星士。那星士连忙双手接了，同众人揖谢而散。当夜收拾寝睡不题。

且说那文荆卿，自老夫人留寓在家，早晚托言看病，虽是不时进房，可与小姐对面，那老夫人决然紧紧相陪，终不能通片言只语。那小姐不时得见文荆卿，也足慰相思一念。未及六七日，

① 马下三牲——马下，神名。三牲，古指用以祭祀的牛、羊、猪。后有时也以鸡、鱼、猪为“三牲”。

十分病竟去了八九分。

老夫人见女儿病好，唯知文荆卿医治之功，不识其中就里，到说是："文先生果然好个仙方，活活救了女儿一条性命。"把他留住在家，就如至亲瓜葛一般相待。这文荆卿等得小姐病好，那点相思夙念，如何抛撇得开？

毕竟不知几时弄得到手？后来还有什么说话？且听下回分解。

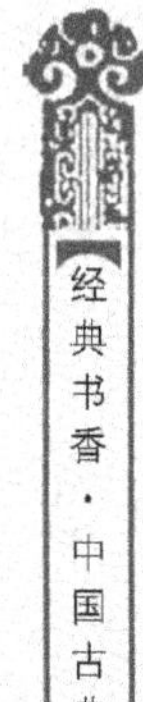

第二十七回

李二叔拿奸鸣枉法　高太守观句判联姻

诗：

萧何①律法古相传，大法昭昭若镜悬。

凡事容情多隐漏，此心据理可从权②。

为官须用存阴骘，处世何妨种福田。

切莫营私伤大义，好将方寸坦平平。

却说文荆卿自承老夫人款留在府，那店房中一应看管，尽托付了安童。店主婆便把专好饮酒的话说与老夫人知道。那老夫人只要女儿病好，莫说是酒，便是要他性命，也不推辞。就把造下的陈年老酒开将出来，早晚凭他饮个畅快。有诗为证：

丽春楼外联诗句，何意今来作酒仙。

果是梓潼能有验，天缘辐辏遇婵娟。

看看过了十余日，那小姐病体果然痊愈。老夫人十分喜欢，对着荆卿道："文先生，前日若使小女无缘相遇，今日必为泉下人矣。"文荆卿道："老夫人，吉人自有天相，与小可何功之有?"

说不了，只见那小姐端然是旧时妆扮，微展湘裙，缓移莲步，着琼娥随了，慢慢的走出堂前。文荆卿见小姐出来，连忙起身下阶站着，偷睛看了几眼。你看那小姐今番初病起来，更比旧

① 萧何——汉初刘邦大臣。

② 从权——采用权宜变通的办法。

时愈加标致。但是老夫人当面，却也要别嫌疑，只得恭恭敬敬，依旧进房而去。

老夫人见了小姐，止不住笑逐颜开，道："我儿，你那里晓得，今朝又与我做娘的一同聚首，这虽是文先生的功效，也还亏祖宗护佑，神力扶持。"小姐道："母亲，孩儿前日的病症，已入膏肓，若不是文先生起死回生，今日已游泉下。想将起来，此恩此德，没世难忘。只是一件，还要母亲吩咐，早晚茶饭上务要周旋，不可怠慢了他。"老夫人道："我儿，这是做娘的心上事情。况且又是人家体面，我儿不须过虑。"那小姐只得微笑了一声，便一只手扯着老夫人，一只手扶了琼娥。你看他瘦怯怯一个身子，还如柔条嫩柳一般，摇摇颤颤的，与老夫人同进房去。

原来那文荆卿书房，与堂前止隔得一带栏杆，那小姐和老夫人说的言言语语，他句句都听得在耳朵里。轻轻地把窗儿推开一条线缝，悄悄张了一张，只见老夫人、小姐都进房去了，便把气来叹了几声。有诗为证：

云想衣裳花想容，可怜对面隔千重。

何时拟约同携手，直上巫山①十二峰。

原来那李府的屋宇甚是宽大，左右书房共有二十余间，都是没人居住，空闲封锁的。你道那小姐适才走到堂前，专为着哪一件？恰是有心来看这荆卿住在那一间房内。

这文荆卿在李府中将及半个月日，虽是不时得见小姐，他两个从来未出一言，只是暗暗的你思想着我，我顾盼着你。一日是八月十四，只见天边月色渐圆，他却瞒过了老夫人，打发琼娥先

① 巫山——代指男女幽会处。

去睡了。也是有心要见文荆卿，说几句知心话儿，悄悄掩上房门，走到堂前，见那月光甚是爱人，便向栏杆上倚了一会。

恰好那文荆卿也乘着月色，慢慢踱出来，口里微吟五言律诗一首云：

清风动帏凉，微月照幽房。
佳人处遐远，兰室无容光。
襟怀拥虚景，轻衾拥空床。
居欢惜夜短，在感怨宵长。
拊①枕独啸叹，感慨心暗伤。

见了小姐，即便整衣趋步，匆匆向前唱喏。那小姐俯首含羞，闪避无地，只得回了一礼。文荆卿遂迎笑语，执袂②牵裳。小姐掩口低低笑道："文先生噤③声，这堂后就是我母亲寝室，倘闻笑语音声，反为不美。"文荆卿腼腆道："小姐，你岂不闻色胆如天，今日莫说是老夫人寝室在侧，总然刀锯在前，鼎镬④在后，拼得一死，与小姐缔结百年，终身之愿足矣。"小姐推托道："君为读书人，妾岂淫奔女。若不待父母之命，媒妁之言，效桑间濮⑤上之风，非我二人所为也。"文荆卿正色道："我想小姐前有贵恙，得小生便能痊起，如小生明日染了些病症，反又在小姐身上送了残生。请小姐三思，万勿固却。"

你看小姐言虽如此，一霎时春心也动，满面娇痴，便无回

---

① 拊（fǔ）——用如"抚"。
② 袂（mèi）——衣袖。
③ 噤（jìn）——闭口不言。
④ 镬（huò）——古时指无足的鼎。今南方话即称"锅子"。"鼎镬"指古代以鼎镬煮杀人的酷刑。
⑤ 濮（pú）——古水名，指流经春秋卫地之水。

答。荆卿深深揖道："果然小姐不嫌卑末，就此星前月下，共设誓盟，以订后来姻眷，尊意如何？"小姐只是掩口无言。文荆卿见他十有八九垂怜之意，便轻轻携手下阶，同向月明之下，双双共结深盟。文荆卿就把个笑脸堆将下来，将小姐挽着香肩，遂要同进房来。那小姐又惊又怯，只得勉强一同进房。文荆卿便去闩了房门。

你看一个媚言媚语，一个半推半就。这文荆卿便与小姐解了绣襦，松了玉扣。那小姐只得含着娇羞，把脸儿背在灯后，凭他锻炼。没奈何露出冰肌玉腕，两个搂抱胸膛，似漆投胶，如鱼得水，霎时欢爱一场。

这小姐站起身来，便整衣对着荆卿道："文先生，妾实谓今生已做鸳鸯冢，谁知又做凤鸾交。既蒙君心不嫌葑菲①之微，妾意实欲遂丝萝②之愿。只是凤锁鸾缰，飞不出几重华屋；云横树绕，盼不到二六巫山③。犹幸今宵得慰相思，便即赴泉台，亦瞑目矣。妾不能为赠，聊赋一诗献上，幸乞见纳：

天上有圆月，人间有至情。
圆月或时缺，至情不可更。
君为萍水客，妾乃闺中英。
相去千余里，遂结百岁盟。
会合真非偶，恩情果不轻。

---

① 葑（fēng）菲——蔓菁和葍（fú）两种蔓草。此为谦词。
② 丝萝——菟丝与女萝两种蔓生植物，纠结生长在一起。古人以借喻婚姻。
③ 二六巫山——二六，即十二。同前文巫山十二峰。

坚贞如金玉，永远若碑铭。

一诺千金重，毋玷妾清名。

洗心事君子，愿勿愧梁生。”

文荆卿见诗，微笑道：“小姐是金屋琼姿，无论闺壶女红，兼通文墨，真女中杰出。小生不过一临邛下士，幸垂青盼，不弃鄙愚，肯谐一息之欢，实亦三生之幸。既蒙佳章宠赐，小生敢不奉酬，敬赋数言，万勿见哂①：

金屋贮婵娟，富贵咸瞻仰。

百计每攀援，媒妁不能强。

而我愚蠢材，安得营妄想。

天就美姻缘，月下携仙掌。

青天作证明，此心并无两。

不惜千金躯，周身何快爽。

任彼野花红，敢效王魁莽。

卿贤如孟光，裙布毋怏怏。”

小姐道：“感君赠诗，爱妾多矣。君既以心爱妾，妾敢不以身事君。但是老母提防，侍儿拘系，两字相思，一言难尽。”文荆卿道：“当日若非误入园中，楼前寄咏，怎得今宵灯下交欢，此会实从意外得来，只为衷怀叠叠，霎时难尽绸缪，倘赐矜怜，早晚投闲过叙。”小姐低头想了一会儿，道：“文先生，明日是八月十五，我母与叔叔同往崇祥寺中酬愿，至暮始归，君可到园中丽春楼下相会，待我与你共把前情细讲一讲。”

① 哂（shěn）——此为讥笑。

文荆卿不胜欣跃，轻轻开了房门，提灯送小姐出来。欲待叮咛，同行几步，恐老夫人醒来听见，只得作别进房，依旧上床寝睡。你看小姐乘着月光，轻移莲步，赚进自己房中，只见余灯未灭，琼娥深睡未醒，遂悄悄掩上房门，把残灯吹灭了，竟自安寝不题。

却说到了十五日，老夫人侵晨起来，梳洗完备。着院子打点了斋供香烛。便请小姐出房，交付了房门钥匙，乘了轿，与李岳同往崇祥寺中酬愿。

那小姐送得老夫人出门去，已是巳①牌时分，遂进房唤着琼娥，打点午饭吃了，对着他道："琼娥，我自病愈起来，从不曾到园中一看。闻得芙蓉轩后，丹桂盛开。想那文先生，今日见老夫人往崇祥寺去，决然也不在家。你可到堂前看守，不可与闲人混进，待我去闲步一会儿来。"琼娥便一同出房。小姐锁了房门，把一把钥匙都交付与她收着，两下遂分路而行。

这小姐一到园中，只见花木半凋，恰正是一派仲秋光景。有词为证：

衰柳蝉声哽咽，四壁蛩吟悲切。丹桂发天香，疑似广寒宫阙。八月，八月，又是中秋佳节。

《如梦令》

那小姐到园中各处看了一会，并不见些人影。原来那管园的，也随老夫人到崇祥寺里去了。看看走到丽春楼下，只见文荆卿先已站在荼蘼架边，引颈凝眸，睁睁盼望。蓦然见了小姐走

---

① 巳（sì）——十二时辰之一，九时至十一时。

到，胜如天花坠下，连忙堆着笑脸，向前迎迓不及，道："深承小姐眷意菲人，不爽夜来之约。但是良缘不偶，佳会难逢，须挽臂登楼，早分我一帘风味，半枕云情，真生平大快事也。"小姐笑道："君非薄幸郎，妾非爽约女。幸得今日母亲、叔叔俱到崇祥寺去，家中寂静无人。那芙蓉轩后桂花盛开，且到那厢去。妾与君正好慢慢的同向花间细数，阁外闲评，以尽竟日之欢。"文荆卿与小姐同到芙蓉轩后，果见桂花盛开。有词为证：

花则一名，种分三色，嫩红娇白妖黄。正清秋佳景，雨霁风凉。郊墟十里飘兰麝①，潇洒处，旖旎②非常。自然丰韵，开时不惹，蝶乱蜂狂。把酒独挹③蟾光，问花神何属，离兑中央。引骚人乘兴，广赋诗章。几多才子争攀折，姮娥④道，三种清香。状元红是，黄为榜眼，白探花郎。

《金菊对芙蓉》

二人向芙蓉轩内盘桓了半晌，方得略尽衷肠。看看日色过午，文荆卿又把甜言媚语说了几句，小姐却无推托，遂携手同到丽春楼上。

那小姐便长叹一声，文荆卿笑问道："小姐，记得当初楼前传咏，今日楼上交欢，岂非一段奇异姻缘，小姐何发此长叹耶?"小姐道："君却不知妾意。妾自当初楼前传咏之后，每每牵系柔肠。每至寝食间，恍然与君对面，如醉如痴，神魂恍惚。偶一日

---

① 麝（shè）——兰与麝香，指名贵的香料。
② 旖旎（yǐnǐ）——本为旌旗飘扬貌，引申为柔美婀娜。
③ 挹（yì）——舀。
④ 姮娥（héng'é）——神话中的月中女神，即"嫦娥"。

隐几卧去，梦与君同上此楼，欢相笑语，恩爱绸缪①。却不知为着甚的，猛然惊醒。不想今日又得与君执手同登此楼，正应了昔日梦中情况，岂不令人抚今追昔，对景关情，宁无一叹。”文荆卿道：“小姐，正所谓一斟一酌，莫非前定。”说不了，便轻轻将手去与小姐解下裤儿。

那小姐已谙知昨宵滋味，虽是带着娇羞，却也唯唯从命。文荆卿就搂向绣榻上，轻轻扳起腿来，款款放进少许。那小姐禁受不过，便扭着身躯，咬定牙根，止不住泪珠满腮。

你道她怎么做出这般模样？原是个黄花处女，不比那熟罐子。自昨晚弄得忒过度了，这件东西又肿又疼，今日那里容受得起？只得忍着疼，任他弄了一会儿。看看进了大半，便忍不住疼痛，把两只手紧紧按住花心，道：“文先生，我这条性命，前日是你手里救活的，今日端然要在你手里断送了。”

文荆卿笑道：“小姐既有解怜之心，宁少容人之量。”小姐蹙额道：“文先生，你只知有容人之量，全无恻隐之心。这件事可是勉强承受得的？请饶我性命罢。”这文荆卿兴发了，哪里肯放，索性猛狠抽了几抽。那小姐却忍痛不过，只得含泪求告道：“文先生，你不能相谅，我今番多应是死。望迟缓我一个时辰儿罢。”文荆卿见他十分难禁，哀求不过，没奈何勉强抽出了。那小姐便站起身来，系了绣裤，整了衣服，口中却咿唔不绝。有诗为证：

前车已覆倾，后车可垂戒。

图得眼前欢，偿却相思债。

---

① 绸缪（chóumóu）——此指情意深厚缠绵。

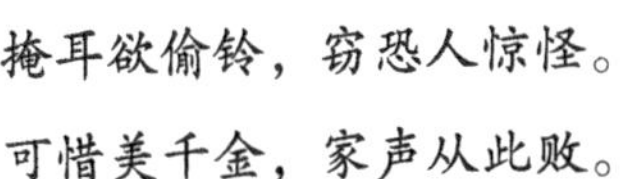
掩耳欲偷铃，窃恐人惊怪。

可惜美千金，家声从此败。

两个正在楼上携云握雨，以图终日之欢。不想他叔叔李岳在崇祥寺已先回家。看见文荆卿书房静锁，又见侄女儿房门紧闭，两个都不见影，只见那琼娥独自站在堂前，心中便有几分疑虑，遂问琼娥道：“小姐哪里去了？”琼娥道：“小姐恰才吃了午饭，到园中去看桂花了。”李岳道：“那文先生是什么时候出门的？”琼娥道：“也是吃饭去的。”

李岳想他两个决然同在园中，做些私情勾当，依旧着琼娥看守堂前：“倘老夫人就到，待我往园中看一看来。”匆匆走到园中芙蓉轩后，竟不见个侄女儿的影子，转身又走到丽春楼下，闻得有男女声音，听了一会儿，却是文荆卿与侄女儿笑语。他便掇起心头火一盆。不多时，只见他两个双双挽手戏谑①，同下楼来。

李岳睁睛竖发，厉声大怒，喝道：“哇，你两个干得好事！”那小姐见是叔叔，吓得面孔通红，魂灵都掉在半空里，连忙掩面跑归。李岳就把文荆卿一把扭住劈面打了几拳，道：“这丽春楼上，又不是贾氏私衙，你两个在此何干？今日你还是愿生愿死？”文荆卿道：“只愿送官。”李岳道：“你这样说，只道我不敢将你送官么？且与你先去见了老夫人，然后同到府堂上去，当官结煞。”就把他扭到堂前。

那老夫人方才下轿，见了他们两个，便上前劝住道：“叔叔，为什么事来？”李岳怒道：“嫂嫂，你养得好女儿，今日见我们不

① 谑（xuè）——开玩笑。

在家，同这个无籍棍徒，在那丽春楼上，做了一场丑事。恰好天教泄漏，是我劈头撞见。而今那没廉耻的丫头，嫂嫂你自去教训他罢了。这光棍，待我送到府里去，问他个大大罪名，方才得消此恨。”

老夫人听了，顿足捶胸道：“叔叔，原来他两个做出这场丑事来，教我的老面皮放在哪里！”李岳道：“嫂嫂，莫说你没了体面，我叔叔专在人头上说大话的，况且前日一个使婢做了一场话靶，今日又是一个嫡亲女侄，越教我做人不成了。”那文荆卿心中自揣有亏，只是低头含愧，再不敢辩一句儿。李岳把他扭住，一齐来到府前。

真个是好事不出门，恶事传千里。那些街坊上人，听得李二相公捉奸，掩得哪个的耳目，霎时间一人传百，百人传千，城里城外，纷纷簇拥来看。原来那店主也知道了风声，欲要到李府去看望，又思想得起前日原是他家指引去的，若沾染到身上来，便洗①不干净。连忙打发安童，急奔到府前，看他主人分晓。

恰好此时太尊正坐晚堂，李岳就在府前写了一张告状，把他扭到府门外，叫屈连声。太守着人叫进，便问道：“为什么事的？”李岳道：“爷爷，首②强奸室女③的。”就把状词呈上。太守展开一看，状上写着：

告状人李岳，告为强奸室女事。女侄李若兰，宦室名姝；赤

---

① 洗——昭雪冤枉。

② 首——出头告发。

③ 室女——未出嫁的女子。

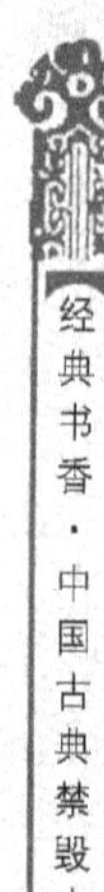

棍文荆卿，色中饿鬼。东家墙搂其处子，不思有耳隔墙；章台①柳已折他人，谩道无心插柳。丽春楼上，强效鸾皇②；孽镜台前，叩除枭獍③。上告。

太守高谷，原是赐进士出身，大有才干，决断如流，况且清正慈祥，宽弘仁恕。将状词看了一遍，见是宦家子女，先人④体面，心中便有几分宽宥之意。看这文荆卿又不像个下品庸流，便唤文荆卿上来，问道："看你堂堂仪表，当知理法，何为强奸宦门室女，辱玷宗风，当问死罪矣。"文荆卿哀告道："老爷，李府花园墙高数仞，不是他侄女开门延纳，小的岂能飞入？奸情不敢隐昧，乃和奸，实非强奸。况小的也是宦门旧裔，可怜两家俱系宦家子女，并未婚娶，今日若打死案下，不如放生。望老爷天恩怜宥。"

高太守道："强奸重情，当拘李氏执证，才见分明。"便唤公差标臂，把李小姐立刻拘到案前。高太守问道："你叔子首你奸情，是真是假？"小姐跪在案前，赪⑤颜无语。太守喝了一声道："奸事必然有的，但是和奸，实非强奸。"小姐事到其间，却也顾不得出乖露丑，只得带着满面娇羞，低低把当日丽春楼前相见，两下传诗，后又乔作医人探病的缘故，从头至尾控诉一番。

高太守道："你两个既都是宦门子女，也该谨持理法。"小姐

---

① 章台——旧指妓院。

② 鸾皇——鸾皇配对，比喻夫妻或情侣。

③ 枭獍（xiāojìng）——恶鸟。相传枭食母；獍食父。

④ 先人——祖先。

⑤ 赪（chēng）——古同"赪"，红色。

道："一时之错不可返，白圭①之玷不可磨。望老爷仁慈曲庇，泽及闺帏，虽死不忘恩德。"文荆卿见高太守不甚严究，觉有几分好意，便又叩首道："老爷，今日若一按法，则为鼠为狗；一原情，则为凤为鸾。望老爷高台明镜，笔下超生。"这李岳跪在丹墀下，见高太守只听他两人口词，一问一答，说得不已，只得吞声，不敢向前争执。

高太守道："你两个既能作诗，文荆卿就把这檐前蛛网悬蝶为题，李氏就将这堂上竹帘为题，各人面试一首。"文荆卿遂信口吟云：

只因赋性太颠狂，游遍花间觅遍香。

今日误投罗网内，翻身便作探花郎。

李小姐亦遂吟云：

绿筠劈破条条节，红线经开眼眼奇。

只为爱花成片段，致令直节②有参差。

高太守听了，赞叹不已，见其供称俱未议婚，便站起身道："今日若据律法，通奸者各该杖八十，姑念你二人天生一对，才貌兼全，况又俱是宦门子女。古云：君子乐成人之美。当权正好行方便，吾何惜一屈法，不以成人美乎？就令你二人缔结姻盟，宜室宜家③，是亦一大方便也。"遂援笔判云：

审得文荆卿青衿才子，李若兰红粉娇娃。诗咏楼前，欲赘相

---

① 白圭（guī）——以白圭比喻纯洁美好的品德。圭，古玉器名，长条形。古代贵族朝聘、祭祀、丧葬时所用礼品。

② 直节——守正不阿的操守。

③ 宜室宜家——形容家庭和顺，夫妻和睦。

思寸念，病挨阃内①，谁怜儿女私心。乘母氏之酬愿，遂缔约于园亭；适叔子之归家，得真情于婢口。打散鸳鸯，不过直清理法；配成鸾凤，无非曲就名门。欲开一面②真还假，要正三纲和也强。从此两偕姻眷后，不须钻穴与逾墙。

李岳禀道："老爷如此龙判，则萧何律法，不亦虚存？但非礼成婚，使后人何以为训？"高太守道："岂不闻卓茂云：'律设大法，理顺人情'。况他两个才貌兼全，正是天生一对。就今日团圆之夜，许令归家，遂缔良姻，恰成一场美事。"李岳不敢再执，一齐叩谢出来。

毕竟他两个回家成亲之后，那李岳与荆卿又有甚说？再听下回分解。

---

① 阃内（kǔnnèi）——家庭，内室。

② 开一面——同"网开一面"，意为宽大为怀。

第二十八回

文荆卿夜擒纸魍魉　李若兰滴泪赠骊词

诗：

最苦书生未遇时，遭人笼落受人欺。

脚根纵硬焉能立，志气虽存未出奇。

仗剑远驰千里道，修词频嘱百年期。

前程暗处还如漆，泪满胸襟只自知。

你看这李岳，恰才首奸的时节，何等势头烜赫，如今当官判将出来，只落得满脸羞惭，湘江难洗，那个晓得弄巧翻①成拙。那些各处来看的人，见高太守到不问起奸情，反把他二人判为夫妇，个个都说是一桩异事，遂编成一个词儿：

临安太守高方便，首奸不把奸情断。当堂几句撮空诗，对面两人供认案。判为婚，成姻眷，这件奇闻真罕见。悔煞无端二叔公，不做人情反招怨。

《鹧鸪天》

这文荆卿当晚就到李府与小姐成亲。那老夫人把前事想了一想，却也便气得过。

你道这李岳是个做好汉的人，眼睛鼻孔都会说话，只指望拼着打出门面去，省得外人知道，体面上不好做人，怎知到求荣反

① 翻——同“反”。

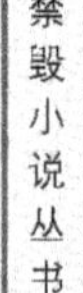

辱。思量起来，心下如何忍得这口呕气？对着老夫人道："嫂嫂，他两个今夜做了夫妻，到也无荣无辱。只是我和你这副嘴脸减了几分颜色。连那门首匾额上'刺史第'三字都辱没了。难道我小叔还好在这临安城中做人摇摆？明早收拾，就到南庄上去，永世也不回来。家中一应人来客往，支持答应，都让与那个光棍的侄儿女婿就是。"老夫人道："叔叔说哪里话。他今日就是明媒正娶的女婿，也任不得我家务事情。"

李岳道："嫂嫂所言差矣。既拜你做岳母，就是你的女婿，便有半子之分。明日你身边私蓄的那丢儿①，拿将出来，女儿一半，女婿一半。终不然肯分些与我小叔不成？"你看他次早起来，果然便要收拾往南庄去。老夫人留住道："叔叔，你今日若到了南庄去，莫说是别人，只是那些做工的，也要笑哂。还是在家消停几日，再去不迟。"李岳想了一会，道："嫂嫂说得有理。我就在家住了一年半载，难道他们撵得我起身？"

说不了，只见店主婆带着安童，挑子一肩行李，两个同走进来，有诗为证：

昨是偷香侣，今为坦腹②郎。

行踪从此定，书剑尽收藏。

安童歇了担，站在阶前。店主婆见了老夫人、李岳，把身子纛了几纛，道："老夫人、二相公，老身特来贺喜。"李岳怒道："哇，谁要你来贺喜！从今以后，你这老泼贱再走进我家门栏，

---

① 那丢儿——方言。犹言"那些"。

② 坦腹——古称人婿为"令坦"或"东牀"。

那两只股拐①，不要思量囫囵。”安童见他着恼，好似丈二和尚摸头不着。只道连他骂也有分，战战兢兢，把舌头伸了一伸，缩不进去，道：“新亲新眷，怎么就放出这个下马威来?”

你看这店主婆，见骂了那几句，霎时间把一张老面皮，红了又白，白了又红。横思竖想，又没甚言语抵对，真个就如张飞穿引线，大眼对小眼一般。那李岳的意思，原是怪着店主婆的，只要等他支吾两句，便要挥几掌过来。那店主婆还也识得时务，却没甚说。他只得走出了大门。

店主婆才敢开口，对着老夫人道：“老夫人，竟教老身也没甚回答。就是文相公与小姐，昨日做了那件事，虽是外人知道，见当官一判，那个不说好一对郎才女貌。老夫人，你就是踏破铁鞋，也没处寻这样一个好女婿。怎么二相公到把老身发作起来?”老夫人道：“奶娘，你也怪二相公不得，二相公也怪你不得。只是他两个做差了些儿。”店主婆道：“老夫人，为人要存一点良心。当日小姐染了那场笃病，遍请医人无效，不亏文相公的时节，那小姐的病症，今日还不能够痊愈哩。”

老夫人道：“奶娘，我也想起这件事，只得把这口气忍在心头。明日只要他两个会得争气，便是万千之幸。不然，那二相公极是会聒絮②的，教我这耳朵里也不得清净。”店主婆道：“老夫人，他两个是后生生性，哪里比得我们老人家，还有几分见识。早晚凡百③事务中，教道他争些气儿就是。”

---

① 股拐——脚踝骨。代指脚。

② 聒絮（guōxù）——唠叨，啰嗦。

③ 凡百——一切，一应。

老夫人道："奶娘，趁二相公不在，你且到他们房里去坐坐。"店主婆道："老夫人，文相公还有些行李衣囊之类，今就着他随身使唤的安童，一并收拾，担在这里。"老夫人道："奶娘，唤那小厮担上来我看。"店主婆便唤安重担到堂前歇下。这安童便向老夫人面前殷勤叩首。老夫人站起身，把行李仔细一看，却是：

几卷残书，一方古砚。锦囊中三尺瑶琴，铜鞘里七星宝剑。一把空壶，尚剩些酒中糟粕；半箱残简，还间些醉后诗章。紫毡包，装几件精致衣裳；红绒毯，裹一床半新铺盖。

老夫人吩咐道："你把这些行李，担到那第三间，原是你官人住的书房里去。"安童领命，便担到那第三间厢房里着落了。店主婆道："老夫人，这小厮可留他在府中罢。"老夫人摇手道："奶娘，这还打发他到你店里权住几时，待二相公往南庄去了，才好着他到这里来。"便又唤安童道："你且就在这房里等候一会儿，待你官人出来见一见，还回到店中，略迟几日再来。"安童答应一声，便进房中等候。老夫人与店主婆遂走起身，竟走到小姐房里，着文荆卿出来，吩咐安童回店不题。

说这李岳，自侄女与文荆卿成亲之后，心中大是不忿。只要思量在家与他寻非生事，那南庄上每隔十多日才去料理一次，其余日子俱在家中住下。那文荆卿却是个聪明人，见他嘴脸不甚好看，只得逆来顺受，分外谦虚，小心恭敬。

真个是光阴荏苒，他两人从做亲来，又早是半年光景。这李岳包藏祸心，假意和颜悦色，只思量要寻趁①他，又没一条线

① 寻趁——寻隙责备。

路①。一日，南庄上回来，走到大街路上，见一个人家门首，撑起一个小小布篷，挨挨挤挤，拥了百十余人。李岳仔细看时，原来是一个相面先生。只见那粉墙上挂着八个大字道：

眼分玉石　　术动公卿。

那相士口中念着四句道：

石崇豪富范丹②穷，早发甘罗③晚太公④。

彭祖⑤寿高颜⑥命短，六人俱在五行中。

原来这四句，却是那相命先生开口的拦江网，指望聚拢人来，便好送几张纸帖，思量赚几分道路，糊口的诀窍。这李岳把那相士看了两眼，却是有些认得，只是一时想他姓名不起，就向那人丛里低头想个不了。

那相士正把纸帖儿逐个分过，看看分到李岳身边，抬头一看，却认得是李二相公，便拱手道："久违了。"李岳便问道："足下上姓⑦？"相士笑道："二相公，小子姓贾名秋，绰号是贾斯文，难道不认得小子了？"李岳方才回答道："恰好是贾先生，

---

① 线路——门路、路径。

② 范丹——即范冉。东汉陈留（今河南杞县）人。字史云。桓帝时任官不就，生活贫致绝粮。被称为"甑中生尘，釜中生鱼"者。

③ 甘罗——战国时期楚国下蔡（今安徽凤台）人。秦相甘茂之孙。十二岁起做秦相吕不韦家臣。因功任为秦国上卿。

④ 太公——即姜太公吕尚。周代齐国的始祖，姜姓，吕氏，名望，字子牙。

⑤ 彭祖——长寿的象征。传说故事中长寿八百岁人物。

⑥ 颜——颜渊，名回，字子渊。春秋末鲁国人，孔子学生。生活贫，德行高，31 岁卒。被尊为"复圣"。

⑦ 上姓——问人姓氏的敬词，犹言贵姓。

得罪，得罪。”

原来这贾秋向年曾相帮李岳过，只是一件，肚内不谙一书，眼中不识只字，专好在人前通假文，说大话，装成设骗的行头。后来人都晓得了，就取一个混名，叫做贾斯文，便不敬重了。他因此过不得日子，走到江湖上去混了几年，学得些麻衣相法，依旧回到临安府中，赚几文钱儿过活。

这李岳见他身上褴褛，不似当初打扮，便把他扯到人丛后问道：“贾先生，你怎么就是这般落寞①了？”贾秋道：“二相公，你晓得我们做光棍的，全凭一副巧嘴弄舌，骗碗饭吃。而今都被人识破了，一些也行不通。因此，没了生意，靠着这几句麻衣相法，沿街打诨，糊口度日。”李岳道：“你把门面招牌收拾了，且随我到酒楼上去，有一件事与你商量。若做得来，就扶持你做些生意。”贾秋欢喜，笑道：“二相公若肯抬举小子，就是生人胆，活人头，也去取了来。有甚做不得的事？”便把布篷收了，欣然就走。

麻衣相法真玄妙，理不精通术不神。
道吉言凶无应验，论贫定富有谁真。
凭将设骗为生计，只藉花言惑世人。
自恃柳庄②今再世，谁知彻骨一身贫。

那些众人哄然走散。两人走到酒楼上，李岳便去拣了一个幽雅座儿坐下。那店主人见是李二相公，甚是小心奉承，吩咐店小

① 落寞——落拓，潦倒。
② 柳庄——《柳庄神相》，相术经典著作。由明朝袁珙所创。

二，只拣新鲜肴馔，上品好酒，搬将上去。

那贾秋一头饮酒，一头问道："小子向闻得二相公去年八月间招了一位侄婿，还未恭贺。"李岳道："你怎么知道?"贾秋道："这是小子耳闻的说话，又道是二相公送奸，高太守官判为婚的，不知是真是假?"李岳适才正要与他商量这件事，恰好他先问起，只得就把捉奸官判的前后情由，尽说了一遍。

贾秋道："二相公日常这等威风，这回把你扫天下之大兴了。"李岳道："贾先生，正是这般说，被他贴了面花①，多少没趣。如今怎么弄得个法儿，奈何②他一场，方才消得那点夙恨。"贾秋想了一会，道："二相公，小子倒有一条拙计，只是做将来，连他性命却有些干系。"李岳道："贾先生，正愁他不得死在这里。你有什么好计？请讲一讲。"

贾秋道："二相公，间壁有个赵纸人，专替那些出丧举殡的人家做那显道人、开路鬼的。明日将几钱银子，去定他做一个纸魍魉，眼睛、手脚都是动得的，要把一件白布衣服，替他披在身上。二相公，你把那文荆卿赚到别处，灌得个滥醉，直到更深夜静，着他独自先回。待我钻在纸魍魉肚里，站在路旁等候，见他来时，着实惊吓他一场。纵然不能够活惊得他煞，回到家去病也决要病几时，你道这个计较如何?"

李岳道："贾先生，此计绝妙。且与你饮一个畅快杯。"便把大碗劝贾秋吃了几碗，方才起身下楼，算账会钞。出了店门，李

① 面花——妇女的面部装饰。
② 奈何——惩治，对付。

岳便把五钱银子递与贾秋，去做纸魍魉，教他依法行事。贾秋接了，又向李岳耳边鬼诨了几句，方才作别，分路而去。

这李岳回来，见了文荆卿，假迎笑脸道："贤侄婿，我愚叔公思想，去年没些要紧，与你结了冤家，如今我见你夫妻二人过得恩爱，甚是难得。到教我仔细思量，展添惭愧。所以每常间，再不好开口相问一句话儿。我想将起来，日子长如路，在这里虽是招了侄婿与侄女儿的怨恨，俗话说得好，怪人在肚，相叫何妨。况且我与你是骨肉至亲，又不比瓜藤搭柳树的，朝夕相见，那里记得这许多恨？今有一句话与侄婿讲。我叔公一向不曾到南庄去，今日去看一看，那些账目一发清理不开。因此特地转来，要贤侄婿明早同去清理一日。不知意下如何？"

你看这文荆卿那里晓得是计，见这李岳每常再不交言，如今他这一通好说话，只道果然意回心转，所以满口应承。次早遂与李岳同到南庄盘桓了半日，那李岳便着庄上人杀鸡为黍，开着几瓮久窨好酒，殷勤相劝。直吃到红日沉西，把他灌得大醉，遂打发他回来，意欲落他圈套。

这文荆卿虽有些醉意，心里却是明白的，脚步如腾云一般，回到半路，竟没一毫酒气。此时正是二更时分，家家紧闭门户，处处断绝人踪。看看入了城门，到了大街，只见路旁站着一个长人，生得十分怪异：

状貌狰狞，身躯长莽。眼似铜铃，动一动，摇头播耳；舌如

闪电，伸一伸，露齿张牙。蓝面朱唇，不减那怒吽吽①的地煞②；长眉巨口，分明是恶狠狠的山魈③。

文荆卿见了，吓得冷汗淋漓，魂不附体，只得壮着胆，上前厉声大喝道："何物妖魔，夜静更深，敢来拦阻大路，戏侮我文相公！"那长人慢慢的摇摇摆摆走向前来。这文荆卿上前不得，退后不得，且是拼着命，又向他吆喝了一声。那长人手舞足蹈起来，文荆卿道："也罢，我文相公一不做，二不休，今日决要与你做个对头，也替地方上人除害。"尽着力，向那长人腿上踢了几脚。那长人忍不住疼痛，一跤跌倒。这文荆卿正待上前再踢他两脚，只见肚里钻出一个人来。

你道这人是谁？原来就是贾秋，这长人就是他去做的纸魍魉。你道那纸魍魉会得手舞足蹈的么？也都是做成的关利子④，只要惊吓文荆卿。不想他闪在纸魍魉肚里，被文荆卿踢了几脚，熬疼不过，便跌了一跤，脱身出来飞走。文荆卿连忙上前，揪住头发，打了几拳，便要扭他到府中去，等到天明，送官究治。

那人跪倒街心，便道："文相公，这个行径，都是李二相公着我来的，不干小人之事，乞饶我性命罢。"文荆卿听说了这一句，只着他依旧把这个长人拖了去："且饶你这条狗命。"那人就向街中石板上，磕着几个头，拖了长人飞奔走去。文荆卿道：

---

① 怒吽（hōng）吽——盛怒貌。
② 地煞——地煞神，恶神。
③ 山魈（xiāo）——传说中山里的独角鬼怪。
④ 关利子——机关。

"李岳的贼，我文玉与你有甚深仇？设这一个毒计来害我。"有诗为证：

设尽机谋欲害人，谁知胆量赛天神。

登时捉倒假魍魉，招出情词是至亲。

其二：

可叹书生未遇时，装聋作哑竟谁知。

纵然设却千般巧，难出胸中一鉴奇。

文荆卿识破长人，暗忖道："若不是我有些胆量，险些儿遭他毒计，断送了残生。"怒气冲冲，连忙跑将回来，高声向小姐把前事细诉一遍，夫妻二人抱头痛哭。

文荆卿道："我久居在此，决落他人圈套。明早收拾行李，便返姑苏。况试期在迩，顺便进京。倘得一官半职，须替小姐争气。"小姐道："说哪里话。你倘若明日就去，只道你惧他了，岂不是被人笑哂。还等他回来，当面拜辞。"文荆卿道："非我忍心抛撇，就要起身，只是把你叔叔得知，他又去弄一个圈套出来，反为不美。只是明早，着安童收拾行囊，别你母亲前去，再无二意。"

小姐含泪道："官人，你立意要行，我也不敢苦留。只是我和你绸缪日短，一旦平地风波，却不令人怨恨也。"文荆卿道："小姐，你却不知道，我去年初到，曾得梓潼托梦，付我四句诗谜。今日思想起来，恰好都应在我两人身上了。"小姐道："那诗谜如何道来？请官人念与我听。"文卿便念道：

好音送出画楼前，一段良缘咫尺间。

莫怪风波平地起，佳期准拟蝶穿帘。

小姐惊讶道："官人，这几句恰是母亲前年患病，舍与那文昌殿里的签经。"文荆卿道："小姐，便是这般说。我次早寻到那文昌殿里，祈祷一签，果然上面又是这几句。"小姐道："官人，今日虽是应了我们二人，可见'姻缘'两字，良非偶矣。"

文荆卿道："小姐，且与我把随身衣服拿几件出来。"小姐道："官人，我想从此一别，不知何日再得重逢？待我向灯下聊写骊词一套，赠与官人，早晚一看，如妾对面一般。"说不了，泪如雨下。这文荆卿背地里也自哽咽吞声。那小姐揾着泪，便向灯前展开薛涛笺，挨起松烟墨，蘸着霜毫笔，不假思索，信手写道：

石为盟，金为誓，因风咏，成鸾配。恁见我意马奔驰，我见恁心旌摇曳。那花前月下，总是留情地，无奈团圆轻折离。眼难抬，秋水迷迷。臂难移，玉笋垂垂。步难移，金莲蹁蹁。

《四块玉》

和伊，恩情谁拟？似锦水文禽共随。无端骤雨阴霾起，一思量，一惨凄。恨啼鹃，因别故叫窗西，将愁人聒絮，幸须垂惜玉怜香意，怕等闲化作望夫石。

《大圣乐》

伤悲最关情，是别离。受寂寞，从今夜，想影暗银屏，漏咽铜壶，烟冷金猊。向此际谁知？休恋着路旁村酒，墙畔闲花，和那野外山鸡。怎教人不临歧①，先自问归期。

① 临歧——亦作"临岐"。本为面临歧路，后亦用为赠别之辞。

《倾怀序》

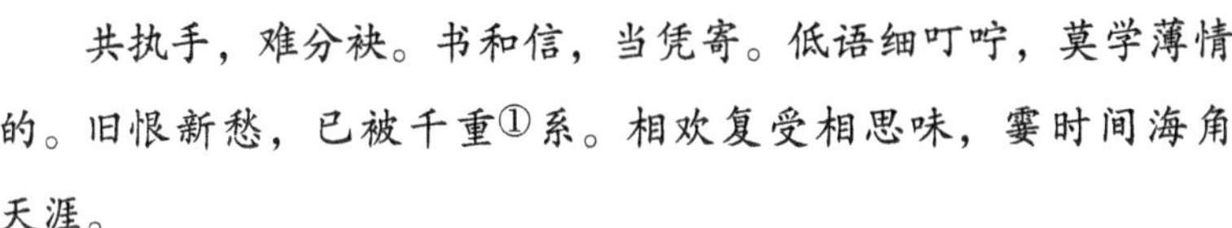

共执手，难分袂。书和信，当凭寄。低语细叮咛，莫学薄情的。旧恨新愁，已被千重①系。相欢复受相思味，霎时间海角天涯。

《山桃花》

愿郎君，功名遂，早归来与奴争气。再莫向可意人儿，共咏题。

《意不尽》

文荆卿从头至尾看了一遍，止不住眼中流泪，即便封固，收拾在书箱里面。两人是夜就寝，说不尽两字“绸缪”。次早起来，把行囊打点齐备。一壁厢着院子去唤安童来，跟随前去；一壁厢匆匆上堂，与老夫人拜别。

老夫人问道：“贤婿，你在此半载有余，未尝有思乡之念。今日促装欲去，不知何意?”文荆卿道：“小婿今日此行，一来为探叔父，二来试期在迩，顺便一赴选场。倘或天从人愿，不唯替老夫人生色，实慰小姐终身之望。”老夫人道：“贤婿，今日果然要去，也该接二叔公回来，整酒饯行才是。”文荆卿道：“小婿昨日在南庄上，已曾拜辞二叔公了。”

老夫人道：“贤婿此去，功名成就，早寄音书，莫使闺中少妇有陌头②之感。”便对小姐道：“我儿，你到我房中，去取那拜匣出来。”小姐含着泪，取来递与母亲。老夫人取出白金五十两，

① 千重——千层，层层叠叠。

② 陌头——路上，路旁。

送作路费，还有一言叮嘱：“路上村醪不比家酿，须早晚撇去几分。”老夫人又把一两小包，递与安童道：“这一两银子，与你路上买草鞋穿，早晚须要小心服侍相公前去。”安童叩头谢了。文荆卿便与老夫人、小姐拜别出门。正是：

欲别心未别，泪染眼中血。

行矣且勿行，说了又还说。

毕竟文荆卿此去，几时才得回来？那李岳又有什么说话？再听下回分解。

第二十九回

赴临安捷报探花郎　返姑苏幸遂高车愿

诗：

胸中自信冠群儒，暂作高阳一酒徒。
平步青云酬夙愿，高车驷马上天衢。
宫花报喜人争羡，衣锦还乡我不迂。
可叹无珠肉眼汉，龙驹错认是疲驽。

老夫人和小姐送得文荆卿出门，恰好李岳南庄回来。他的意思，正来探听文荆卿的消息。一进门，看见侄女儿翠蛾交蹙，玉箸①双悬，想有些尴尬。便问老夫人道："嫂嫂，今日侄女儿眉头不展，面带忧容，为着什么事来？"老夫人道："他恰才送得你侄女婿出门。"李岳惊问道："侄女婿出门往哪里去？"老夫人道："叔叔，你却不知道。他一来到姑苏去探望叔子，二来又为试期将近，顺便随赴选场。他道是昨日在南庄上，先与你拜别了。"

李岳道："这个精光棍，我一向要破口骂他几句。只说我做人太轻薄了些，不如吃着现成的，穿着现成的，装出公子心性，受用了这半世也罢。看他一窍不通，肚里滴出的，都是些白水②。昨日同我在南庄上，那账目上几个笔画略多些的字，就不认得，也替那读书的打嘴头，去赴什么选？不是讥诮他说，这样的都要

---

① 玉箸（zhù）——亦作"玉筯"。喻眼泪。

② 白水——泛指清水。

思量中举、中进士，我小叔不知做到什么品级的官了。”老夫人道：“我看他吟诗作赋，俱是来得。若把他说到这个地步，可不长他人之志气，灭自己之威风了。”

李岳道：“嫂嫂，你又来说得好笑，如今世上人，那个不晓得做两句打油诗。除是把那几句打油诗诓骗老婆之外，难道举人、进士也是这等骗得来的？也罢，今日到干净了。我这一个如花似玉的侄女儿，譬如不招得这样一个女婿，侄女儿譬如不嫁得这样一个丈夫，待小叔做主，别选一个门当户对的，做了东床，也替我面上增些光彩。”有诗为证：

赋性顽愚亲不亲，缘何屡屡只生嗔。

怎如李氏三员外，落得施恩做好人。

老夫人道：“叔叔，俗语道得好，一家女子不吃两家茶。况且他们又是做过亲的，一发说不得这句话。”李岳摇头道：“嫂嫂，你虽是为着侄女儿，是这样说，却不知那侄女儿又怪你说这句话哩！”小姐正色道：“叔叔，我与你是嫡亲瓜葛，缘何倒把这样的言语来嘲诮我？莫说是你侄女婿今日才出得门去，就是去了一世，不转回来，我侄女儿也决无移天①之理。”李岳道：“侄女儿，你既是这样说，只怕捱过了一个月，那场旧病又要发作了。”小姐却不回言，转身竟自进房里去了。

老夫人见小姐进去，知是李岳那几句话儿说得不甚该当，也觉心中不快。李岳见嫂嫂脸色又有些不甚好看，便道：“嫂嫂，那侄女婿今日才去赴选，侄女儿便做出这副嘴脸。若是明日做官回来，我叔叔竟也不要上门了。他便是女孩儿生性，你是个老成

---

① 移天——出嫁。女子在家尊父为天，出嫁则尊夫为天。

人，难道不晓得，我叔叔恰才那些说话都是药石①之言。”

老夫人道：“叔叔，你一向在南庄，我嫂嫂耳根头常得清净。一走回来，没一日不为着侄女儿身上，絮絮叨叨，着什么要紧。”李岳道：“嫂嫂，我常时见你正言作色，原来是怪我小叔在家里的意思。也罢，我今日依旧到南庄去，直待你女婿做官回来，再来相见。倘是明日家中又做出些什么不清白的事儿，那时连嫂嫂也要吃我几句言语。”老夫人听了这些话，气得两只眼睛突将出来。

这李岳也不与嫂嫂作别，叹一口气，起身出门，竟往南庄上去了。老夫人也只得耐着气，自进房去不题。

说这文荆卿，自与小姐分别，带了安童，出了临安城，但见一路上：

烟水千层，云山万叠，回首家乡隔绝。客路迢迢，难盼吴门宫阙。伤情几种关心事，叹连宵梦魂颠越。对西风，断肠泪洒，不胜悲咽。

《高阳台》

一路上登山玩水，吊古留题，慢慢的盘桓游衍，暮止朝行，将有个把多月，方才得到姑苏地界。安童道：“官人，记得这条路，那日同官人往临安，今日又同官人经这条路上回来，不觉转眼之间，又是一年光景。”有诗为证：

昔假临安道，重经此路途。
山川仍秀丽，草木益荣敷②。

---

① 药石——治病的药物和砭（biān）石。砭石，古代医疗工具。经磨制而成的尖石或石片。

② 荣敷——草木茂盛貌。

无意还乡国，有心达帝都。

公卿出白屋①，姓氏起三吴。

文荆卿道："安童，我想去年自与员外斗气，粉壁上题了诗句出门，立志黑貂裘敝，誓不再返故乡，怎知又到姑苏。"安童道："大官人，你只记得粉壁上题诗句，却不记得店房中拷问桐琴的时节。"文荆卿笑道："安童，你若想到那个时节去，顿教我官人霎时间泪洒西风了。"

安童道："官人，今既到了姑苏，再到家下也不多路，何不去与员外相见一面？"文荆卿道："我待回家探望一遭。只是那员外见我仍旧模样，反要被他讥诮。且待今秋后，倘得个侥幸回来，那时再与员外相见，却也不迟。"说不了，又早夕阳西下，两人便去投了旅店安宿。

原来这文荆卿与李小姐成亲后，酒量竟不比前，着实减了一半。那店小二取了一瓶酒，你看他吃了两个时辰，还吃不完，这也是他有事关心的缘故。便吩咐安童先去睡了，他向那灯儿下，取出小姐所赠的骊词，慢慢的细看了一会，不觉霎时间泪珠抛洒。有诗为证：

堪嗟平地风波起，鸾凤惊分两处悲。

半载恩情胶漆固，百年伉俪唱随宜。

路旁野艳何心顾，箧内骊词着意思②。

若也题名金榜上，泥金③报喜莫迟迟。

---

① 白屋——用茅草覆盖的屋。旧亦指没有做官的读书人的住屋。

② 意思——思想，心思。

③ 泥金——用金箔和脱水制成的颜料。封建社会，新进士及第，以泥金书帖子，附家书中，用报登科之喜。

这文荆卿看一会儿，哭一会儿，捱了一个更次，渐渐残灯将灭，只得收拾上床安睡。次早起来，谢了店主，两人依旧登程。晓行暮息，宿水餐风，行了两三个月，才进京城。但见：

皇极殿正对一轮红日，乾清宫紧罩五色祥云。五凤楼前威仪整肃，紫金城里瑞气氤氲①。三座城池，锁住无穷王业；九重宫阙，镇定万古乾坤。天子圣明，宵衣旰食；臣工贤谨，有国无家。士民乐业，黎庶安生。五湖四海咸归顺，万国九州庆太平。

正是槐黄②时候，天下豪杰，捱捱济济，尽挟生平抱负，竞吐胸中锦绣，献策金门③，皆欲夺取天下大魁。文荆卿此时正到，得赴科场，果然首登金榜。及至廷试，又中了探花，方遂平生之愿。先着人竟到临安府李刺史府中报捷。报人禀道："老爷姓文，怎么要报到李刺史家去？"文荆卿道："我老爷因赘在李刺史府中，所以先要打头报到那里去。"报人听得是李刺史的女婿，是个大来头了，着实要赚他一块赏赐。星夜飞奔，来到临安府李刺史府中报捷。

那老夫人、小姐正在想念文荆卿，犹虑不能得中。忽然听报了探花，一家喜从天降。就把报人留在府中住下，着院子竟到南庄，迎请二相公回来，打发赏赐。

那临安高太守，闻得文荆卿果然联捷，中了探花，满心欢喜，一个门生稳稳拿在手里。立时备下旗杆匾额，羊酒花红④，亲到李府恭贺。

---

① 氤氲（yīnyūn）——气或光色混和动荡貌。
② 槐黄——"槐花黄"之省。古指忙于应试的季节。
③ 金门——唐时宫门名，内为翰林院所在。
④ 花红——为庆贺喜事而赠送的插花挂红的衣料礼品。

说这李岳，自与老夫人争竞①出门，果然许久竟不回来。听得文荆卿报了探花，追悔无及，道："古人云，凡人不可貌相，海水难将斗量。果是不差。我今若是回去，免不得要说几句势利话儿，却不反被嫂嫂、侄女儿暗中冷笑，只说我是趋势附炎的。但当今之世，到是势利些的还行得通，且回去看个分晓。"连忙备了许多礼物，赶将回来。只见堂前喧阗②闹吵，都是各乡宦家来恭贺的。

李岳一走进门，见了小姐，深深唱喏，趋奉不已，道："探花夫人，小叔特来贺喜。"小姐笑道："叔叔说哪里话。向日若非叔叔深谋奇计，你侄女婿焉能得有今日？"老夫人道："叔叔，如今一来也得门当户对，替你面上争了光彩；二来我嫂嫂也省得吃你的言语。"李岳惭愧无地，道："嫂嫂，君子不念旧恶。你若重提旧事，教小叔颜面何存？"小姐道："今日接叔叔回来，要你打发报人，却不必把是非争辨了。"

那李岳巴不得脱身出来，听小姐说了这句话，勉强笑了一声，急忙走出堂前，便与报人相见。遂把文荆卿捷中探花的缘故，仔细询问一遍。那报人就要起身，老夫人再四款留不允，只得重重酬谢出门。

你看这李岳，见侄女婿中了探花，把哥哥在日势炎③依旧使将出来。从此出入不拘远近，就要乘马坐轿。那些临安城中的人，见他当日是刺史的兄弟，如今是探花的叔丈，愈加奉承几分。他便到南庄上，也去竖两根旗杆起来。正是：一人有福，挈

① 争竞——争执、计较。
② 喧阗——亦作"喧嗔"。喧闹，热闹。
③ 势炎——得势当权者。

带满屋。这不在话下。

那文员外，自他侄儿不别而行，各处遍访，竟不知些踪迹。忽见廷试录上第一甲第三名文玉，字荆卿，姑苏人。心中便有十分疑惑，暗想道："天下同名同姓者虽多，哪有这都图①籍贯一些不差的。又有一说，姑苏城中，只我文家一姓，那里还有外族？这多应是我酒痴生的侄儿了。

文员外正在将信将疑之际，只见京中下书人到，口称送文探花家报。忙到堂前，接了来书，一一询问，果是侄儿中了探花。霎时间疑城始释，心花顿开，遂把下书人请进客厅，款留茶饭，便拆开书，从头一看，上写着：

不肖侄玉，自违慈颜，已经三载。踪迹不定，温凊之礼既疏；湖海久羁，甘旨②之供已缺。虽切孝思，实招物议。不肖莫大，负罪良深。幸得分花官里③，食粟王家。虽祖宗之福庇，实叔父之义方④。准拟新秋告假，驰驿还乡。专人走报，不尽欲言。

叔父大人尊前

不肖侄玉顿首百拜

文员外看了书，满心欢喜道："谢天谢地，这是我文门有幸了。"连忙进去，取出白银十两，送与下书人，辞谢而去。

次日，姑苏太守得了试录，恭送旗扁，以表其门，又建探花牌坊。文员外大喜过望，把门楣改得齐齐整整。那些姑苏城中

① 都图——指标明乡村区划、四至的地图。

② 甘旨——美味的食品。

③ 官里——犹言衙门里，官家。

④ 义方——行事应遵守的规范和道理。后多指教子的正道，或曰家教。

的，有晓得的，说是文安员外的侄儿中了探花，应得光表门闾。有那不晓得的，说文安员外何曾有这样一个侄儿，毕竟是扳认的。

到了八月中旬，文探花奉命册封，便道[①]还乡。文员外听说侄儿回来，不胜欣跃，亲自出城迎迓。你看那郡中官员，没一个不来谒见。文探花到了自家门首，只见改换门闾，鼓乐喧阗。有诗为证：

锦衣今日还乡故，门第堪容车马行。

试问当年题壁者，探花即是酒痴生。

一直进到中堂，下了轿，先向叔父面前拜谢幼年抚养之恩。员外回答不及道："贤侄今为天衢贵客，愚叔当以礼见才是，何敢转加仆仆[②]之劳，岂不折煞我乎！"文探花道："小侄向年若非叔父大人良言激励，必沉溺于糟粕中矣。幸得今日金榜联登，宫花宠赐，虽然得沐皇恩，实叔父大人所赐。"

员外道："贤侄说哪里话。愚叔虽是向年有几句言语，不过要贤侄矢志功名的意思，但恐人生不能立志。今贤侄功名已遂，志愿已酬，诚所谓肉眼无珠，好人未易识耳。便沉溺于糟粕中，亦何害生平矣。"文探花笑道："叔父，若提起前言，令小侄赧[③]颜无地。只是一件，幸得驾高车，返故土，虽然得酬素愿，犹未得偿叔父大人二十年来抚养深恩，如之奈何？"

文员外道："贤侄，岂不闻'哀哀父母，生我劬[④]劳'，虽是

---

① 便道——犹即行。指拜官或受命后不必入朝谢恩，直接赴任。

② 仆仆——形容旅途劳顿。

③ 赧（nǎn）——因羞愧而脸红。

④ 劬（jú）——劳苦。

愚叔抚养你成人长大，还念身体发肤，受之于父母。今贤侄皇都得意之时，正父母泉台①瞑目之日。须早择良辰，到他墓前祭奠一番，以尽人子之情才是。”文探花掩泪道：“叔父大人，小侄在襁褓时，一旦椿萱尽丧，可怜生不能事，死不能葬，真大不幸也。今日便以五鼎②荐祀，固小侄分内之事。奈何匆匆到家，交接事烦，无顷刻之暇，暂消停几日，整备牲礼，虔诚祭奠便了。”

文安员外道：“贤侄，愚叔还有一句说话，只是难好启齿。”文探花道：“我与叔父大人，分虽叔侄，恩犹父子。家庭之间，有话不妨明示。”文安员外道：“所虑一件。古人说得好，男大当婚。又云，不孝有三，无后为大。贤侄如此青年，且喜挂名金榜，洞房花烛不可稍迟，必须早聘名门，以谐伉俪，接其宗枝，岂不美哉。”文探花道：“叔父大人在上，小侄初到家中，事物纷纭，但不告而娶，一时难好奉禀。今日重蒙叔父美意，安敢隐瞒。小侄自向年偏见出门，游到临安假寓，幸遇一段奇缘，已入赘李刺史府中了。”

文员外道：“贤侄，我想李刺史府中小姐，千金贵体，非贵戚豪家不能坦腹，贤侄是异乡孤客，行李萧然，既无势炎动人，又无大礼为聘，纵贤侄才貌堪夸，实非门当户对，恐未必然。”

文探花道：“小侄初登黄甲，名列缙绅，叔父面前倘或诈言虚诳，上何以取信于君父，又何以结交于士夫，下何以出治于百姓。所以再三因循者，其中隐情难好与叔父道耳。”文员外道：“贤侄，果然有这样奇事，我愚叔替你喜之无尽。何不把前后事

---

① 泉台——墓穴。亦指阴间。

② 五鼎——古代行祭礼时，大夫用五个鼎，分别盛羊、豕、肤（切肉）、鱼、腊五种贡品。

情，大略讲一讲，与我愚叔知道。”文探花不敢隐瞒，便把梓潼托梦，与小姐楼前题咏，小姐得病扮医，李岳捉奸，太守判婚，贾秋惊恐，前后缘由，备细说了一番。

说不了，文员外便拍手大笑道：“贤侄，正是天赐姻缘，因此六合①相凑。世间一饮一酌，莫非前定。既然如此，可修书一封，差人径往临安，一路驿递衙门，讨些人夫轿马，迎娶侄妇到我姑苏。大家共享荣华富贵，省得人居两地，彼此相悬，却不是好?”文探花道：“叔父有所不知，你侄妇是宦门弱质，从来不出闺门。老夫人只生一女，况且十分爱惜，时刻不离膝下，岂肯使他远涉千里程途。前月已着安童先赍②书去，小侄且待明日祭奠先人事毕，也就要到临安去了。”文员外道：“愚叔的意思，欲留贤侄在家，或郡中有甚分上，顺理的去讲几桩，也不妨事。这样看起来，又成画饼③了。”

说话之间，恰好安童从临安转来，竟到堂前，小小心心，先到员外跟前磕了几个头，又向探花面前磕头。文员外见他戴了大顶京帽，穿了屯绢海清，竟是舍人④一般，有些大模大样，与当初在书房中伏伺的形相不同，到觉有些不认得了，便对探花笑道：“今日若非贤侄中了探花，这安童缘何带挈得他如此齐整。正所谓：一人有庆，万人赖之。”

文探花便问道：“安童，可有回书么?”安童禀道：“只有小夫人一封回书在此。”探花接过手，拆开一看，恰原来是七言绝

---

① 六合——年、月、日的干支六个字都相适合。

② 赍（jī）——以物送人；带着。

③ 画饼——指没有或不存在的利益或好处。喻落空的事情。

④ 舍人——官名。

句二首。

其一：

罗帏寂寞几经秋，泪雨如倾恨未休。

莫把骊词丢脑后，东头不了又西头。

其二：

自从捷报探花郎，与妾多添半面光。

寄语郎君归莫晚，谁人不羡贵东床。

文探花看诗毕，便道：“小姐，小姐，我岂是那等之人。一点诚心，唯天可表。”又问：“老夫人有甚话说？”安童复禀道：“老夫人拜上老爷，途路风霜，保重贵体。只要早早荣归，就是万千之喜。”探花道：“我行程在迩，何劳老夫人挂虑。”就吩咐安童：“速备鼓乐牲礼，准是明日祭奠太老爷、太夫人坟茔。一壁厢买舟早到临安，毋得违误。”

安童领命，急忙打点祭礼，并各项俱已完备。次日，请了叔父，同往先茔祭奠，致敬尽礼。祭毕，便与叔父作别起身。文安员外执意强留不得，只得整备酒席，于十里长亭之外，殷勤饯行。文探花也不忍一旦轻离叔父，但难舍小姐恩爱，虑恐久盼不到，或者再有前番光景，反为不妙。因此顾不得叔侄深情，所以勉强泪别。

却说姑苏隔临安千有余里，计日趱程，不多日就到临安。那李岳叔丈，知道探花侄婿回来，便去换了深衣大服，亲自远远迎接。文探花就与邮亭中相见，一味亲情体面，并不提旧事半句。

你看这李岳体面上虽是这等行，心中自知有愧，不曾唱得一个喏，到说了无数甜言媚语，装了许多奴颜婢膝。世上小人，欺贫抱富，前倨后恭，非止李岳一人而已。

文探花虽是一意容忍，也未免要从中点缀，就说道："小侄婿是飘流荡子，昔为偷花贼，今作探花郎，皆赖叔丈深情，所以得有今日。不然，非死填沟壑，即流落江湖也。"李岳道："探花大人，岂不闻君子有容人之量，又道大人不作小人之过。若再提起前言，诚令人赧颜无地矣。"有诗为证：

其一：

深谋密网真奸险，罗织贤良恶匪轻。

谁想今朝重见面，羞惭无地可为情。

其二：

黄堂笔下完婚日，预识荆卿是贵人。

假使谨持三尺法，而今相见也生嗔。

"但是令岳母与尊夫人，俱悬望多时，万勿迟延。请起驾到府中，待小叔公慢慢的赔一个礼罢。"文探花只得一面含着笑，一面吩咐从人，即便起身。不多时，就到了李府门首。李岳先进去报与老夫人、小姐知道。

你看这文探花，这回喜色轩昂，竟不似当初出门的模样。但不知到府中见了老夫人与小姐，又有什么说话？且听下回分解。

第三十回

饰前非厅前双膝跪　续后韵页上两留题

诗：

何处吹箫绀宇①澄，香肩并倚拥华灯。
题来宋玉②多情赋，谱入文鸳心字经。
我辈风流原有种，娘行诗句自关情。
珠圆玉合浑闲事，笑整云鬟响碧珩③。

这文探花到李府中，先请老夫人出来拜见，然后再见小姐。老夫人便不是当初相待，愈加殷勤几分，遂说道："恭喜贤婿，今日衣锦荣旋。虽则是你文门之福，实于李氏亦有光辉。"一巡茶罢，小姐出来。文探花与小姐相见，叙了寒温，遂起身一同进去换了公服。

不多时，那李氏门中许多诸亲百眷，各执贺礼，都到堂前拜贺，要请探花相见。文探花从新换了公服，出来堂前，见贺客满堂，仔细一看，十个里头倒有九个不曾会面过的。这也是通俗世情，势发一齐来，所以都是要来趋奉的意思。文探花与众亲逐个个行礼，无论尊卑长幼，都留坐下待茶，内中有两个问道："今日文探花回来，正是二叔公得志之秋，缘何倒不见他？"内中又

① 绀（gàn）宇——天宇。绀，天青色，一种深青带红的颜色。
② 宋玉——战国时楚辞赋家。
③ 碧珩（héng）——佩玉。

有几个晓得前番那桩事的，回答道："他却有些没嘴脸来见探花哩。"

说不了，只见门上人进来，报道："本府高太爷赍礼来恭贺，已到大门首了。"众人一齐回避到耳房里去。文探花忙不及步行出来，直到大门首，迎接进来。高太守上堂，行了奉贺之礼，依师生坐下。高太守道："贤契，昔为偷花客，今作探花郎。可见蝶悬蛛网之作，一大姻缘矣。"

文探花微笑道："门生若非老师洪开一面，几为缧绁①中人，何敢仰望今日，这正是老师再造之恩。"高太守道："我与贤契有通家之雅，欲请尊夫人一见，不识尊意如何？"文探花道："本欲令寒荆出来拜谢，但恐见了老师，回想前情，含羞无地矣。"高太守道："当初是千金小姐，如今是诰命夫人，忝在通家，相见何害？"文探花便吩咐请小姐出堂。

那小姐听说高太守请见，没奈何，含着娇羞出来趋谒。走到堂前，见了高太守，霎时间忍不住两颊生红，连忙退到帘后，低低万福了，转身就走进去。有诗为证：

百媚千娇出绣房，含羞无语见黄堂。

低低万福称帘后，两颊新红上海棠。

高太守又吃了一巡茶，正待起身，忽听门首一派鼓乐喧阗。文探花便问："鼓乐是哪里来的？"随从的答应道："是李二相公来作贺的，闻得太爷在此，以故不敢进来，暂在门外。"高太守问道："是哪一个李二相公？"文探花回答道："就是妻叔李岳，当日与门生做对头的。"高太守道："原来就是此人。况且李老先

---

① 缧绁（léixiè）——捆绑犯人的黑绳索。借指监狱、囚禁。

生的令弟，又探花的叔丈，相见何妨，不须回避。快请进来相见。”

李岳在外面听说高太爷请他相见，他便迂阔①起来，大摇大摆，走到堂上。见了高太尊，欲行庭参，双膝跪下，口称：“李岳叩见。”高太尊向前一把扶起，道：“兄是太卿令弟，探花叔丈，比别不同，起来只行常礼。”李岳起来，深深作揖，又与探花作了揖，就在旁边坐下。

高太守道：“汝本是好好一个叔丈，只因前番不会做了人情。”李岳道：“当初若不是李岳激励探花一场，恐未必有今日这个田地。”高太守大笑道：“你这两句，虽然近于牵强，无非要探花宥了前愆的话头。今日我说一个分上，君子有容人之量，贤契②万勿以此事介怀。”李岳一眼把探花看定。探花见高太守说这句话，只得微笑道：“谨领。”高太守又把闲话说了一会，遂起身作别。

文探花与李岳直送到大门外，同走进来。刚到堂前，那李岳不知耳房内有无数亲戚在内，一把扯住探花圆领袖子，一个软膝打将下去，探花随手扯起。有诗为证：

其一：

只为心中抱不平，曾无委曲待书生。
今朝一举登科日，眼底须防不认情。

其二：

输情下礼饰前非，不似当初敢作威。
若得探花心转日，死灰还有复燃机。

---

① 迂阔——思想行为不切实际事理。

② 贤契——长辈对子侄辈或先生对门生弟子的爱称。

李岳正要说几句粉饰的话，不想又被众亲戚们在耳房里出来瞧见。内中有两个尖嘴的，连忙叫道："叔公装这个模样，如何使得？"李岳回转头来，见被许多人瞧破，气得两只眼睛突将出来，羞得一副脸皮没处遮掩，只得勉强与众人作了几个揖。本欲抽身便走进去，被这班人扯住了，缠缠绵绵，热一句，冷一句，春秋①了好一会儿，弄得他十分不快活起来。众人晓得他性子平常是暴躁的，恐他反了面②，不好意思，只得放他进去。

李岳见了侄女儿，一心只要奉承他喜欢，没奈何，管不得自家家里人取笑，就深深唱几个喏。小姐道："叔叔，你日常间不肯过礼于人，今日见了侄女儿，缘何做出这个光景？"李岳迎着笑脸道："侄女儿，你说来的话好不伶牙俐齿，不枉做了探花夫人。如今世上前倨后恭的人尽多，岂止小叔一个，望小姐看你父亲一面。况你父亲身上，又无三男四女，只得小姐，余外只得小叔。一家唯有和你是亲人。我为因性拗，平昔常有冒犯，万乞宽恕，不要挂怀。少刻侄婿进来，要求好言帮衬。"

正说之间，文探花已送众亲出门，走到面前。李岳又深深作了几个揖，说道："小叔公已具有贺礼在外，虽然菲薄，聊表芹意③。若不禀过贤侄婿，不敢着他进来。"文探花道："小侄婿自来无一些好处到老叔公，何敢当此厚赐。"李岳见有些好口风，连忙跑出大门外去，叫众人拿了礼物，送到堂前。打开拜匣，取了礼帖，恭恭敬敬，双手送上。文探花展开一看，上

---

① 春秋——指褒贬。

② 反了面——翻脸。

③ 芹意——谦词。微薄的情意。

写道：

谨具：

金花贰对，彩缎肆端。生鹅贰对，生鸡贰对，活肉壹方，活鱼肆尾，荔枝壹盘，龙眼壹盘，胡桃壹盘，胶枣壹盘，山羊贰牵，鲁酒贰尊。

奉申

贺敬

眷侍教生李岳顿首拜

文文探花道："既承老叔公厚情，不好见却。只领了羊酒，余皆返璧。"李岳道："些须薄礼，都是自己的，并非借办，望乞全收，方为见爱。"至再至三，文探花见他恳求不过，又是老夫人撺掇，尽数收下，赏赐来人。就令整酒，这回却是个家筵，不请外客。上面坐的老夫人，下面李岳，左边探花，右边小姐。有诗为证：

丈夫自古谁无毒，今日相逢不认真。

只为李家骨肉少，强教仇敌当亲人。

当夜满门欢聚，畅饮到二更时分，兴还未阑。李岳道："贤侄婿鞍马辛苦，请早安息罢。"一齐立起身来，各去安寝。文探花与小姐遂携手同进绣房，这一个欢爱光景，两个都是久渴的，说不尽许多详细。有诗四绝，诗曰：

其一：

恩爱轻分两度秋，罗衫湿尽泪空流。

今宵重整鸳鸯被，撇却年来几许愁。

其二：

灯前诉尽别离愁，只有相思无尽头。

最是清风明月夜，痴心一片倩谁收。

其三：

花开花落又开花，得意皇都便省①家。

不是一番能努力，几乎落魄滞天涯。

其四：

从来久别赛新婚，握雨携云总十分。

莫把工夫都用尽，留些委曲②再温存。

次日起来，叫打轿先去拜高太守。太守就留进后堂，整酒款待。两人饮到半酣，高太守叫传梆取那个手卷来，上面共有五六十首诗赋。文探花展开一看，原来当初那一首蝶悬蛛网与咏竹帘的，都载在上边。

高太守道："实不瞒贤契说，我只目下要起身回去，囊中却无一文私蓄，刚刚只有这个手卷，都是这临安府中众乡绅先生与名人妙作，特采集将来，类成一个手卷，也不枉在临安做官几年。只是后面还空几页，尚悭题咏，敢求贤契再赐妙作二绝，全美其事，永为光彩。"文探花道："老师乃是当代名公，硕德重望，声闻天下，誉入九重。今作大邦贤守，一文不染，万姓衔恩，非寻常士大夫可及。即先辈乡绅，尚不敢妄措一言，门生以新进小子，年轻德薄，又无班、马③之才，诚不足为老师轻重。倘赘片词，贻人议论。"

高太守道："贤契青年甲第，名播乡邦，又翰林雅望，加人

---

① 省（xǐng）——返家省视。

② 委曲——殷勤周至。

③ 班、马——也称"马班"。汉代史学家司马迁和班固的并称。

一等矣。仰仗休光①，幸勿再却。”文探花道：“重承老师注意，敢有他辞。敬求老师命题。”高太守笑道：“任凭尊裁。”文探花道：“谨领。”站起身来告别。高太守道：“只是简慢，不敢久留。”就教送过大觥，两下立饮五六觥，然后送出府门。

说这文探花回来，当夜就与小姐商议，作诗送与高太守。夫妇二人各赋一首，以酬当时作合之恩。文探花遂作诗曰：

珪璋瑚琏②器，作郡守一方。

三载仁恩大，千秋俎豆③香。

盗息民安业，年丰谷满仓。

政成还复命，不日佐岩廊④。

李小姐诗云：

汉有会稽守⑤，临行取一钱。

投之千仞渊，澄清今尚传。

复见高公祖⑥，士民呼青天。

遮道泣留挽，借冠愿一年。

文探花便把册页展开，将诗二首写上。但见笔势纵横，墨迹淋漓，真有走动龙蛇之妙。次早着人送上高太守，高太守满心欢

---

① 休光——盛美的光华。亦比喻美德或勋业。

② 瑚琏——古代宗庙中盛黍稷的祭器。用以比喻人有主朝执政的才能。

③ 俎（zǔ）豆——俎和豆都是古代祭祀用的器具。引申为祭礼、崇奉之意。

④ 岩廊——借指朝廷。

⑤ 会稽守——指东汉顺帝时任会稽守的马臻。曾在会稽、山阴（即今浙江绍兴）地区创建一座周围三百余里的灌溉、蓄洪水库镜湖，造福一方，万民传颂。

⑥ 高公祖——汉高祖刘邦。

喜道："好一个才子，写作俱全。我得了这一个门生，也不枉在临安做一任太守。"随即打发来人，致谢文探花。

不数日，高太守就来作别。文探花备办赆仪，整酒饯行，十分齐整。高太守只收赆礼，辞免酒席。又辞临安各乡绅，择日起行。文探花直送出数百里之外，方才回转。好一个高太守，三载黄堂①，半文不染，行李萧然②，只有仆从数人相随而已。临安士民思慕恩德，脱靴③造祠，还欲诣阙保留，送之者如市，有诗为证：

红缨白马嘶方草，一路清风拂去旌。

三载黄堂不爱钞，万千士庶诵神明。

高太守去不多日，各衙门奉章特荐，钦取进京。圣上召见便殿，多方慰劳。又问为治之要，对其详悉。遂超擢九卿之列，眷注优渥④，行将付以重任矣。此高太守清廉为天下第一，所以有此宠任。

且说文探花，送别高太守，回到府中，未及大门，只见安童报道："老员外即刻便到。"文探花下轿迎接。叔侄同进府中，相叙礼毕，老员外就请老夫人与小姐相见，便起身对探花道："好一位夫人，又兼贤侄才貌，佳人才子，天生一对，世间少有，真吾门之福也。"

文探花道："叔父不远千里而来，有何见谕？"老员外道：

---

① 黄堂——古代太守衙中的正堂，借指太守。

② 萧然——简陋。

③ 脱靴——表示百姓对去任地方官的挽留。

④ 优渥（wò）——优厚。此指待遇丰厚。

“可喜吾侄发此巍科①，宗族亲戚，无不欣悦。久住临安，旁人议论。古云，树高千丈，叶落归根。又云，富贵不归故乡，如衣绣夜行。况吾老年亦在风烛，家无正主，望吾侄三思。”文探花道：“侄亦久欲作一归计，怎奈岳母在堂，只生一女，无人倚傍，难以启齿，因循至今。”老员外道：“既老夫人膝下无人，请与小姐同到姑苏，奉养终身，岂不两尽。”文探花俯首道：“叔父之言是也。叔父在此多住几时，待侄儿缓缓图之。”探花便与小姐商议，老夫人面前微说，毫不应允。

李岳闻知此事，心中大喜，巴不得夫人、小姐同往姑苏，巨万家资，一拳②到手。因此在老夫人面前，不作留难，万意撺掇。老夫人暗想道：“女生外向，怎留得在家中？倘我百年之后，二叔又是不仁之人，决不相容。女婿况中探花，安肯下气于他，两边终究结怨。不如与女婿、女儿商议，寻个长便。”因此就与探花、小姐将此情备说。探花道：“岳母之见，甚是有理。且李府家财，应该是二叔公的，谁敢争执，不如交付与他。岳母、小姐同到我家，共享荣华。情则通，理则顺，请岳母万勿变更。”夫人十分应允。

次日，文探花与老夫人把家产悉付李岳。老夫人把细软、金银、珠宝作小姐嫁资，家产尽与李岳。标拨③已定，李岳亦不敢妄出片言，唯唯从命。况一介穷人，从此即陶朱倚顿④矣。文探

① 巍科——犹高第。

② 一拳——谓一把抓，掌握一切。

③ 标拨——犹分拨。

④ 陶朱倚（yǐ）顿——指春秋时越国大夫范蠡（lǐ）和战国时大商人猗顿。范蠡别号陶朱公，以经商致富；猗顿以池盐发家。后以陶、猗代称富人。

花便着人去雇座船二只，一只装夫人、小姐，一只装叔侄二人。不日便到姑苏，骨肉团圆，合家欢乐。后人有诗赞云：

人生在斯世，万事皆有缘。
纵或遭奸险，人定能胜天。
试观荆卿氏，才貌称两全。
风流多潇洒，翩翩美少年。
良缘千里外，太守合姻缘。
青春得科甲，状元相后先。
美妻已如意，美职真神仙。
昔有毒害人，宁不心骇然。
前情都不计，大度能包含。
福人有福器，福禄自绵绵。

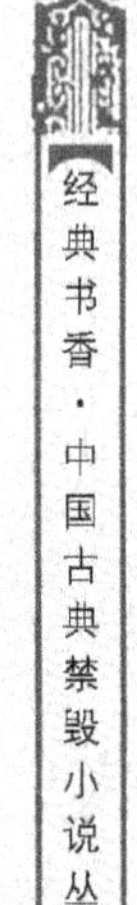

《鼓掌绝尘》月集

第三十一回

嫖赌张大话下场头　仁慈杨员外大舍手

词：

转眼繁华旧复新，朱颜白首几曾真？生平谩作千年调，世上谁为百岁人。　　身后事，眼前名，争强较胜枉纷纭。古今多少英雄客，博得荒郊一土坟。

这一首词，名为《鹧鸪天》，却是唤醒那些奔竞世途，争名逐利的几句好言语。但看眼前多少宿巧聪明的，反被智巧聪明误了一世。又有多少痴呆懵懂的，反亏痴呆懵懂好了一生。任从你贪厚禄，恋高官，附势趋炎，怎得个有终有始？倒不如藿笠翁，田舍老，草衣藿食，落得个无辱无荣。这也不在话下。

却说洛阳县中有一个人，姓张名秀，排行第二，原是金陵人氏。积祖是个有名财主，因十五岁上父母双亡，就弃了书，不事生业，日逐被那干地方上无籍棍徒哄诱，不上两三年，把父亲遗下多少金银珠宝，庄屋田园，嫖赌得干干净净。那些亲族们见他不肯学好，都不偢睬他。可怜一个身子，就如水上浮萍，今日向东，明日向西，竟无一个拘系。后来设处了些盘缠，来到洛阳过活。你看他衣衫褴褛，囊箧空虚，身同丧家狗，形类落汤鸡，那个把他放在眼里。只是嘴喳喳，夸的都是大口，说的都是大话。因此人就叫他做“张大话”。

时值严冬天气，朔风凛凛，瑞雪纷纷。但见那：

簇簇瑶花飞絮，纷纷玉屑飘空。荒村鸡犬寂无踪，野渡渔人骇冻。　　顷刻妆成琼砌，须臾堆就银峰。东君①为国报年丰，四海八方咸颂。

《西江月》

张秀见了这般大雪，尽捱了一日，哪里走得出门。身上只穿得一件旧布单衣，脚下着一双草蒲鞋，头戴一顶旧毡巾。看看坐到傍晚，朔风愈紧，张秀哪里禁得过，只得叹了一声道：“嗳，朔风，朔风，你好炎凉也！这时节，那有钱的，红炉暖阁，美酒羊羔，何等受用，却不去刮他。你看我张秀这般苦楚，身上无衣，肚中无食，偏生冷飕飕扑面吹来。也罢，你真要与我做对头，只索没奈何了。”便抽身走向草中席下，取了几文钱，提着一只酒罐，拽上门，一头走，一头叹，正要到村中沽酒。

只见那土地庙中，坐着四五个乞儿，热烘烘的烫了一罐浊酒，你斟一瓢，我斟一瓢，齐唱着太平歌，打着莲花落②，一个个吃得红头赤脸。醉醺醺的。内中有一个乞儿道：“列位哥哥，好笑如今街坊上的人，开口就叫我们做神仙。我想神仙还不如我们这样快活哩。”又有一个乞儿，却是认识张秀的，回头看见了他，厉声高叫道：“张大话站着，莫要走。你是做过大老官的，也在歌唱行里走过，决是会得歌，会得唱，走来见教我愚弟兄们一个儿。这热烘烘的酒，便与你一瓢吃。”

---

① 东君——司春之神。

② 莲花落（lào）——亦称“莲花乐”。民间曲艺的一种。旧时为乞丐所唱，后出现专业演员，演唱者一二人，仅用竹板按拍。

张秀听了，止不住心头怒发，就要向前与他厮打。心中又忖道："我待打他一顿，俗语说得好，双拳难敌四手，怎么抵当得那四五个？也罢，这是龙潜浅水遭虾戏，虎落平阳被犬欺。"只得忍着气，抽身便走。那一个乞儿道："众弟兄，这囚养的来得大模大样，买干鱼放生，不知些死活。我们是一个前辈老先生，抬举唤着他，明明好意要与他瓢酒吃，便做作起来。教他不要着忙，少不得明日入我们贵行，学我们贵业，那时把他个辣手段看看！"大家散去不题。

说这张秀，缩着颈，曲着腰，冒着风，熬着冷，走一步打上一个寒噤，来到村中，沽了一罐酒，回到半路，扑的滑倒，把个酒罐打得粉碎，眼睁睁地看着地下，泪如雨滴，叫苦连声。噫！这荒村野僻之处，莫说跌倒了一个张秀，就是跌倒了十个张秀，毕竟无人看见。

这也是他造化到来，忽遇村中有个杨员外，正在门前看雪，见他跌倒，连忙撇下拄杖，向前一把扶起，仔细看了两眼，心中便有怜悯之意。又见他身上止穿得一件单衣，愈加恻隐，就携他到门楼下坐着。问道："足下姓甚名谁？这样天气，雪又大，风又狂，别人着了几件棉袄，兀自叫冷叫冻，看你身上，刚刚着得这一件单衣，有甚紧要，出来跌这一脚？又遇得老朽看见，不然，冻倒在这雪中。却怎么好？"

张秀两泪交流，一头拭雪，一头回答道："不瞒老员外说，小子姓张名秀，原是大家儿女。只因运蹇时乖，身遭狼狈。值此寒冬天气，冻馁难熬，特到村中沽酒御寒，不期滑倒雪中。若非老员外搭救，险些断送残生矣。"杨员外听说，呵呵笑道："足下莫非就是张大话么？"张秀道："小子正是。敢问老员外尊姓大名，高寿几何？"杨员外道："老朽姓杨名亨，今年虚度七十五岁。"张秀道："老员外既有这些高寿，曾得几位贤郎？"杨员外摇头道："不要说起。刚刚只有一个小儿，唤名杨琦，今方弱冠，尚未成人。"

说不了，里面一个后生走将出来，说："请员外进去吃晚饭。"张秀听了，假意要走。杨员外一把扯住，道："这样天寒地冻，怎生行走？倘到前村又滑倒在那雪中，反为不美。足下若不弃嫌，何不同进草堂，着家童从起火来，把身上衣服烘一烘干，再暖些酒，御一御寒，就在此草榻①了一夜，待明早地上解了冻，再去何妨。"

张秀听说个暖酒，便不推却，就随杨员外同进草堂。杨员外唤那后生取一件青布夹道袍，一件土丝绸绵袄，一双新半旧鞋袜。又把头上戴的毡巾除来，与他戴了，自家去换了一顶狐帽。这却是造化逼人来。张秀竟不推辞，欢欢喜喜，一件件都来换了。

杨员外又吩咐后生道："快叫厨下先从些火，多暖些酒，再备晚饭出来。"原来这后生又是认得张秀的，心中暗想道："好笑我家老员外忒没分晓，我们跟随了他半世，几曾割舍得撇下一块旧布头，一缕粗麻线，还自要打要骂，只说服侍不周。这一个会说大话、穷骨头的精光棍，与他非亲非故，从头上至脚下，替他换得齐齐整整，还要暖什么酒把他御寒，不免悄悄去说与大官人知道，弄个法儿，撵他出去。"

却说杨员外是个仁慈长者，陪他吃了些晚饭，将自家房中铺盖着人打点停当，让他先去睡了。

原来这大官人正是杨琦，乃员外亲生儿子。这后生果然去把员外留张秀换衣服的话，一件件说与大官人得知。你看这大官人，终是个财主家儿女，宽宏大量，闭口无言，再不问起一句，

---

① 榻——泛指床。

慢慢地走到堂前。只见父亲独自靠着围炉向火，更不见那张秀，也不问起。只借口道："爹爹，今夜这般寒冷，不知村落里冻死了多少乞儿?"杨员外道："我儿，你爹爹恰才做了一件阴骘事，你可晓得么?"这大官人是读书人，聪明伶俐，听父亲说个阴骘，分明晓得说着张秀，佯做不知，笑吟吟地道："爹爹若积了阴骘，恰是儿孙们有幸了。"杨员外道："你爹爹适才正到门前看雪，只见一个汉子滑倒在那雪中，我怜他身上单薄，扶他回来，将些旧衣服儿与他替换。若非你爹爹看见，却不眼前冻死一个，这难道不是阴骘?"大官人道："爹爹，那汉子姓甚名谁?"

你看杨员外起初时再不说出"张大话"三字，后来被孩子儿盘问，只得笑道："我仔细问他，叫做什么张大话。"大官人道："孩儿也时常听得人说，城中有个什么张大话，敢就是此人？如今却在哪里？何不待孩儿去看他一看，不知怎么样一个人？生怎么样一张大嘴，会得说大话?"杨员外道："孩儿不要没正经，这是他的绰号，叫做张大话。我陪他吃了晚饭，打发进房先去睡了。料他这时决然熟睡，莫要去惊动他，明早起来相见罢。"这大官人只得遵依父命，就进去睡了。你看那老人家，有了几分年纪，吃了几杯酒，脚踏着火炉，呼呼的竟睡熟在那醉翁椅上。

原来杨员外的卧房，止隔得一层板壁。这张秀睡到三更时分，身上渐渐温暖，正要起来出恭，只听得耳边厢呼呼声响。他便披上衣裳，轻轻走到门隙里张了一张，却是杨员外睡熟在那里。原来雪影照进房来，四下明亮，就如白昼。回头一看，只见桌上有一个小小金漆皮拜匣，半开半锁。他悄悄揭起来一看，里面却是一个布包，包着六锭银子，约有三百两重。

正是财利动人心，张秀看了，又惊又喜，痴呆了半晌，心中暗想道："我想一个人若要安贫守分，终不然天上掉下一块来，毕竟不能够一个发迹日子。古人道得好，见物不取，失之千里。

只是一件，我若拿了这些银子走去，只难为他老人家一片留我好心。若放过了，又错失这场机会。不要管他，还拿了走罢。”你看张秀，一时便伶俐起来，穿上那套衣服，又去寻了一块旧布头，将银子裹着，紧紧拴在腰边，依旧把那小拜匣，半开半锁，放在桌上，转轻的掇去两扇窗儿，纵身跳出墙门，竟寻小路而走。

此时将近三更光景，看他拴了那些银子，手酥脚软，意乱心忙，胸前就如小鹿儿乱撞。走一步，回头一看，只恐后面有人追来。心中想道：“我张秀一向是个穷骨头，谁不晓得。换了这些衣服，带了这些银子，撞着个熟人，盘问起来，怎么回答他好？也罢，这叫做将计就计。转弯有个李琼琼，是我向日相处的，且到那里快活他娘一夜，明日再做理会，有何不可。”一直来到李琼琼门首。

原来那娼妓人家，三更时分，人还未散。只见里面灯烛辉煌，吹箫的吹箫，唱曲的唱曲，猜拳的猜拳，掷色①的掷色。张秀听了一会儿，心头却痒起来，便熬不过，大呼小叫，依旧使出昔日做大老官的派头，不管他有客无客，把门尽力乱敲。

那李妈妈不知什么人，慌忙提灯出来，问道：“是哪一个，夜半三更，大呼小叫？”张秀道：“我是你女儿的旧相知张二相公，难道声音都听不出了？快开门便罢，若迟一会儿，便教你看一个手段！”李妈妈道：“啐，我道是谁，原来是那说大话的张穷。我们开门面的人家，要的是钱，喜的是钞。你若有钱有钞，便是乞丐偷儿，也与他朝朝寒食，夜夜元宵。你若无钱无钞，总是公子王孙，怎生得入我门？哪里管什么新相知、旧相知？看你

① 掷色（shǎi）——即“掷色子”。打麻将。

这副穷骨头，上秤也没有四两重，身边鏨口①也没一厘，兀自说着大话，什么张二相公、张三相公，休得在此胡缠，快到别家利市去！”

张秀听说，一霎时怒从心上起，恶向胆边生，也不要他开门，尽着力一脚踢将进去。李妈妈抵挡不住，扑的一跤，晕倒在地。吓得那些在里面吃酒的人，不知什么事情。有两个怕惹祸的，撇了酒杯，先走散了。有两个好事的，远远站着，要看他动静。

却说李琼琼急忙点着灯，提将出来，看见妈妈晕倒在地，不晓得是张秀，开口便喊叫道：“地方②救人！”张秀听得是李琼琼声音，尽着力，上前也是一脚。这回却是张秀祸到头来。可怜一个：

月貌花容红粉女，化作巫山一片云。

张秀看见琼琼死在地上，自想事势不好，抽身便要走脱。只见那两个远远站的人，赶近前来，将他一把扯住，道：“快快救醒李妈妈，饶你这条穷命去。不然，和你到官，问你黉夜入人家，却怎么说？”两个扭扭结结，正要来救妈妈，只见李琼琼先绝气在地上。

妈妈醒来，看见琼琼已死，止不住放声大哭。一把扭住张秀，劈面乱撞，道：“我一个如花似玉的女孩儿，靠着他根生养命。当初费了百金，只望与我养老送终。你今日把他活活打死，终不然与你干休罢了！且与你到官去，偿他命来！”张秀此时正无布摆③，听他说个百金，便道：“妈妈噤声，这告到官司，不过

① 鏨（zàn）口——制钱。

② 地方——旧时的里甲长，地保。

③ 布摆——措置、安排。

问个误伤人命。况且身上又无伤迹，难道说得是我活活打死的？决不致着我偿命。也罢，你莫说是一百两，我情愿赔你二百两，省得到官又费了一番唇舌，大家私和了罢。”

张秀事到其间，也管不得银子的来头，急向腰边摸出四锭，递与李妈妈。李妈妈接过手，仔细一看，心下惊疑道：“呀，好古怪！这一个穷嘴脸的精光棍，哪里得这几锭银子？”就递与那两个人看。有一个认得这银子是杨员外家的，扯过李妈妈，说：“果然古怪。这银子，你道是哪一家的？却是杨员外家放的生钱，上面都凿着‘杨亨’二字，怎么落在他手里？决是来得蹊跷的。”

那张秀适才心忙意乱，虽是拿到手，也不曾看得仔细。李妈妈接过手又看，果然四锭上都有“杨亨”两字。便道：“如今到难放他，还是怎么计较？”两人道：“这个决难放他去。明日露了赃，连你都不好了。且紧紧伴着，莫要等他走了。只说待到天明，同去买些衣裳棺木，殡殓你女儿就是。”妈妈依言，揾①着泪，便牢守着张秀。两人拿了那些银子先去不提。

原来张秀是惊慌的人，此时魂魄也不知掉在哪里，怎知他们是一个计策，只得伴着琼琼尸首，等到天明。

毕竟不知这事后来如何结果？张秀怎么释放？且听下回分解。

---

① 揾（wèn）——揩拭。

第三十二回

腐头巾拦路说人情　醉典史私衙通贿赂

诗：

世态炎凉朝夕非，黄金交结总成虚。
有恩还向恩中报，无义何须义上培。
人情薄似三春雪，世事纷如一局棋。
缅想醉翁亭①在否？至今遗得口中碑。

却说杨员外到了天明，不见张秀起来，哪里知他先已走去，还只道睡熟未醒。拿了一碗姜汤，殷殷勤勤，推进房门。四下一看，哪里见个张秀？只见两扇窗子，丢在地上。心中暗想道："有这样事，终不然悄自不别而行去了？"再把皮匣开来，仔细一看，单单只剩得两本账簿，银子都没有了，便叹一口气道："古人云，画虎画皮难画骨，知人知面不知心。果然不差。我到好意怜悯他贫苦，与他几件衣服换了，又留在此歇宿一夜，怎知恩将仇报，反把我三百两生钱尽皆拿去，将我一片热肠化为冰雪。若是呈告官司，捍获起来，恐那孩儿又埋怨我老人家惹这样闲气。"只索含忍不提。

却说那两个在李妈妈家拿银子去的，你道是什么人？一个叫

① 醉翁亭——在滁州（属安徽）琅琊山。北宋欧阳修被谪为滁州太守时，常来此亭宴饮，因以"醉翁"自号，亦以名亭。写有散文名篇《醉翁亭记》。

做方帮，一个叫做李篾。原是终日在那些娼妓人家串进串出趁水钱、吃闲饭的白日鬼①。

你看他两个拿了这几锭银子，一路商量计较。李篾道："哥哥，我和你两个在娼家走了半世，眼睛里见过了多少公子王孙，几曾有这样一个撒漫使钱的，一口气拿出二百两银子来？这个定是杨员外家弟兄子侄。我们如今也不要管他什么生钱不生钱，且把这三锭拿来，和你分了。只将一锭竟到县中，连那李妈儿一齐首告，说他私和人命，现有真赃为证。那时他们各自要保守身家，自然上钩，来买嘱我们，却不是一举两得，也强如做一场大大的买卖。你道如何？"方帮道："说得有理，说得有理。兄弟，只把两锭和你先分，将一锭去首告，再把这一锭出些银水②，留做衙门使用便了。"李篾道："哥哥言之有理。事不宜迟，快与你到县前去。"方帮道："兄弟，还有一件事商量，这还是你嘴舌停当，到要你去当官出首。"李篾道："哥哥又来说得没搭撒，终不然坐在家里，那银子肯滚进门来？"方帮道："我就去，我就去。"

他两个急忙忙一齐走到县前。恰是巳牌时分，正值知县坐堂。李篾在大门外连声喊叫："出首私和人命！"你看，霎时间县门上围了百十余人。你也来问一句，我也来问一句。李篾只不回答，只是喊叫。

好笑这方帮，原来平日只好私下出头，说起见官，便有些害怕。看见李篾不住叫喊，恐怕到官干系自身，就往人队里先钻了回家。

知县便问皂隶："看是什么人喧嚷，快拿进来。"那皂隶走出

---

① 白日鬼——指行动诡秘，在光天化日之下作案的骗子。
② 银水——银子的成色。

大门，一把扭了李篾，竟到堂上跪下。李篾道："爷爷，小的出首私和人命。"知县道："人命关天，岂容轻息。且问你凶身是什么人？苦主是什么人？"这果然是李篾嘴舌停当，哪里晓得张秀姓名，又不敢支吾答应，便想到那锭银子上去，随口答应道："爷爷，苦主是李氏，凶身叫做杨一"。知县道："私和人命，事关郑重，有甚作证么？"李篾正要说出方帮是个干证，回头一看，哪里晓得他先钻过了，便向袖中取出那锭银子，道："爷爷，这锭银子是杨一行使的真赃，望爷爷龙目电察。"

原来那知县是个纳贡出身①，自到任来，不曾行得一件好事，只要剥削下民。看他接过这锭银子，就如见血的苍蝇，两眼通红，哪里坐得稳？走出公位，站在那滴水中间，问道："你这首人，叫做什么名字？快说上来。"李篾便改口道："小的叫做李元。"那知县唤过公差，把朱笔标在臂上："速押首人李元，立刻拘拿私和人命犯杨一、犯妇李氏赴审毋违！"

李篾同了公差，先去扣方帮门。他妻子回说："适才走得回来，偶患头疼，还睡倒在床上哩。"李篾本要回他几句，见公差在旁，便不开口，竟到李妈妈家。只见那李妈泪纷纷的看着地，张秀眼巴巴地望着天，忽见他两个走到，心中打上一个疙瘩。连那李妈妈，丈二的和尚摸头不着，也不知什么势头，便扯过李篾，问道："银子的根脚访着了么？"李蔑大叫道："你们私和人命，赃银都在当官，这泼贱②还不知死活！且看他臂上是什么东西？"张秀看了，惊得魂不附体，目定口呆，止不住号啕大哭。

那公差不由分说，竟把张秀，李妈两个，扭了便走，一齐扭

---

① 纳贡出身——即捐监之人。花钱买官做的人。

② 泼贱——犹贼人。

到县前。纷纷来看的人，不计其数。有说是捉奸的，有说是送忤逆①的。那张秀两件衣服，都被大门上的人剥得精光，只穿得一个旧白布衫，把两锭银子紧紧的拴在裤腰里。曲着身，熬着冷，仍旧是昨日的穷模样。

恰好知县此时还未退堂，公差把他三人一齐带下。知县看见张秀，心中十分疑虑，便问李篾道："这就是凶犯么?"李篾满口答应道："爷爷，他正是凶身。"知县又把张秀看了两眼，暗想道："这样一个穷人，怎得有哪一锭银子?"便唤道："叫那杨一上来审问。"张秀答应不来，道："爷爷，小的叫做张秀，并不叫做杨一。"

知县听说，一发疑惑起来，便对公差骂道："这奴才好大胆，一件人命重情，老爷水也不曾沾着一口，你就得了他许多赃，卖放了正犯，把这一个三分不像人，七分不像鬼的来当官搪塞!"喝声："打!"倒把公差打了四十，叫把这张秀快赶出去。张秀听说声"赶"，磕个头，就往县门外一跑，不知去向。知县道："速拿正犯来便罢，不然，每人各打四十!"

这公差也是晦气，一步一拐，走出大门，和李篾商量道："怎么好?如今哪里去寻个正犯还他?"李篾道："只是难为了你。我今有个计策在此，适才那锭银子上凿着杨亨姓名，我们再同进去，当官禀一禀，拘那杨亨来顶缸，却不是好。"公差道："说得有理。火烧眉光，且救眼下。"

二人商量停当，同了李妈妈，径到县堂上，知县道："正犯在哪里?"李篾道："爷爷，那张秀原是杨一家雇佣的，爷爷要拿

---

① 忤（wǔ）逆——即忤逆。违反、背逆。此指违反刑律的人。

正犯，只求再出钧牌，去拘他家长杨亨身上着落，就有杨一。”知县听说个“杨亨”，便想得起他是县中一个有名巨富。眉头一蹙，计上心来，就要思量起发他一块儿。便唤原差过来，标臂“速拘杨亨听审”六字，一壁厢又委典史官相验尸首报伤。

却说那原差同李篾，竟到杨员外家。只见那杨员外，正在忧郁之际，见他两人走到，回嗔作喜，道：“二位何来?”公差道：“本县老爷，特着相请老员外。这臂上朱笔标的就是大名。”你看那老人家，终究惯练世务，目不变睛，脸不改色，从从容容的问道：“二位见教，老朽一时不明，有话还请进草堂细讲一讲。”便叫家童，快治酒饭相待。公差便与李篾，同进草堂坐下。

酒至数巡，杨员外袖中取出五两一锭雪花银子，送与公差。公差看了，假意推却道：“这个怎么好收?”杨员外道：“二位若不嫌少，权请收下。老朽还有一言奉渎。”公差只得收了。杨员外道：“二位大哥，老朽祖居在此二百余年，屡遗德行，极是个良善人家。只有一个孩儿，年不满二十岁，日夜不出门庭，苦攻书史，从来不肯占人半分便宜，做一件非为的事。不知县主老爷今日拘我老朽，有甚公干?”那衙门里人，走到人家，不论贫富，先有一个入门诀窍，惊吓一番，才起发①得钱钞出来。这公差见杨员外先送出银子，然后讲话，晓得他是在行的，便对他实说道：“老员外，自古道：官差吏差，来人不差。宅上有个后生叫做杨一，又名张秀，不知是老员外家中什么人?昨夜三更时分，走到村中李妈妈家去嫖。那李妈妈因女儿有客，不留他，便一时怒发，打进大门，把他女儿立时两脚踢死。李妈妈连夜要到官司

① 起发——诈取，捞取。

讨命，他见事势不好，就向身边取出五十两一锭银子，要与李妈妈私和。这一位李元，在一旁看见，拿住赃银，当官出首。适承县主大爷钧命，只要老员外去讨个正犯下落。”

那杨员外起初听说个“张秀”，就有十分疑惑，后来又见说个五十两一锭银子，晓得决然是他，便推托道：“老朽家中，并没有个什么杨一和什么张秀，怎么好教老朽当官承认?”公差道：“本县大爷只因那锭赃银上凿着大名，故此要拘老员外去。”杨员外道：“这一件事，虽然不致着我偿命，却也要费些唇舌。便问公差大哥，这事如何分解?”公差笑道：“老员外，你这样财主人家，莫说是干连人命，便活活打死了一个人在这里，也不用着忙。依我愚见，这时候四爷已去相验过了，你明早央几个秀才，拿了手本①，先去当堂见他一见。你晓得我们老爷，一味朦胧，又是不肯做清官的，再将百十两银子，托一个心腹衙役，着肉一揌②，强如去讨人情。不是一件天大事情，脱得干干净净?”杨员外勉强笑道：“大哥见教有理。”吩咐家童，再暖酒来。二人就走起身，作别先去。

那杨员外事到燃眉，出于无奈，只得唤出孩儿，把前事细说一遍，商量明早要寻几个秀才出官。孩儿道：“爹爹，你是老年人，且放开心绪。村中有几个秀才，都是先生日常间相处的好朋友。只要今晚着人先去送下请帖，明早一齐来了。”杨员外当晚便着人先去接下。

却说那些秀才，个个都是酸丁。原在各处乡村，训蒙③糊口

---

① 手本——见上司或贵官所用的名帖。

② 揌——同“塞”。

③ 训蒙——教书。

的，因到冬尽，都歇馆在家过年。听说杨员外家要接去出官，个个应承。次日，未到天明，老成的，后生的，欣欣然来了二三十。有头巾的没了蓝衫，有蓝衫的没了皂靴。杨员外见了，也不嫌多。就齐整先治酒肴款待，各送轿金五钱，再把事情细说一遍："事妥回来，每位再谢白金二两，白米三石。"众人听说，欣然齐到县前，都会集在公馆里。那公馆原是县官见宾客的所在。只听得乱纷纷，有说去写手本的，也有说只用口禀的。那管门皂隶看见，把他众人一齐推出。

恰好知县远远拜客回来，你看那些秀才，急急忙忙，跑的跑，提的提，一齐簇拥上前，围住轿子，把手本乱递。知县问道："这些生员，为着甚事？"众人道："生员们是为保良民杨亨的。"知县听得说保杨亨，思量自己一厘尚未到手，难道就肯干休罢了？便着恼起来，把手本劈面丢去，厉声怒骂道："你这些无耻生员！朝廷与你这顶头巾，教你们去习个进路，难道是与你们揽公事，换酒肉吃的？况且如今宗师岁考在迩，还不思量去早早着紧攻书。终日缠官扰民，今日是手本，明日是呈子，兴讼也是你们，息讼也是你们。莫说我做官的竟没个主张，就是孔仲尼的体面，也不替他存些！"喝声："快快赶去！"

你看那些小胆的，恐怕干系前程，远远先退去了。有几个老年的。拼着这顶头巾，一心只是想着杨员外的二两银子、三石白米，紧紧扯住着知县的员领①，只叫："求老父母开恩！"知县被他缠扰不过，止得勉强应承，收下手本，方才散去。

那知县回到堂上，只见典史亲自上堂送递尸单，看了知县气

① 员领——即盘领衫。旧时官吏的服饰之一。

冲冲的，便问道："堂尊原何着恼？"知县就把杨亨央生员扳轿子的事，细说一遍。典史摇头道："说起那些生员，真个惫赖[1]。莫说是堂尊，就是典史衙内，日日被他吵吵闹闹，缠扰不过。这是杨亨那刁民的诡计。终不然大大一桩人命，可是央得这几个小小生员，讲得人情，也必先来尽堂尊一个礼才是！"那知县听见典史说来正合心窍，便道："那杨亨虽是个财主，就有许多大，难道不服本县拘唤的？也罢，我敢劳你去亲提他来。"那典史听说委他亲提，辞了知县，带领从人便走。

却说那些秀才，回见杨员外，你也夸逞，我也夸逞，各自要表殷勤。杨员外道："多承列位盛情，得与老朽鸣此冤抑。事毕，另当重酬。"吩咐快备午饭，先暖些酒出来，御一御寒。家童连忙整治。

杨员外正在堂前陪那些秀才饮酒，只听得门外远远喝道声来，闹嚷嚷的说："休放走了杨亨！"正开门，那典史便下了马，摇摇摆摆，竟到堂前坐下。这杨员外此时觉也心慌。内中有两个在行的秀才，吩咐跟随从人，俱出去伺候。掩上大门，独留典史。便与杨员外计议，齐齐整整重治酒肴。不想这典史又是个好酒的，听说个"酒"字，竟把亲提杨亨一件公事撇在东洋大海。与那些生员，逐个个见了礼，上下分席而坐。杨员外吩咐开了陈年香雪酒。你看：

众生员一个个齐来劝饮，这典史逐杯杯到口便吞。斟一盏，饮一盏，那等得催花击鼓；你一巡，我一巡，说什么瓮尽杯干。顷刻间醉魔来摇头咬齿，霎时节酒兴至意乱心迷。也不管乌纱斜

① 惫赖——泼赖，不讲理。

戴，也不管角带横拖。虽不是狠判官执笔行头，恰便是怒钟馗①脱靴模样。

你看那些生员，落得官路当人情，你一杯，我一杯，霎时间把一个清清白白的典史，灌得糊糊涂涂。杨员外又去取了两个元宝送上，这典史接在手，把眼睛睁了一睁，认得是两个元宝，便笑吟吟对众生员道："这个，学生怎么好受？待学生还转送到堂尊那里去罢。"众生员晓得是替知县开门路的说话，便又扯过杨员外计议，取出二百两来，送与典史，道："这二百两，烦老父母转送上堂尊，把舍亲②事体周支一周支。"

典史欣欣然把自家两个元宝先藏在右手袖里，再把送堂尊二百两，收在左手袖里，作别上马，竟回衙内。放了那一百两头，便将那二百两送与知县。心中思忖道："青天白日，送将进去，岂不昭彰耳目？且等到黄昏，悄悄送进私衙里去罢。"他就除了官带，呼呼的直睡到更尽方醒。

那知县正在衙里思想："典史去了一日，不见回报。"只见那典史，还是醉醺醺的，拿了四个元宝，轻轻走到私衙门首，把梆乱敲了几下，直宿的连忙走来，看见是四爷，便传进私衙。知县道："悄悄的，快请进来相见！"这典史扶墙摸壁，那里站得稳，两只脚就是写"之"字的一般。见了知县，送上元宝，只管作揖。把"杨亨"两字，口中念了又念，咿咿唔唔，再也不知讲些什么。知县晓得这银子是杨亨的来头，恐怕泄漏风声，便向袖中

① 钟馗（kuí）——传说唐明皇梦见一大鬼捉一小鬼吃。问他，自称名钟馗，生前曾应举未中，死后决心消灭天下妖孽。明皇醒后，命画工吴道子绘成图像。旧俗除夕端午多悬其像，谓能打鬼除邪。

② 舍亲——对他人谦称自己的亲戚。

一缩，竟不问起一句，便着家童扶回衙去。

知县次日侵晨出堂，唤那拘杨亨的原差过来比较。原来这公差也是受过杨员外厚贿的，只得蒙眬回答道：“只求老爷转限①。”知县道：“快唤首人李元和李氏来！”二人慌忙跪下。知县对李篋骂道：“那杨亨原是本县一个良民，怎么反把人命去扳陷他？你出首私和，拿了两三日，凶身却在哪里？难道官府与你戏耍的？良民把你扳害的？”喝叫：“打！”李篋知他有了钱路，浑身有口，也难分解，只得熬了四十。知县道：“把那一锭出首的赃银，贮库入官，快出去买下衣衾棺木，收殓他女儿尸首。仍断银十两与苦主李氏烧埋。”大家一齐逐出。

噫，这正是弱莫与强争，贫莫与富斗。这回也是李妈妈晦气，一个如花似玉的女儿，可惜一旦死于非命，反把一件天大人命事情，弄得冰消瓦解。李篋回去就把和方帮分的那一锭银子兑了十两，与了李妈妈。不想那方帮是个呆里藏乖的人，打听得消息不好，又恐李篋怀恨，当官实说出来，竟拿了那些银子，先自挈家而走。

毕竟不知那张秀自赶出了县门。奔投何处？再听下回分解。

① 转限——推迟期限。

第三十三回

乔小官大闹教坊司　俏姐儿夜走卑田院

诗：

烟花寨是陷人场，多少英雄误坠亡。
红粉计施因恋钞，黑貂裘敝转还乡。
云雨未谐先作祟，机关不密后为殃。
纵使绸缪难割断，到头毕竟两参商。

却说张秀自那日赶出县门，脱了这场大祸，尽着身边还有百两银子，竟去买了几件精致衣服，也不管李妈儿事情怎生结果，乘着一只便船，星夜回到金陵。但见一路风景，更比旧时大不相似，偶然伤感，口占一律云。

关河摇落叹飘蓬，萍水谁知今再逢。
乌江不是无船渡，苍天何苦困英雄。

张秀吟未了，只听得船后有人叫道："张大哥，你一向在那里经营，如今才得回来。"张秀回头仔细看时，只见那人面如傅粉，唇若涂朱，不长不矮，整整齐齐，一脸络腮胡，一口金陵话。便问道："哥哥高姓大名？小弟许久不会，顿忘怀了。"那人笑道："张大哥，你怎的就不认得我了？我姓陈名通，六七年前，曾与老哥在教坊司里赌钱玩耍，可还想得起么？"张秀想了一会，笑道："我道是谁，原来是陈通哥哥。"

你道这张秀适才如何不认得？这陈通两三年内生了一脸髭髯，因此他一霎时便想不起。陈通见张秀身上衣服儿穿得齐整，只道还是向年一般撒漫，便走近前来坐下，问道："张大哥，许久抛撇，便是书信也该捎一封来与我弟兄们。”张秀道：“哥哥，那路途迢远，纵有便鸿，也难捎书信。”陈通笑道：“这也错怪你了。张大哥，闻你这几年在外，着实赚钱，那把刀儿还想着么？”张秀道顺口回答道：“小弟托赖哥哥洪福，这几年虽不致落魄他乡，就是赚得些少银子，不够日逐盘缠费用，哪有余钱干这歹事。只是今日束手空归故土，怎生重见江东父老？可不令人羞涩也！”陈通道：“张大哥，休得取笑。”

说不了，早到金陵渡口。二人登了岸，携手而行。陈通便邀张秀到酒肆里去洗尘。只见那酒楼上有四五个座儿，尽是坐满的人。正待下楼，原来座中有两个是认得张秀的，上前一把扯住道：“张大哥，一向在哪里经营？把我弟兄们都抛撇了。”你一杯，我一盏，就似车水一般。张秀道：“小弟偶与陈大哥同舟相遇，蒙他厚情，要与小弟洗尘。不期到此，又得与众兄长们相会。真是萍水重逢，三生有幸。”

众人问道：“张大哥，行囊还在哪里？”张秀便道：“小弟因只身行路不便，并不带一些行李。”众人又道：“张大哥敢是还未寻寓所么？”张秀道：“端的未有。”众人听说未有寓所，有的道：“就在我家住罢。”又有的道：“在我家去。”陈通道：“你们俱没有嫂子，早晚茶饭不便，只是到我家去，还好住个长久。”

你道他众人缘何如此奉承？都是向年将他做过酒头的，见他回来，只道还是当年行径，因此你也要留，我也要留。张秀只是推辞，哪里肯去，自寻了一个客寓住下。

你看那三两日内，来往探望的旧朋友，足有上百。今日是你接风，明日是我洗尘。张秀却不过意，一日与陈通道：“哥哥，小弟几年不到勾栏里去，不知如今还有好妓女么？”陈通道：“张

大哥，你还不知道，近来世情颠倒，人都好了小官①，勾栏里几个绝色名妓，见没有生意，尽搬到别处去赚钱过活。还有几个没名的，情愿搬到教坊司去，习乐当官。”

不想这张秀也是南北兼通的，又问道：“陈大哥，勾栏里既没有了好妓女，哪里有好小官么？”陈通满口应承道：“有，有。旧院前有一个小官，唤做沈七，年纪不过十五六岁，头发披肩，果然生得十分聪俊。更兼围棋双陆，掷色呼卢②，件件精通。张大哥若是喜他，明日小弟就去寻他到寓所来耍一耍。”张秀见说得标致，一时等不得起来，道：“陈大哥，此去旧院前也不多路，何不就同小弟去访他一访？”陈通道：“使得，使得。”两个欣然便走，竟来到旧院前。

此时正值新正时节，只见那里共有四五个小斯。也有披发的，也有掳头的，一个个衣服儿着得精精致致，头髻儿梳得溜溜光光，都在那里斗纸牌儿耍子。走过几家，只见小小两扇避觑，挂着一条竹帘。陈通把门知扣两下，忽见里面走出一个伴当③来。张秀仔细看时，只见他：

> 眼大眉粗身矮小，发里真珠无价宝。
> 头戴一枝九节兰，身穿一件棉花袄。
> 川绢裙，着地扫，未到人前先笑倒。
> 年纪足有三十余，指望赚钱还做罢④。

张秀见了，吃惊道：“哥哥，这难道就是沈七么？”陈通笑道：“张大哥，莫要着忙。这是他家的伴当，沈七还未出来哩。”

---

① 小官——男妓。

② 呼卢——卢，古时樗（chū）蒲戏（赌博）一掷五子皆黑的名称，最为胜采。

③ 伴当——代代相传的世仆。

④ 罢（jī）——鸡奸。

张秀笑道："我也说，终不然这样一个小厮，都要思量赚钱？"

说不了，那沈七在帘内走将出来，便与陈通唱喏道："哥哥，今岁还未曾来贺节哩。"陈通道："彼此，彼此。"回见张秀，便问道："此位何人？自不曾相会过的。"陈通道："这一位是我莫逆之交，姓张名秀，一向在外作客方回。因慕贤弟风姿，特地同来相访。"沈七便与张秀唱了喏，同进堂前坐下。张秀仔细偷觑，果然那沈七生得十分标致。只见他：

脸似桃花眉似柳，天生一点樱桃口。
未语娇羞两颊红，小巧身材嫩如藕。
赛潘安，输延寿，国色天姿世罕有。
虽然不是女佳人，也向风月场中走。

张秀看了，暗自喝彩道："果然话不虚传。"只见那伴当捧着三杯茶来。沈七先将一杯递与张秀，便丢了一个眼色。张秀接在手，也把眼儿睃了一睃。陈通在旁，见他两个眉来眼去，只要张秀心内喜欢，开口便道："我们往那里嬉一嬉去？"沈七道："哥哥，今日是正月十三，上元佳节，新院前董尚书府中，大开官宴，张挂花灯，承应的乐工，都是教坊司里有名绝色的官妓，何不到那里去走走？"

你看张秀听说个官妓，尽着身边还有几十两银子，拴不住心猿意马，跳起身，拽了陈通，就要去看。那沈七虽然年幼，做小官的人，点头知尾，眼睛就如一块试金石头，不知磨过了多少好汉，好歹霎时便识，他见张秀要走，晓得他是不肯在男色上用滥钱的，便改口对陈通道："哥哥，趁早同这一位张兄先去，小弟还有些小事，随后便来相陪。"陈通见他有心推托，一把扯了同走。

三人来到董府门前，正值上灯时候。只见大门上挂着一盏走马灯，挨挨挤挤，围有上千余人。三人挨上前去，仔细观看。那灯果然制得奇巧，四边俱是葱草做成人物，扮了二十八件戏文故事。只见那：

董卓仪亭窥吕布，昆仑月下窃红绡。时迁夜盗锁子甲，关公挑起绛红袍。女改男妆红拂女，报喜宫花入破窑。林冲夜上梁山泊，兴宗大造洛阳桥。伍子胥阴拿伯嚭，李存孝力战黄巢。三叔公收留季子，富童儿搬谍韦皋。黑旋风下山取母，武三思进驿逢妖。韩王孙淮河把钓，姜太公渭水神交。李猪儿黄昏行刺，孙猴子大闹灵霄。清风亭赶不上的薛荣叹气，乌江渡敌不过的项羽悲号。会跌打的蔡扢搭飞拳飞脚，使猛力的张翼德抡棒抡刀。试看那疯和尚做得活像，瞎仓官差不分毫。景阳冈武都头单拳打虎，灵隐寺秦丞相拼命奔逃。更有那小儿童戴鬼脸，跳一个月明和尚度柳翠，敲锣敲鼓闹元宵。

众人看了，称赏不已。三人走进二门，只见那公堂上遍挂花灯。有几位官长，正在那里逊坐。沈七道："我们看看官妓去。"三人便向人队里挨身进去。果然有三五个官妓，在那里弹丝的弹丝，品竹的品竹，吹打送坐。众官长坐齐，那管教坊司的官儿，领了众官妓过来磕头。

原来那内中有一个妓女，叫做王二，却是陈通的旧相处。向在勾栏里住，因没了生意，就搬在教坊司承应过日起来。回身看见陈通，便招手道："陈哥哥，这里来坐坐去。"陈通认得是王二，便唤了张秀、沈七同走。这沈七一向原在王二家走动，因有些口过①，两人见面便有些不和。王二看见沈七，悄悄把陈通拽到人后去，对他说道："陈哥哥，你一向怎的再不肯来望我一次?"陈通道："时常要来望你，你晓得我是撇不下工夫的，再没一个空闲日子。"

---

① 口过——争吵的话。

王二又问道："这一位是何人?"陈通道："他姓张名秀，是个大撒漫的财主。"王二听说是财主，便起心道："哥哥，你明日何不同他到我家来耍耍。"陈通满口应承道："使得，使得。"王二道："只是一件，千万莫要带沈七同来，便是个知趣着人①的哥哥。"说不了，只见管教坊司官儿又在那里唱名。王二只得撇了陈通，便去答应。

原来王二与陈通背地里说的话，一句句都被沈七在后听见。沈七只牢记心头，却不出口。看了半晌，灯阑人散，三人竟转回来。陈通和张秀要送沈七归家，沈七只是推却，各自分路不题。

却说陈通次日侵晨，走到张秀寓所。张秀尚未梳洗，正在那里凿银使用。陈通走来，看见桌上是一包银子，心痒难搔，恨不得抢将到手，便假意道："张大哥，昨日董尚书府中承应的官妓王二，他识得你是个撒漫姐夫。今日侵早，特着长官来对小弟说，要接你去耍一耍。"张秀听说，便去梳洗打扮得齐齐整整，正要出门，对陈通道："哥哥，何不寻了沈七同去?"陈通道："张大哥，你就讲不在行的话，那妓者人家，最恼的是带着小官进门。只是我和你去罢。"

张秀见他说得有理，便不回言，携了手，一直来到教坊司里。陈通站了一会，看了半晌，不知是那一家。忽有一个后生在那里看踢气球。陈通向前道个问讯。那后生道："这靠粉墙第三家。门首挂着一条斑竹帘儿的，就是王二姐家里。"

陈通别了后生，同张秀竟走到粉墙边，果见一条斑竹帘儿。轻轻推门进去，只见那王二坐在帘内吃瓜子消闲。见他二人走到，满心欢喜，便站起身，迎着笑道："贵人踏贱地，快拿两杯茶来。"陈通笑道："烧茶不如暖酒快。"王二道："还是先看茶后

---

① 着人——犹言讨人喜欢。

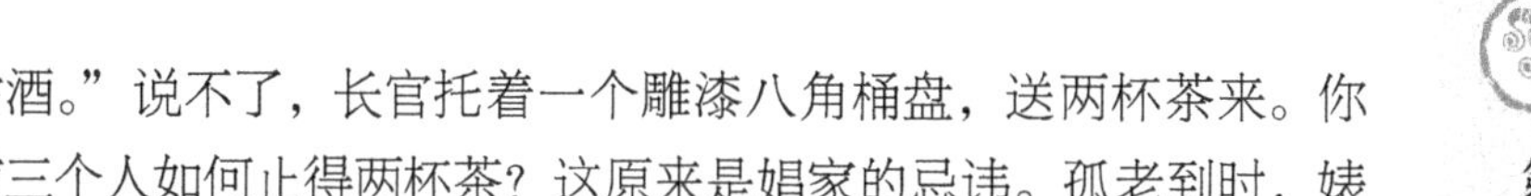

沽酒。”说不了，长官托着一个雕漆八角桶盘，送两杯茶来。你道三个人如何止得两杯茶？这原来是娼家的忌讳。孤老到时，婊子再不肯陪茶的。

张秀执了一杯，喜滋滋向前问王二道：“二姐，新年来曾得过利市么？”你看王二是个久惯妓家，开口便知来意，低低答应道：“不瞒哥哥说，如今世道艰难，哪得个舍手姐夫，来发利市？”张秀便向袖中取出银包，只拣大的撮了一块，约有二三两重，递与王二。王二将手接了。陈通在旁见了，笑道：“二姐，你的利市是这一块银子，我的利市，只是几杯酒罢。”王二道：“这个自然有的。”便吩咐快些暖酒，就请二人到房里坐。张秀进房一看，甚是铺设得齐整。但见那：

香几上摆一座宣铜宝鼎，文具里列几方汉玉图书。时大彬小瓷壶，粗砂细做；王羲之兰亭帖，带草连真。白纸壁挂一幅美人图画，红罗帐系一双线结牙钩。漆盒中放一串金刚子，百零八粒，锦囊内贮一张七弦琴，玉轸金徽。消闲的有两副围棋双陆，遣闷的是一炉唵叭龙涎①。正是一点红尘飞不到，胜似蓬莱小洞天。多少五陵②裘马客，进时容易退进难。

张秀仔细看玩，称扬不已。只见那长官捧着一个小小攒盒，走进房来，陈通洒开一张金漆桌儿，替他摆下三副杯箸。张秀坐在左首，陈道坐在右首，王二坐了下席。酒换了三四壶，陈通道：“二姐，你晓得我平日是吃不得寡酒的。”王二见说个“寡酒”，只道是肴巽③不够，连忙便叫道：“快整些好下饭来。”原

---

① 唵叭（ǎnbā）龙涎——两种名贵的香料。

② 五陵——汉代五个皇帝的陵墓，在长安附近。当时富豪外戚都居住在五陵附近，故后世诗文常以五陵为富豪人家聚居长安之地。

③ 巽——当为“馔”之谬误。馔，饮食，吃喝。

来那陈通也是双关二意，便笑道："再整好下饭，却是二姐美情。我适才说吃不得寡酒，要问你借一副色子，求张大哥行一个令，大家饮个闹热。"王二道："哥哥讲得有理。"连忙开了文具，取出一副小小的牙骰子，递与陈通。陈通便斟了一满杯，送与张秀行令。这张秀哪里肯受，二人推逊不题。

说那沈七坐在家中，看看等到天以将晚，不见他们两个走到，心中思想道："我昨日听得王二曾与他们有约，敢是今日到他家里去了？此时我若撞去，决然在那里吃酒。只是王二，昔日曾与他有口过的，今日走上他门，却不反被他讥笑。也罢，且到教坊司里去访个真假，明日只要吃张秀的东道便了。"出得门，一头走，一头想，看看到了教坊司门首。

原来那伙踢气球①的才散，沈七向前扯住一个，问道："老哥，适才曾见一个胡子，同着一个后生进去么？"不想这个人就是陈通适才问讯的，连忙答应道："有，有，有，都在那挂斑竹帘儿的王二姐家里。"沈七得了实信，也不去扣王二的门，一直竟到教坊司堂上。

只见那教坊司官儿，正在那里看灯。沈七上前，一把扯住，怒骂道："你就是管教坊司的乌龟②官么？"那官儿吃了一惊，见沈七是一个小厮，却不好难为他，只道："这小厮好没来由，有话好好地讲，怎的便出口伤人？难道乌龟官的纱帽，不是朝廷恩典！"沈七道："不要着恼。我且问你，这教坊司的官妓，可容得他接客么？"官儿道："这小厮一口胡柴③，官妓只是承应上司，教坊司又不是勾栏，怎么容他接客？"沈七道："你分明戴这顶乌

---

① 踢气球——亦称"踢气毬"。古代的足球运动。
② 乌龟——古代称开设妓院或在妓院执役的男子。
③ 胡柴——胡扯。

龟纱帽，干这等乌龟的事情，指望那些官妓们赚水钱儿养你么？且与你到街坊上去讲一讲。那王二家的孤老，你敢得了他多少银子？”这官儿说得钳口无言，痴呆半晌，哪里肯信？只说：“难道有这样事？”凭那沈七大呼小叫，这官儿却忍气不过，便唤几个乐户，来到王二门前，喊叫道：“要捉王二的孤老①！”

张秀此时，正与陈通掷色赌饮，听得长官来说：“门外闹嚷嚷的，要捉甚么孤老哩！”张秀那里晓得是沈七使的暗计，只道是洛阳县那桩旧事重发，慌忙丢了酒杯，便把门扇踢倒，抽身就走。陈通见张秀走了，不知什么势头，也慌忙往外一跑。

那些乐户一齐拥进房来，看见人都逃散，桌上只剩得三个酒杯。众人拿了，忙来禀上官儿道：“孤老不知实迹，只拿得三个酒杯。”官儿道：“有了酒杯，就有孤老的实迹。快捉王二出来，便有着落。”那王二原躲闪在软门后，听说要捉他出去，惊得魄散魂飞，便往后面灶披②上跳出墙去。众乐户寻不见王二，便捉那撑火的长官，送到教坊司来，着实拷打一顿。这回才见得官妓接孤老的真踪，又消了沈七怪王二的夙恨。

毕竟不知王二跳出墙来，怎生下落？再听下回分解。

---

① 孤老——俗称姘夫；嫖客。

② 灶披——亦称“灶披间”。方言，厨房。亦指简陋狭小的住屋。

第三十四回

邻老妪搬是挑非　瞎婆子拈酸剪发

诗：

古来薄命是红颜，飘泊东西谁见怜？
掩泪每时闻杜鸟，断肠尽日听啼猿。
村酒山醪偏惹醉，墙花路草愈增妍。
谩言老蚌生珠易，先道蓝田①种玉难。

却说王二跳出墙来，此时将近初更时分，只见街坊上人踪寂静，都看灯去了。你道那墙外是什么去处？却是一所卑田院②。这卑田院，尽是一带小小官房，专把那些疲癃③残疾乞丐居住的。王二思忖道："这时节有家难奔，倘被那些乐户捉将转去，送到官家，一顿皮鞭，多死少生，性命难保。我想蝼蚁尚且贪生，人生岂不惜命？不免就到这卑田院里躲过了今夜，看个下落④，明早再做理会⑤。"正要走，忽听得后面有人叫道："二姐慢走。"

王二此时，正在上天无路，入地无门，听他叫他名字，只道还是那些来捉他的乐户，吓得面如土色。回头看时，恰是陈通、

---

① 蓝田——县名。在陕西省渭河平原南缘。有玉石矿产。

② 卑田院——"悲田院"的语讹。原为佛寺救济贫民之所，后泛称收容乞丐的地方。

③ 癃（lóng）——癃病。手足不灵活之病。

④ 下落——安置；发落。

⑤ 理会——料理，处置。

张秀。原来他两人，虽是先走，还在这里打听王二下落。王二见了他两个，纷纷垂泪，道："二位哥哥，我们只指望一宵欢笑，怎知平地风波。如今到是我连累着二位哥哥。想这件事，却怎么好?"陈通道："这还是我们连累着二姐。事到其间，也讲不得这句话，只是早早寻个躲避去处便好。"王二道："但凭二位哥哥做主。"张秀道："这件事料来便也不妨，只是明日到有些难得出头在这里。"王二道："哥哥，你晓得我们做姐妹的，一日若不出头①，一日便没有饭吃。还是教我在哪里去安身？哪里去觅食?"

陈通道："我有个计策在此。今夜悄悄的且同到我家去，与拙妻权睡了一夜。我有个嫡亲哥子，唤名陈进，见在监前大土库内居住。门首开着一个字号店，里面尽多空房，又没有一个闲杂人来往。我明早叫了轿，送你到他家里，躲避几时，待事情平息，然后出来，却不是好?"王二只得应承，便揾了泪。是夜就与张秀同到陈通家里。那陈通回去，便着妻子安排晚饭，大家吃了，各各安寝不题。

说这陈进与陈通两个，原是同胞兄弟，他父亲一样分下家资。这陈通因游手好闲，不务生业，嫖嫖赌赌，日逐都花费了。这陈进是个损人利己，刻众②成家的人，不上四五年，蓄有万金家业。他就在监前买了一所大土库房子，门首开着个字号店，交接的都是川、广、闽、浙各省客商。只是一件，年纪五十余岁，从来没有一男半女。只有一个妻子，性最妒悍，又是双目不见的。这陈进因无子嗣，尝时与亲族们计议，另要娶个偏房。那妻子知了这个风声，便作孽了几个月。因此陈进见他，就有些害

① 出头——出面。指妓女揽接生意。
② 刻众——对人不厚道。

怕，再也不敢提起。

只见次早王二坐了一乘轿子，抬到他家。陈通同张秀先进，见了陈进。王二下轿，陈进便迎到外面客楼上坐下，问道："王二姐，今日那里风顺吹得你来?"陈通道："哥哥，说起话长。二姐当日在勾栏里住的时节，原与这位张大哥是旧相处。他出外作客六七年才回，昨日同我兄弟到他家去望一望，多承二姐盛情，整治酒肴，正要叙叙寒暑，不知是什么人知了风声，连忙去说与那教坊司的官儿知道。那官儿立时就着无数乐户，围住门前拿捉。我们三人见风声不好，一齐跳出墙来。众乐户搜寻不着，那官儿便去禀了官家，如今四路着人严缉。我想这件事，若是男子汉还好带些起盘缠，且到外州外府权住十日半月。他这女人家，有口不能说，有脚不能行，怎生区处?我兄弟思想得哥哥这里，尽有的是空余房屋，又没个闲人来往，特送他来寄住几时，待事情安息，才好出去。"

陈进笑道："兄弟，又来说得没正经。别样家伙器皿什物，还好寄得在我哥哥这里。你说一个女人，可是寄得在我哥哥家里的么?"陈通道："哥哥这样说，莫非是要兄弟帮贴些饭米钱儿?"陈进道："兄弟，你哥哥活了这一生，自不曾这样算小。"便吩咐承值的，快去打扫两间空房。又恐自家妻子得知，却不稳当，就在客楼上安排酒饭管待。

你看王二，终是妓家生性，吃起酒来，便要猜拳掷色，竟把一天愁闷，都不知撇在那里。

却说这陈进的妻子，因没了双目，整日就如梦中过活，坐在房中，再不行走一步，送茶吃茶，送饭吃饭。只有一件，双目虽丧，两耳最聪。他听得外面客楼上，却是女人声音，便叫随身服

侍的一个老丫环，出来打探消息。那老丫环轻轻走上半梯，把眼瞧了一瞧。不想王二正站起身，忽听得脚踪走动，回头一看，忍不住笑了一声。你道他如何便笑？原来这老丫环，年纪足有六十余岁，生得十分丑陋。你看他：

头发蓬松紧合眼，插着一条针和线。颈上黑漆厚三分，脚下蒲鞋长尺半。哑喉咙，歪嘴脸，披一条，挂一片，浑身饿虱如牵钻。破布衫，油里染，裤脚长，裙腰短，走向人前头便颤。远看好似三寸钉，近看好似黑桴炭①。年纪足有六十多，从来不见男人面。

王二忍不住呵呵大笑，便问陈进道："陈哥哥，恰才上楼来瞧我们的那老婆子，是你家什么人？"陈进道："我家没有什么老婆子，如今在哪里？"王二道："还站在半楼梯上哩。"陈进却也关心，便道："待我去看。"急抽身走到楼门首，只见那老丫环正拖着两片蒲鞋，紧一步，缓一步，慢慢的走进墙门去哩。

陈进回身，便低低对陈通说："兄弟，你道是谁？原来是里面服侍你嫂子的老丫环。敢是你嫂子知道了什么消息，悄悄着他出来探听我们的了。"这陈通一向原是怕嫂子的，听见陈进一说，心中便有十分害怕，低声道："哥哥怎么好？倘被嫂子知道，连我兄弟下次也不好上门。如今省得累你淘气②，我和张大哥先回去了。你只悄悄安顿二姐罢。"二人撇下酒杯，抽身便走。陈进把王二安顿在一间空房里，依旧下楼不题。

原来那老丫环瞧见王二姐不是良家妇女打扮，又见陈通、张

---

① 桴（fú）炭——亦称"浮炭"。一种质轻而松，极易着火燃烧的木炭。

② 淘气——怄气，受气。

秀一伙饮酒。连忙走进房去，说与瞎婆子道：“奶奶，外面客楼上，你道是什么人？却是二爷带着一个私窠子①，在那里同员外吃酒哩！”婆子听说，就有些着恼，便跌脚道：“天呵！怎知那老杀才干这样事，你快扶我出去！连那第二个现世报的，也是一顿拄杖，教他见我老娘的厉害！”丫环道：“奶奶，且耐着性子，少不得员外进来，慢慢与他讲个道理罢。”

那婆子哪里耐得过，便去床头摸了一根拄杖，扶墙摸壁，高一步，低一步，走到墙门首，厉声高叫道：“老杀才，吃得好酒，快走进来，与老娘见个手段！”陈进听见婆子发恼，便走到间壁铺子里坐下。王二在楼上，惊得魂不附体，心头就如小鹿儿乱撞一般，只恐那婆子走上楼来。

这婆子叫了一会儿，站立多时，并不见有人答应，又对老丫环道：“你与我再上楼去，唤那第二个现世报的下来，大家讲个明白，免得耽误了我！”丫环下楼回答道：“奶奶，二爷和员外都散去了。”婆子又道：“那个泼贱的丫头，还在楼上么？”丫环道：“也去了。”婆子只得纳了一口气，提了拄杖，依旧走到房里，跌脚捶胸，号天泣地，哭一声，骂一声，絮絮叨叨，数长数短，哪里肯歇。

陈进自此便有三四个月不敢走进房来，终日紧紧恋着王二，凭他要张就张，要李就李。这王二是个水性妇人，见受用得好，穿着得好，也不想起那“教坊司”三字，就要思量从良。陈进见他说肯从良，满心欢喜，替他置办了无数精致衣饰器皿，别赁间壁一所房屋，拣择了吉日良时，迁移过去，从新又撑持了一个人家。

王二却是快活惯的，哪里肯熬得嘴。日逐使费，瞎婆子哪里

---

① 私窠子——私娼。

只用得一分，王二这里就要用一钱。瞎婆子那里只用得一钱，这里就要用一两。只管家下使费一倍，这里便要使费十倍。那王二身上，隔得两三日，就换一套新鲜衣服，俱是绸绫缎绢。

可怜这瞎婆子，冬也穿着这件，夏也穿着这件，要茶不得到口，要饭不得到口。这婆子懵懵懂懂，还睡在梦里，那里晓得丈夫另娶了一个偏房在外。终日哭着天，怨着地，吵吵闹闹。那东邻西舍，也是晦气，耳根头再没有一里清净。

一日，邻家有个老妪特地进来望那婆子。婆子把自家的苦楚，备细告诉他一遍。这老妪却冷笑一声，也是有心问道："奶奶，你家员外，近日来另娶了一个二娘，你可知道么?"婆子摇手道："老妈妈，你莫要替那老杀才开这一条门路。肯不肯，俱要凭我老娘主张。难道是遮瞒得过的?决没有这样事。"老妪道："奶奶，你莫怪我讲，果是娶了一个哩。"婆子道："终不然这老杀才干这等没天理的事?"便问老妪："你晓得他娶在哪里?"老妪道："奶奶，你是个聪明的人。试猜一猜，远不过一里，近不出三家。"婆子道："老妈妈，你实对我讲了罢。"老妪道："奶奶，明日员外知道，只说我进来搬谍是非，可不埋怨着我?"婆子道："老妈妈，不妨事，这都在我身上。"老妪道："奶奶原来果是不知，就娶在间壁空房子里。哎，这个员外却也非理，要做这件事，便该先来与奶奶讲一讲才是。"

婆子听见这句话，止不住心头怒发，把胸前着实敲了几下，也不管蓬头垢面，提了拄杖，便叫老丫环："快扶我到间壁去，和那老杀才做场死活!"老妪一把扯住道："奶奶，你且耐烦①

① 耐烦——忍受烦闷。

着。员外是要做好汉的，你走到外面去，未免出几句言语，教他老人家怎么做人？依我说，不如寻思一个计较，只是哄诱他回来，和他讲个明白就是。”婆子道：“老妈妈，你说，有什么和他讲得?”

老妪道：“奶奶，我与你讲。譬如那女人家在外，另寻了一个二老①，男子汉知道，打打骂骂，他就要正一个夫纲。如今男子汉在外另娶了个偏房，只正他一个妻纲便了。”婆子道：“老妈妈，怎么哄诱得他回来?”老妪道：“你着人去，只说奶奶一时偶患心疼，快请员外回去，接个医人看治。他自然丢了工夫，也要来走一次。那时你再也不要放他出门，收拾了他的巾帽，藏匿了他的衣服。这遭凭你剥他的皮，咬他的肉，还走到哪里去？那妇人绝了几日口粮，要东不得东，要西不得西。那时便把碗大的绳子也缚他不住，自然会生别意。你道如何?”婆子道：“有理，有理。”老妪说了，便要告回。

那婆子送得老妪起身，走进房中，伏在床上，缩做一团，叫疼叫苦，便做作起来。那承值的听见婆子叫倒在房里，连忙去报与陈进知道。

陈进正在间壁同那王二吃着午饭，听见说，吓得手酥脚软，哪里晓得是计，慌慌张张，撇了饭碗，赶将回来。走进房里，抱着婆子问道：“奶奶，怎么有这等急症，还不妨事么?”婆子趁他低着头，便把一只手扯去帽子，一只手揪住头发，口中乱骂道：“负心的老杀才，终日东遮西掩，讨得好小阿妈，指望受用快活。快快着他收拾回来服侍我便罢，若说半个不字，看你这几根老骨

① 二老——陕西方言中称呼老二。此处引申指另一个丈夫。

头，今日就教你断送在我手里!”说不了，就是劈面一头撞将过去。

陈进听说，惊得目瞪口呆，就如泥塑的一般。凭那婆子骂一声，咬一口，半日不敢回答一句。婆子道：“我一日没结果①，你一日讨不得出门！看那贱婢受用些什么?”陈进道：“你这许多年纪，不思量自在享个福儿，终日在家吃醋捻酸，闹闹吵吵。别人家还有一妻几妾，谁似你着不得一个，成什么模样?”就把手来一推道：“也罢，我便去着他回来服侍你。”那婆子抵挡不住，扑的一跤，跌倒在地。怎知这陈进是个脱身之计，把他推倒，竟往间壁就走。

这婆子一骨碌爬将起来，跌脚搥胸，打碗打碟，敲桌敲凳，哭一回，骂一回，道：“前世不修，自嫁了他三四十年，不曾讨得个出头的日子。天呵，我好命苦!”你看他絮絮叨叨，竟哭了一日一夜，还不见那陈进回来，便去摸了一把剪刀，对着老丫环道：“罢，罢。与他们做什么对头，争什么闲气？我自剪了头发，便到庵观里去住了。等他两个回来，做一伙儿受用罢!”说未了，搜搜的把一头头发，剪得精光。

你看那老丫环，拾了头发，一步一跌，哭到大门前，喊叫道：“员外，不好了，快些回来！奶奶把头发都剪下了。”陈进在间壁听得剪了头发，恐这婆子又寻短见，连忙便去邀了几个老成邻友回来，小心劝解。那婆子见众人相劝，只得把人情卖了，便对众邻人道：“多承列位劝解，只是那老杀才，不该干这样没天理的事。”众人道：“这也难怪着奶奶，原是老员外欠②了些。”

---

① 结果——引申指料理丧葬事项。

② 欠——短少，不够，借指理亏。

婆子道：“如今把前言后语一笔都勾，只是他依得我三件事，就容他罢。”众人道：“奶奶，莫说三件，就是三十件、三百件，也俱是要依的。”婆子道：“第一件，今夜就要他去搬将回来，只在我房中服侍，低头做小。若是一毫不顺，便是一百拄杖。他可依得我么？”众人道：“这件却也容易。”婆子道：“第二件事，要他一年内，包我生一个肥肥胖胖、齐齐整整的好儿子。”众人笑道：“这个先要与老员外计较，便包得过。”婆子道：“第三件，要他两个月里，还我一双好眼睛。”众人道：“奶奶，这个怎么保得？”婆子道：“列位不知道，我老身当初因没个孩儿，终日在家哭哭啼啼，损了双目。今日有他来替我生了儿子，作成老身做个现成的娘，难道我这两只眼睛也不要开一开？”众人呵呵大笑。婆子道：“还有一件，是今日便要依我的。”众人道：“还有那一件？也请讲个明白。”婆子道：“把我昨日剪下来的那些头发，要他一根根都替我接将上去。”众人道：“岂有发落重生之理？这个太疑难了。”婆子道：“终不然他们今日搬将回家，教老身就没法了。”众人大笑出门。

陈进便去与王二商议停当，便把那些家伙器皿，都封锁在一间房内，两个连夜搬将回来，方才一家大小和顺。

你道王二怎么便肯下气吞声，低头做小？只因腹中已有两个月身孕，却也没奈何，要去又难去了。看看十月满足，毕竟不知分娩下是男是女？还有什么说话？且听下回分解。

第三十五回

假秀才马上剥衣巾　老童生当堂请题目

诗：

两字功名悉在天，人生梦想总徒然。

数仞宫墙肩易及，一枝丹桂手难攀。

谩言苦志毡须破，要识坚心石也穿。

莫将黄卷①青灯业，断送红尘白昼间。

却说王二自搬回来，已有二个月身孕。耽辛受苦，捱了多少凄惶，看了多少嘴脸，待到十月满足，生下一个儿子。丫环连忙去报与婆子道："奶奶，恭喜，恭喜。二娘分娩了。"婆子听说，却贤惠起来，便道："谢天谢地。一来是陈门有幸，二来也不枉我想了一世的儿子。"说不了，只见陈进从外面放声大哭进来。婆子道："老杀才，养了儿子倒不欢欢喜喜，兀自哭哭啼啼，想着甚的哩?"

原来陈进有些年纪，便觉有些耳病，一边揾泪道："奶奶，你不知道，适才我一个好朋友张秀来报讣信，说我陈通兄弟，昨夜三更时分，偶得急症而亡。"唯有妇人家最多忌讳。这婆子听说陈通死了，心中打了一个疙瘩便叫道："老杀才，你敢是想他去年正月间牵那个私窠子来得好情么？这样的人，莫说死一个，

① 黄卷——指道书或佛经。

便死一千一万，也不干我甚事。等他死得好，我家越生得好。哭些什么？”

陈进方才听得，便道：“奶奶，我家生些什么？”丫环道：“员外，二娘生下一个小官哩。”陈进连忙拭了两泪，走到房中一看，果然生下是个儿子。那老人家五六十岁，见生了一个孩儿，止不住心中欢喜，便吩咐丫环，早晚好生服侍调理不题。

真个光荫转眼，日月飞梭。那孩儿将及一岁，看看晓得啼笑。陈进爱惜，就如掌上珍宝一般，满身金玉，遍体绫罗。雇了乳娘，日夜小心看管。到了五六岁，取名就唤做陈珍，便请先生在家教习书史，训诲成人。那先生见他父母十分爱惜，却也只得顺着他意儿，凭他说东就东，说西就西，再不去考校他一毫课程，也不去理论他一毫闲事。

这陈珍渐渐长成，晓得世事，倚着家中多的是钞，有的是钱，爹娘又加爱护，把一个身子浪荡惯了。今日花街，明朝柳巷，没有一个娼妓人家不曾走到。你看，不上两三年内，把父亲上万家资，三分里败去了一分。这也是他父亲损人利己，刻众成家，来得容易，去得容易。

陈进自知衰老，日近桑榆①，替他娶了一房妻小。不想那陈珍，自做得亲后，听了妻子枕边言语，也不晓得王氏亲娘当初受了万千苦楚，不思量报答他些劬劳养育之恩。买了物件，不论贵贱好歹，悄悄都搬到自家房里。把这个没眼睛的嫡母②，就如婢妾一般，朝骂一顿，暮骂一顿。若还说起“父亲”两字，略有三

---

① 桑榆——比喻晚年，垂老之年。

② 嫡母——妾所生的子女称父亲的正妻为嫡母。

分怕惧。

那婆子那里受气得过，一日扯住陈进骂道："老杀才，当初没有儿子的时节，耳根头到得清净，吃饭也得平安，穿衣也自在。如今有了这个忤逆种，到把我做闲人一般，件件都防着我。我虽然不是生他的亲娘，也是一个嫡母，要骂就骂，要打就打，便是生我的爹娘，也还没有这样凶狠。我今番想着了，敢是与王氏亲娘做了一路，要结果我的老性命哩。"陈进道："奶奶耐烦，这不肖畜生，终不然果有这样事？待我唤他出来。"

陈珍听得父亲呼唤，便到堂前相见。陈进道："畜生，当初你嫡母与亲娘，不知为你费了多少心机，受了多少辛苦，抚养得你成人，择师训诲，今日却不愿你荣亲耀祖，显姓扬名，只指望挣得一顶头巾①，在家撑持门户，不唯替爹娘争一口气，就是丈人、妻子面上也有光耀。谁知你娶亲之后，把文章两字全不放在心上，可是个长俊习上的畜生么？"陈珍听了，只是低着头，不敢回答。

陈进道："我有个道理。家中妻子是爹爹娶与你的，不怕外人夺去，终日苦苦恋着怎的？明早着家童收拾书箱，依旧到馆中去看书。若逢朔望日，才许回家。"陈珍见父亲吩咐，岂敢有违，只得遵依严命。次日侵晨，果然收拾书箱赴馆。

却说那先生，原是个穷秀才，这陈珍若从他一年，就有一年快活。一日不去，便没一日指望。那馆中虽有四五个同窗朋友，都是家事不甚富实的。唯独有他还可叨扰，大家都要刮屑

① 头巾——读书人戴的儒巾。

他些。众人见陈珍到馆，一个个齐来趋奉，就如几十年不曾会面的一般。有的说："陈大哥，恭喜娶了尊嫂，还未曾来奉贺哩。"有的说："陈大哥，新婚燕尔，如何割舍撇了，就到馆来?"

先生道："我前日有一副金花彩段，特来恭贺老弟的，怎么令尊见却，一件也不肯收?"陈珍道："学生险些到忘怀了。先生说着那副礼，学生还记得起。家父几遭要收，到是学生对家父说：'这个决收不得。'家父说：'这是先生厚情，怎么收不得?终不然到见却了？待明日请完了众亲友，整齐再备一席，独请先生就是。'学生回说得好：'孩儿那日在馆中，曾看见先生送过一个朋友，那朋友接了一对纸花，还请吃了三席酒，先生也把他骂了十多日。若是收了这副全礼，莫说三席酒，就是十席酒也扯不来。终不然教孩儿这一世不要到馆里去了?'"先生笑道："说得有理。这个还是不收，到馆里来的是。"

众人道："今日陈大哥赴馆，先生做一个领袖，众朋友各出分银，办一个暖房东道①。"先生道："言之有理。你每人各出时钱一百文，斗②来与我。昨日旧院里有个妓者，我替他处了一件事，许我一个大大东道，我们同到那里去消账罢。"众人听说妓家的东道，都欣然斗下分子，邀了陈珍，竟到院里不提。

陈珍自从这遭东道，引动心猿意马，惹起蝶乱蜂狂，朔望日也不思量回家探望爹妈，终日在那些妓家串进串出。好笑一个授业先生，竟做了帮闲篾片，也不知书是怎么样讲的？也不知文章是怎么样做的?

---

① 东道——指做东，设宴请客。
② 斗——当作"凑"解。

偶值宗师行牌[①]，郡中岁考，陈进对王氏道："如今郡中行牌，岁考童生，日期在迩。孩儿一向在馆，想是撇不得工夫，因此许久不见回家，心中好生牵挂。"吩咐家童："快去接大相公回来。"

陈珍见父亲唤他回去，不知什么头脑，走进门，悄悄先到房中，问了妻子，方才放心出来，再请爹妈相见。陈进道："孩儿，十五日已是岁考日期，你爹爹昨日先替你买了卷子，不知还是寻哪一个保结[②]？"陈珍听说个岁考，一霎时面皮通红，心是暗道："这回却做出来。"便随口回答道："孩儿还去馆中，与先生商议。若寻得一个相熟的，还省些使用盘费。"

不想他嫡母在房中听见，厉声高叫道："恭喜，贺喜。今年秀才决有你份了！"陈进笑道："奶奶，你怎么晓得？"婆子道："他这样会省银子，难道买不起一个秀才？"噫，这正是：

只因一句话，惹起满天愁。

陈进道："事不宜迟，你快到馆中去。早早与先生商议停当，打发家童速来回复。"陈珍别了爹妈，竟到馆中，与先生计议考事。先生道："这个怎么好？日常间，书也不曾看着一句，题目也不曾讲一个，却难怪你。也罢，我有个计策在此。明日与你寻个保结，先纳下卷子。到十五日，不要与外人知道，悄悄地待我替你进去做两篇罢。"陈珍恰才放宽心结，撇下肚肠，着家童回复不提。

却说到了十五日，果然是先生进去代考。喜得县里取了一名。看看府试将近，陈珍道："先生，如今府试，还好进去代得

① 行牌——主持。

② 保结——指官吏应选或童生科举应考时证明其身份情况的凭证。

么?”先生道:“府试不比县试，甚是严厉，怎么去得?若是做将出来，连我的前程也弄得不停当了。我到有一条上好门路，劝你做了罢。”

陈珍道:“先生若有好门路，何不就做成了学生?”先生摇头道:“门路虽有，不是我先说不吉利，明年宗师岁考起来，这顶头巾怕不能够保得长久。”陈珍道:“先生，我老父算来也是有限的光景。一来只要眼前替他争一口气，二来还是先生体面。到了明年，又作明年道理。”先生道:“我与你讲，有个门路，却是府尊的座师，又是宗师的同年，只要三百两现银子，就包倒了两处。”陈珍喜道:“此事极妥，学生便做三百两银子不着，只要做了秀才，街上迎一迎过，就把衣巾脱还了他，也是心下快活的。”

先生道:“做便去做，明日试期还要你自进去。”陈珍道:“先生，若说起做文章，这个就是难题目了。学生若亲自进去得，也不消推这三百两银子上前。”先生道:“不妨事的。走将进去，接了卷子，写下一个题目，难道一日工夫，之乎者也，也涂不得些出来?明日取出名字，也好掩人耳目。”陈珍只得应承，便去将银浼先生打点门路停当。果然府试、院试，都是亲身进去，两次卷子单单只写得一行题目。这也是人情到了，府里有了名字，院里也有了名字。

那陈进听人来报说孩儿入泮①，一家喜从天降，也等不得择个好日，便去做蓝衫，买头巾，定皂靴，忙做一团。那些邻里亲友，听得陈员外的孩儿入泮，牵羊担酒，尽来恭贺。

---

① 泮（pàn）——泮，泮宫，古代学校。

却说他馆中有个朋友，姓金名石，家内虽然不足，腹中其实有余，只是数奇不偶①，运蹇时乖。自考二十多年童生，并不曾进院一次。他见陈珍入了泮，心下便不服起来，暗自思忖道："他一窍不通，便做了秀才。我还有些墨水，终是个老童生。这决有些蹊跷。不免且到府里去查他卷子出来，仔细看一看，还是哪一篇中了试官眼睛?"这金石走到府里一查，原来是个白卷，上面单单写得一行题目。他就将几钱银子，悄悄买将回来。只等到送学的那一日，便去邀了无数没府考和那没院考的童生，共有五六百，都聚集在大街三岔路口。

你看那陈珍，骑着一匹高头骏马，挂着一段红纱，头巾蓝衫，轩轩昂昂，鼓乐喧阗，迎出学门。众人看见，都道："陈员外想了一世儿子，到也被他想着了。"看看到了大街，只见金石带了众人，一声纳喊，大家簇拥上前，将他扯下马来，剥蓝衫的剥蓝衫，脱皂靴的脱皂靴，踹头巾的踹头巾。好笑那些跟随从人，竟不晓得什么来由，各各丢了红旗，撇下彩亭，都跑散了。陈珍心内自知脚气，吓得就如木偶人一般。随那众人扭扭结结，扯了就走。连那些街坊上看的人，也不知什么头脑。内中有两个相熟的，连忙去报与陈员外知道。

你看那陈员外家中，正打点得齐备。只见那：

画堂中绛烛高烧，宝炉内沉檀满爇②。密层的彩结高球，簇拥的门盈朱履。这壁厢闹攘攘鼎沸笙歌，那壁厢乱纷纷喧阗车辙。佳客良宾，一个个亲临恭贺；金花彩缎，逐家家赍送趋

① 数奇不偶——数奇，指命运不好，遇事多不利。不偶，意即不遇，不合。引申为命运不好。

② 爇（ruò）——烧。

承。又见那门外长杨频系马，街前稚子尽牵羊。陈员外喜上眉梢，呼童早煮卢同茗；欢迎笑口，命仆忙开仪狄埕。这正是，庭院一朝盈鸟雀，亲者如同陌路人。蓬门有日填车马，不因亲者强来亲。

那些亲族邻友，一个个欢欢喜喜，都站在门前盼望等候，迎新秀才回来。忽听得这个风声，一齐连忙赶到提学①院前，只见金石正扭住陈珍叫喊，众人又不好向前劝解。只是在旁看个分晓。

恰好宗师那日还在馆中发放那些岁考秀才。金石一只手扭住陈珍，一只手便把大门上的鼓乱敲几下。宗师问道："为什么事的？快拿进来。"金石就把陈珍扭将进去，当堂跪下。此时门上看的人，挨挨挤挤，好似蚂蚁一般。金石道："爷爷，童生是首假秀才的，见②有他府试白卷呈上。"便向袖中取出卷子，送上宗师。宗师看了，却也要避嫌疑，便问陈珍道："这果真是你卷子么？"陈珍此时已吓得魂散九霄，哪里还答应得一句。金石道："爷爷，只验他笔迹，便分泾渭③。"宗师道："一个白卷，亏那下面糊糊涂涂取了一名上来。"便叫礼房吏书，再查他院考卷子对看。连那宗师自也浑了，那里记得他原是有门路来的。

吏书取了卷子送上。宗师仔细一看，原来只写得半篇，还是别人的旧作。便对陈珍道："也罢，你两个只当堂各试一篇，若是陈珍做得好，便还你衣巾，把金石究个诬首之罪。倘是金石做得好，就把你的衣巾让与他，仍要依律拟究。"金石听说，便跪

---

① 提学——官名。掌管州县学政。

② 见——同"现"。

③ 泾渭——喻人品的优劣清浊，事物的真伪是非。

到公案前，叩首道："童生是真才实学，只求爷爷命题，立刻面试一篇，免致有沧海遗珠之叹。"这陈珍只是磕头哀乞道："只求爷爷饶命！"宗师吩咐吏书，每人各给纸笔，再把《四书》想了一遍，道："就把那《论语》中'秀而不实者有矣夫'，各试一篇罢。"

你看这金石，领了题，拿起笔，蘸着墨，伏在案前，不上一盏茶时，倏忽扫了一篇呈上。宗师看了，满心欢喜，道："这果是沧海遗珠了。"圈的圈，点的点，只叫："做得好！"你看那陈珍，眼望半空，攒眉促额，一个题目还未写完。宗师怒道："这明明是一个假秀才，快把衣巾让与他去。"吩咐皂隶："把这陈珍拿下，重责三十板，枷号两月示众。速唤他父亲，罚银二百两，解京助充辽饷，姑免教子无方之罪。"这回陈珍白白断送了三百两银子，金石白白得了一顶头巾。噫，正是：

没墨水的下场头，有才学的大造化。

这陈进恐被外人谈笑，只得忍着气，纳银赍助，不上两个月内，遂染气臌①而亡。那瞎婆子见陈进身故，那个还肯来顾恋着他，只得自缢而死。

但不知那陈珍后来守了爹娘服满，还有什么话说？再听下回分解。

① 气臌（gǔ）——中医指由于体气凝滞不通而引起的鼓胀。

第三十六回

遭阉割监生命钝　贬凤阳奸宦权倾

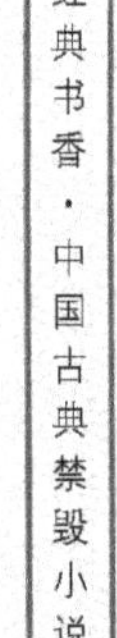

诗：

朝夕炎凉大不同，谩将青眼觑英雄。
半世功名浑是梦，几年汗马①总成空。
附势自然生羽翼，肆奸何必说雌雄。
不如解组归林下，消遣年华酒数钟。

说那陈珍，受了那场耻辱，恐怕亲族邻里中有人谈笑，也不归家，也不到馆，带了些盘缠，竟到苏州虎丘散闷。来得三四个月，金陵有人来报讣信，说他父亲和嫡母，双双都亡过了。陈珍听说，自忖道："今番若是回去，怎么好见那些亲戚朋友？便掬尽湘江，也不能洗我前羞。若是不回去，又恐被外人议论。终不然父母双亡，不去奔丧，可是个做人子的道理？"即便收拾行囊，买下船只，星夜赶将回来。

家中果然停着两口灵柩，只见左边牌位上写着："先考陈公之位，孝男陈珍奉祀。"陈珍看了，抱住棺材，止不住放声号啕大哭道："爹爹，孩儿不能够替你光门耀户，反累你受了万千呕气，教孩儿今日怎么想得你了？怎么哭得你了？"

众亲友见他痛哭不住，齐来劝解道："陈官人，死者不可复

① 汗马——战功。泛指工作中作出贡献。

生，今日不须悲苦，往事也不必重提。趁你年当少壮，正好努力前程，一来替你老员外、老安人争了生前的气，二来他在九泉之下，也得双双瞑目。”那众人有慈心的，听说得凄惨，纷纷都掉下泪来。陈珍转身又拜谢众人道：“小侄虽是不才，不能够与先人争气，今日先人亡过，凡事还望众尊长亲目一亲目。”众人道：“惶恐，惶恐。”陈珍便去筑下坟茔，拣了日期，把爹妈灵柩殡葬。自此杜门不出，在家苦读了两年。

真个光阴迅速，看看守制将满。一日与母亲王氏道：“不瞒母亲说，孩儿向年被先生愚弄，做得不老成①，费了三四百两银子，买得个秀才。不想金石来做对头，当堂面试，反被他夺了去，只当替他买了。如今孩儿饮恨吞声，苦志勤读，两年不出门，书句也看得有些透彻，文章到也做得有些意思。目今守制将满，孩儿要把身下住的这间祖房，将来变卖了几百银子，再收拾些盘缠，带了母亲、媳妇，进京纳监。明日若挣得一顶小小纱帽，一来不负孟母三迁之教，一来不枉爹爹生前指望一场。”王氏道：“孩儿，你既指望耀祖荣亲，这也任你张主。只恐又像向年，做得不甚好看。那时再转回来，却难见江东父老。”陈珍道：“母亲，古人云，男子志在四方，孩儿这回若到得京中，指望要发科发甲②，衣紫腰金，却不能够；若要一个小小纱帽，不是在母亲跟前夸口说，就如瓮中捉鳖，手到擒来。”王氏见陈珍说得嘴硬，只得依着他。

陈珍就把房屋卖了五百两银子，零零碎碎，把家中什物又典卖了六七百两，共约有千金余数。拣了好日，拜辞故乡亲友，即

① 不老成——不老实，不规矩。

② 发科发甲——科举考试应试得中。

便启程。众亲友晓得他进京纳监，都来整酒饯行，纷纷议论说："看他这遭进京，定弄个前程回来，要和金秀才做场头敌哩。"

那陈珍带了母亲、妻子，逢山玩景，一路游衍，直至三个月，才到得京师。先去纳了监，就在监前赁下一间房屋居住不题。

却说此时，正是东厂太监魏忠贤①当权的时节。京师中，有人提起一个"魏"字儿，动不动拿去减了一尺。那魏太监的威势，就如山岳一般，哪个敢去摧动分毫。一应官员上的奏本，都在他手里经过。若是里面带说个"魏"字，不管在京的、出京的，他就假传一道圣旨，立时拿回处死。因此不论文臣武职，身在矮檐下，岂敢不低头，只得都来趋附他的炎势。不上一二年，门下拜了百十多个干儿子。那第一个，你道是谁？姓崔名呈秀，官任江西道御史。

这崔呈秀，自拜魏太监做了干爷，时常去浸润②他。魏太监见他百般浸润，着实满心欢喜，便与别个干儿子看待不同，有事就着他进去商议。两个表里为奸，通同作祟，要动手③一个官儿，竟也不要讲起，犹鼓洪炉于燎毛，倾泰山于压卵，这般容易。

一日，是魏太监的生辰。崔呈秀备下无数稀奇礼物，绣一件五彩蟒衣，送与魏太监上寿。魏太监看了那些礼物，便对崔呈秀道："崔儿，生受了你这一片好心。怎的不留些在家与媳妇们享

---

① 东厂太监魏忠贤——魏忠贤，明宦官，兼掌东厂。专断国政，杀异党。崇祯帝继位后将其黜职，逮治途中畏罪自缢。东厂，明朝特务机关。

② 浸润——谗言，讨好。

③ 动手——大人。引申为打击。

用？都拿来送与咱爷。”崔呈秀道：“今日殿爷寿诞，孩儿便剖腹剜心，也不能尽孝。怎惜得这些须微物？”魏太监道：“这五彩的是什么物件？”崔呈秀道：“是一件蟒衣，儿媳妇与孙媳妇在家绣了半年，特送殿爷上寿的。”魏太监道：“好一件蟒衣，只是难为了媳妇们半年工夫，怕咱爷消受不起哩。”便接过手仔细一看，道：“崔儿，怎的这两只袖子，就有许多大哩？”崔呈秀笑道：“袖大些，愿殿爷好装权柄！”魏太监笑了一声，便吩咐：“孩子们，都收下罢。”

崔呈秀道：“殿爷，这几日觉得清减了些？”魏太监道：“崔儿，你不知道么？近日为起陵工，那些官儿甚是絮烦，你一本，我一本。你道哪一个不要在咱爷眼里瞧将过去？哪一件不要在咱爷手里批将出来？昼夜讨不得个自在，辛苦得紧哩。”崔呈秀道：“殿爷，陵工虽系重务，贵体还宜保全！何不着几个孩儿们进来，替殿爷分理①一分理？”魏太监道：“咱爷常是这样想，只是那些众孩儿们，如今还吃着天启爷家俸粮，教咱爷难开着口哩。咱爷到想得一个好见识，却是又难出口。”

崔呈秀道：“殿爷权握当朝，鬼神钦伏。威令一出，谁敢不从？有什么难出口处？”魏太监道：“崔儿，讲得有理。咱爷思量要把那些在京有才学的，监生也使得，生员也使得，选这样二三十名，着他到咱爷里面效些劳儿，到也便当。”崔呈秀道：“殿爷见识最高，只恐出入不便。”魏太监道：“崔儿，这个极易处的事。一个个都着他把鸡巴阉割了进来就是。”崔呈秀道：“殿爷，恐那些生员和监生，老大了阉割，活不长久哩。”魏太监道：“崔

① 分理——理清脉络与事物的联系。

儿，你不知道。咱爷当初也是老大了阉割的，倒也不伤性命。只是一件，那有妻小的却也熬不过些。”

这崔呈秀欣然领诺，辞了魏太监出来。一壁厢吩咐国子监，考选在京监生二十名，一壁厢吩咐儒学教授，考选生员二十名，尽行阉割，送上东厂魏爷收用。你看那些别省来坐监的监生，听说是要阉割了送与魏太监，一个个惊得魂飞魄散，星夜逃去了一大半。

却说陈珍是个小胆的，听见这个风声，便与母亲计议道：“孩儿指望挈家到京，做个久长之计。怎知东厂魏公，要选二十名监生，二十名生员，都要阉割进去。孩儿想将起来，一个人阉割了，莫说别样，话也说不响，还要指望做什么前程？不如及早趁他还未考选，且出京去寻个所在，躲过了这件事。待他考选过了，再进京来，却不是好？”王氏道：“事不宜迟。若选了去，莫说你的性命难保，教我姑媳二人，倚靠着谁？快连夜早早收拾出京便好。”噫，这正是福无双至，祸不单行。这陈珍带得家小出京，不上一月，那王氏母亲不服水土而亡。他便带了妻子，奔了母亲灵柩，回到金陵，与父亲、嫡母合葬不题。

说那崔呈秀，考选了二十名生员，二十名监生，阉割停当。两三日内，到死了一二十。崔呈秀便把那些带死带活的，都送与魏太监。这魏太监一个个考选过，毕竟是生员比监生通得些。魏太监道：“崔儿，这二十名监生，还抵不得十个生员的肚量。”崔呈秀笑道：“殿爷，这也难怪他，原是各省风俗。那通得的，都思量去讨个正路前程出身。是这样胡乱的，才来纳监。”魏太监道：“教那朝廷家，明日哪里来这许多胡乱的纱帽？”崔呈秀道：“殿爷还不知道，这都是选来上等有才学的。还有那一窍不通的，

南北两监，算来足有几千。”魏太监笑道：“这也莫怪他，亏杀那一窍不通，留得个鸡巴完全哩。崔儿，咱爷虽有百十多个干儿子，那个如得你这般孝顺，做来的事，件件都遂着咱爷意的。”

崔呈秀便道：“前日孩儿铸一个金便壶，送上殿爷，还中用得么？”魏太监笑道：“若不是崔儿讲起，咱爷险些儿到忘怀了。怎么一个撒尿的东西，也把‘崔呈秀’三字镌在上面，可不把名污秽了？”崔呈秀道：“孩儿只要殿爷中意，即便心下喜欢，就再污秽些何妨。”魏太监拍手大笑道：“好一个体意的崔儿，好一个体意的崔儿。咱爷便是亲生了一个孩儿，也没有你这样孝顺。”

崔呈秀道：“如今十三省百姓，诵殿爷功德，替殿爷建立生祠，可知道么？”魏太监道：“这个咱爷到没有知道，什么叫做生祠？”崔呈秀道：“把殿爷塑了一个生像，那些百姓朝夕焚香顶礼，愿殿爷与天同寿。”魏太监道：“崔儿，这个使不得。如今咱爷正待做些大事，莫要折杀了咱爷，到与地同寿哩。”便呵呵笑了一声，又道：“崔儿，既是十三省百姓诵咱爷功德，替咱爷建立生祠，也是难得的，莫要阻他的好意。只是一件，那河间府，千万要传一道文书去，教他莫替咱爷建罢。”崔呈秀道：“殿爷，这却怎么说？”魏太监道：“崔儿，你不知道。咱爷当初未遇的时节，曾在那肃宁地方，做了些卑陋①的事儿，好酒贪花，赌钱玩耍，无所不至。那里人一个个都是认得咱爷的。明日若建了生祠，不是流芳百世，到是遗臭万年了。”崔呈秀道：“偏是那里百姓感诵得殿爷多哩。”魏太监笑道：“这等讲，也凭他建罢。”

这魏太监见各省替他建了生祠，威权愈炽。从天启二三年

① 卑陋——犹卑鄙。

起，不知害了多少官员。那周、杨、左、万一班大臣，被他今日弄死一个，明日弄死一个。看看满朝廷上，都是些魏珰①。

这也是魏太监气数将终，该退运来。不想天启爷做得七年皇帝，就崩了驾。他便日夜酌量，欲图大事，与崔呈秀众干儿子商议道："众孩儿，如今圣驾崩天，既无太子，信王居于外府，尚未得知。咱爷的意儿，欲效那曹操代汉，众孩儿议论若何?"崔呈秀道："如今圣驾崩天，威权正在殿爷掌握，这大位正该殿爷坐。殿爷若不坐，终不然教孩儿们去坐了不成?"魏太监道："崔儿，这也讲得是。又有一件，你道古来也曾有宦官得天下的么?"崔呈秀道："怎么没有？那曹操就是曹节②之后。"魏太监喜道："崔儿讲得是，咱爷到忘怀了。这样看起来，不怕大事不在咱爷了。"

谁知崇祯圣上即位，十分聪慧，满朝中玉洁冰清，狐潜鼠遁，怎容得阉宦当权，伤残臣宰，荼毒生灵。把他逐出大内，贬到凤阳。那些科道官，见圣上贬了他，就如众虎攒羊，你也是一本，我也是一本，个个都弹劾着魏忠贤的，崔呈秀一班干儿子，削职的削职，逃躲的逃躲。那些魏珰的官员，尽皆星散。

魏太监晓得祸机窃发，便与众孩子们道："咱爷只指望坐了大位，与你众孩子们同享些富贵。怎知当今圣上十分伶俐，把咱爷贬到凤阳。你众孩子们可晓得，古人讲得好，大厦将倾，一木怎支？快快收拾行囊，只把那随身细软的金银宝器，各带些儿，

---

① 珰（dāng）——宦官代称。

② 曹节——汉灵帝时有权势的宦官，曾参与劫持窦太后、汉灵帝，矫诏杀窦武，陈蕃，不久又兴第二次党锢之祸。

做了盘缠，随咱爷连夜回到凤阳，别寻个生路儿罢。”众孩子纷纷垂泪道：“当初殿爷当权，众孩子们何等煊赫，如今殿爷被逐，众孩子哪里去奔投生路？”魏太监道：“事已到此，不必重提。咱爷想起古来多少欲图大事窃重权的豪杰，至今安在？这也是咱爷今日气数当绝，你众孩子们也莫要啼哭，只是早早收拾行囊，还好留个吃饭家伙在颈上罢。”众孩子听说，不敢迟滞，即便去打点起程。

这魏太监星夜逃出京城，来到密云地方，忽听报子来说：“圣上差五城兵马汹涌追来，要捉爷回京取斩哩。”魏太监垂泪道：“我那孝顺的崔儿，却往哪里去了？”报子道：“那崔呈秀先已缢死了。”魏太监便把胸前敲了几下，仰天叫了几声“崔儿”。他也晓得风声不好，连夜寻了一个客店，悄自服毒而亡。众孩子各各四散逃生。那五城兵马追到密云，见魏太监服毒身死，星夜回京复旨不提。噫，正是：

人生枉作千年计，一旦无常①万事休。

后人以词讽云：

世事纷纭，人情反复，几年蒙蔽朝廷。一朝冰鉴，狐鼠顿潜形。可愧当权奸宦，想而今，白骨谁矜？千秋后，共瞻血食，凛凛几忠魂。

《满庭芳》

再说那些阉割的监生，也是晦气，活活的苦了四五年，见魏太监贬去，尽皆逃出。你道那生员去了鸡巴，难道指望还去读得书？那监生没了卵子，指望还去坐得监？只得到太医院去授些方

① 无常——婉辞，犹人死。

儿，都往外省卖药过活。

却说陈珍奔得母丧回去，便生下一个孩儿。原来四五年里，守了亲娘服满，依旧进京，干了个袁州府判。随即出京，带着妻子，竟临任所。不想那袁州府九龙县知县，半月前已丁忧①去任，他到任就带署了县事。次日是十五日，众吏书齐来上堂画卯。陈府判就将卯簿②过来，逐名亲点。却有陈文、张秀二名不到。陈府判便着恼起来，对众吏书道："你这九龙县吏，就有多大？明明欺我署不得堂事，朔望日③画卯④也不到齐，快出火笺⑤拿来！"众吏书禀道："禀上老爷，这陈文因送前县老爷回去，至今未到。这张秀是一月前得了疯症，曾在前县老爷案下告假过的，至今在家调理。"陈府判哪里肯信，便出火笺拿捉。众吏书见他初任，摸他性格不着。都只得起来躬身站立，两旁伺候。

毕竟不知拿得张秀到来，如何发落？还有什么说话？再听下回分解。

---

① 丁忧——旧称遭父母之丧。旧制，子女要守丧，三年内不做官，不赴宴，不应考。

② 卯簿——官署中的名册。点卯时用之，故称。

③ 朔望日——夏历每月初一、十五日。

④ 画卯——官署卯时上班，吏役须按时签到。

⑤ 火笺——称传达命令的信符。

第三十七回

求荐书蒙师争馆　避仇人县尹辞官

诗：

枉自孳孳朝夕余，名缰利锁总成虚。
事到头来遭折挫，路当险处受崎岖。
利己损人终有害，察言观色永无虞。
水萍尚有重逢日，岂料人无再会时。

话说张秀，自洛阳回到金陵，又住了一二年光景，身边还剩着有五六十两银子。见陈通死了，他好似失群孤鸟，无倚无依。却便意回心转，竟不思量花哄①，指望立业成家。来到袁州府九龙县，干了一个吏员，后来衙门里赚得些儿钱钞，就在那里娶了一房妻小。只是一件，有了几分年纪，县中一应公事，懒于承值②。忽听得新任陈府判带署县事，点卯不到，出火笺拿捉，便去换了公服，竟到县中参见。

陈府判道："你就唤做张秀？今日十五是点卯日期，你这吏员，却有多大职分，公然傲坐在家，藐官玩法③，就不来参谒，却怎么说？"张秀听得他是金陵声音，即便把金陵官话回答了几句。陈府判见张秀讲的也是金陵说话，把他仔细看了两眼，心中

① 花哄——胡闹。
② 承值——当值，侍奉。
③ 玩法——玩忽法令。

暗想道："看他果然像我金陵人物。想我父亲在时，常说有个张秀，与他交好。莫非就是此人？"便唤他站起来，且到府衙伺候。你看那两旁吏书，好似丈二和尚摸头不着，竟不知什么分晓。

这陈府判理完了县事，回到府衙，即唤张秀过来，问道："我适才听你讲话，好似我金陵声音。你敢不是这袁州府里人么？"张秀道："小的原是金陵人，因在此作客①多年，消乏资本，就在本县干纳前程②，多年不曾回籍去了。"

陈府判道："你既是我金陵人，必然知我金陵事。我且问你，那监前有个陈进员外，可知道他么？"张秀道："小的知道，那陈进员外还有一个兄弟陈通。向年小的在金陵时节，原为刎颈之交。那陈通已身故多年。小的到这袁州，将及二十载，至今音信杳然。但不知陈进员外至今还在否？"陈府判道："那陈进你道是谁，就是我亲父，今已弃世了八年。这样讲起来，我与你是通家叔侄了。"张秀听说，吃了一惊。陈府判吩咐快治酒肴，即便取巾服来，张押司换了。张秀不敢推辞，只得领诺。酒至数巡，便问陈府判道："令堂王氏老安人同之任③么？"陈府判掩泪道："老叔不须提起，老母已弃世多年。"张秀叹道："哎，原来王氏老安人已过世了。"

陈府判道："敢问老叔，曾带有尊婶来否？"张秀道："拙荆也就在袁州府里娶的。"陈府判道："老叔，小侄有句不知进退话儿，未识肯见纳否？"张秀道："自当领教。"陈府判道："小侄前因任所迢递，并未得携一亲友同行，老叔若不嫌官署凄凉，敢屈

① 作客——客居异地。
② 前程——功名职位。
③ 之任——赴任，上任。

在我衙内，朝夕也得指教一二。尊婶在外，待小侄逐月支请俸粮供应，不识意下何如?”张秀道：“谨当领教。但恐老朽龙钟，不堪职役。”陈府判笑道：“老叔太谦了些。”

原来张秀做过多年押司，衙门径路最熟，上司公文怎么发落，衙门弊窦①怎么搜剔，都在他肚里。不上半年，把陈府判指引得十分伶俐，上司也会奉承，百姓也会抚养。

一日，陈府判对张秀道：“老叔，我孩儿今年长成五岁，甚是顽劣，欲要请一个先生到衙里来教习他些书史，史恐这里袁州府人语言难辨，却怎么好?”张秀道：“这近府城大树村中，陈小二官店里，有一个秀才，姓王名瑞，是我金陵人，原是笔下大来得的。他在此寄寓多年，前者曾对我说，那里乡宦人家，有好蒙馆，替他作荐一个。今令郎既要攻书，何不将些礼物，聘他进来就是。”陈府判道：“若又是我金陵人，正是乡人遇乡人，非亲也是亲了。”便写下请帖，封了十两聘礼，着两个衙役，竟到大树村里陈小二家聘请。

恰好那王秀才正出门去探望朋友，不在寓所。两个衙役便问陈小二道：“你这里有个金陵王相公，还在此寄寓么?”陈小二道：“还在这里。只是适才出门探友去了，二位寻他何干?”衙役道：“我们非别，本是府新任陈爷差来，接他到衙里去训诲公子的。你与他先收下请帖在此。还有一封聘礼，待我们亲自来送。”陈小二便替他收下请帖，两个衙役作别就行。

却说他客楼上有一个江南秀才，姓李排行六十四官，因此人便唤他做李八八。这李八八原是个庠生，因岁考了五等，恐怕家中亲族们讥诮，便弃了举业，来到袁州府里，尽有两年，靠弄些

① 弊窦（dòu）——弊端疑点。弊，此指营私舞弊；窦，端倪。

笔头儿过活。他听得陈府判差人请王瑞去教书，心中暗忖道：“古怪，我老李想子两年的馆，再没个荐头，这是谁人的主荐？弗用忙。我想，两京十三省，各州各府，哪处不是我江南朋友教书，难道倒把金陵人夺担子个衣饭去？终不然我还是肚才弗如这娘嬉，人品弗如这娘嬉？也罢，趁他出门未回，古人话得好，先下手为强，后下手为殃。有采做没采，去钻一钻，不免去与我表兄陈百十六老商量，就求他东翁杨乡宦老先生写封荐书，去夺子渠①个馆来，却弗是好。”

你看他连忙去带上一顶孝头巾，着上一件天青布道袍，急忙忙来到杨乡宦家。只见陈百十六老正在那里吃午饭，见李八八走到，便站起身来，道：“表弟来得恰好，便饭用一碗。”李八八笑道：“我小弟正来与表兄商议，要夺别人个饭碗，撞得个好彩头，弗要错过了，定用吃一碗。”

李八八正拿起碗箸不上吃得两三口，陈百十六老问道：“表弟，你刚才话，要夺何人个饭碗？”李八八便把碗箸连忙放下，摇头道：“表兄，弗用话起。我那陈小二店里，有个金陵秀才，唤做王瑞。弗知是何人荐渠到新任陈三府公衙里去教书，早间特着两个衙役，拿了一封聘礼，一个请帖来接渠。表兄，我想这个馆甚是肥腻，一年供了膳，十数两束脩②，定弗用话的。小弟仔细思量，两京十三省，各州各府，城市乡村，十个教书先生，到有九个是我江南朋友。难道把一块肥肥腻腻的羊肉，白白的喂在狗口里？因此特来要表兄转达杨东翁老先生，替小弟话个人情，求他发一封书去，把小弟作荐一作荐，大家发头一发头。”陈百

---

① 渠——方言，他。

② 束脩（xiū）——旧时教学的酬金。古时称干肉为“脩”。

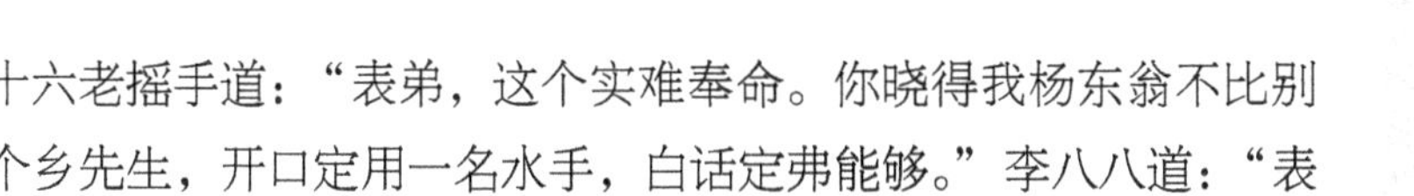

十六老摇手道："表弟，这个实难奉命。你晓得我杨东翁不比别个乡先生，开口定用一名水手，白话定弗能够。"李八八道："表兄，话得停当，小弟便把半年束脩，作了荐馆钱罢。"

陈百十六老道："表弟，我表兄到有一个绝妙计较。你只用一季馆资，送予我表兄，就得停妥。"李八八道："表兄，我表弟做人倒也是大量①的，只要身去口去，弗过一年，只用驮头二两到家去，与老妈官买些鞋面线索，其余的都驮担来送予表兄便歇。"陈百十六老道："表弟，你晓得君子一言，如白染皂，也勿用再话。只是一件，你明日回家去，切弗②可对别人话，我表兄除你的贯头③。"李八八道："表兄，俗语话得好，吃酒图醉，放债图利，荐馆图谢。表兄若弗思量除些贯头，如何肯替我表弟用一番气力？"

陈百十六老笑道："话得有理。表弟你不知道，我杨东翁的书柬，都是我表兄替渠发挥，如今把杨东翁出名，替你写一封荐书送去，弗怕渠个馆弗是你表弟坐。"李八八道："表兄个话，我小弟同你先去发头④，便好润笔。"陈百十六老道："表弟，我同你是至亲兄弟，怎用个话？你到先去阿太⑤庙里，许下一个大大愿心。停妥了，再作成我表兄散福⑥罢。"李八八笑道："表兄，个一发⑦弗用得话。"陈百十六老道："表弟，事不宜迟。只管白

① 大量——宽宏的度量。

② 弗——不。

③ 贯头——借指钱钞。

④ 发头——开头，起头。引申为开始走运。

⑤ 阿太——太君。古代官员母亲的封号。后用以对他人母亲的尊称。

⑥ 散福——祭祀后，把祭礼食品分给大家吃。

⑦ 个一发——方言，这个。

话，倒耽误了工夫。我替你及早挥下一个书稿，你快去设处几钱盘缠，把下书人买酒饭吃。”

李八八欣然应允，转身就走。来到下处，只得把一件截腰绵袄当了二钱，便转身来见陈百十六老道：“表兄，书曾停当么?”陈百十六老道：“写停当了。表弟，绝好利市，一个字也弗用改。把草稿看一看。”李八八接过草稿，从头看了一遍，点头欢喜道：“表兄，妙得紧，妙得紧。话得极明白，写得极委曲①，必然稳取荆州。”便向袖中取出银子，道：“这酒饭银子两钱，还圆二三厘，倒是一块白脸松纹，一厘搭头弗搭。表兄，到要寻思一个会答应的人去下书，才见我表兄表弟之情。”陈百十六老摇头道：“你表弟个事，就同我表兄个事一般，再弗用话得。”

你看他走出门，不多时便去央了一个下书人来。李八八那里等得回复，随后跟了同去。来到县前，只见陈府判正待出门拜客。下书人就在大门首跪禀，道：“禀上老爷，家主杨乡宦送荐书在此。”陈府判听说，不知什么分晓，便吩咐住了轿，把书接在手，拆开一看，呵呵冷笑道：“这些小事，可惜废了你家老爷一个大人情。你去委曲老爷，说我衙署寂寥，馆资菲薄，适间已接一位金陵相公到了，万分不能从命。我这里不及回书，只说多多拜上②罢。”

这李八八在旁听说，吃了一惊，打发下书人先回，看他气冲冲竟到府门上，问道：“老哥，陈三府接一个金陵相公进衙坐馆，曾到了么?”门上人道：“适才到了，还坐在宾馆里。老爷吩咐，拜客回来，才请相见。”

---

① 委曲——形容文词转折而含蓄。

② 拜上——代人传语致意或托人传语致意的敬词。

李八八听说他在宾馆里，便走进去。只见王瑞果然坐在那里，他便向前假意问道："王兄，在此何干？"王瑞道："小弟蒙陈三府宠召，特来坐馆。因三府公拜客未回，在此相候。"李八八便改口道："有这样事，老兄，你也是我同袍①中朋友，难道弗晓得，古人话得好，抢人主顾，如杀父母。这馆是三府公请我小弟坐的，是何人又做成了老兄？"王瑞笑道："李兄，你既是吾辈朋友，还去想一想看，那三府公既然请了老哥，何必又将聘礼请帖，来接小弟？"李八八道："你就驮请帖我看。"王瑞便向袖中摸出请帖，道："你看还是请你的，是请我的？"李八八晓得自家非礼，接过请帖扯得粉碎。

两个在宾馆里，争得不歇。但看着：

这一个，擦掌摩拳，也不惜斯文体面。那一个，张牙努目，全没些孔孟儒风。这一个，颜面有惭，徒逞着嘴喳喳，言谈粗暴。那一个，心胸无愧，任从他絮叨叨，坠落天花。一个道，你抢人主顾，仇如杀害爹娘。一个道，夺我窝巢，类似襟裾牛马。一个道，我江南人，不甚吃亏。一个道，我金陵人，何尝怕狠。

他两个正未绝口，恰值陈府判拜客回来，正要落县理事，听得宾馆中闹嚷，便问道："那宾馆里什么人喧嚷？"把门人道："就是老爷适才接来那位金陵相公，与一个江南生员，在那里争馆厮闹。"陈府判想道："这敢是杨乡宦荐书不效，故来寻趁了。"吩咐阴阳生："快撵那江南生员出去。好生伺候那位金陵相公，待我理完县事，再请相见。"

阴阳生拿李八八乱推到宾馆门首。看他怒气冲冲，连忙又到杨乡宦家去，见陈百十六老道："表兄，有这样事，馆到弗曾夺

① 同袍——挚友。

得到手，先丢了二钱敲纹。小弟想将起来，终不然我江南朋友再弗要出来教书了？表兄，趁他此时还在宾馆，我有个道理，馆就坐予渠坐，只去邀几个乡里朋友，拿渠出来，打一个半死，慢慢再话个道理。”陈百十六老道：“表弟话得好，先打后商量。不然，明日我江南朋友得知，到话得弗好看。”李八八道：“表兄，个弗用话。”

你看他，不用一餐饭间，去寻了无数乡里亲戚。你道是些什么人？却是那东村内的赵皮鞋，南城里的陈泥水，西街上的张木匠，北桥头的李裁缝，各带了几个徒弟，约有四五十人，都打着江南乡语，一个个摩拳擦掌，齐集在宾馆门前。

原来陈府判此时正理完县事，恰在宾馆里与王瑞相见。阴阳生看见那一伙人，连忙禀道：“禀上老爷，适才那个江南生员，又带领了一伙江南人，在大门上，口口声声要与王相公厮打哩。”陈府判对王瑞道：“乡亲莫要着忙，那江南人最是放肆，惹着他便使一通气力。”吩咐皂隶：“快走出去，把那随从来的，捉几个进来处治他便了。”皂隶走出大门，便扭了两个进来。陈府判喝声：“打！”每人打了三十。

你看外面那些人，首初时个个嘴硬，后来听得捉将进去便打，大家吓得就如雪狮子向火，酥了一半，跑的跑，躲的躲，各自四散走了。李八八见众人走散，恐怕严究起来便难摆脱，连忙走回下处，收拾了衣包，也不去与陈百十六老作别，急急逃回家去不提。

陈府判吩咐：“把这两个快赶出去。”你看，这两个人也是晦气，白白的打得两腿通红，哪里去讨一毫调理？噫，正是：

是非只因多开口，烦恼皆由强出头。

这陈府判迎王瑞到了衙里，先与张秀相见，整酒款待，再令

孩儿出来拜见。王瑞自得张秀作荐进去，每日完了功课，便去弈棋饮酒。陈府判若有疑难事情，就来请教他们两个。不上署得县事半年，到赚得有几千银子。这也是他会奉承上司，上司也作成他。

一日，送京报来说："九龙知县已有官了，姓金名石，系金陵人，选贡出身。"陈府判暗想道："我金陵止有当初与我做对头、夺秀才的那个金石，终不然再有个什么金石，与他一般名姓相同？且住，明日待他到任之时，若果是这个金石来做知县，却也是冤家偏遇对头人，便与他慢慢算一算账去。"

不想到任果然是他。陈府判交了堂印，便掇起当年夙恨，也不管他上任吉辰，便对金知县道："乡兄，还记得向年马上剥衣巾，当堂请题目的时节么？"金知县晓得冤家凑巧，遂躬身回道："知县本一介草茅，判尊乃千寻①梁栋。当年虽触雷霆之怒，今日须驰犬马之劳。在判尊则不念旧恶，在知县已难赎前愆。罪甚弥天，噬脐②何及。"陈府判道："乡兄，岂不闻古人云，一叶浮萍归大海，人生何处不相逢？"说不了，便呵呵冷笑一声。这陈府判见他初到，又不好十分激触，只把这两句话儿打动了他，便起身作别，各自回衙。

金知县自知撞着对头，却难回避，次日备下一副厚礼，写了一个晚生帖子，送到陈府判衙里。陈府判见了，一些不受，就把帖子上写了几句回出来，道：

昔日秀而不实，今日冤家路窄。

一朝萍水相逢，与君做个头敌。

---

① 千寻——古以八尺为一寻。千寻，形容极高或极长。

② 噬（shì）脐——喻后悔不及。噬，咬。

金知县看了，便叹道："早知今日，悔不当初。昔年原是我与他做对，没奈何，忍耻包羞，这也难怪他记恨到今。怎知冤家路窄，他今是个府官，我是个县官，若不见机而去，后来必要受他一场耻辱。正是识时务者呼为俊杰，知进退者乃为丈夫。不如明日拜辞太府，送还县印，早早回避前去，却不是好。"这金知县计议停当，次早正值知府升堂理事，你看他果然捧着印上堂拜辞。知府惊问道："金县尹，你莅任未及一旬，便欲辞任而归，其中缘故，令人莫解。"金知县事到其间，不敢隐讳，只得把陈府判当年事情，一一备说。

知府听罢，便笑道："金县尹，岂不闻冤家两字，宜解不宜结。你做你的官，他任他的职，两家便息了是非。就待我去见三府①公，讲一讲明，与你们做个和事老罢。"金知县道："知县记得书中云，人无远虑，必有近忧。又云，礼貌衰，则去之。今日虽承太府款留，明日终被一场讥诮，反为不美。知县只是先酌远谋，毋贻后悔。"知府强留不住，见他再四苦辞，立心要去，却又不好十分拦挡，止得凭他起身去任。

这陈府判见他去了，恰才的：

撇却心头火，拔去眼中钉。

依旧署了印，带理着九龙县事。这也是他官星当灭。未及一月，京报到来，说他已罢职了，这陈府判虽是罢了职，却也心遂意足，想那切齿之仇已释，生平之愿已伸，便无一些愠色，遂与张秀商量道："老叔，小侄相屈多时，晨昏有亵②，于心甚为欠欠。稍有白金二百两，送上老叔，聊为进京干办前程之费。倘得

---

① 三府——通判的别称。官品低于知府、同知。

② 亵——轻慢，亲近而不庄重。

个好缺出来，那时千乞①还到金陵一往，以叙通家交谊之情。”张秀收下银子，即便躬身拜谢。两个各泪汪汪，不忍别去。正是：

流泪眼观流泪眼，断肠人送断肠人。

张秀辞别出来，回家遂与妻子商量进京一事。那王瑞见张秀辞去，他也再三推辞。陈府判哪里肯放，即便打点船只，收拾同回。噫，这却是：

大限到时人莫测，便教插翅也难逃。

这也是他们该遭水厄。恰值七月二十三夜，坐船正泊在三浙江②中，忽遇风潮大变，可怜一齐溺水而亡。

张秀哪里晓得陈府判一家遭此异变，竟带了妻小，择日进京。

毕竟不知后来如何得他溺水消息？进京干得什么前程？且听下回分解。

---

① 千乞——犹千切。

② 三浙江——浙江三大江：钱塘江、富春江、瓯江。

第三十八回

乘月夜水魂托梦　报深恩驿使遭诛

诗：

奔走风尘叹客身，几年落魄汗颜深。
千金不贵韩侯报，一饭难忘漂母恩①。
捐生若梦英雄志，视死如归烈士心。
世事茫茫浑未识，好留芳誉与君闻。

话说张秀自与陈府判送别起身，便收拾盘缠，带了妻小，买下船只，一路行来，已到浙江桐庐地界。时值八月十五中秋佳节，但见那：

皓魄初圆，银河乍洁。三江有色，万籁无声。几点残灯，远远映回南岸；一声悲磬，迢迢送出江关。夜半远星飞，坠落乌巢惊弹落；中天孤雁叫，唤回客梦动乡思。正是：渺渺钱塘，不识曹娥②殉父处；朦朦云树，空遗严子③钓鱼台。

张秀站在船中，看玩多时，赞赏不已，遂口占一律云：

月轮如约到中天，叹息姮娥悄自眠。
遥望故乡何处是？重重烟雾锁山峦。

---

① 漂母恩——汉初淮阴王韩信年轻时遇难被一农妇救助。
② 曹娥——东汉时孝女。
③ 严子——即严子陵，见下页。

张秀吟罢，便问梢子道：“那前面山头峻处，是什么所在了？”梢子道：“客官，我只道你是个老江湖，原来是新作客的。那是严子陵①的钓台，便不晓得？”张秀笑道：“这就是子陵台。我尝闻得有此古迹，原来却在这里。俗话云，千闻不如一见。”便吩咐梢子：“今夜把船就泊在那山头下去，明日上岸看一看再行。”梢子依言，便把船撑到那里泊住，先去睡了。

此时已是三更时分，又见那古寺停钟，渔灯绝火，那月光渐渐皎洁。这船中的人，个个睡得悄静。张秀哪里割舍得去睡？开了船窗，四下看玩。猛然间，一阵阴风冷飕飕扑面吹来。他便打了一个寒噤，觉有些身子困倦，蒙眬合眼，是梦非梦。忽见一人散发披襟，颦眉促额，浑身水湿，两眼泪流，站在张秀跟前，口中只叫：“度我一度。”张秀惊问道：“足下是人是鬼？潜夜入我舟中，有何缘故？”那人垂泪道：“老叔，我就是袁州府判陈珍的便是。自前月与你在任分手之后，只指望带了妻子还乡，满门完聚。不想前月二十三夜，泊船于三浙江中，忽遇风潮大变。可怜一家数口，尽溺死在钱塘江里。他们尸骸，东西飘散。我闻知老叔不日进京，必从此路经过，专在此等候良久。望老叔垂念乡情，看平昔交情之面，把我冤魂招到金陵，得与爹妈黄泉一会，保你前程永吉也。”说罢，悄然而去。

张秀猛然惊醒，却是南柯一梦。便把梦中言语，牢记心头，只是将疑将信。次日天明，问梢子道：“前月二十三夜，你这里曾有风潮么？”梢子摇头道：“客官，说起甚是寒心。那一夜，足

---

① 严子陵——严光。字子陵。东汉初会稽余姚（今属浙江）人。曾与刘秀同学。刘秀即位曾召其任谏议大夫，他不肯就任而归隐于富春山。

淹死了几十万人。这样的船只，江底下不知沉没了几千。”张秀道：“如何有这般汹涌?”梢子道：“客官，不要讲起。只见那：

骤雨盆倾，狂风箭急。千年古树连根倒，百尺深崖作海沉。半空中势若山摧，只道是江神怒捣夫，他不肯就任而归隐于富春山。蛟龙穴；平地里声如雷震，还疑是龙王夜吼水晶宫。白茫茫浪涌千层，霎时节桑田变海；碧澄澄波扬万丈，顷刻间陆地成津。但见那大厦倾沉，都做了江心楼阁；孤帆漂泊，翻作那水面旌旗。可怜的母共儿，夫共妇，脸相偎，手相挽，一个个横尸缥缈；可惜的衣和饰，金和宝，积着箱，盈着箧，乱纷纷逐水浮沉。这一回，蝼蚁百万受灾危，鸡犬千群遭劫难。真个是山魈野魅尽寒心，六甲三曹齐掉泪。”

张秀道：“这样讲来，正是古今异变。我且问你，后来那些淹死的冤魂，怎么得散?”梢子道：“客官，你不知道，前那几时，未到黄昏，这一带江口就悲悲咽咽，哭哭啼啼，莫说岸上的行人听了惊心，就是我们舟中的梢子，闻之丧胆。后来到亏了杭州城里几位乡宦老爷，情愿捐出私囊，请了几位高僧，在那云栖寺里，做了七日七夜水陆道场，把那些纸钱羹饭，一路直送到六和塔下。如今这几时，略得平静。”

张秀听说，心中才信，便向妻子把陈珍托梦言语，备细说知。他妻子道：“鬼神之事，虽则难明，但宁可信其有，不可信其无。你就依他梦中叮嘱，快登岸去寻个寺院，请几众僧人，做些道场，连那各路的水魂，共超度一超度，也是你我一点好心。再顺便替他招了魂，去到金陵，真假便知分晓。”张秀道：“讲得有理。”就上岸去寻了一座禅林，便请几众僧人，做了三日超度水魂道场。又替他做了一首魂幡，招了魂，动身竟到金陵。

张秀来到金陵，仔细一看，全不是那二十年前风景。但见那：

六街三市，物换人移。当年败壁颓垣，翻做了层楼叠阁；昔日画栏雕槛，尽安排草舍茅檐。一带荒芜地，今植着两亩桑麻；几间瓦砾场，新种着数株杨柳。正是：去日儿童皆长大，昔年亲友半凋零。桃花岁岁皆相似，人面年年尽变更。

张秀来到监前，只见当年陈员外住的那一间土库房子，尽改作一带披房，猛然伤感，便叹一口气道："我想起昔年，自洛阳转到金陵时节，不知经过了几度春秋，捱过了几番寒暑，恍如一朝一夕。到如今，见鞍思马，睹物伤情，真个是一场蝶梦。"遂口占一律云：

流落天涯二十年，那堪世故尽推迁①。

风尘久滞英雄迹，赢得萧萧两鬓斑。

吟罢，感叹不已。便来到各家铺子里，细细访问陈府判消息。只见那里人都回说："这几时并不曾见他有亲人到来。若要访他消息，那新院前刘员外是他丈人家，还到那里问一问看。"

张秀转身，便来到新院前，寻刘员外访问。刘员外道："老汉闻说他那里前月十三日，已收拾动身，若是家眷船同回，算来也只要得二十多日，怎么一个月余，还未见到，不知什么缘故？老汉也在这里朝夕悬望。"张秀听说，想来必是溺水而死，只得便把托梦事情，一一与刘员外说知。刘员外惊讶道："有这样事。老汉十五夜，也曾得此一梦，时刻忧忧郁郁，萦系在心，未敢出口。今日老丈讲起，老汉才敢明言。原来老丈所得的梦，竟与老

---

① 推迁——推移变迁。

汉之梦无异。看将起来，我小婿并小女，敢都是溺水而亡了。”说不了，便放声大哭起来。

张秀道：“老员外，且揾着泪。老人还有一言奉告，欲待在此等候一个消息，只因进京要紧，不得久迟。这一首招魂幡，老员外请收下了，还再待三五日，自然有音信到来，便见下落。”刘员外道：“既承老丈盛爱，不惮千里而来，便在寒家盘桓数日，待他一个消息回来，再去何妨？”张秀道：“老夫本当领命，只是还有家眷船只，泊在金陵渡口，因此不敢淹留①。”刘员外苦留不住，便取白银二十两，送作进京盘费。张秀再三推却不过，只得受了，就辞别刘员外，动身前去。

说那刘员外，过了五六日，果然得他真信，说全家溺水而亡。便替他设立灵座，请了僧人，追荐超魂不提。

却说张秀自别了刘员外，朝行暮止，水宿风餐，不知捱了多少日子，才到得京师，竟去干了一个桃园驿驿丞。这桃园驿，却是山东地方，是一个盗贼出没的去处。那四围俱是高山峻岭，只有一条小小径路，却是进京的通衢。不拘出京入京，官长客商，必从此路经过。这张驿丞自莅任来，迎官送府，不辞衰迈，不惮辛苦，日夜奔驰跋涉。讨人夫②的也要他发付，讨轿马的也要他承应。这是他自家能事，上司屡给匾额旌奖。

一日，洛阳县解一名徒犯来。张驿丞便收了公文，打发解人回去，再唤他过来，问道：“你这囚徒，既是洛阳人，也该晓些事体。怎么拜见礼儿也没一些送我老爷？”徒犯回答道：“小的到此，千有余里，沿路求粮，逢人觅食，止捱得一条蚁命。身边便

① 淹留——长期逗留，羁留。

② 人夫——受雇佣的民夫。如脚夫、挑夫等。

是低烂钱儿也没一文，哪讨得拜见礼来送与老爷？”

张驿丞怒道：“这囚养的，好不知世事。你晓得管山吃山，管水吃水，我老爷管着你们这些徒犯，也就要靠着你们身上食用。都似你这样拜见礼儿也没一些，终不然教我老爷在这驿里哈着西风过日子？”叫那夫头过来，用一条短短麻绳，把这囚养的，紧紧缚在这石墩上，先打一百下马鞭，作拜见礼罢。徒犯垂泪道：“小的委是不曾带得。望老爷开恻隐之心，活蝼蚁之命，饶过了这次。容过半月后，有一个乡里到此，那时多多借些钱钞，加倍送与老爷。”

张驿丞笑道：“这囚养的，苍蝇带鬼脸，好大面皮。你的乡里，不过是些乞丐穿窬①之辈，难道倒有个戴纱帽的不成？兀自在老爷跟前说着大话。”徒犯道：“不瞒老爷说，小的有个乡里，唤做杨琦，前科忝登三甲进士，如今已选了广西太守，不日出京上任，必由老爷驿中经过。”

张驿丞听他说个杨琦，沉吟了半晌，方才想得，知是那洛阳杨亨员外的孩儿，便打动了他一点儿良心，低头思忖道：“古人云，一饭之德必酬，纤芥之恩必报。想我昔年，若非他父子仁慈舍手，今已命丧沟渠。屡屡欲思酬报，奈无门路。明日若果是这杨琦，正是我欲偿其父，并偿其子，有何不可？”便问徒犯道：“我且问你，适才讲的那杨琦太守，敢是那洛阳县中杨亨员外的孩儿么？”徒犯道：“正是杨亨员外的孩儿。老爷缘何知他来历？”张驿丞道：“我二十年前，曾在洛阳与他相会。你可知道他父亲杨亨员外，而今还在么？”徒犯道：“那杨亨员外，亡过已将及有

① 穿窬（yú）——本义为钻墙和爬洞，借指贼。

二十年了。”

张驿丞道：“也罢。你且站起来，还要仔细问你。你唤做什么名字？”徒犯道：“实不瞒老爷说，小的在洛阳县时，专靠篾几个大老官，赚些闲钱儿过活。后来出了名，绰号就叫做李篾。”张驿丞听说是李篾，便记得起向年在洛阳时节，曾与他做过人命对头。

这还是他度量宽宏，包容含忍，恰不提起旧事，只做不识的一般，便问道：“那洛阳向年有个张大话，你可曾见来？”李篾道：“老爷不要提起，那个囚养的，倒是个厉害的主顾。二十年前，在洛阳县惹了一场大祸，自逃出了县门，许久竟无下落。而今也不知流落在哪里？”张驿丞道：“可记得他的面庞模样么？”李篾道：“那囚养的，便是烧作灰，捣作末，小的一件件都记得明白，比着小的身材还生得卑陋，一副尖嘴脸，两只圆眼睛，行一步跳一跳的。”张驿丞道：“凡人不可貌相，海水不可斗量。那样的人，是一个鹤形生相，日后到得个长俊。”李篾道：“老爷，那副穷骨头，莫说这一世，便是千万年，也不能够长俊。”张驿丞笑道：“你莫要太说得轻贱了。我老爷就是二十年前与那李妈儿做人命的张大话，你怎么便不厮认？”这李篾好似和针吞却线，刺人肠肚系人心，两只眼痴痴的把这张驿丞瞧定，心下却也将信将疑。

张驿丞道：“再与你讲个明白，我昔年带了二百两银子，来到李琼琼家，不料惹了那场大祸，你将五十两当官出首，说我与李妈私和人命，便匿了一百五十两。后来因县主把我张秀姓名，误唤做了杨一，那时当堂面证，将我逐出县门。这可是有的么？”李篾见说得点对，方才肯信，倒身下拜，磕头就如捣蒜一般，却

便哀告道："小的有眼不识贵人，罪该万死。若说起向年事，原不是小人的见识，都是我原结义哥子方帮的诡谋。小人今日摆站到此，也还是那时根脚①。望老爷洪开一面之恩，既往不咎罢了。"

张驿丞连忙下阶搀起道："说哪里话，而今世态，仇将仇报者虽有，那仇将恩报者尽多。这是宁使你不仁，莫使我不义。我仔细想来，向年若非你每将我激转金陵，缘何得有今日？果然不知置身于何地矣。"便取出衣帽，着他换了，再问道："你可晓得书写么？"李篾道："略晓一二。"张驿丞道："我这驿中，正少一个写公文的。你既会得书写，何不就在我衙中居住了罢。"李篾道："小人实当万死之徒，深蒙老爷不咎前非，转加恩赐，已出望外，自当供鞭凳之役，效犬马之劳，敢不唯命。"张驿丞道："古人道得好，饮不饮，村中水，亲不亲，故乡人。今后把前事一笔都勾，早晚百凡公务，全赖检点②，足见腹心。"这回李篾真个是脱灾致福，转祸为祥。从此，张驿丞把他留在衙内，就如弟兄相待一般。

看看过了半月，只见广西太守杨琦经过，要讨人夫十名。张驿丞想道："我几欲偿他父子深恩，若此时不报，更待何时？只有一件，我官卑职小，怎么好与他相见？哦，我有个道理。"便去取了三百两银子，整齐六锭，双手托着，跪在路旁。

只见那杨太守坐着一乘京轿，远远抬来，看见张驿丞，便问道："那路旁跪的是什么官儿？"张驿丞道："桃园驿驿丞迎接老爷，送有下陈在此。"杨太守仔细一看，见是几个元宝，便觉有

① 根脚——指家世、出身等。

② 检点——查看、查点。

些疑惑，问道：“那驿丞既送下陈，如何要这许多银子?”驿丞道：“驿丞有一言禀上。驿丞向年曾流落在老爷贵县，深蒙太老爷宽仁厚德，仗义疏财。至今二十余载，每思酬报无门。今幸老爷驾临，特效衔结之意。”杨太守道：“你这驿丞，唤甚名字?”张驿丞道：“驿丞唤名张秀。”

你看杨太守，毕竟是做官的人，心下聪慧，低头一想，便记得起有个张秀，曾窃他父亲三百两生钱去的，微微笑道：“你这驿丞，敢就是洛阳的张大话？怎知今日与你宦途萍水。原来如此，怎么拂你好情?”叫长随①的，快扶起来。张秀便把银子递与长随收下。杨太守道：“张驿丞，我看你如此迈年，怎供得这般贱役？待我明日荐你转一个好衙门去。”张驿丞道：“若得提掇泥途，实老爷再造之恩。”便向袖中取出一个手本送上，道：“这是人夫十名，求老爷逐名亲点。”杨太守即唤长随，逐名点过，果然人数俱齐，便道：“张驿丞，多多生受②你了。”这张秀磕头起身便去。

原来那桃园驿，过去十余里路，有个高冈，唤做黄泥岭。这黄泥岭，是最多盗贼的去处。不想这张驿丞送杨太守的三百两银子，先漏泄了风声。那一伙毛贼，各持器械，专在那里等候。这杨太守正来到石亭子下，你看那一伙强人，上前大喝道：“哇，这官儿快下轿来，送出买路钱，饶你性命去!”惊得那些人夫，抬杠的撇了杠，抬轿的丢下轿，一个个尽皆躲去。有两个为首的强人，竟把杨太守扯下轿来，将绳子捆住，好似那四马攒蹄一般，掣剑大喝道：“快快送出金银便罢，牙迸半个不字，把你一

---

① 长随——跟班，贴身随从。

② 生受——麻烦，难为。

剑挥为两段!”这杨太守吓得一身冷汗，口中就如吃蒙汗药的，只好眼睁睁看着那些强人，把这几杠行李尽行劫去。

说那张驿丞，正在衙里坐卧不宁。忽见两个夫头，慌慌张张，赶来报道：“不好了。杨太守老爷在黄泥岭被盗劫了，还捆缚在那里。”张驿丞听了，大惊道：“决是那三百两的祸胎。罢，罢，罢。这是我送他偿恩，终不然送他陷命。”便唤了李篾，各带防身器械，一口气连忙赶到黄泥岭上。

只见那杨太守还捆缚在亭子上，那些行李杠，俱被劫去，单单剩得一乘空轿。杨太守见他两人赶到，眼中流泪，那里还说得一句。李篾便去解了缚，扶到石墩上坐着。这张驿丞厉声喊叫道：“什么毛团①，敢来寻死!”

你看那伙强人，听得山冈上有人叫喊，撇下行李杠，手持器械，赶上山坡。那张驿丞挺身上前，交了数合，措手不及，被他劈面一刀，砍倒在地。可怜一个多年张秀，霎时送命在这伙毛团手里。李篾见张驿丞杀死，忍不住心头火发，便向腰间掣出明晃晃钢刀，拼命向前抵敌。那伙强人，那容分说，尽着力，也是劈面一刀，又把李篾砍倒在地，急急奔下山坡而去。噫，这回张驿丞为杨太守丧了残生，李篾又为张驿丞送了性命。恰正是：

棋逢对手难回避，两个将军一阵亡。

毕竟不知后来这张驿丞与李篾两个尸骸怎生结果？那杨太守如何脱得下山？再听下回分解。

① 毛团——用于咒骂人和东西。

第三十九回

猛游僧力擒二贼　贤府主看演千金

诗：

从来豪杰困蓬蒿，埋没形踪可自嘲。
一身虽逐风尘浑，素志还期岁月消。
名利两捐还敝屣，千金一掷等鸿毛。
漫将青眼频相觑，笑杀区区儿女曹。

却说杨太守见他两人杀死，无计可施，正是羊触藩篱，进退两难之际。忽听得后面远远喊来，恰是那两个去报张驿丞的夫头，带领一伙徒夫，一个个执着器械，拿着石子，齐赶到亭子边。只见本官和李蔑，都被砍倒在地，单单留得个半死半活的杨太守。众徒夫问道："老爷，不妨事么？"杨太守道："只可惜了你本官。你们下冈，快去取两口棺木来，且把他二人尸骸收殓。便着几个抬我下山，寻个僻静寺院，暂寓几时。慢慢的筑下坟茔，将他二人殡葬，才好起身。"众徒夫道："老爷还转到驿中，消停几日便好。"杨太守道："你们却不知道，或上任的官，只走进路，再不走退路。只是下山寻个寺院借寓了罢。"

说不了，两个徒夫，扛了一口棺木，走上冈来。杨太守问道："如何两个尸骸，止取得一口棺木？"徒夫道："老爷有所不知。我本官在日，常是两名人夫，止给得一名口粮。而今只把一口棺木，殓他两个，却是好的。若用了两口棺木，我本官在九泉之下终不瞑目。”杨太守喝道：“唗，休得闲说。这是什么好去处，再站一会儿，连我的性命也断送在此了。”两个徒夫见杨太守着恼，急转身奔上山冈。不多时，又扛了一口棺木上来。杨太守就在山冈上，只拣上号一口双拷的，殓了张驿丞，一口次号的，殓了李篾。收殓停当，又着二十名人夫轮流看守。

他端然乘了轿，着几名精壮徒夫，前后拥护，抬下山来。不上一二里，只见那些跟杨太守的长随和那抬杠的人夫一伙，尽躲在山坡下深草丛中，伸头引颈，窥探消息。看见杨太守抬下山来，一齐急赶上前，假献殷勤，你也要夺抬，我也要夺抬。杨太守大怒道：“你这伙狗才，见死不救！适才我老爷在危急之处，一个个尽躲闪去。而今老爷脱离虎口，一个个又钻来了。且下山去，送到平里，每人各责四十。”众人不敢回说，只是小小心心，低着头抬着轿，飞奔下山。

此时已是酉时光景，只见那金乌渐坠，玉兔东升，行了半晌，全不见些人烟动静。杨太守心中害怕，道：“你们下山，又有多少路了？”众人道：“离了黄泥岭，到此又有三十余里。”杨太守道：“天色将晚，你众人已行路辛苦。怎么来这半日，前不着村，后不着店，又没个道院禅林，还向哪里去投宿？”众人道：“爷请自耐烦。下了这一条岭路，再行过五六里，就有一座禅林，唤做白云寺，那里尽多洁净僧房，尽可安寓。”

杨太守听说，只得耐着性，坐在轿中，一路凝眸盼望。看看下得岭来，忽听得耳边厢远远①晚钟声报，满心欢喜，道：“那前面钟声响处，敢就是白云寺了？”众人道：“那里正是。只求老爷

① 远（háng）——此处为象声词。

到了寺中，将功折罪罢。”杨太守道：“也罢。古人云，慈悲看佛面。这般说，且饶过你们这次。”

霎时，到了山门，杨太守慢慢走下轿来。抬头一看，只见山门首有一个朱漆匾额，上写着五个大字云：敕建白云寺。有两个小沙弥，恰好坐在山门上，拿着一部《僧尼孽海》的春书，正在那里，看一回，笑一回，鼓掌不绝。忽见杨太守下轿，连忙收在袖中，走进方丈，报与住持知道。

那住持长老，急急披上袈裟，出来迎迓。同到大雄宝殿上，逊了坐，送了茶，便问道：“老爷还是进京去的，还是上任去的?”杨太守便把黄泥岭劫去了行李杠，杀死张驿丞的事，一一从头至尾细说。住持道：“老爷，这样讲，着实耽惊受害了。”便唤道人整治晚斋侍候。

杨太守道：“这到不劳长老费心，止是寻常蔬食，便充馁腹，不必十方罗列。只把那洁净的静室，洒扫一间，下官还要在此假寓旬日，待殡葬了他二人，方可动身。早晚薪水之费，自当重酬。”住持躬身道：“老爷，太言重了。只恐接待不周，量情恕宥就是。但只一件，荒山虽有几间静室，日前因被雨露倾塌，至今未曾修葺。那方丈①中到也洁净，只是蜗窄，不堪停老爷大驾。”杨太守道：“你出家人，岂不晓得，心安茅屋隐，性定菜根香的说话。”

说不了，道人摆下晚斋，整治得十分丰盛。杨太守见了，便对住持道：“我适才已讲过，不必十分罗列。况且你出家人，这些蔬菜俱是十方募化来的，我便吃了也难消受。”住持道：“老爷

① 方丈——初指寺院，僧尼、主持和居室。

有所不知。而今世事多艰，十分檀那①竟没有个肯发善心。去年正月十三，佛前缺少灯油，和尚捐了五六两私囊，蒸了二百袋面的斋天馒首②，赍了缘簿，踵门亲自到众信家③去求抄化④一抄化，家家尽把馒首收下，哄和尚走了，半年依旧把个空缘簿撇将出来。和尚忍气不过，自此以后，就在如来面前焚信立誓，再不去化缘。”杨太守道：“既是你出家人自置办，一发难消受了。”没奈何，只得凭他摆下，各件勉强用些。便唤长随吩咐：“众人行路辛苦，都去图一觉稳睡，明早起来听候发落便了。”住持又吩咐道人：“再打点两桌晚斋，与那些服侍杨老爷的人夫吃了再睡。”

这杨太守吃了晚斋，便要向静室里睡。那住持殷殷勤勤，捧了一杯苦茶，双手送上。杨太守接过，道：“生受了你。只是一件，我一路劳顿，却要先睡了。你请自去安寝罢。”那住持哪里肯去，毕竟站立在旁，决要伺候睡了才去。这杨太守睡在床上，一心想着张驿丞、李篾二人，为他死于非命。唧唧哝哝，翻来覆去，哪里睡得着。早惊动了间壁禅房里一个游方和尚。

这游方和尚，原是陕西汉中府白河县人，只因代父杀仇，埋名晦迹，云游方上，尽有二十多年。后来到少林寺中，学了些防身武艺，专好替世间人伸不白之冤，除不平之事。他正在禅房练魔打坐，听得杨太守唧哝了一夜，次日黎明，特地推进房来，只见杨太守恰才呼呼睡熟，厉声高叫道：“呀，官家唧哝了一夜，

---

① 檀那——施主，布施。
② 馒首——馒头。
③ 信家——信众。
④ 抄化——募化。

搅乱洒家的魔神，却怎么说?”杨太守猛然惊醒，定睛一看，只见这和尚形貌生得甚是粗俗：

身长一丈，腰大十围。戴一顶毗卢帽，穿一领破衲衣。两耳上铜环双坠，只手中铁杖轻提。喝一声神鬼怕，吼一声山岳摧。虽不是聚义梁山花和尚，也赛过大闹天宫孙剥皮。

吓得杨太守一骨碌跳起身来，连忙回答道：“下官不知老师在此，夜来获罪殊深，望乞宽宥。”那和尚道：“官家莫要害怕，洒家乃陕西汉中府人氏，幼年间曾为父祖杀仇，埋名隐姓，在方上游了二十多年，专替世人伸不白之冤，除不平之事。官家有甚冤抑，请说个详细，待洒家效一臂之力，与你报除也。”这杨太守听说，欲言不语，半吐还吞，心下仔细想了一想，事到其间，不容隐晦，只得把前事一一实告。

那和尚大笑一声，道：“官家何不早言，待洒家前去，只手擒来，替那驿丞偿命就是。”杨太守道：“老师，说起那伙强人，甚是凶狠，若非万夫不当之勇，莫能抵御。还请三思而行。”和尚大喝道：“呀，官家长他人志气，灭自己威风。洒家云游方上二十余年，不知这两只精拳里断送了多少好汉，这一条禅杖上结果了多少英雄。便是重生几个孟贲、乌获，也免不得洒家只手生擒，哪数着这几个剪径的毛贼。只是一件，那黄泥岭此去恰有多少路儿?”杨太守道：“此去尽有三十余里，但是山冈险峻，只身难以提防。老师还带几个精壮从人，才可放心前去。”和尚道：“官家，莫道洒家夸口说，便是上山寻虎穴，入海探龙潭，洒家也只用得这一条防身禅杖。要什么人随从?”杨太守听说，不敢阻挡，便吩咐住持，先整早斋与他吃了。

你看这和尚，尽着肚皮，囊了一顿饱斋，急站起身，按了毗

卢帽，披上了破衲衣，提着禅杖，奔出山门。不多时，早到了黄泥岭。站在那高冈上，低头一看，只见果有两口棺木，恰正掇起心头火一盆，厉声高叫道："清平世界，什么毛团，白昼里杀人劫掠！快快送出杨太守的行李杠便罢，牙迸半个不字，便将你这几个毛团，一个个打为肉饼，才见洒爷手段。"

那伙强人听他喊叫，各持利器，急急赶上山坡，仔细一看，见是个奤赖和尚，到有几分害怕。那两个为首的，却也顾不得生死，只得拼命上前，与他撕斗。你看：

那两个举钢刀，挺身对敌；这一个提铁杖，劈面相迎。那两个雄赳赳不减似天兵下界，这一个恶狠狠恰便是地煞亲临。你一来，我一往，不争高下；左一冲，右一撞，怎辨输赢？这的是棋逢对垒，两下里胜负难分。

他两家在山冈上斗了十余合，不分胜负。这和尚便使一路少林棍势，转一个鹞子翻身①。那些为从的强人看了，一个个心惊胆战，暗自夸奖道："好一个厉害和尚！怎么斗得他过？"各各持了器械，站在山冈上，大喊一声。这和尚趁着喊，拖了禅杖佯败而走。这两个强人如何晓得他是诈走，也不知些死活，兀自要逞手段，追赶上前。这和尚便转身提起禅杖，又使一个拨草寻蛇势，那两个抵挡不住，被他一杖打倒。这些为从的强人，见打倒了两个，却也管不得器械，顾不得性命，一齐飞奔下山，尽向那密树林中躲个没影。

这和尚便不去追赶，即向腰间解下一条绳子，把那两个捆做肉馄饨一般，将禅杖挑着，急忙忙飞奔下山，转到白云寺里，只

---

① 鹞（yào）子翻身——武术、杂技身段的一种。谓身体悬空翻转，轻捷如鹞之旋飞。

见杨太守正与住持在那里眼巴巴望，这和尚近前来，厉声高叫道："官家，洒家与那驿丞报仇来也！"杨太守见了，喜之不尽，急下阶迎接，道："老师，诚世间异人也。今日擒了贼首，不唯雪二命之冤，且除了一方之害。"和尚道："官家讲哪里话，杀不义而诛不仁，正洒家长技耳，何足道哉。"

杨太守吩咐众徒夫："仔细认着，果是昨日这伙强人里边的么？"众徒夫答应道："这两个就是杀死本官的贼首。"杨太守道："且把索子松他一松着。"众徒夫道："他口中气都断了。"原来那两个强人，方才被和尚打的时节，早已半死半活，后来又捆了一捆，便已命归泉世。

杨太守对住侍道："我想这两个强人，毒如狼虎，不知断送了多少好人，今日恶贯满盈，一死固不足惜。"吩咐徒夫："将他两个尸首，依旧撇在山岗旷野之处，待那乌鸦啄其心，猛犬噬其肉，方才雪彼两人之恨。"众徒夫领命，便将两具贼死尸，扛去撇在山岗底下了。杨太守又吩咐众徒夫："快到黄泥岭去，奔那两口棺木，下山埋葬，立石标题。"有诗为证：

逆贼纵横劫士夫，酬恩驿宰恨呜呼。

若非再世花和尚，一杖能开险道途。

原来那和尚是个行脚僧人，凡经过寺院，只是暂住一两日，再不耽搁长久。但见他次日起来，竟到方丈里与杨太守作别。杨太守惊问道："老师，为何登时便要起身？下官受此惊恐，驿官害了性命，若非老师尽力擒剿，生者之恨不消，死者之冤不雪，地方之害不除。心中感德非浅，正欲早晚领教，图报万一。突欲前往，况遭倾囊劫去，教下官何以为情？"和尚笑道："官家说哪里话。洒家本是一个过路僧人，遇寺借宿，逢人化斋，随遇而安，要甚么用度?”

杨太守见他毫无芥蒂，知他是个侠气的和尚，便道：“老师此去，不知与下官还有相会的日子么?”和尚道：“小僧行游十方，踪迹不定。或有会期，当在五年之后。待小僧向巴江转来，回到少林寺中，便可相会。”杨太守便教住持整斋款待，两下分手，恋恋不忍。

杨太守在白云寺中一连住了十余日，未得赴任。一日，闲坐不过，遂问住持道：“你这里有消遣的所在么?”住持道：“我这白云寺原是山乡僻处，前后都是山岗险峻，除这一条大路之外，俱足迹所不能到，实无地可有消遣。只是本寺后面，随大路过西，转弯落北，不上一里路，有座三义庙。明日五月十三，是三界伏魔大帝关圣降生之辰，合乡居民都来庆寿。县里一班后生，来到正殿上串戏，却是年年规例。老爷若肯那①步一往，也是逢场作戏，小僧谨当奉陪。”

杨太守道：“我洛阳人敬神常有此事，你这里也是如此，岂非一乐。”便次早欣然起身，换了便服，不要一人跟随，只邀住持同行。慢慢的两个踱出寺门，走不一里，果有三义庙。进了庙门，只见殿前搭起高高一个戏台。四边人，坐的也有，站的也有，行的也有，玩耍的也有，笑话的也有。人千人万，不计其数。伸头引颈，都是要看戏的。杨太守执了住持的手，向人队里挨身进到大殿上，神前作了几个揖，抽身便到戏房门首仔细一看。

恰好一班小小后生，年可都只十七八岁。这几个装生装旦

---

① 那——挪。

的，聪聪俊俊，雅致无双，十人看了九人爱。装外的少年老成。装大净的体貌魁伟，大模大样，恍如生成体相。其余那几脚，或是装一脚像一脚。这般后生敲锣的，打鼓的，品箫的，弄管的，大吹大擂，其实闹热。那看戏的，也有说要做文戏的，也有说要做武戏的，也有说要做风月的，也有说要做苦切的，各人所好不同，纷纷喧嚷不了。

只见那几个做会首的，与那个扮末的，执了戏帖，一齐同到关圣殿前，把阄逐本阄过，阄得是这一本《千金记》。众人见得关圣要演《千金》，大家缄口无言，遂不敢喧哗了。此时笙箫盈耳，鼓乐齐鸣，先做了《八仙庆寿》。庆毕，然后三通锣鼓，走出一个副末①来，开了家门。第二出做出《仙人赠书赠剑》，直做到《萧何月下追韩信》、《拜将登坛》，人人喝彩，个个称扬。尽说道："老积年做戏的，未必如他。"

殊不知那些山东本地串戏的，人物精妙者固有，但开口就是土音，原与腔板不协。其喜怒哀乐，规模体格，做法又与南戏大相悬截。是土人看之，都说道好，哪里入得南人眼中。

杨太守是个南人，颇好音律，便南戏中少有差池的，不能掩他耳目，况土人乎？只是闲坐不过，到此潇洒，一来叩拜神圣寿诞，二来假借看戏为名。也不说好，也不说歹，只扯了住持的手，东廊步到西廊，山门走到后殿，周围游耍，说些古今成败事迹，前后因果情由。又把创立本庙来历，关公显圣神通，备说一番。

忽见红日沉西，戏文完了，看戏的俱各散去。那寺中走出两

① 副末——宋元南戏和明清传奇开场时向观众介绍剧情概要的角色。

三个小沙弥来，对住持说：“请老爷晚斋。”杨太守道：“今日神圣降生，今晚月明如洗。适才逢场作乐，此时正好慢慢步月回去，有何不可？晚斋尚容少缓。”大家从从容容，说说笑笑，步到寺门首，已是黄昏时候，本寺钟鸣。

住持带着笑脸便道：“老爷，小僧有一言告禀，未审肯容纳否？”杨太守道：“下官搅扰已久，就如一家，有甚见教，但说何妨。”住持道：“荒山原是唐朝到今。也名古刹，只是山乡幽僻之处，前有县，后有驿，来往官长，不过前面大路经行，并不到此少憩片时。今老爷在荒山盘桓数日，歼灭贼寇，清理道途，虽是万民感仰，实亦荒山有缘。向来清宴书斋，不敢烦渎。今宵步月，可无题咏，以为荒山荣扬？”杨太守道：“正合愚意。诚恐句拙，贻笑于人耳。”遂索文具，援笔赋诗四绝：

其一

清净山门尚半开，松阴竹影乱成堆。
山空日暮无人到，只有钟声满露台。

其二

大众堂中尽法身，香烟缭绕不生尘。
参禅打坐求真果，不似人间势利心。

其三

灿烂琉璃不夜花，端然此地即仙家。
白云堆里清幽处，一片尘心①付落霞。

其四

徐观星斗灿明河，月正当空午夜过。

① 尘心——指凡俗之心，名利之念。

步履不烦人倍爽，谁知时序疾如梭。

写毕，便拱手道："拙咏虽承尊命，幸勿见哂可也。"住持遂稽首下拜，道："多蒙题咏佳章，自当留作镇山之宝。"便邀进客堂，吃了晚斋，各安寝不提。

这杨太守住了月余，恐怕凭限过期，况迎接人夫俱到，便要作别起身。住持从新备设齐整午斋饯行。杨太守道："作扰多时，尚容赴任之后，差人奉酬。"住持道："在此简慢，万勿见罪为荷。"两下送别启程。

毕竟不知去后，杨太守几时到得广西任所？又有什么异说？再听下回分解。

第 四 十 回

水陆道场超枉鬼　如轮长老悟终身

诗：

儒释原来理则同，弃儒从释易为功。
还将齐治丹心洗，好把焚修素愿充。
享用何曾如淡薄，虚空毕竟胜丰隆。
坚心念佛能成道，万法皈依五蕴①空。

说这杨太守，别了住持，离了白云寺，一路行了许多日子，方才到得广西任所。那府属地方的百姓，听见新太爷到了，慌忙准备香案，出城迎接。杨太守到了任，唯以抚黔黎②、省刑薄税为念。百姓们尽皆乐业，无不欢腾喜跃。莅任不满三四个月，遂尔口碑载道。有诗为证：

为政宽平只爱民，四郊乐业尽阳春。
口碑载道贤公祖，数月仁慈千载新。

一日，与众僚属会饮，将至酒阑，猛然间打了一个呵㘎③，倒头便向席上沉沉睡去。众僚属从黄昏等到次日天明，尽尽陪了一夜，哪里等得他醒，只得各自散去，便吩咐众衙役小心伺候。那些衙役又等了好一会儿，还不见个杨太守睡醒。大家猜疑不定，也有说他坐化的，也有说他打了长觉的，只是心头喜有一点

---

① 五蕴——佛教用语。关于身心修养的五种佛法教义。蕴，蕴集。
② 黔（qián）黎——黔首、黎民的合称。指百姓。
③ 㘎（hàn）——同“鼾”（hān）。

温热。那众官得知这个光景，各各惊讶，连忙传报上司。霎时间，满城中百姓尽皆骇异。

你道这杨太守什么时候才得醒转？恰好睡了一日一夜，方才蒙蒙眬眬醒将转来。那些伺候的衙役，径去禀与各自的本官得知。

不多时，众官一齐来到，问道："府尊大人，缘何睡这样一个长觉？"杨太守回答道："适才正与列位先生饮酒，忽然一阵冷风，向面上刮来，便阘阓①不定。正合眼去，见一个人手持信牌，上写着：'贪酷阳官一名杨琦。'学生恍恍惚惚，心中自想，从为官这几年并不曾亏了一个良民，徇了一毫私曲。此心正大光明，上可以对天地，下可以质鬼神。俯仰已无愧怍，即便随他去。不多一会儿，到了一个所在，却是一座城郭，写着'鬼门关'三字。那把关鬼卒，在生时节，原是山东盘山驿驿丞，名唤张秀，曾与我有旧。他见了我，猛然大吃一惊，遂问：'因何到这里？'我把拘拿情由与他说了。他便引我到第五殿阎罗天子案前，见那掌簿判官。原来那判官却就是我先父，把簿上仔细查了一查。我还有一十八年阳寿。遂着鬼使护送我出鬼门关，便得回来。"

众官问道："那牌上与老大人同名的，却查得是哪一个？"杨太守道："却是那泗州州判，也唤做杨琦，故把我来误拿了。"众官道："那阴间的光景，与我阳世如何？"杨太守道："阳世与阴间，总是一般。我记得正出鬼门关来，只见一路上哭哭啼啼，披枷带锁，纷纷都是蓬头散发模样。行走之间，又见东北角上，一道黑气腾腾。我当时就问鬼卒，那鬼卒道：'就是枉死城中冤魂的

---

① 阘阓（zhèngchuài）——同"挣挫"。挣扎。

怨气。'我又问道：'怎么可以超度那些冤魂么？'鬼卒道：'这有何难。到阳世去建一坛七日七夜的水陆道场，一应冤魂，都可超度去了。'"

众官齐道："果然阴司与阳世一般，我们向来听人说，未肯轻信。今日府尊大人亲身一往，目击其事，决是真实，谅非虚谬，安得不倾心听受。各人情愿捐出俸资，于出月初一日，募请几众高僧，就在城外善果寺中，起建一个七昼夜的水陆道场，把那冤魂超度一超度，也是一桩功德。"杨太守道："列位先生，既有这个善念，就待学生创一个首，定于初一日为始。只等道场完毕，学生便要辞任去了。"

众官笑道："府尊大人，若像我们做官，便死去也撇不下这顶纱帽。你今日重生转来，正该为官享福，终不然割舍得把这顶纱帽丢了不成？"杨太守道："列位先生，不是这等说。我想富贵功名，总属虚幻。人生世间，免不得'无常'二字。有一日大限到来，那两只空拳，可带得甚么些儿去么？"众官道："府尊大人，如今做官的人，火烧眉毛，只图眼下，哪里有这样的远虑？"杨太守道："列位先生难道不曾读书过的？岂不闻，人无远虑，必有近忧。"

众官道："有理，有理。请问府尊大人，如今这个道场，不知要费多少钱粮？"杨太守道："连我也不晓得，要唤那僧人来计议，方知用度数目。"众官道："何不就去唤那善果寺的僧人来，问他一问。"杨太守当下便差人到善果寺，唤那住持和尚。

原来这座善果寺，原是古刹，只因这寺中先年有个住持和尚唤启聪，专一恋酒贪花，玷污清规，不事三宝，不修戒行。那些大小僧人，没一个不曾被他害过。因此众僧一齐到府堂上，递了一张连名公举呈子。太守见了大怒，立刻差人把启聪拿来，重责四十大板。遂追没度牒①，逐出还俗，不许潜住本寺。仍将积下私囊，尽数分给被害众僧。从此以后，有了这个样子。寺中大小僧众，俱各谨守清规，并不敢为非做歹。凡有公事，大家轮流支值，因此不立住持。

这日，众僧正在法堂上拜礼梁皇宝忏②，方才午斋了毕，大家同到金刚殿里走走。劈头撞着府堂上差来这个公差，众僧听说是新任太爷差人拘唤，只道有什么事发，俱默默无言。内中有几个胆小的，连忙闪过了。又有几个背地商议道："好古怪，我们寺中，自从那年启聪师父，在这里做了那一场没下稍的事以后，合寺僧众并没有一些破败③。难道新任太爷来捉访察不成?"那些僧人，各各着忙，忧做一团。只得把经事撇开，慌忙把公差留到方丈里去，要探问他来意。

原来那个公差，虽是承杨太守差来，连他也不知其中就里。终究是衙门人的乖巧，见僧众奉承不了，只道他们寺里有些不楷当④的事，便做作起来。僧众把酒肴霎时打点齐整，开了陈老酒，你一杯，我一杯，饮个不住。众僧便斗出五两银子相送，随即带了一个老和尚来出官。

原来杨太守与众官等了好一会儿，不见寺僧来到，只得各自散去。那公人带了老和尚伺候到晚，方才进去回话。杨太守也不问他何故来迟，连忙走将下来，将老和尚一把搀起问道："你就是善果寺的住持么?"老和尚听不明白，便点头，随口答应道:

---

① 度牒（dié）——封建时代政府对出家人出家审查合格得度后发给的证件。

② 宝忏——僧道祝祷时念诵的经文。

③ 破败——漏洞，破绽。

④ 楷当——正当。楷，法式，模范。

"是。"杨太守道："我目下要建一个七昼夜的水陆道场，特唤你来商议，须要得多少钱粮使费?"老和尚欢喜道："原来老爷是要建道场么？敢问老爷，还是打点请几十众僧人?"杨太守道："止用二十四众罢。"老和尚道："这须得三百两才够。"

杨太守道："三百两的道场，也还是将就的。只恐你善果寺中，那里得这许多有戒行的僧人?"老和尚道："若是百姓人家的道场，还好寻几个搪塞得去，老爷这里可是当耍的？若不是持斋受戒，决不敢轻易送上坛。"杨太守道："你寺中可选得几个?"老和尚道："本寺虽有百十余众僧人，能有几个做作正经？老爷若要做这个道场，须待老僧到紫枫寺去请那如轮和尚才可。"

杨太守道："紫枫寺在那里?"老和尚道："就是本寺过西三里多路。"杨太守道："那如轮和尚有些什么德行?"老和尚道："那如轮和尚自出世来，就吃了一口胎素，今年已有七十余岁，一生谨持戒行，崇奉佛教，目不视恶色，耳不听淫声，潜心经典，着意焚修，真三宝门①中第一个有德行的和尚。寺中徒弟徒孙，约有三十余众，个个都是看得经，礼得忏的。老爷若选那一日启建道场，待老僧去接他来就是。"杨太守道："蒙各位老爷同发善念，就是初一日为始。你与我明日先请如轮来。"

老和尚应了一声，正待起身，杨太守唤住，道："你且慢去，那一应斋供之类，须要两三日前预先打点齐备。我今日先取一百两银子，与你拿去。你与我悉心做事，道场完毕，还有重谢。"老和尚听说个银子，就站住了脚，道："老爷若要追荐什么亡灵，伏乞开列名字，待老僧回去，便好早写文疏。"杨太守一面吩咐取出纹银一百两来，一面开了追荐亡灵名字，并荐枉死城中冤魂

① 三宝门——佛门。

等众，打发老和尚回去。

当下就请众官到来，说了一会。见杨太守先捐了一百两，大家登时共凑银二百两。杨太守道：“这个本该学生出于独力，今喜列位先生同有善念，实是难得。”众官欣跃而退。诗曰：

冤魂拘禁未超升，怨气腾腾黑如漆。

太守垂怜祈佛恩，无边苦海从兹出。

说那老和尚，拿了这一百两银子，欢天喜地回到善果寺来。原来寺中大小僧人，个个都说是杨太守捉访察，哪里思想唤去做道场。见他回来，都问道：“恭喜，恭喜。见了新太守，没有甚说话么？”老和尚道：“新太爷别无话说，只问道：‘你寺中有多少和尚？’我回答道：‘只有老僧只身，再无一个徒弟徒孙。’新太爷道：‘我看你这和尚，是个守本分的，赏你一锭银子，拿去做些身衣口食。’”众僧道：“如今银子在哪里？”老和尚望衣袖里拿将出来，道：“这不是银子？”

众僧都不快活起来，道：“我们白白供奉你，只道你是个好人，哪里晓得你是个损人利己的黑心和尚。难道新太守面前把我讲不得一声，可要了你的银子么？”老和尚道：“你们可不错怪了人。适才新太爷差人来唤的时节，你也不肯出头，我也不肯出头，把我这个老和尚推上前去搪塞。幸得天可怜见，因祸致福，得了这些银子回来。你又不客气，我又不客气，你们何不适才自去见了官呢？”

众僧背地里商量道：“他的话也说得有理。比如适才我们自去，赏得银子来，难道他来指望得着？如今只将几句好话骗他，要他拿出来，每人分得些儿也罢了。”转身就对老和尚道：“闲话不消说了，只是我们总成你去，得了这块银子，就该对分，也尽一个情。”

老和尚被众僧缠绵不过，只得把杨太守要做道场的话，老实与他们说知。众僧道："好，好。你还是个好人，作成我们赚些斋衬钱。"老和尚道："我还有一句话对你们说。新太守老爷虔诚作福，追荐亡灵，超拔冤魂等众，俱要道行法师。因着我到紫枫寺去请如轮师父，与他徒弟徒孙，共二十四众，启建七日七夜水陆道场。你们若依得我说，肯持七昼夜的斋戒，省得我借重别家的山门，看别人的嘴脸，我只接了那如轮师父来罢。"众僧道："七昼夜的斋戒，都持不住，还要思量做什么和尚？可不笑破人口。"老和尚道："说得有理。就是本寺的罢。只要你们替我争气。"当下便把文疏分派众僧书写，随即呼唤道人，把正殿洒扫洁净，把斋坛铺设起来，就去请了如轮长老。

到了初一日，本寺二十四众僧人，大开法筵。早已传遍满城中，那些百姓纷纷簇拥前来，观看道场。不多时，杨太守与众僚属，同来拈香参礼。老和尚带了二十四众僧人，在寺门外迎接。杨太守与众官到丹墀下了轿，取过净水沐手，遂同进正殿上。拈香礼拜已毕，老和尚就迎至后面茶轩里坐下。

杨太守便讨那追荐文疏过来，看了一遍，便问老和尚道："那紫枫寺的如轮长老，可请得来么？"老和尚回答道："已请来了，方才与众僧迎接老爷的领头那个老和尚就是。"杨太守道："我却看不明白。待他经卷诵完，你去请来，与我相见一见。"

老和尚应声起身走去。不多一会儿，就同了如轮长老来到茶轩里，见了杨太守，连忙倒身跪下。杨太守扶不及的挽将起来，就逊他坐了。众官问道："这位长老，莫非就是如轮师父么？"如轮和尚欠身道："不敢。"众官道："敢问老师父法腊①几何？"如

① 法腊——指和尚受戒的年数。

轮和尚道："今年虚度七十三岁。"众官道："老师父如此迈年，何不安逸东堂，乃向这红尘中劳碌则甚？"如轮和尚微笑道："列位老爷却不知道，非是老僧劳碌红尘，乃红尘劳碌老僧耳。"

杨太守见他这两句说话，有些玄幻，便加十分礼貌道："老师父既说是红尘把人劳碌，可参得破这人生世间，是真是假？"如轮和尚道："岂不闻人生百岁，总归一空，何尝是真？老爷若不肯信，只看这水上浮沤①，眼前世事，皆可为果证。"

众官一齐道："老师父既然参悟得到，请就把这世情略剖一剖。"如轮和尚道："列位老爷，这是最易明白的事。你看这世途中，满眼风波险恶，俱人自溺于中，若能证悟得来，却不道苦海无边，回头是岸。"杨太守躬身道："下官一时证悟不到，望老师父弘开法旨，启我迷途。"如轮和尚道："老爷如果证悟不到，老僧就把荣华富贵说个比方。那富贵荣华，谁不羡慕的？我想人生博得到手，正要朝欢暮乐，快活个长久。讵料②无常一促，那极恩爱的好妻子，也不得常眷恋；那极厚大的好家筵，也不得常安享。"

杨太守急忙走到下面，深深唱喏道："多承老师父数言，使下官闻之，尘念顿空，俗缘尽释，如身入大罗③真境，超脱尘凡世界矣。下官意欲拜老师为师，寄迹空门，甘心披剃，齑盐④日月，淡薄终身，将'利名'二字，一笔都勾。不知老师肯容纳否？"如轮和尚笑道："弃儒从释，也是好事。只是老爷今日身沉宦海，心溺爱河，诚恐一时抛撇不下，徒成画饼耳。"

---

① 沤（ōu）——水泡。

② 讵料——岂料。

③ 大罗——即大罗天。道教所称三十六天中最高一重天。

④ 齑（jī）盐——穷人素食。泛指粗食。

众官道："府尊大人，老师父这话着实讲得有理，为僧的不如为官的好。"杨太守道："列位先生，我非不知为官好。只是眼前这些为官的，尸位素餐，苟图富贵，何曾替朝廷出分毫气力？却不回想到身外去。倒不如早办慈航，先登彼岸，以远荣辱。"众官道："府尊大人，既然立意已决，我们安敢再三阻劝。只要成得正果，可证无上菩提。倘不成正果，怎如安享富贵？"

如轮和尚道："老爷既要出家，只是法门中的戒律甚严，必须停嗔息怒，伴得暮鼓晨钟，捱得黄齑淡饭，方可应承。"杨太守道："方才有言在先，一心情愿出家，自然遵依法门戒律，岂有虚诳之理？"如轮和尚道："老爷有此真心，坚如金石，但凭选定吉日，来到荒山，待老僧与老爷披剃就是。"杨太守道："这也不消择日，只待七昼夜道场圆满，下官就弃职从禅了。"当下各官一同出了寺门，入城各自回衙。

杨太守每日清晨，与众官到寺拈香。看看过了七个日子，道场已完。如轮和尚先回紫枫寺去，与众徒弟徒孙商议，打点净室安顿。杨太守就到上司去纳印辞官，上司见他要去出家，好生惊异，再三慰留。他再四辞谢，上司也只得随他主意。连忙回来，便请众官上堂辞别。众官见他前日虽然说个出家，尚未深信。至此见他辞了上司，纳了印绶，料来主意已定，决然苦劝不住，大家竟不多言，各自洒泪，直送到紫枫寺中。

那如轮和尚远来迎接，到了大雄宝殿，众僧向各官长先行了一个大礼。杨太守便要请如轮和尚上坐，拜为师父。如轮和尚道："且慢。待披剃了，先皈依三宝，然后拜老僧未迟。"如轮和尚焚起香，点起烛，取一杯净水，令众僧诵了一卷经，与他披剃完了，就皈依了三宝。再请如轮过来，便拜为师，又与众僧行了一个礼。如轮和尚为取法名，唤做悟玄。本日便安排了一席合堂齐。众官斋罢，一齐作别回衙，那满城百姓纷纷称为奇事。

原来“出家”二字，出乎情愿，果然勉强不得人的。若是这个人该得成佛，便做到极品随朝，也少不得要脱却凡胎，方成正果。不想这杨太守原是罗汉化身，因其父杨亨员外在生时节，专行好事，大有阴骘，所以上天与他生出这样一个好儿子。中举中进士，清正为官，腰金衣紫，替父祖争气。后来误入冥府，深知生寄死归，弃职从禅，改名悟玄，在紫枫寺整整修了一十八年。

一日，与如轮长老同游庐山，忽见两朵祥云，从空而下。师徒二人，同升天界。后人有诗赞曰：

富贵前生定，焚修①宿世缘。
休官轻敝屣，削发效先贤。
淡薄从心愿，荣华执意捐。
看经不释卷，礼忏竟忘年。
举足思严戒，营心想妙禅。
帘前芳草碧，户外葛藤缠。
宝磬敲残月，祥云绕法筵。
修行成正果，白日上青天。

新镌通俗演义《鼓掌绝尘》月集终。

① 焚修——佛教徒焚香修行。此指个人修养，造化。